COLLECTION

Complette

DES

ŒUVRES

DE

Mr. DE VOLTAIRE.

TOME SEPTIÉME.

THÉATRE

Complet

DE

Mᴿ. DE VOLTAIRE.

TOME CINQUIÉME.

CONTENANT

LE DROIT DU SEIGNEUR, LA FEMME QUI
A RAISON, L'ECOSSAISE, PANDORE, SAMSON,
LA PRINCESSE DE NAVARRE, LE TEMPLE
DE LA GLOIRE, SOCRATE, CHARLOT, avec
toutes les piéces rélatives à ces Drames.

GENEVE.

M. DCC. LXVIII.

LE DROIT

DU

SEIGNEUR,

COMÉDIE

EN CINQ ACTES.

---

*Elle a été jouée à Paris fous le nom de l'*ECUEIL DU SAGE,
qui n'était pas fon véritable titre.

ACTEURS.

Le Marquis du CARRAGE.

Le Chevalier GERNANCE.

Le Baillif.

MATURIN, fermier.

DIGNANT, ancien domeſtique.

ACANTE, élevée chez Dignant.

BERTHE, ſeconde femme de Dignant.

DORMÊNE.

COLETTE.

CHAMPAGNE.

Domeſtiques.

Les deux premiers actes ſe paſſent ſous les arbres du village ; les trois derniers dans le veſtibule du château.

La ſcène eſt ſuppoſée en Picardie, & l'action du tems de Henri ſecond.

LE DROIT
DU
SEIGNEUR,
COMÉDIE.

ACTE PREMIER.

SCENE PREMIERE.

MATURIN, LE BAILLIF.

MATURIN.

ECoutez - moi , Monfieur le Magifter ;
Vous favez tout , du moins vous avez l'air
De tout favoir ; car vous lifez fans ceffe
Dans l'almanach. D'où vient que ma maîtreffe
S'appelle Acante , & n'a point d'autre nom ?
D'où vient cela ?

LE BAILLIF.

Plaifante queftion !
Eh que t'importe ?

MATURIN.

Oh ! cela me tourmente ,
J'ai mes raifons.

LE BAILLIF.

Elle s'appelle Acante.....

C'eft un beau nom, il vient du Grec *Antos*,

Que les Latins ont depuis nommé *Flos*.

Flos fe traduit par *Fleur* ; & ta future

Eft une fleur que la belle nature

Pour la cueillir façonna de fa main ;

Elle fera l'honneur de ton jardin.

Qu'importe un nom ? chaque père à fa guife

Donne des noms aux enfans qu'on batife.

Acante a pris fon nom de fon parrain,

Comme le tien te nomma Maturin.

MATURIN.

Acante vient du Grec ?

LE BAILLIF.

Chofe certaine.

MATURIN.

Et Maturin d'où vient - il ?

LE BAILLIF.

Ah ! qu'il vienne

De Picardie, ou d'Artois, un favant

A ces noms là s'arrête rarement.

Tu n'as point de nom, toi, ce n'eft qu'aux belles

D'en avoir un, car il faut parler d'elles.

MATURIN.

Je ne fais, mais ce nom Grec me déplait.

Maître, je veux qu'on foit ce que l'on eft :

Ma maîtreffe eft villageoife, & je gage

Que ce nom là n'eft pas de mon village.

Acante, foit. Son vieux père Dignant

Semble accorder fa fille en rechignant ;

Et cette fille , avant d'être ma femme ,
Paraît aussi rechigner dans son ame.
Oui , cette Acante , en un mot , cette fleur ,
Si je l'en crois , me fait beaucoup d'honneur ,
De supporter que Maturin la cueille.
Elle est hautaine , & dans soi se recueille ,
Me parle peu , fait de moi peu de cas ;
Et quand je parle , elle n'écoute pas :
Et n'eût été Berthe sa belle-mère ,
Qui haut la main régente son vieux père ,
Ce mariage en mon chef résolu ,
N'aurait été , je crois , jamais conclu.

LE BAILLIF.

Il l'est enfin : & de manière exacte
Chez ses parens je t'en dresserai l'acte ;
Car si je suis le Magister d'ici ,
Je suis Baillif , je suis Notaire aussi ;
Et je suis prêt dans mes trois caractères
A te servir dans toutes tes affaires.
Que veux-tu ? di.

MATURIN.

Je veux qu'incessamment
On me marie.

LE BAILLIF.

Ah ! vous êtes pressant.

MATURIN.

Et très-pressé.... Voyez-vous ? l'âge avance.
J'ai dans ma ferme acquis beaucoup d'aisance ;
J'ai travaillé vingt ans pour vivre heureux ;
Mais l'être seul ! ... il vaut mieux l'être deux.
Il faut se marier avant qu'on meure.

LE BAILLIF.

C'eſt très-bien dit : & quand donc ?

MATURIN.

Tout à l'heure.

LE BAILLIF.

Oui ; mais Colette à votre ſacrement,
Mons' Maturin, peut mettre empêchement.
Elle vous aime avec quelque tendreſſe,
Vous & vos biens ; elle eut de vous promeſſe
De l'épouſer.

MATURIN.

Oh bien, je dépromets.
Je veux, pour moi, m'arranger deſormais,
Car je ſuis riche, & coq de mon village.
Colette veut m'avoir par mariage,
Et moi je veux du conjugal lien
Pour mon plaiſir, & non pas pour le ſien.
Je n'aime plus Colette : c'eſt Acante,
Entendez-vous ? qui ſeule ici me tente.
Entendez-vous, Magiſter trop rétif ?

LE BAILLIF.

Oui, j'entens bien : vous êtes trop hâtif ;
Et pour ſigner vous devriez attendre
Que Monſeigneur daignât ici ſe rendre ;
Il vient demain, ne faites rien ſans lui.

MATURIN.

C'eſt pour cela que j'épouſe aujourd'hui.

LE BAILLIF.

Comment ?

MATURIN.

Eh oui : ma tête eſt peu ſavante ;

Mais on connaît la coutume impudente
De nos Seigneurs de ce canton Picard.
C'eſt bien aſſez qu'à nos biens on ait part,
Sans en avoir encor à nos épouſes.
Des Maturins les têtes ſont jalouſes.
J'aimerais mieux demeurer vieux garçon,
Que d'être époux avec cette façon.
Le vilain droit !/

L E B A I L L I F.

   Mais il eſt fort honnête.
Il eſt permis de parler tête à tête
A ſa ſujette, afin de la tourner
A ſon devoir, & de l'endoſtriner.

M A T U R I N.

Je n'aime point qu'un jeune homme endoſtrine
Cette diſciple à qui je me deſtine ;
Cela me fâche.

L E B A I L L I F.

    Acante a trop d'honneur
Pour te fâcher. C'eſt le droit du Seigneur ;
Et c'eſt à nous, en perſonnes diſcrètes,
A nous ſoumettre aux loix qu'on nous a faites.

M A T U R I N.

D'où vient ce droit ?

L E B A I L L I F.

    Ah ! depuis bien longtems,
C'eſt établi . . . . ça vient du droit des gens.

M A T U R I N.

Mais ſur ce pied, dans toutes les familles
Chacun pourrait endoſtriner les filles.

LE BAILLIF.

Oh ! point du tout . . . . c'est une invention
Qu'on inventa pour les gens d'un grand nom.
Car vois-tu bien, autrefois les ancêtres
De Monseigneur s'étaient rendus les maîtres
De nos ayeux, régnaient sur nos hameaux.

MATURIN.

Ouais ! nos ayeux étaient donc de grands sots !

LE BAILLIF.

Pas plus que toi. Les Seigneurs du village
Devaient avoir un droit de vasselage.

MATURIN.

Pourquoi cela ? sommes-nous pas paîtris
D'un seul limon, de lait comme eux nourris ?
N'avons-nous pas comme eux des bras, des jambes ?
Et mieux tournés, & plus forts, plus ingambes ?
Une cervelle avec quoi nous pensons
Beaucoup mieux qu'eux, car nous les attrapons ?
Sommes-nous pas cent contre un ? ça m'étonne
De voir toûjours qu'une seule personne
Commande en maître à tous ses compagnons,
Comme un berger fait tondre ses moutons.
Quand je suis seul, à tout cela je pense
Profondément. Je vois notre naissance,
Et notre mort, à la ville, au hameau,
Se ressembler comme deux goutes d'eau.
Pourquoi la vie est-elle différente ?
Je n'en vois pas la raison : ça tourmente.
Les Maturins & les godeluraux,
Et les Baillifs, ma foi sont tous égaux.

LE

LE BAILLIF.

C'eſt très bien dit, Maturin, mais je gage,
Si tes valets te tenaient ce langage,
Qu'un nerf de bœuf appliqué ſur le dos
Réfuterait puiſſamment leurs propos.
Tu les ferais rentrer vîte à leur place.

MATURIN.

Oui, vous avez raiſon ; ça m'embarraſſe ;
Oui, ça pourrait me donner du ſouci.
Mais palſambleu, vous m'avoûrez auſſi,
Que quand chez moi mon valet ſe marie,
C'eſt pour lui ſeul, non pour ma ſeigneurie,
Qu'à ſa moitié je ne prétens en rien,
Et que chacun doit jouïr de ſon bien.

LE BAILLIF.

Si les petits à leurs femmes ſe tiennent,
Compère, aux grands les notres appartiennent.
Que ton eſprit eſt bas, lourd & brutal !
Tu n'as pas lû le code *féodal*.

MATURIN.

Féodal ! qu'eſt-ce ?

LE BAILLIF.

Il tient ſon origine
Du mot *fides* de la langue Latine :
C'eſt comme qui dirait...

MATURIN.

Sais-tu qu'avec
Ton vieux Latin & ton ennuyeux Grec,
Si tu me dis des ſotiſes pareilles,
Je pourrais bien frotter tes deux oreilles.

(*Il menace le Baillif, qui parle toûjours en reculant ; &*
Maturin court après lui.)

LE BAILLIF.

Je fuis Baillif, ne t'en avife pas.
Fides veut dire *foi*. Conviens-tu pas
Que tu dois foi, que tu dois plein hommage
A Monfeigneur le Marquis du Carrage ?
Que tu lui dois dixmes, champ-part, argent ?
Que tu lui dois....

MATURIN.

Baillif outrecuidant,
Oui, je dois tout ; j'en enrage dans l'ame ;
Mais palfandié je ne dois point ma femme,
Maudit Baillif !

LE BAILLIF (*en s'en allant.*)

Va, nous favons la loi ;
Nous aurons bien ta femme ici fans toi.

SCENE II.

MATURIN *feul.*

CHien de Baillif ! que ton Latin m'irrite !
Ah ! fans Latin marions-nous bien vite ;
Parlons au père, à la fille furtout,
Car ce que je veux, moi, j'en viens à bout.
Voilà comme je fuis.... J'ai dans ma tête
Prétendu faire une fortune honnête,
La voilà faite. Une fille d'ici
Me tracaffait, me donnait du fouci,

C'était Colette , & j'ai vû la friponne
Pour mes écus muguetter ma perſonne ;
J'ai voulu rompre , & je romps : j'ai l'eſpoir
D'avoir Acante , & je m'en vais l'avoir ,
Car je m'en vais lui parler. Sa manière
Eſt dédaigneuſe , & ſon allure eſt fière ;
Moi je les ſuis : & dès que je l'aurai ,
Tout auſſi-tôt je vous la réduirai ;
Car je le veux. Allons....

S C E N E I I I.

M A T U R I N , C O L E T T E (*courant après.*)

C O L E T T E.

JE t'y prens , traître.

M A T U R I N (*ſans la regarder.*)
Allons.

C O L E T T E.
Tu feins de ne me pas connaître ?

M A T U R I N.
Si fait .... bon jour.

C O L E T T E.
Maturin , Maturin !
Tu cauſeras ici plus d'un chagrin.
De tes bons-jours je ſuis fort étonnée ,
Et tes bons-jours valaient mieux l'autre année.
C'était tantôt un bouquet de jaſmin ,
Que tu venais me placer de ta main ;
Puis des rubans pour orner ta bergère ;

B ij

Tantôt des vers que tu me faifais faire
Par le Baillif qui n'en entendait rien,
Ni toi, ni moi; mais tout allait fort bien :
Tout eft paffé, lâche ! tu me délaiffes ?

MATURIN.

Oui, mon enfant.

COLETTE.

Après tant de promeffes,
Tant de bouquets acceptés & rendus,
C'en eft donc fait ? je ne te plais donc plus ?

MATURIN.

Non, mon enfant.

COLETTE.

Et pourquoi, miférable ?

MATURIN.

Mais, je t'aimais ; je n'aime plus. Le Diable
A t'époufer me pouffa vivement,
En fens contraire il me pouffe à préfent ;
Il eft le maître.

COLETTE.

Eh va, va, ta Colette
N'eft plus fi fotte, & fa raifon s'eft faite.
Le Diable eft jufte, & tu diras pourquoi
Tu prens les airs de te moquer de moi.
Pour avoir fait à Paris un voyage,
Te voilà donc petit maître au village ?
Tu penfes donc que le droit t'eft acquis
D'être en amour fripon comme un Marquis ?
C'eft bien à toi d'avoir l'ame inconftante !
Toi, Maturin, me quitter pour Acante !

MATURIN.

Oui, mon enfant.

COLETTE.
Et quelle eſt la raiſon ?

MATURIN.

C'eſt que je ſuis le maître en ma maiſon :
Et pour quelqu'un de notre Picardie
Tu m'as paru un peu trop dégourdie.
Tu m'aurais fait trop d'amis , entre nous ;
Je n'en veux point , car je ſuis né jaloux.
Acante , enfin , aura la préférence.
La choſe eſt faite. Adieu , pren patience.

COLETTE.

Adieu ! non pas , traître , je te ſuivrai ,
Et contre ton contrat je m'inſcrirai.
Mon père était procureur : ma famille
A du crédit , & j'en ai , je ſuis fille ;
Et Monſeigneur donne protection ,
Quand il le faut , aux filles du canton ;
Et devant lui nous ferons comparaître
Un gros fermier qui fait le petit maître ,
Fait l'inconſtant , ſe mêle d'être un fat.
Je te ferai rentrer dans ton état.
Nous apprendrons à ta mine inſolente ,
A te moquer d'une pauvre innocente.

MATURIN.

Cette innocente eſt dangereuſe ; il faut
Voir le beau-père , & conclurre au plutôt.

SCENE IV.

MATURIN, DIGNANT, ACANTE, COLETTE.

MATURIN.

ALlons, beau-père, allons bacler la chofe.

COLETTE.

Vous ne baclerez rien, non, je m'oppofe
A fes contrats, à fes nôces, à tout.

MATURIN.

Quelle innocente !

COLETTE.

Oh ! tu n'es pas au bout.
Gardez-vous bien, s'il vous plaît, ma voifine,
De vous laiffer enjoler fur fa mine.
Il me trompa quatorze mois entiers.
Chaffez cet homme.

ACANTE.

Hélas ! très volontiers.

MATURIN.

Très volontiers ! .... tout ce train là me laffe ;
Je fuis têtu ; je veux que tout fe paffe
A mon plaifir, fuivant mes volontés ;
Car je fuis riche.... Or, beau-père, écoutez ;
Pour honorer en moi mon mariage,
Je me décraffe, & j'achète au bailliage
L'emploi brillant de receveur royal
Dans le grenier à fel ; ça n'eft pas mal.
Mon fils fera confeiller ; & ma fille
Relévera quelque noble famille.

Mes petits-fils deviendront préfidens.
De Monfeigneur un jour les defcendans
Feront leur cour aux miens : & quand j'y penfe,
Je me rengorge, & me quarre d'avance.

DIGNANT.

Quarre-toi bien ; mais fonge qu'à préfent
On ne peut rien fans le confentement
De Monfeigneur ; il eft encor ton maître.

MATURIN.

Et pourquoi ça ?

DIGNANT.

Mais, c'eft que ça doit être.
A tous Seigneurs tous honneurs.

COLETTE (*à Maturin.*)

Oui, vilain.
Il t'en cuira, je t'en répons.

MATURIN.

Voifin,
Notre Baillif t'a donné fa folie.
Eh ! di-moi donc, s'il prend en fantaifie
A Monfeigneur d'avoir femme au logis,
A-t-il befoin de prendre ton avis ?

DIGNANT.

C'eft différent : je fus fon domeftique
De père en fils dans cette terre antique.
Je fuis né pauvre, & je deviens caffé.
Le peu d'argent que j'avais amaffé
Fut employé pour élever Acante.
Notre Baillif dit qu'elle eft fort favante,
Et qu'entre nous, fon éducation
Eft au-deffus de fa condition.

C'est ce qui fait que ma seconde épouse ,
Sa belle - mère , est fâchée & jalouse ,
Et la maltraite , & me maltraite aussi.
De tout cela je suis fort en souci.
Je voudrais bien te donner cette fille ,
Mais je ne puis établir ma famille
Sans Monseigneur ; je vis de ses bontés ,
Je lui dois tout ; j'attens ses volontés ;
Sans son aveu nous ne pouvons rien faire.

ACANTE.

Ah ! croyez-vous qu'il le donne , mon père ?

COLETTE.

Eh bien , fripon , tu crois que tu l'auras ?
Moi je te dis que tu ne l'auras pas.

MATURIN.

Tout le monde est contre moi , ça m'irrite.

SCENE V.

Les Acteurs précédens , Madame BERTHE.

MATURIN (*à Berthe qui arrive.*)
MA belle-mère , arrivez , venez vite.
Vous n'êtes plus la maîtresse au logis.
Chacun rebèque , & je vous avertis ,
Que si la chose en cet état demeure ,
Si je ne suis marié tout-à-l'heure ,
Je ne le ferai point , tout est fini ,
Tout est rompu.

BERTHE.

Qui m'a désobéi ?

Qui

Qui contredit, s'il vous plait, quand j'ordonne ?
Serait-ce vous, mon mari ? vous ?

D I G N A N T.

Perfonne ;
Nous n'avons garde ; & Maturin veut bien
Prendre ma fille à peu près avec rien ;
J'en fuis content ; & je dois me promettre
Que Monfeigneur daignera le permettre.

B E R T H E.

Allez, allez, épargnez vous ce foin ;
C'eft de moi feule ici qu'on a befoin ;
Et quand la chofe une fois fera faite,
Il faudra bien, ma foi, qu'il la permette.

D I G N A N T.

Mais....

B E R T H E.

Mais il faut fuivre ce que je dis.
Je ne veux plus fouffrir dans mon logis,
A mes dépens, une fille indolente,
Qui ne fait rien, de rien ne fe tourmente,
Qui s'imagine avoir de la beauté,
Pour être en droit d'avoir de la fierté.
Mademoifelle avec fa froide mine,
Ne daigne pas aider à la cuifine ;
Elle fe mire, ajufte fon chignon,
Fredonne un air en brodant un jupon,
Ne parle point, & le foir en cachette
Lit des romans que le Baillif lui prête.
Eh bien voyez, elle ne répond rien.
Je me repens de lui faire du bien.
Elle eft muette ainfi qu'une pécore.

Tom. VII. *& du Théâtre le cinquiéme.*   C

MATURIN.

Ah c'eſt tout jeune , & ça n'a pas encore
L'eſprit formé ; ça vient avec le tems.

DIGNANT.

Ma bonne , il faut quelques ménagemens
Pour une fille ; elles ont d'ordinaire
De l'embarras dans cette grande affaire ;
C'eſt modeſtie , & pudeur que cela.
Comme elle , enfin , vous paſſates par là ;
Je m'en ſouviens , vous étiez fort revêche.

BERTHE.

Eh ! finiſſons. Allons , qu'on ſe dépêche :
Quels ſots propos ! Suivez - moi promtement
Chez le Baillif.

COLETTE.

N'en fai rien , mon enfant.

BERTHE.

Allons , Acante.

ACANTE.

O ciel ! que dois - je faire ?

COLETTE.

Refuſe tout , laiſſe ta belle - mère ,
Viens avec moi.

BERTHE.

Quoi donc ! ſans ſourciller ?
Mais parlez donc.

ACANTE.

A qui puis - je parler ?

DIGNANT.

Chez le Baillif , ma bonne , allons l'attendre ,
Sans la gêner ; & laiſſons - lui reprendre
Un peu d'haleine.

A C A N T E.

Ah ! croyez que mes fens
Sont pénétrés de vos foins indulgens ;
Croyez qu'en tout je diftingue mon père.

M A T U R I N.

Madame Berthe , on ne diftingue guère
Ni vous , ni moi : la belle a le maintien
Un peu bien fec , mais cela n'y fait rien ;
Et je répons , dès qu'elle fera notre ,
Qu'en peu de tems je la rendrai toute autre.

(*ils fortent.*)

A C A N T E.

Ah ! que je fens de trouble & de chagrin !
Me faudra - t - il époufer Maturin ?

S C E N E   V I.

A C A N T E ,   C O L E T T E.

C O L E T T E.

AH ! n'en fai rien , croi - moi , ma chère amie.
Du mariage aurais - tu tant d'envie ?
Tu peux trouver beaucoup mieux . . . . que fait - on ?
Aimerais - tu ce méchant ?

A C A N T E.

Mon Dieu non.
Mais vois - tu bien , je ne fuis plus foufferte
Dans le logis de la marâtre Berthe ;
Je fuis chaffée , il me faut un abri ,
Et par befoin je dois prendre un mari.

C ij

C'eſt en pleurant que je cauſe ta peine.
D'un grand projet j'ai la cervelle pleine ;
Mais je ne ſais comment m'y prendre ; hélas !
Que devenir ?... Di - moi , ne ſais - tu pas
Si Monſeigneur doit venir dans ſes terres ?

CENTER> COLETTE.
Nous l'attendons.

ACANTE.
Bientôt ?

COLETTE.
Je ne ſais guères
Dans mon taudis les nouvelles de cour.
Mais s'il revient , ce doit être un grand jour.
Il met , dit - on , la paix dans les familles ;
Il rend juſtice , il a grand ſoin des filles.

ACANTE.
Ah ! s'il pouvait me protéger ici !

COLETTE.
Je prétens bien qu'il me protège auſſi.

ACANTE.
On dit qu'à Metz il a fait des merveilles ,
Qui dans l'armée ont très - peu de pareilles ;
Que Charles - Quint a loué ſa valeur.

COLETTE.
Qu'eſt - ce que Charles - Quint ?

ACANTE.
Un Empereur
Qui nous a fait bien du mal.

COLETTE.
Et qu'importe ?
Ne m'en faites pas , vous , & que je ſorte

A mon honneur du cas trifte où je fuis.

A C A N T E.

Comme le tien mon cœur eft plein d'ennuis.
Non loin d'ici quelquefois on me mène
Dans un château de la jeune Dormène.....

C O L E T T E.

Près de nos bois ?.... ah ! le plaifant château !
De Maturin le logis eft plus beau ;
Et Maturin eft bien plus riche qu'elle.

A C A N T E.

Oui, je le fais ; mais cette demoifelle
Eft autre chofe ; elle eft de qualité ;
On la refpeête avec fa pauvreté.
Elle a près d'elle une vieille perfonne
Qu'on nomme Laure, & de qui l'ame eft bonne.
Laure eft aufli d'une grande maifon.

C O L E T T E.

Qu'importe encor ?

A C A N T E.

Les gens d'un certain nom,
J'ai remarqué cela, chère Colette,
En favent plus, ont l'ame autrement faite,
Ont de l'efprit, des fentimens plus grands,
Meilleurs que nous.

C O L E T T E.

Oui, dès leurs premiers ans,
Avec grand foin leur ame eft façonnée ;
La notre, hélas ! languit abandonnée.
Comme on apprend à chanter, à danfer,
Les gens du monde apprennent à penfer.

C iij

ACANTE.

Cette Dormène , & cette vieille Dame ,
Semblent donner quelque chofe à mon ame ;
Je crois en valoir mieux quand je les voi ;
J'ai de l'orgueil , & je ne fais pourquoi ;
Et les bontés de Dormène & de Laure
Me font haïr , mille fois plus encore ,
Madame Berthe , & Monfieur Maturin.

COLETTE.

Quitte-les tous.

ACANTE.

Je n'ofe ; mais enfin
J'ai quelque efpoir : que ton confeil m'affifte.
Di-moi d'abord , Colette , en quoi confifte
Ce fameux droit du Seigneur ?

COLETTE.

Oh ! ma foi ,
Va confulter de plus doêtes que moi.
Je ne fuis point mariée : & l'affaire ,
A ce qu'on dit , eft un très grand myftère.
Seconde-moi , fai que je vienne à bout
D'être époufée , & je te dirai tout.

ACANTE.

Ah ! j'y ferai mon poffible.

COLETTE.

Ma mère
Eft très alerte , & conduit mon affaire :
Elle me fait , par un aête plaintif ,
Pouffer mon droit par devant le Baillif.
J'aurai , dit-elle , un mari par juftice.

ACANTE.

Que de bon cœur j'en fais le facrifice !
Chère Colette , agiffons bien à point ,
Toi pour l'avoir , moi pour ne l'avoir point.
Tu gagneras affez à ce partage ,
Mais en perdant , je gagne davantage.

Fin du premier acte.

ACTE II.

SCENE PREMIERE.

LE BAILLIF, PHLIPE son valet.

LE BAILLIF.

MA robe, allons.... du respect.... vite Phlipe.
C'est en Baillif qu'il faut que je m'équipe.
J'ai des cliens qu'il faut expédier.
Je suis Baillif ; je te fais mon huissier.
Amène-moi Colette à l'audiance.
(*il s'asseye devant une table, & feuillette un grand livre.*)
L'affaire est grave, & de grande importance.
De Matrimonio.... chapitre deux.
Empêchemens.... Ces cas là font verreux.
Il faut savoir de la jurisprudence.
(*à Colette.*)
Approchez-vous.... faites la révérence,
Colette ; il faut d'abord dire son nom.

COLETTE.

Vous l'avez dit, je suis Colette.

LE BAILLIF *écrit.*

Bon,

Colette.... Il faut dire ensuite son âge.
N'avez-vous pas trente ans, & davantage ?

COLETTE.

Fi donc, Monsieur, j'ai vingt ans tout au plus.

LE

L E B A I L L I F (*écrivant.*)

Ça , vingt ans , paffe : ils font bien révolus ?

C O L E T T E.

L'âge , Monfieur , ne fait rien à la chofe ;
Et jeune ou non , fachez que je m'oppofe
A tout contrat qu'un Maturin fans foi
Fera jamais avec d'autres que moi.

L E B A I L L I F.

Vos oppofitions feront notoires.
Ça , vous avez des raifons péremptoires ?

C O L E T T E.

J'ai cent raifons.

L E B A I L L I F.

Dites - les. . . . Aurait - il. . .

C O L E T T E.

Oh ! oui , Monfieur.

L E B A I L L I F.

Mais vous coupez le fil ,
A tout moment , de notre procédure.

C O L E T T E.

Pardon , Monfieur.

L E B A I L L I F.

Vous a - t - il fait injure ?

C O L E T T E.

Oh tant ! j'aurais plus d'un mari fans lui ;
Et me voilà pauvre fille aujourd'hui.

L E B A I L L I F.

Il vous a fait fans doute des promeffes ?

C O L E T T E.

Mille pour une , & pleines de tendreffes.

Il promettait , il jurait que dans peu
Il me prendrait en légitime nœud.

        L E   B A I L L I F (*écrivant.*)

En légitime nœud. ... quelle malice !
Ça , produifez fes lettres en juftice.

         ' C O L E T T E.

Je n'en ai point , jamais il n'écrivait ,
Et je croyais tout ce qu'il me difait.
Quand tous les jours on parle tête à tête
A fon amant d'une manière honnête ,
Pourquoi s'écrire ? à quoi bon ?

        L E   B A I L L I F.

               Mais du moins ,
Au lieu d'écrits , vous avez des témoins ?

        C O L E T T E.

Moi ? point du tout : mon témoin c'eft moi-même.
Eft-ce qu'on prend des témoins quand on s'aime ?
Et puis , Monfieur , pouvais-je deviner
Que Maturin ofât m'abandonner ?
Il me parlait d'amitié , de conftance ;
Je l'écoutais , & c'était en préfence
De mes moutons , dans fon pré , dans le mien ;
Ils ont tout vû , mais ils ne difent rien.

        L E   B A I L L I F.

Non plus qu'eux tous je n'ai donc rien à dire.
Votre complainte eft droit ne peut fuffire.
On ne produit ni témoins , ni billets ,
On ne vous a rien fait , rien écrit....

        C O L E T T E.

                Mais ,
Un Maturin aura donc l'infolence

Impunément d'abufer l'innocence ?

L e B a i l l i f.

En abufer ! mais vraiment, c'eft un cas
Epouvantable, & vous n'en parliez pas !
Inftrumentons.... Laquelle nous remontre
Que Maturin en plus d'une rencontre,
Se prévalant de fa fimplicité,
A méchamment contre icelle attenté :
Laquelle infifte, & répète dommages,
Fraix, intérêts, pour raifon des outrages
Contre les loix faits par le fuborneur,
Dit Maturin, à fon préfent honneur.

C o l e t t e.

Rayez cela ; je ne veux pas qu'on dife
Dans le pays une telle fotife.
Mon honneur eft très intact ; & pour peu
Qu'on l'eût bleffé, l'on aurait vû beau jeu.

L e B a i l l i f.

Que prétendez-vous donc ?

C o l e t t e.
Etre vengée.

L e B a i l l i f.

Pour fe venger il faut être outragée ;
Et par écrit coucher en mots exprès,
Quels attentats encontre vous font faits ;
Articuler les lieux, les circonftances,
Quis, quid, ubi, les excès, infolences,
Enormités fur quoi l'on jugera.

C o l e t t e.

Ecrivez donc tout ce qu'il vous plaira.

D ij

LE BAILLIF.

Ce n'eſt pas tout : il faut ſavoir la ſuite
Que ces excès pourraient avoir produite.

COLETTE.

Comment produite ? Eh rien ne produit rien.
Traitre Baillif, qu'entendez-vous ?

LE BAILLIF.

                    Fort bien,
Laquelle fille a dans ſes procédures,
·Perdu le ſens, & nous dit des injures;
Et n'apportant nulle preuve du fait,
L'empêchement eſt nul, de nul effet.

(*il ſe lève.*)

Depuis une heure en vain je vous écoute.
Vous n'avez rien prouvé, je vous déboute.

COLETTE.

Me débouter, moi ?

LE BAILLIF.

Vous.

COLETTE.

              Maudit Baillif !

Je ſuis déboutée ?

LE BAILLIF.

          Oui, quand le plaintif
Ne peut donner des raiſons qui convainquent,
On le déboute, & les adverſes vainquent.
Sur Maturin n'ayant point action,
Nous procédons à la concluſion.

COLETTE.

Non, non, Baillif, vous aurez beau conclure,
Inſtrumenter, & ſigner, je vous jure

Qu'il n'aura point fon Acante.

LE BAILLIF.

Il l'aura ;

De Monfeigneur le droit fe maintiendra.
Je fuis Baillif, & j'ai les droits du maître :
C'eft devant moi qu'il faudra comparaître.
Confolez-vous , fachez que vous aurez
Affaire à moi quand vous vous marîrez.

COLETTE.

J'aimerais mieux le refte de ma vie
Demeurer fille.

LE BAILLIF.

Oh je vous en défie.

SCENE II.

COLETTE _feule._

AH ! comment faire ? où reprendre mon bien ?
J'ai protefté , cela ne fert de rien.
On va figner. Que je fuis tourmentée !

SCENE III.

COLETTE, ACANTE.

COLETTE.

A Mon fecours ! me voilà deboutée.

ACANTE.

Deboutée !

D iij

COLETTE.

Oui , l'ingrat vous eſt promis.
On me déboute.

ACANTE.

Hélas ! je ſuis bien pis.
De mes chagrins mon ame eſt oppreſſée ;
Ma chaine eſt prête , & je ſuis fiancée,
Ou je vais l'être au moins dans un moment.

COLETTE.

Ne hais-tu pas mon lâche ?

ACANTE.

Honnêtement.
Entre nous deux , juges-tu ſur ma mine
Qu'il ſoit bien doux d'être ici Maturine ?

COLETTE.

Non pas pour toi ; tu portes dans ton air ,
Je ne ſais quoi de brillant & de fier ;
A Maturin cela ne convient guère,
Et ce maraud était mieux mon affaire.

ACANTE.

J'ai par malheur de trop hauts ſentimens.
Di-moi , Colette , as-tu lû des romans ?

COLETTE.

Moi ? non ; jamais.

ACANTE.

Le Baillif Métaproſe
M'en a prêté.... Mon Dieu la belle choſe !

COLETTE.

En quoi ſi belle ?

ACANTE.

On y voit des amans,

Si courageux , fi tendres , fi galans !

C O L E T T E.

Oh Maturin n'eſt pas comme eux.

A C A N T E.

Colette ,

Que les romans rendent l'ame inquiète !

C O L E T T E.

Et d'où vient donc ?

A C A N T E.

Ils forment trop l'eſprit.

En les liſant le mien bientôt s'ouvrit.

A réfléchir que de nuits j'ai paſſées !

Que les romans font naître de penſées !

Que les héros de ces livres charmans

Reſſemblent peu , Colette , aux autres gens !

Cette lumière était pour moi féconde ;

Je me voyais dans un tout autre monde.

J'étais au ciel. . . . Ah ! qu'il m'était bien dur

De retomber dans mon état obſcur !

Le cœur tout plein de ce grand étalage ,

De me trouver au fond de mon village !

Et de deſcendre après ce vol divin ,

Des Amadis à maître Maturin !

C O L E T T E.

Votre propos me ravit ; & je jure

Que j'ai déja du goût pour la lecture.

A C A N T E.

T'en ſouvient-il , autant qu'il m'en ſouvient ,

Que ce Marquis , ce beau Seigneur qui tient

Dans le pays le rang , l'état d'un Prince ,

De ſa préſence honora la province ?

Il s'eſt paſſé juſte un an & deux mois
Depuis qu'il vint pour cette ſeule fois.
T'en ſouvient-il ? nous le vimes à table ;
Il m'accueillit ; ah ! qu'il était affable !
Tous ſes diſcours étaient des mots choiſis,
Que l'on n'entend jamais dans ce païs.
C'était, Colette, une langue nouvelle,
Supérieure, & pourtant naturelle ;
J'aurais voulu l'entendre tout le jour.

COLETTE.

Tu l'entendras ſans doute à ſon retour.

ACANTE.

Ce jour, Colette, occupe ta mémoire,
Où Monſeigneur tout rayonnant de gloire,
Dans nos forêts ſuivi d'un peuple entier,
Le fer en main courait le ſanglier ?

COLETTE.

Oui, quelque idée & confuſe, & légère,
Peut m'en reſter.

ACANTE.

Je l'ai diſtincte & claire.

Je crois le voir avec cet air ſi grand,
Sur ce cheval ſuperbe & bondiſſant ;
Près d'un gros chêne il perce de ſa lance
Le ſanglier qui contre lui s'élance.
Dans ce moment j'entendis mille voix,
Que répétaient les échos de nos bois ;
Et de bon cœur (il faut que j'en convienne)
J'aurais voulu qu'il démêlât la mienne.
De ſon départ je fus encor témoin ;
On l'entourait, je n'étais pas bien loin.

Il me parla.... Depuis ce jour, ma chère,
Tous les romans ont le don de me plaire.
Quand je les lis, je n'ai jamais d'ennui;
Il me parait qu'ils me parlent de lui.

C O L E T T E.

Ah qu'un roman eſt beau !

A C A N T E.

                 C'eſt la peinture
Du cœur humain, je crois, d'après nature.

C O L E T T E.

D'après nature!... Entre nous deux, ton cœur
N'aime-t-il pas en ſecret Monſeigneur ?

A C A N T E.

Oh non, je n'oſe ; & je ſens la diſtance
Qu'entre nous deux mit ſon rang, ſa naiſſance.
Crois-tu qu'on ait des ſentimens ſi doux
Pour ceux qui ſont trop au deſſus de nous ?
A cette erreur trop de raiſon s'oppoſe.
Non, je ne l'aime point, mais il eſt cauſe
Que l'ayant vû je ne peux à préſent
En aimer d'autre, & c'eſt un grand tourment.

C O L E T T E.

Mais de tous ceux qui le ſuivaient, ma bonne,
Aucun n'a-t-il cajolé ta perſonne ?
J'avoûrai moi, que l'on m'en a conté.

A C A N T E.

Un étourdi prit quelque liberté ;
Il s'appellait le Chevalier Gernance ;
Son fier maintien, ſes airs, ſon inſolence,
Me révoltaient, loin de m'en impoſer.
Il fut ſurpris de ſe voir mépriſer ;

Tom. VII. *& du Théâtre le cinquiéme.*   E

Et reprimant fa pourfuite hardie,
Je lui fis voir combien la modeftie
Etait plus fière, & pouvait d'un coup d'œil
Faire trembler l'impudence & l'orgueil.
Ce Chevalier ferait affez paffable,
Et d'autres mœurs l'auraient pû rendre aimable.
Ah ! la douceur eft l'appas qui nous prend.
Que Monfeigneur, ô ciel ! eft différent !

C O L E T T E.

Ce Chevalier n'était donc guères fage ?
Ça, qui des deux te déplait davantage,
De Maturin, ou de cet effronté ?

A C A N T E.

Oh Maturin !... c'eft fans difficulté.

C O L E T T E.

Mais Monfeigneur eft bon : il eft le maitre ;
Pourrait-il pas te dépêtrer du traitre ?
Tu me parais fi belle.

A C A N T E.
Hélas !

C O L E T T E.
Je croi

Que tu pouras mieux réuffir que moi.

A C A N T E.

Eft-il bien vrai qu'il arrive ?

C O L E T T E.
Sans doute,

Car on le dit.

A C A N T E.
Penfes-tu qu'il m'écoute ?

COLETTE.

J'en fuis certaine , & je retiens ma part
De fes bontés.

ACANTE.

Nous le verrons trop tard ;
Il n'arrivera point ; on me fiance ,
Tout eft conclu , je fuis fans efpérance.
Berthe eft terrible en fa mauvaife humeur ;
Maturin preffe , & je meurs de douleur.

COLETTE.

Eh moque-toi de Berthe.

ACANTE.

Hélas Dormène ,
Si je lui parle , entrera dans ma peine.
Je vais prier Dormène de m'aider
De fon appui , qu'elle daigne accorder
Aux malheureux : cette Dame eft fi bonne !
Laure , furtout , cette vieille perfonne ,
Qui m'a fouvent montré tant d'amitié ,
De moi , fans doute , aura quelque pitié ,
Me donnera des confeils.

COLETTE.

A notre âge ,
Il faut de bons amis , rien n'eft plus fage.
Tu trembles ?

ACANTE.

Oui.

COLETTE.

Par ces lieux détournés
Viens avec moi.

SCENE IV.

ACANTE, COLETTE, BERTHE, DIGNANT, MATURIN.

BERTHE (*arrêtant Acante.*)

Quel chemin vous prenez !
Etes-vous folle ? & quand on doit se rendre
A son devoir, faut-il se faire attendre ?
Quelle indolence ! & quel air de froideur !
Vous me glacez : votre mauvaise humeur
Jusqu'à la fin vous sera reprochée.
On vous marie, & vous êtes fâchée !
Hom l'idiote ! Allons, ça, Maturin,
Soyez le maître, & donnez lui la main.

MATURIN *approche sa main, & veut l'embrasser.*
Ah ! palsamdié....

BERTHE.

Voyez la malhonnête !
Elle rechigne & détourne la tête !

ACANTE.

Pardon, mon père, hélas ! vous excusez
Mon embarras, vous le favorisez,
Et vous sentez quelle douleur amère
Je dois souffrir en quittant un tel père.

BERTHE.

Et rien pour moi ?

MATURIN.

Ni rien pour moi non plus ?

COLETTE.

Non, rien, méchant, tu n'auras qu'un refus.

MATURIN.

On me fiance.

COLETTE.

Et va, va, fiançailles
Affez fouvent ne font pas époufailles.
Laiffe-moi faire.

DIGNANT.

Eh! qu'eft-ce que j'entens?
C'eft un courier : c'eft je penfe un des gens
De Monfeigneur ; oui, c'eft le vieux Champagne.

SCENE V.

Les Acteurs précédens, CHAMPAGNE.

CHAMPAGNE.

Oui, nous avons terminé la campagne,
Nous avons fauvé Metz, mon maître & moi,
Et nous aurons la paix. Vive le Roi!
Vive mon maître!... il a bien du courage,
Mais il eft trop férieux pour fon âge :
J'en fuis fâché. Je fuis bien aife auffi,
Mon vieux Dignant, de te trouver ici.
Tu me parais en grande compagnie.

DIGNANT

Oui.... vous ferez de la cérémonie.
Nous marions Acante.

CHAMPAGNE.

Bon! tant mieux!

Nous danferons , nous ferons tous joyeux.
Ta fille eft belle.... Ah ah , c'eft toi, Colette,
Ma chère enfant, ta fortune eft donc faite,
Maturin eft ton mari ?

COLETTE.
Mon Dieu , non.

CHAMPAGNE.
Il fait fort mal.

COLETTE.
Le traître , le fripon ,
Croit dans l'inftant prendre Acante pour femme.

CHAMPAGNE.
Il fait fort bien ; je répons fur mon ame ,
Que cet hymen à mon maître agréra ,
Et que la noce à fes fraix fe fera.

ACANTE.
Comment ! il vient ?

CHAMPAGNE.
Peut-être ce foir même.

DIGNANT.
Quoi ! ce Seigneur , ce bon maître que j'aime ,
Je puis le voir encor avant ma mort ?
S'il eft ainfi , je bénirai mon fort.

ACANTE.
Puifqu'il revient , permettez , mon cher père ,
De vous prier (devant ma belle - mère)
De vouloir bien ne rien précipiter
Sans fon aveu , fans l'ofer confulter.
C'eft un devoir dont il faut qu'on s'acquitte ,
C'eft un refpeɛt , fans doute , qu'il mérite.

M A T U R I N.

Foin du refpeét.

D I G N A N T.

Votre avis eft fenfé ,
Et comme vous en fecret j'ai penfé.

M A T U R I N.

Et moi , l'ami , je penfe le contraire.

C O L E T T E (*à Acante.*)

Borr , tenez ferme.

M A T U R I N.

Eft un fot qui diffère.
Je ne veux point foûmettre mon honneur ,
Si je le puis , à ce droit du Seigneur.

B E R T H E.

Eh pourquoi tant s'effaroucher ? la chofe
Eft bonne au fond , quoique le monde en caufe ,
Et notre honneur ne peut s'en tourmenter.
J'en fis l'épreuve ; & je peux protefter
Qu'à mon devoir quand je me fus rendüe ,
On s'en alla dès l'inftant qu'on m'eut vüe.

C O L E T T E.

Je le crois bien.

B E R T H E.

Cependant , la raifon
Doit confeiller de fuir l'occafion.
Hâtons la noce , & n'attendons perfonne.
Préparez tout , mon mari , je l'ordonne.

M A T U R I N. (*à Colette, en s'en allant.*)

C'eft très bien dit. Eh bien , l'aurai-je enfin ?

C O L E T T E.

Non , tu ne l'auras pas , non , Maturin. (*Ils fortent.*)

CHAMPAGNE.

Oh, oh, nos gens viennent en diligence.
Eh quoi, déja le Chevalier Gernance ?

SCENE VI.

LE CHEVALIER, CHAMPAGNE.

CHAMPAGNE.

VOus êtes fin, Monfieur le Chevalier,
Très à propos vous venez le premier.
Dans tous vos faits votre beau talent brille.
Vous vous doutez qu'on marie une fille ;
Acante eft belle, au moins.

LE CHEVALIER.

　　　　　　　Eh oui vraiment,
Je la connais ; j'apprends en arrivant
Que Maturin fe donne l'infolence
De s'appliquer ce bijou d'importance ;
Mon bon deftin nous a fait accourir
Pour y mettre ordre : il ne faut pas fouffrir
Qu'un riche ruftre ait les tendres prémices
D'une beauté qui ferait les délices
Des plus hupés, & des plus délicats.
Pour le Marquis, il ne fe hâte pas ;
C'eft, je l'avoue, un grave perfonnage,
Preffé de rien, bien compaffé, bien fage,
Et voyageant comme un ambaffadeur.
Parbleu, joüons un tour à fa lenteur.
Tiens, il me vient une bonne penfée

C'eft

C'eſt d'enlever *preſto* la fiancée,
De la conduire en quelque vieux château,
Quelque mazure.

CHAMPAGNE.
Oui, le projet eſt beau.

LE CHEVALIER.
Un vieux château, vers la forêt prochaine,
Tout délabré, que poſſède Dormène,
Avec ſa vieille....

CHAMPAGNE.
Oui, c'eſt Laure, je crois.

LE CHEVALIER.
Oui.

CHAMPAGNE.
Cette vieille était jeune autrefois,
Je m'en ſouviens : votre étourdi de père
Eut avec elle une certaine affaire
Où chacun d'eux fit un mauvais marché.
Ma foi, c'était un maître débauché,
Tout comme vous, buvant, aimant les belles,
Les enlevant, & puis ſe moquant d'elles.
Il mangea tout, & ne vous laiſſa rien.

LE CHEVALIER.
J'ai le Marquis, & c'eſt avoir du bien.
Sans nul ſouci je vis de ſes largeſſes.
Je n'aime point l'embarras des richeſſes.
Eſt riche aſſez qui fait toûjours jouïr.
Le premier bien, croi-moi, c'eſt le plaiſir.

CHAMPAGNE.
Et que ne prenez-vous cette Dormène ?
Bien plus qu'Acante elle en vaudrait la peine ;

Elle eft très fraiche : elle eft de qualité ;
Cela convient à votre dignité.
Laiffez pour nous les filles du village.

LE CHEVALIER.

Vraiment Dormène eft un très doux partage ;
C'eft très-bien dit. Je crois que j'eus un jour,
S'il m'en fouvient, pour elle un peu d'amour.
Mais entre nous elle fent trop fa Dame.
On ne pourrait en faire que fa femme.
Elle eft bien pauvre, & je le fuis auffi ;
Et pour l'hymen j'ai fort peu de fouci.
Mon cher Champagne, il me faut une Acante ;
Cette conquête eft beaucoup plus plaifante.
Oui, cette Acante aujourd'hui m'a piqué.
Je me fentis l'an paffé provoqué
Par fes refus, par fa petite mine.
J'aime à domter cette pudeur mutine.
J'ai deux coquins, qui font trois avec toi,
Déterminés, alertes comme moi ;
Nous tiendrons prêt à cent pas un carroffe,
Et nous fondrons tous quatre fur la noce.
Cela fera plaifant ; j'en ris déja.

CHAMPAGNE.

Mais croyez-vous que Monfeigneur rira ?

LE CHEVALIER.

Il faudra bien qu'il rie, & que Dormène
En rie encor, quoique prude & hautaine ;
Et je prétens que Laure en rie auffi.
Je viens de voir à cinq cent pas d'ici
Dormène & Laure en très mince équipage,
Qui s'en allaient vers le prochain village,

Chez quelque vieille. Il faut prendre ce tems.
C H A M P A G N E.
C'eſt bien penſé ; mais vos déportemens
Sont dangereux ; je crois, pour ma perſonne.
L E C H E V A L I E R.
Bon ! l'on ſe fâche, on s'appaiſe, on pardonne.
Tous les gens gais ont le don merveilleux
De mettre en train tous les gens ſérieux.

C H A M P A G N E.
Fort bien.
L E C H E V A L I E R.
L'eſprit le plus atrabilaire
Eſt ſubjugué quand on cherche à lui plaire.
On s'épouvante, on crie, on fuit d'abord,
Et puis l'on ſoupe, & puis l'on eſt d'accord.
C H A M P A G N E.
On ne peut mieux : mais votre belle Acante
Eſt bien revêche.
L E C H E V A L I E R.
Et c'eſt ce qui m'enchante.
La réſiſtance eſt un charme de plus ;
Et j'aime aſſez une heure de refus.
Comment ſouffrir la ſtupide innocence
D'un ſot tendron faiſant la révérence,
Baiſſant les yeux, muette à mon aſpeĉt,
Et recevant mes faveurs par reſpeĉt ?
Mon cher Champagne, à mon dernier voyage,
D'Acante ici j'éprouvai le courage.
Va, ſous mes loix je la ferai plier.
Rentre pour moi dans ton premier métier,
Sois mon trompette, & ſonne les allarmes.

F ij

Point de quartier , marchons , alerte , aux armes ,
Vite.

CHAMPAGNE.

Je crois que nous fommes trahis ;
C'eft du fecours qui vient aux ennemis ;
J'entens grand bruit , c'eft Monfeigneur.

LE CHEVALIER.

N'importe :
Sois prêt ce foir à me fervir d'efcorte.

Fin du fecond acte.

A C T E   I I I.

S C E N E   P R E M I E R E.

LE MARQUIS, le Chevalier GERNANCE.

Le Marquis.

C Her Chevalier, que mon cœur eſt en paix !
Que mes regards ſont ici ſatisfaits !
Que ce château qu'ont habité nos pères,
Que ces forêts, ces plaines me ſont chères !
Que je voudrais oublier pour toûjours
L'illuſion, les manèges des Cours !
Tous ces grands riens, ces pompeuſes chimères,
Ces vanités, ces ombres paſſagères,
Au fond du cœur laiſſent un vuide affreux.
C'eſt avec nous que nous ſommes heureux.
Dans ce grand monde où chacun veut paraître,
On eſt eſclave, & chez moi je ſuis maître.
Que je voudrais que vous euſſiez mon gout !

Le Chevalier.

Eh oui, l'on peut ſe réjouïr partout,
En garniſon, à la cour, à la guerre,
Longtems en ville, & huit jours dans ſa terre.

Le Marquis.

Que vous & moi nous ſommes différens !

Le Chevalier.

Nous changerons peut-être avec le tems.

En attendant vous favez qu'on apprête
Pour ce jour même une très belle fête ?
C'eſt une noce.

LE MARQUIS.

Oui , Maturin vraiment
Fait un beau choix , & mon contentement
Eſt tout acquis à ce doux mariage.
L'époux eſt riche , & ſa maitreſſe eſt ſage ;
C'eſt un bonheur bien digne de mes vœux ,
En arrivant de faire deux heureux.

LE CHEVALIER.

Acante encor en peut faire un troiſiéme.

LE MARQUIS.

Je vous reconnais là , toûjours vous - même.
Mon cher parent , vous m'avez fait cent fois
Trembler pour vous par vos galants exploits.
Tout peut paſſer dans des villes de guerre ;
Mais nous devons l'exemple dans ma terre.

LE CHEVALIER.

L'exemple du plaiſir apparemment ?

LE MARQUIS.

Au moins , mon cher , que ce ſoit prudemment ;
Daignez en croire un parent qui vous aime.
Si vous n'avez du reſpeέt pour vous-même ,
Quelque grand nom que vous puiſſiez porter ,
Vous ne pourez vous faire reſpeέter.
Je ne ſuis pas difficile & ſévère ,
Mais entre nous ſongez que votre père ,
Pour avoir pris le train que vous prenez ,
Se vit au rang des plus infortunés ,
Perdit ſes biens , languit dans la miſère ,

Fit de douleur expirer votre mère ,
Et près d'ici mourut affaffiné.
J'étais enfant ; fon fort infortuné
Fut à mon cœur une leçon terrible ,
Qui fe grava dans mon ame fenfible.
Utilement témoin de fes malheurs ,
Je m'inftruifais en répandant des pleurs.
Si comme moi cette fin déplorable
Vous eût frappé , vous feriez raifonnable.

L E C H E V A L I E R.

Oui , je veux l'être un jour , c'eft mon deffein ;
J'y penfe quelquefois , mais c'eft en vain ;
Mon feu m'emporte.

L E M A R Q U I S.

       Eh bien , je vous préfage
Que vous ferez las du libertinage.

L E C H E V A L I E R.

Je le voudrais ; mais on fait comme on peut.
Ma foi , n'eft pas raifonnable qui veut.

L E M A R Q U I S.

Vous vous trompez , on eft un peu fon maître ;
J'en fis l'épreuve , eft fage qui veut l'être ;
Et croyez-moi , cette Acante , entre nous ,
Eut des attraits pour moi comme pour vous :
Mais ma raifon ne pouvait me permettre
Un fol amour qui m'allait compromettre.
Je rejettai ce défir paffager ,
Dont la pourfuite aurait pû m'affliger ,
Dont le fuccès eût perdu cette fille ,
Eût fait fa honte aux yeux de fa famille ,
Et l'eût privée à jamais d'un époux.

LE CHEVALIER.

Je ne fuis pas fi timide que vous.
La même pâte, il faut que j'en convienne,
N'a point paitri votre branche & la mienne.
Quoi, vous penfez être dans tous les tems
Maître abfolu de vos yeux, de vos fens?

LE MARQUIS.

Eh pourquoi non?

LE CHEVALIER.

Très fort je vous refpecte,
Mais la fageffe eft tant foit peu fufpecte.
Les plus prudens fe laiffent captiver,
Et le vrai fage eft encor à trouver.
Craignez furtout le titre ridicule
De philofophe.

LE MARQUIS.

O l'étrange fcrupule!
Ce noble nom, ce nom tant combattu,
Que veut-il dire? amour de la vertu.
Le fat en raille avec étourderie,
Le fot le craint, le fripon le décrie;
L'homme de bien dédaigne les propos
Des étourdis, des fripons & des fots:
Et ce n'eft pas fur les difcours du monde
Que le bonheur & la vertu fe fonde.
Ecoutez-moi. Je fuis las aujourd'hui
Du train des Cours où l'on vit pour autrui;
Et j'ai penfé, pour vivre à la campagne,
Pour être heureux, qu'il faut une compagne.
J'ai le projet de m'établir ici,
Et je voudrais vous marier auffi.

LE

L e C h e v a l i e r.
Très - humble ferviteur.

L e M a r q u i s.
Ma fantaifie
N'eft pas de prendre une jeune étourdie.

L e C h e v a l i e r.
L'étourderie a du bon.

L e M a r q u i s.
Je voudrais
Un efprit doux , plus que de doux attraits.

L e C h e v a l i e r.
J'aimerais mieux le dernier.

L e M a r q u i s.
La jeuneffe ,
Les agrémens n'ont rien qui m'intéreffe.

L e C h e v a l i e r.
Tant pis.

L e M a r q u i s.
Je veux affermir ma maifon ,
Par un hymen qui foit tout de raifon.

L e C h e v a l i e r.
Oui , tout d'ennui.

L e M a r q u i s.
J'ai penfé que Dormène
Serait très propre à former cette chaine.

L e C h e v a l i e r.
Notre Dormène eft bien pauvre.

L e M a r q u i s.
Tant mieux.
C'eft un bonheur fi pur , fi précieux ,
De relever l'indigente nobleffe ,
Tom. VII. *& du Théâtre le cinquiéme.*   G

De préférer l'honneur à la richeffe !
C'eft l'honneur feul qui chez nous doit former
Tout notre fang : lui feul doit animer
Ce fang reçu de nos braves ancêtres,
Qui dans les camps doit couler pour fes maîtres.

LE CHEVALIER.

Je penfe ainfi : les Français libertins
Sont gens d'honneur. Mais dans vos beaux deffeins,
Vous avez donc, malgré votre réferve,
Un peu d'amour ?

LE MARQUIS.

Qui, moi ? Dieu m'en préferve !
Il faut favoir être maître chez foi ;
Et fi j'aimais, je recevrais la loi.
Se marier par amour, c'eft folie.

LE CHEVALIER.

Ma foi, Marquis, votre philofophie
Me paraît toute à rebours du bon fens ;
Pour moi, je crois au pouvoir de nos fens.
Je les confulte en tout, & j'imagine
Que tous ces gens fi graves par la mine,
Pleins de morale & de réflexions,
Sont deftinés aux grandes paffions.
Les étourdis efquivent l'efclavage,
Mais un coup d'œil peut fubjuguer un fage.

LE MARQUIS.

Soit ; nous verrons.

LE CHEVALIER.

Voici d'autres époux ;
Voici la noce ; allons, égayons-nous.
C'eft Maturin, c'eft la gentille Acante,

C'eſt le vieux père , & la mère , & la tante,
C'eſt le Baillif, Colette & tout le bourg.

SCENE II.

LE MARQUIS, LE CHEVALIER,
LE BAILLIF *à la tête des habitans.*

LE MARQUIS.

J'En ſuis touché. Bon jour , enfans , bon jour.

LE BAILLIF.

Nous venons tous avec conjouïſſance,
Nous préſenter devant votre Excellence,
Comme les Grecs jadis devant Cyrus....
Comme les Grecs.

LE MARQUIS.

Les Grecs ſont ſuperflus.
Je ſuis Picard ; je revois avec joye
Tous mes vaſſaux.

LE BAILLIF.

Les Grecs de qui la proye....

LE CHEVALIER.

Ah finiſſez !... Notre gros Maturin,
La belle Acante eſt votre proye enfin ?

MATURIN.

Ouida , Monſieur , la fiançaille eſt faite,
Et nous prions que Monſeigneur permette
Qu'on nous finiſſe.

COLETTE.

Oh tu ne l'auras pas ;
Je te le dis , tu me demeureras.

Oui , Monseigneur , vous me rendrez justice ;
Vous ne souffrirez pas qu'il me trahisse ;
Il m'a promis. . . .

MATURIN.

Bon , j'ai promis en l'air.

LE MARQUIS.

Il faut , Baillif, tirer la chose au clair.
A - t - il promis ?

LE BAILLIF.

La chose est constatée.
Colette est folle , & je l'ai déboutée.

COLETTE.

Ça n'y fait rien , & Monseigneur saura
Qu'on force Acante à ce beau marché là ,
Qu'on la maltraite , & qu'on la violente
Pour épouser.

LE MARQUIS.

Est - il vrai , belle Acante ?

ACANTE.

Je dois d'un père avec raison chéri
Suivre les loix ; il me donne un mari.

MATURIN.

Vous voyez bien qu'en effet elle m'aime.

LE MARQUIS.

Sa réponse est d'une prudence extrême ;
Eh bien chez moi la noce se fera.

LE CHEVALIER.

Bon , bon , tant mieux.

LE MARQUIS (*à Acante.*)

Votre père verra
Que j'aime en lui la probité, le zèle ,

Et les travaux d'un ferviteur fidèle.
Votre fageffe à mes yeux fatisfaits
Augmente encor le prix de vos attraits.
Comptez , amis , qu'en faveur de la fille
Je prendrai foin de toute la famille.

COLETTE.
Et de moi donc ?

LE MARQUIS.
De vous , Colette , auffi.
Cher Chevalier , retirons - nous d'ici ;
Ne troublons point leur naïve allégreffe.

LE BAILLIF.
Et votre droit , Monfeigneur , le tems preffe.

MATURIN.
Quel chien de droit ! Ah me voilà perdu.

COLETTE.
Va , tu verras.

BERTHE.
Maturin , que crains - tu ?

LE MARQUIS.
Vous aurez foin , Baillif , en homme fage ,
D'arranger tout fuivant l'antique ufage ;
D'un fi beau droit je veux m'autorifer ,
Avec décence , & n'en point abufer.

LE CHEVALIER.
Ah quel Caton ! mais mon Caton , je penfe ,
La fuit des yeux , & non fans complaifance.
Mon cher coufin.

LE MARQUIS.
Eh bien ?

G iij

LE CHEVALIER.

Gageons tous deux
Que vous allez devenir amoureux.

LE MARQUIS.

Moi ! mon coufin.

LE CHEVALIER.

Oui , vous.

LE MARQUIS.

L'extravagance !

LE CHEVALIER.

Vous le ferez , j'en ris déja d'avance.
Gageons , vous dis-je , une difcrétion.

LE MARQUIS.

Soit.

LE CHEVALIER.

Vous perdrez.

LE MARQUIS.

Soyez bien fûr que non.

SCENE III.

LE BAILLIF , les autres acteurs.

MATURIN.

Que difent-ils ?

LE BAILLIF.

Ils difent que fur l'heure
Chacun s'en aille & qu'Acante demeure.

MATURIN.

Moi , que je forte ?

L<small>E</small> B<small>A I L L I F</small>.
Oui fans doute.

C<small>O L E T T E</small>.
Oui , fripon.
Oh ! nous aimons la loi , nous.

M<small>A T U R I N</small> (*au Baillif.*)
Mais doit - on ? . . .

B<small>E R T H E</small>.
Eh quoi , benet , te voilà bien à plaindre !

D<small>I G N A N T</small>.
Allez , d'Acante on n'aura rien à craindre.
Trop de vertu règne au fond de fon cœur ;
Et notre maître eft tout rempli d'honneur.
(*à Acante.*)
Quand près de vous il daignera fe rendre,
Quand fans témoin il poura vous entendre ,
Remettez - lui ce paquet cacheté ,
(*lui donnant des papiers cachetés.*)
C'eft un devoir de votre piété ,
N'y manquez pas. . . . O fille toûjours chère ! . . .
Embraffez - moi.

A<small>C A N T E</small>.
Tous vos ordres , mon père ,
Seront fuivis , ils font pour moi facrés ;
Je vous dois tout. . . . D'où vient que vous pleurez ?

D<small>I G N A N T</small>.
Ah ! je le dois . . . . de vous je me fépare ,
C'eft pour jamais : mais fi le ciel avare ,
Qui m'a toûjours refufé fes bienfaits ,
Pouvait fur vous les verfer deformais ,
Si votre fort eft digne de vos charmes ,

Ma chère enfant, je dois fécher mes larmes.

B E R T H E.

Marchons, marchons, tous ces beaux complimens
Sont pauvretés qui font perdre du tems.
Venez, Colette.

C O L É T T E (*à Acante.*)

Adieu, ma chère amie.
Je recommande à votre prud'hommie
Mon Maturin ; vengez - moi des ingrats.

A C A N T E.

Le cœur me bat.... que deviendrai-je, hélas !

S C E N E   I V.

LE BAILLIF, MATURIN, ACANTE.

M A T U R I N.

JE n'aime point cette cérémonie,
Maître Baillif, c'eſt une tyrannie.

L E   B A I L L I F.

C'eſt la condition, *ſine qua non.*

M A T U R I N.

Sine qua non ; quel diable de jargon !
Morbleu ma femme eſt à moi.

L E   B A I L L I F.

Pas encore :

Il faut premier que Monſeigneur l'honore
D'un entretien, felon les nobles us
En ce châtel de tous les tems reçus.

M A T U-

M A T U R I N.

Ces maudits us quels font - ils ?

L E B A I L L I F.

L'époufée
Sur une chaife eft fagement placée ;
Puis Monfeigneur dans un fauteuil à bras,
Vient vis-à-vis fe camper à fix pas.

M A T U R I N.

Quoi , pas plus loin ?

L E B A I L L I F.

C'eft la règle.

M A T U R I N.

Allons paffe.

Et puis après ?

L E B A I L L I F.

Monfeigneur avec grace
Fait un préfent de bijoux , de rubans ,
Comme il lui plait.

M A T U R I N.

Paffe pour des préfens.

L E B A I L L I F.

Puis il lui parle , il vous la confidère ,
Il examine à fond fon caractère ;
Puis il l'exhorte à la vertu.

M A T U R I N.

Fort bien ;
Et quand finit , s'il vous plait , l'entretien ?

L E B A I L L I F.

Expreffément la loi veut qu'on demeure
Pour l'exhorter l'efpace d'un quart d'heure.

MATURIN.

Un quart d'heure eſt beaucoup. Et le mari
Peut - il au moins ſe tenir près d'ici,
Pour écouter ſa femme ?

LE BAILLIF.

La loi porte
Que s'il oſait ſe tenir à la porte,
Se préſenter avant le tems marqué,
Faire du bruit, ſe tenir pour choqué,
S'émanciper à ſotiſes pareilles,
On fait couper ſur le champ ſes oreilles.

MATURIN.

La belle loi ! les beaux droits que voila !
Et ma moitié ne dit mot à cela ?

ACANTE.

Moi j'obéïs, & je n'ai rien à dire.

LE BAILLIF.

Déniche, il faut qu'un mari ſe retire :
Point de raiſons.

MATURIN (*ſortant.*)

Ma femme heureuſement
N'a point d'eſprit, & ſon air innocent,
Sa converſation ne plaira guère.

LE BAILLIF.

Veux - tu partir ?

MATURIN.

Adieu donc, ma très - chère ;
Songe ſurtout au pauvre Maturin,
Ton fiancé.

(*il ſort.*)

A C A N T E.

J'y fonge avec chagrin.
Quelle fera cette étrange entrevuë ?
La peur me prend , je fuis toute éperduë.

L E B A I L L I F.

Afféïez-vous ; attendez en ce lieu
Un maître aimable & vertueux. Adieu.

S C E N E V.

A C A N T E *feule.*

IL eft aimable .... ah ! je le fais fans doute.
Pourai-je hélas ! mériter qu'il m'écoute ?
Entrera-t-il dans mes vrais intérêts ,
Dans mes chagrins , & dans mes torts fecrets ?
Il me croira du moins fort imprudente ,
De refufer le fort qu'on me préfente ;
Un mari riche , un état afluré.
Je le prévois , je ne remporterai
Que des refus , avec bien peu d'eftime ;
Je vais déplaire à ce cœur magnanime ;
Et fi mon ame avait ofé former
Quelque fouhait , c'eft qu'il pût m'eftimer.
Mais poura-t-il me blâmer de me rendre
Chez cette Dame & fi noble & fi tendre ,
Qui fuit le monde , & qu'en ce trifte jour
J'implorerai pour le fuir à mon tour ? ...
Où fuis-je ? ... on ouvre ? ... à peine j'envifage
Celui qui vient .... je ne vois qu'un nuage.

S C E N E V I.

LE MARQUIS, ACANTE.

LE MARQUIS.

Sféïez - vous. Lors qu'ici je vous vois,
C'eſt le plus beau, le plus cher de mes droits.
J'ai commandé qu'on porte à votre père
Les faibles dons qu'il convient de vous faire ;
Ils paraîtront bien indignes de vous.

ACANTE (*s'affëiant.*)

Trop de bontés ſe répandent ſur nous ;
J'en ſuis confuſe ; & ma reconnaiſſance
N'a pas beſoin de tant de bienfaiſance ;
Mais avant tout il eſt de mon devoir
De vous prier de daigner recevoir
Ces vieux papiers, que mon père préſente
Très - humblement.

LE MARQUIS (*les mettant dans ſa poche.*)

Donnez - les, belle Acante,
Je les lirai ; c'eſt ſans doute un détail
De mes forêts : ſes ſoins & ſon travail
M'ont toûjours plû ; j'aurai de ſa vieilleſſe
Les plus grands ſoins ; comptez ſur ma promeſſe.
Mais eſt - il vrai qu'il vous donne un époux
Qui vous cauſant d'invincibles dégouts,
De votre hymen rend la chaine odieuſe ?
J'en ſuis fâché.... Vous deviez être heureuſe.

ACANTE.

Ah ! je le ſuis un moment, Monſeigneur,

En vous parlant, en vous ouvrant mon cœur ;
Mais tant d'audace eft-elle ici permife ?

L e M a r q u i s.

Ne craignez rien ; parlez avec franchife ;
Tous vos fecrets feront en fûreté.

A c a n t e.

Qui douterait de votre probité ?
Pardonnez donc à ma plainte importune.
Ce mariage aurait fait ma fortune,
Je le fais bien, & j'avoûrai furtout
Que c'eft trop tard expliquer mon dégout ;
Que dans les champs élevée & nourrie,
Je ne dois point dédaigner une vie
Qui fous vos loix me retient pour jamais ;
Et qui m'eft chère encor par vos bienfaits.
Mais après tout, Maturin, le village,
Ces payfans, leurs mœurs, & leur langage,
Ne m'ont jamais infpiré tant d'horreur ;
De mon efprit c'eft une injufte erreur ;
Je la combats, mais elle a l'avantage.
En frémiffant je fais ce mariage.

L e M a r q u i s (*approchant fon fauteuil.*)

Mais vous n'avez pas tort.

A c a n t e (*à genoux.*)

            J'ofe à genoux
Vous demander, non pas un autre époux,
Non d'autres nœuds, tous me feraient horribles,
Mais que je puiffe avoir des jours paifibles ;
Le premier bien ferait votre bonté,
Et le fecond de tous la liberté.

LE MARQUIS (*la relevant avec empreſſement.*)
Eh ! relevez-vous donc.... Que tout m'étonne
Dans vos deſſeins , & dans votre perſonne ,
(*Ils s'approchent.*)
Dans vos diſcours ſi nobles , ſi touchans,
Qui ne ſont point le langage des champs !
Je l'avoûrai , vous ne paraiſſez faite
Pour Maturin , ni pour cette retraite.
D'où tenez-vous , dans ce ſéjour obſcur ,
Un ton ſi noble , un langage ſi pur ?
Partout on a de l'eſprit ; c'eſt l'ouvrage
De la nature , & c'eſt votre partage :
Mais l'eſprit ſeul ſans éducation
N'a jamais eu ni ce tour , ni ce ton,
Qui me ſurprend , ... je dis plus , qui m'enchante.

ACANTE.
Ah ! que pour moi votre ame eſt indulgente !
Comme mon ſort , mon eſprit eſt borné.
Moins on attend , plus on eſt étonné.
Un peu de ſoins , peut-être , & de leĉture ,
Ont pû dans moi corriger la nature ;
C'eſt vous ſurtout , vous qui dans ce moment
Formez en moi l'eſprit , le ſentiment ,
Qui m'élevez , qui dans moi faites naître
L'ambition d'imiter un tel maître.

LE MARQUIS.
Je n'y tiens plus ; ſon mérite inouï
M'a plus encor pénétré qu'ébloui.
Quoi , dans ces lieux la nature bizarre
Aura voulu mettre une fleur ſi rare ,
Et le deſtin veut ailleurs l'enterrer !

Non , belle Acante , il vous faut demeurer.
(*il s'approche.*)

A C A N T E.

Pour époufer Maturin ?

L E M A R Q U I S.

Sa perfonne
Mérite peu la femme qu'on lui donne ,
Je l'avoûrai.

A C A N T E.

Mon père quelquefois
Me conduifit au-delà de vos bois ,
Chez une Dame aimable & retirée ,
Pauvre , il eft vrai , mais noble & revérée ,
Pleine d'efprit , de fentimens , d'honneur ;
Elle daigne m'aimer : votre faveur ,
Votre bonté peut me placer près d'elle.
Ma belle-mère eft avare & cruelle ,
Elle me hait , & je hais malgré moi
Ce Maturin qui compte fur ma foi.
Voilà mon fort , vous en êtes le maître.
Je ne ferai point heureufe peut-être ;
Je fouffrirai , mais je fouffrirai moins ,
En devant tout à vos généreux foins.
Protégez-moi , croyez qu'en ma retraite
Je refterai toûjours votre fujette.

L E M A R Q U I S.

Tout me furprend. Dites-moi , s'il vous plait ;
Celle qui prend à vous tant d'intérêt ,
Qui vous chérit , ayant fû vous connaître ,
Serait-ce point Dormène ?

ACANTE.

Oui.

LE MARQUIS.

Mais peut-être...

Il eſt aiſé d'ajuſter tout cela.

Oui ... votre idée eſt très bonne ... oui, voila

Un vrai moyen de rompre avec décence

Ce ſot hymen, cette indigne alliance.

J'ai des projets ... en un mot, voulez-vous

Près de Dormène un deſtin noble & doux ?

ACANTE.

J'aimerais mieux la ſervir, ſervir Laure,

Laure ſi bonne, & qu'à jamais j'honore,

Manquer de tout, goûter dans leur ſéjour

Le ſeul bonheur de vous faire ma cour,

Que d'accepter la richeſſe importune

De tout mari qui ferait ma fortune.

LE MARQUIS.

Acante, allez .... vous pénétrez mon cœur ;

Oui, vous pourez, Acante, avec honneur

Vivre auprès d'elle .... & dans mon château même.

ACANTE.

Auprès de vous ! ah ciel !

LE MARQUIS (*s'approche un peu.*)

Elle vous aime,

Elle a raiſon .... J'ai, vous dis-je, un projet,

Mais je ne ſais s'il aura ſon effet.

Et cependant vous voila fiancée,

Et votre chaine eſt déja commencée,

La noce prête, & le contrat ſigné.

Le ciel voulut que je fuſſe éloigné,

Lorſ-

Lorfqu'en ces lieux on parait la victime ;
J'arrive tard , & je m'en fais un crime.

LE CANTE.

ACANTE.

Quoi ! vous daignez me plaindre ? ah qu'à mes yeux
Mon mariage en est plus odieux !
Qu'il le devient chaque instant davantage !

LE MARQUIS. (*Ils s'approchent.*)

Mais après tout , puifque de l'efclavage
(*Il s'approche.*)
Avec décence on poura vous tirer. . . .

ACANTE (*s'approchant un peu.*)

Ah ! le voudriez - vous ?

LE MARQUIS.

J'ofe efpérer . . .

Que vos parens , la raifon , la loi même ,
Et plus encor votre mérite extrême. . .

(*Il s'approche encor.*)

Oui , cet hymen est trop mal afforti.

(*Elle s'approche.*)

Mais . . . le tems preffe , il faut prendre un parti.
Ecoutez - moi. . . .

(*Ils fe trouvent tout près l'un de l'autre.*)

ACANTE.

Jufte ciel ! fi j'écoute !

SCENE VII.

LE MARQUIS, ACANTE, LE BAILLIF, MATURIN.

MATURIN (*entrant brufquement.*)

JE crains, ma foi, que l'on ne me déboute.
Entrons, entrons, le quart d'heure eft fini.

ACANTE.

Eh quoi ! fi tôt ?

LE MARQUIS (*tirant fa montre.*)
Il eft vrai, mon ami.

MATURIN.

Maître Baillif, ces fiéges font bien proches ;
Eft - ce encor un des droits ?

LE BAILLIF.
Point de reproches,
Mais du refpect.

MATURIN.
Mon Dieu ! nous en aurons ;
Mais aurons - nous ma femme ?

LE MARQUIS.
Nous verrons.

Eh !

(*il fonne.*)

UN DOMESTIQUE.

Monfeigneur !

LE MARQUIS.
Que l'on remène Acante
Chez fes parens.

M A T U R I N.

Ouais ! ceci me tourmente.

A C A N T E (*s'en allant.*)

Ciel ! pren pitié de mes fecrets ennuis.

L E M A R Q U I S (*fortant d'un autre côté.*)

Sortons , cachons le défordre où je fuis.
Ah ! que j'ai peur de perdre la gageure !

S C E N E V I I I.

M A T U R I N, L E B A I L L I F.

M A T U R I N.

DI-moi , Baillif , ce que cela figure ?
Notre Seigneur eft forti bien fournois :
Il me parlait poliment autrefois ;
J'aimais affez fes honnêtes manières ,
Et même à cœur il prenait mes affaires ;
Je me marie.... il s'en va tout penfif !

L E B A I L L I F.

C'eft qu'il penfe beaucoup.

M A T U R I N.

Maître Baillif ,
Je penfe auffi. Ce , *nous verrons ,* m'affomme ;
Quand on eft prêt , *nous verrons !* Ah quel homme !
Que je fis mal , ô ciel ! quand je nâquis
Chez mes parens de naître en ce païs !
J'aurais bien dû choifir quelque village ,
Où j'aurais pû contracter mariage
Tout uniment , comme cela fe doit ,

I ij

A mon plaiſir , ſans qu'un autre eût le droit
De diſpoſer de moi-même à mon âge,
Et de fourrer ſon nez dans mon ménage !

L E   B A I L L I F.

C'eſt pour ton bien.

M A T U R I N.

Mon ami Baillival ,
Pour notre bien on nous fait bien du mal.

Fin du troiſiéme acte.

ACTE IV.

SCENE PREMIERE.

LE MARQUIS *feul.*

NOn , je ne perdrai point cette gageure.
Amoureux ! moi ! quel conte ! ah je m'affure
Que fur foi - même on garde un plein pouvoir ;
Pour être fage , on n'a qu'à le vouloir.
Il eft bien vrai qu'Acante eft affez belle...
Et de la grace ! ah ! nul n'en a plus qu'elle...
Et de l'efprit !... quoi , dans le fond des bois !
Pour avoir vû Dormène quelquefois ,
Que de progrès ! qu'il faut peu de culture
Pour feconder les dons de la nature !
J'eftime Acante : oui , je dois l'eftimer ;
Mais , grace au ciel , je fuis très loin d'aimer.
　　(*Il s'affied à une table.*)
Ah ! refpirons. Voyons , fur toute chofe ,
Quel plan de vie enfin je me propofe...
De ne dépendre en ces lieux que de moi ,
De n'en fortir que pour fervir mon Roi ,
De m'attacher , par un fage hyménée ,
Une compagne agréable & bien née ,
Pauvre de bien , mais riche de vertu ,
Dont la nobleffe & le fort abattu ,
A mes bienfaits doivent des jours profpères :
Dormène feule a tous ces caractères ;

Le ciel pour moi la réferve aujourd'hui.
Allons la voir... d'abord écrivons - lui
Un compliment.... mais que puis-je lui dire ?
Acante eft là * qui m'empêche d'écrire ;
    * En fe cognant le front avec la main.*
Oui je la vois ; comment la fuir ? par où ?
    (*il fe relève.*)
Qui fe croit fage , ô ciel ! eft un grand fou.
Achevons donc... Je me vaincrai fans doute.
    (*il finit fa lettre.*)
Hola ! quelqu'un... Je fais bien qu'il en coute.

S C E N E I I.

LE MARQUIS, un Domeftique.

LE MARQUIS.

Tenez , portez cette lettre à l'inftant.

LE DOMESTIQUE.

Où ?

LE MARQUIS.

Chez Acante.

LE DOMESTIQUE.

    Acante ? mais vraiment...

LE MARQUIS.

Je n'ai point dit Acante , c'eft Dormène
A qui j'écris... on a bien de la peine
Avec fes gens... tout le monde en ces lieux
Parle d'Acante ; & l'oreille & les yeux
Sont remplis d'elle , & brouillent ma mémoire.

S C E N E I I I.

LE MARQUIS, DIGNANT, Mad. BERTHE, MATURIN.

M A T U R I N.

AH ! voici bien pardienne une autre hiſtoire !

L E M A R Q U I S.

Quoi ?

M A T U R I N.

Pour le coup c'eſt le droit du Seigneur ;
On m'a volé ma femme.

B E R T H E.

Oui , votre honneur
Sera honteux de cette vilenie ;
Et je n'aurais pas crû cette infamie
D'un grand Seigneur , ſi bon , ſi libéral.

L E M A R Q U I S.

Comment ? qu'eſt - il arrivé ?

B E R T H E.

Bien du mal.

M A T U R I N.

Vous le ſavez comme moi.

L E M A R Q U I S.

Parle , traître ,
Parle.

M A T U R I N.

Fort bien , vous vous fâchez , mon maître ;
Oh c'eſt à moi d'être fâché.

L E M A R Q U I S.

Comment ?

Explique - toi.

MATURIN.

C'eſt un enlévement.
Savez - vous pas qu'à peine chez ſon père
Elle arrivait pour finir notre affaire ,
Quatre coquins , alertes , bien tournés ,
Effrontément me l'ont priſe à mon nez ,
Tout en riant , & vîte l'ont conduite
Je ne ſais où.

LE MARQUIS.

Qu'on aille à leur pourſuite....
Hola ! quelqu'un .... ne perdez point de tems ;
Allez , courez , que mes gardes , mes gens
De tous côtés marchent en diligence.
Volez , vous dis - je , & s'il faut ma préſence ,
J'irai moi - même.

BERTHE (*à ſon mari.*)

Il parle tout de bon ;
Et l'on croirait , mon cher , à la façon
Dont Monſeigneur regarde cette injure ,
Que c'eſt à lui qu'on a pris ſa future.

LE MARQUIS.

Et vous ſon père , & vous qui l'aimiez tant ,
Vous qui perdez une ſi chère enfant ,
Un tel tréſor , un cœur noble , un cœur tendre ,
Avez - vous pû ſouffrir , ſans la défendre ,
Que de vos bras on oſât l'arracher ?
Un tel malheur ſemble peu vous toucher.
Que devient donc l'amitié paternelle ?
Vous m'étonnez.

DI-

DIGNANT.

Tout mon cœur eſt pour elle,
C'eſt mon devoir ; & j'ai dû preſſèntir
Que par votre ordre on la faiſait partir.

LE MARQUIS.

Par mon ordre ?

DIGNANT.

Oui.

LE MARQUIS.

Quelle injure nouvelle !
Tous ces gens-ci perdent-ils la cervelle ?
Allez-vous-en, laiſſez-moi, ſortez tous.
Ah ! s'il ſe peut, modérons mon couroux....
Non, vous, reſtez.

MATURIN.

Qui ? moi ?

LE MARQUIS (à *Dignant.*)

Non, vous, vous dis-je.

S C E N E IV.

LE MARQUIS *ſur le devant,* DIGNANT *au fond.*

LE MARQUIS.

JE vois d'où part l'attentat qui m'afflige.
Le Chevalier m'avait preſque promis
De ſe porter à des coups ſi hardis.
Il croit au fond que cette gentilleſſe
Eſt pardonnable au feu de ſa jeuneſſe.
Il ne ſait pas combien j'en ſuis choqué,

A quel excès ce fou là m'a manqué ,
Jufqu'à quel point fon procédé m'offenfe.
Il deshonore , il trahit l'innocence ;
Il perd *Acante* : & pour percer mon cœur ,
Je n'ai paffé que pour fon raviffeur !
Un étourdi , que la débauche anime ,
Me fait porter la peine de fon crime !
Voilà le prix de mon affection
Pour un parent indigne de mon nom !
Il eft paitri des vices de fon père ,
Il a fes traits , fes mœurs , fon caractère ;
Il périra malheureux comme lui.
Je le renonce , & je veux qu'aujourd'hui
Il foit puni de tant d'extravagance.

DIGNANT.

Puis - je en tremblant prendre ici la licence
De vous parler ?

LE MARQUIS.

Sans doute , tu le peux.
Parle-moi d'elle.

DIGNANT.

Au tranfport douloureux
Où votre cœur devant moi s'abandonne ,
Je ne reconnais plus votre perfonne.
Vous avez lû ce qu'on vous a porté ,
Ce gros paquet qu'on vous a préfenté ?...

LE MARQUIS.

Eh mon ami ! fuis - je en état de lire ?

DIGNANT.

Vous me faites frémir.

L e M a r q u i s.
Que veux-tu dire ?

D i g n a n t.

Quoi, ce paquet n'eſt pas encor ouvert ?

L e M a r q u i s.

Non.

D i g n a n t.

Juſte ciel ! ce dernier coup me perd !

L e M a r q u i s.

Comment !.. j'ai crû que c'était un mémoire
De mes forêts.

D i g n a n t.

Hélas ! vous deviez croire
Que cet écrit était intéreſſant.

L e M a r q u i s.

Eh liſons vite.... Une table à l'inſtant ;
Approchez donc cette table.

D i g n a n t.

Ah mon maitre !
Qu'aura-t-on fait, & qu'allez-vous connaître ?

L e M a r q u i s *aſſis examine le paquet.*

Mais ce paquet qui n'eſt pas à mon nom,
Eſt cacheté des ſceaux de ma maiſon ?

D i g n a n t.

Oui.

L e M a r q u i s.

Liſons donc.

D i g n a n t.

Cet étrange myſtère
En d'autre tems aurait de quoi vous plaire,
Mais à préſent il devient bien affreux.

K ij

LE MARQUIS *lifant.*

Je ne vois rien jufqu'ici que d'heureux.
Je vois d'abord que le ciel la fit naître
D'un fang illuftre : & cela devait être.
Oui, plus je lis, plus je bénis les cieux.
Quoi ! Laure a mis ce dépôt précieux
Entre vos mains ! quoi ! Laure eft donc fa mère ?
Mais pourquoi donc lui ferviez-vous de père ?
Indignement pourquoi la marier ?

DIGNANT.

J'en avais l'ordre, & j'ai dû vous prier
En fa faveur.

UN DOMESTIQUE.

En ce moment Dormène
Arrive ici, tremblante, hors d'haleine,
Fondant en pleurs : elle veut vous parler.

LE MARQUIS.

Ah ! c'eft à moi de l'aller confoler.

SCENE V.

LE MARQUIS, DIGNANT, DORMENE.

LE MARQUIS (*à Dormène qui entre.*)

Pardonnez-moi, j'allais chez vous, Madame,
Mettre à vos pieds le couroux qui m'enflamme.
Acante... à peine encor entré chez moi,
J'attendais peu l'honneur que je reçoi...
Une avanture affez défagréable...
Me trouble un peu.... Que Gernance eft coupable !

DORMENE.

De tous mes biens il me refte l'honneur ;
Et je ne doutais pas qu'un fi grand cœur
Ne refpeſtat le malheur qui m'opprime ,
Et d'un parent ne déteſtat le crime.
Je ne viens point vous demander raifon
De l'attentat commis dans ma maifon....

LE MARQUIS.

Comment ? chez vous ?

DORMENE.

C'eſt dans ma maifon même
Qu'il a conduit le trifte objet qu'il aime.

LE MARQUIS.

Le traître !

DORMENE.

Il eſt plus criminel cent fois
Qu'il ne croit l'être.... Hélas ! ma faible voix
En vous parlant expire dans ma bouche.

LE MARQUIS.

Votre douleur fenfiblement me touche ;
Daignez parler , & ne redoutez rien.

DORMENE.

Apprenez donc....

SCENE VI.

LE MARQUIS, DORMENE, DIGNANT:
quelques Domeſtiques *entrent précipitamment avec* MATURIN.

MATURIN.

Tout va bien, tout va bien,
Tout eſt en paix, la femme eſt retrouvée ;
Votre parent nous l'avait enlevée :
Il nous la rend ; c'eſt peut-être un peu tard,
Chacun ſon bien. Tu-dieu quel égrillard !

LE MARQUIS (*à Dignant.*)

Courez ſoudain recevoir vôtre fille,
Qu'elle demeure au ſein de ſa famille.
Veillez ſur elle : ayez ſoin d'empêcher
Qu'aucun mortel oſe s'en approcher.

MATURIN.

Excepté moi ?

LE MARQUIS.

Non ; l'ordre que je donne
Eſt pour vous-même.

MATURIN.

Ouais ! tout ceci m'étonne.

LE MARQUIS.

Obéiſſez...

MATURIN.

Par ma foi tous ces Grands
Sont dans le fond de bien vilaines gens.
Droit du Seigneur, femme que l'on enlève !

Défenfe à moi de lui parler......Je crève.
Mais je l'aurai , car je fuis fiancé.
Confolons-nous , le plus fort eſt paſſé.

(Il fort.)

L E M A R Q U I S.

Elle revient ; mais l'injure cruelle
Du Chevalier retombera fur elle ;
Voilà le monde : & de tels attentats
Faits à l'honneur ne ſe réparent pas.

(à Dormène.)

Eh bien parlez , parlez ; daignez m'apprendre
Ce que je brule & que je crains d'entendre.
Nous ſommes feuls.

D O R M E N E.

Il le faut bien , Monſieur ?

Apprenez donc le comble du malheur :
C'eſt peu qu'Acante en fecret étant née
De cette Laure illuſtre infortunée ,
Soit fous vos yeux prête à ſe marier
Indignement à ce riche fermier ;
C'eſt peu qu'au poids de fa triſte miſère
On ajoutât ce fardeau néceſſaire.
Votre parent qui voulait l'enlever ,
Votre parent qui vient de nous prouver
Combien il tient de fon coupable père ,
Gernance enfin....

L E M A R Q U I S.
Gernance !

D O R M E N E.
Il eſt fon frère.

LE MARQUIS.

Quel coup horrible ! O ciel ! qu'avez-vous dit ?

DORMENE.

Entre vos mains vous avez cet écrit ,
Qui montre affez ce que nous devons craindre :
Lifez , voyez combien Laure eft à plaindre.
             (*Le Marquis lit.*)
C'eft ma parente ; & mon cœur eft lié
A tous fes maux que fent mon amitié.
Elle mourra de l'affreufe avanture
Qui fous fes yeux outrage la nature.

LE MARQUIS.

Ah ! qu'ai-je lû ? que fouvent nous voyons
D'affreux fecrets dans d'illuftres maifons !
De tant de coups mon ame eft oppreffée ;
Je ne vois rien , je n'ai point de penfée.
Ah pour jamais il faut quitter ces lieux :
Ils m'étaient chers ; ils me font odieux.
Quel jour pour nous ! quel parti dois-je prendre ?
Le malheureux ofe chez moi fe rendre !
Le voyez-vous ?

DORMENE.

         Ah Monfieur , je le voi,
Et je frémis.

LE MARQUIS.

         Il paffe , il vient à moi.
Daignez rentrer , Madame , & que fa vuë
N'accroiffe pas le chagrin qui vous tuë ;
C'eft à moi feul de l'entendre , & je crois
Que ce fera pour la dernière fois.

                                    Sachons

Sachons domter le couroux qui m'anime.
(en regardant de loin.)

Il femble , ô ciel ! qu'il connaiffe fon crime.
Que dans fes yeux je lis d'égarement !
Ah l'on n'eft pas coupable impunément.
Comme il rougit ! comme il pâlit .... le traître !
A mes regards il tremble de paraître.
C'eft quelque chofe.

(Tandis qu'il parle , Dormène fe retire en regardant
attentivement Gernance.</i>)</div>

S C E N E   V I I.

LE MARQUIS, LE CHEVALIER.

L E C H E V A L I E R (<i>de loin fe cachant le vifage.</i>)

A

H ! Monfieur.

L E M A R Q U I S.

Eft - ce vous ?

Vous , malheureux ?

L E C H E V A L I E R.

Je tombe à vos genoux...

L E M A R Q U I S.

Qu'avez - vous fait ?

L E C H E V A L I E R.

Une faute , une offenfe ,

Dont je reffens l'indigne extravagance,
Qui pour jamais m'a fervi de leçon ,
Et dont je viens vous demander pardon.

LE MARQUIS.

Vous des remords ! vous ! eft-il bien poffible ?

LE CHEVALIER.

Rien n'eft plus vrai.

LE MARQUIS.

Votre faute eft horrible,
Plus que vous ne penfez : mais votre cœur
Eft-il fenfible à mes foins, à l'honneur,
A l'amitié ? Vous fentez-vous capable
D'ofer me faire un aveu véritable,
Sans rien cacher ?

LE CHEVALIER.

Comptez fur ma candeur ;
Je fuis un libertin, mais point menteur ;
Et mon efprit que le trouble environne,
Eft trop ému pour abufer perfonne.

LE MARQUIS.

Je prétens tout favoir.

LE CHEVALIER.

Je vous dirai,
Que de débauche & d'ardeur enyvré,
Plus que d'amour, j'avais fait la folie
De dérober une fille jolie
Au poffeffeur de fes jeunes appas,
(Qu'à mon avis, il ne mérite pas.)
Je l'ai conduite à la forêt prochaine,
Dans ce château de Laure & de Dormène ;
C'eft une faute, il eft vrai, j'en convien,
Mais j'étais fou, je ne penfais à rien.
Cette Dormène, & Laure fa compagne,
Étaient encor bien loin dans la campagne.

En étourdi je n'ai point perdu tems ;
J'ai commencé par des propos galans.
Je m'attendais aux communes allarmes,
Aux cris perçans, à la colère, aux larmes ;
Mais qu'ai-je vû ! la fermeté, l'honneur,
L'air indigné, mais calme avec grandeur.
Tout ce qui fait refpecter l'innocence
S'armait pour elle, & prenait fa défenfe.
J'ai recouru dans ces premiers momens,
A l'art de plaire, aux égards féduifans,
Aux doux propos, à cette déférence,
Qui fait fouvent pardonner la licence.
Mais pour réponfe, Acante à deux genoux
M'a conjuré de la rendre chez vous ;
Et c'eft alors que fes yeux moins févères
Ont répandu des pleurs involontaires.

LE MARQUIS.

Que dites-vous ?

LE CHEVALIER.

         Elle voulait en vain
Me les cacher de fa charmante main ;
Dans cet état, fa grace attendriffante
Enhardiffait mon ardeur imprudente ;
Et tout honteux de ma ftupidité,
J'ai voulu prendre un peu de liberté.
Ciel ! comme elle a tanfé ma hardieffe !
Oui, j'ai crû voir une chafte Déeffe,
Qui rejettait de fon augufte autel
L'impur encens qu'offrait un criminel.

LE MARQUIS.

Ah ! pourfuivez.

L ij

LE CHEVALIER.

Comment se peut-il faire
Qu'ayant vécu presque dans la misère,
Dans la bassesse, & dans l'obscurité,
Elle ait cet air & cette dignité,
Ces sentimens, cet esprit, ce langage,
Je ne dis pas au-dessus du village,
De son état, de son nom, de son sang,
Mais convenable au plus illustre rang ?
Non, il n'est point de mère respectable,
Qui condamnant l'erreur d'un fils coupable,
Le rappellât avec plus de bonté
A la vertu dont il s'est écarté ;
N'employant point l'aigreur & la colère,
Fière & décente, & plus sage qu'austère.
De vous surtout elle a parlé longtems.

LE MARQUIS.

De moi ?...

LE CHEVALIER.

Montrant à mes égaremens
Votre vertu, qui devait, disait-elle,
Etre à jamais ma honte ou mon modèle.
Tout interdit, plein d'un secret respect,
Que je n'avais senti qu'à son aspect,
Je suis honteux, mes fureurs se captivent.
Dans ce moment les deux Dames arrivent ;
Et me voyant maître de leur logis,
Avec Acante, & deux ou trois bandits,
D'un juste effroi leur ame s'est remplie ;
La plus âgée en tombe évanouïe.
Acante en pleurs la presse dans ses bras ;

Elle revient des portes du trépas.
Alors fur moi fixant fa trifte vuë,
Elle retombe, & s'écrie éperduë,
Ah ! je crois voir Gernance.... c'eft fon fils,
C'eft lui.... je meurs.... à ces mots je frémis ;
Et la douleur, l'effroi de cette Dame,
Au même inftant ont paffé dans mon ame.
Je tombe aux pieds de Dormène, & je fors,
Confus, foumis, pénétré de remords.

LE MARQUIS.

Ce repentir dont votre ame eft faifie,
Charme mon cœur, & nous réconcilie.
Tenez, prenez ce paquet important,
Lifez le feul, pefez - le mûrement ;
Et fi pour moi vous confervez, Gernance,
Quelque amitié, quelque condefcendance,
Promettez - moi, lors qu'Acante en ces lieux
Poura paraître à vos coupables yeux,
D'avoir fur vous un affez grand empire,
Pour lui cacher ce que vous allez lire.

LE CHEVALIER.

Oui, je vous le promets, oui.

LE MARQUIS.

Vous verrez
L'abîme affreux d'où vos pas font tirés.

LE CHEVALIER.

Comment ?

LE MARQUIS.

Allez, vous tremblerez, vous dis - je.

SCENE VIII.

LE MARQUIS *feul.*

Quel jour pour moi ! tout m'étonne & m'afflige.
La belle Acante eft donc de ma maifon !
Mais fa naiffance avait flétri fon nom ;
Son noble fang fut fouillé par fon père ;
Rien n'eft plus beau que le nom de fa mère ;
Mais ce beau nom a perdu tous fes droits,
Par un hymen que reprouvent nos loix.
La trifte Laure, ô penfée accablante !
Fut criminelle en faifant naître Acante ;
Je le fais trop, l'hymen fut condamné ;
L'amant de Laure eft mort affaffiné.
De maux cruels quel tiffu lamentable !
Acante hélas ! n'en eft pas moins aimable,
Moins vertueufe ; & je fais que fon cœur
Eft refpectable au fein du deshonneur ;
Il annoblit la honte de fes pères ;
Et cependant, ô préjugés févères !
O loi du monde ! injufte & dure loi !
Vous l'emportez. . . .

S C E N E   IX.

LE MARQUIS, DORMENE.

LE MARQUIS.

Madame, inftruifez-moi.
Parlez, Madame, avez-vous vû fon frère ?

DORMENE.

Oui, je l'ai vû, fa douleur eft fincère.
Il eft bien étourdi ; mais entre nous,
Son cœur eft bon, il eft conduit par vous.

LE MARQUIS.

Eh ! mais Acante !

DORMENE.

Elle ne peut connaître
Jufqu'à préfent le fang qui la fit naître.

LE MARQUIS.

Quoi, fa naiffance illégitime !

DORMENE.

Hélas !
Il eft trop vrai.

LE MARQUIS.

Non, elle ne l'eft pas.

DORMENE.

Que dites-vous ?

LE MARQUIS (*relifant un papier qu'il a gardé.*)

Sa mère était fans crime ;
Sa mère au moins crut l'hymen légitime ;
On la trompa, fon deftin fut affreux.

Ah ! quelquefois le ciel moins rigoureux
Daigne approuver ce qu'un monde profane
Sans connaiffance avec fureur condamne.

DORMENE.

Laure n'eft point coupable , & fes parens
Se font conduits avec elle en tyrans.

LE MARQUIS.

Mais marier fa fille en un village !
A ce beau fang faire un pareil outrage !

DORMENE.

Elle fans biens , l'âge , la pauvreté,
Un long malheur abaiffe la fierté.

LE MARQUIS.

Elle eft fans biens ! votre noble courage
La recueillit.

DORMENE.

  Sa mifère partage
Le peu que j'ai.

LE MARQUIS.

  Vous trouvez le moyen ,
Ayant fi peu , de faire encor du bien.
Riches & grands , que le monde contemple,
Imitez donc un fi touchant exemple.
Nous contentons à grands frais nos defirs ;
Sachons goûter de plus nobles plaifirs.
Quoi ! pour aider l'amitié , la mifère,
Dormène a pû s'ôter le néceffaire ;
Et vous n'ofez donner le fuperflu ?
O jufte ciel ! qu'avez-vous réfolu ?
Que faire enfin ?

Dor-

DORMENE.

Vous êtes jufte & fage.
Votre famille a fait plus d'un outrage
Au fang de Laure, & ce fang généreux
Fut par vous feuls jufqu'ici malheureux.

LE MARQUIS.

Comment ? comment ?

DORMENE.

Le Comte votre père,
Homme inflexible en fon humeur févère,
Opprima Laure, & fit par fon crédit
Caffer l'hymen ; & c'eft lui qui ravit
A cette Acante, à cette infortunée,
Les nobles droits du fang dont elle eft née.

LE MARQUIS.

Ah ! c'en eft trop.... mon cœur eft ulcéré.
Oui, c'eft un crime.... il fera réparé,
Je vous le jure.

DORMENE.

Et que voulez-vous faire ?

LE MARQUIS.

Je veux....

DORMENE.

Quoi donc ?

LE MARQUIS.

Mais.... lui fervir de père.

DORMENE.

Elle en eft digne.

LE MARQUIS.

Oui.... mais je ne dois pas
Aller trop loin.

D O R M E N E.

Comment, trop loin ?

L E M A R Q U I S.

Hélas ! ...

Madame, un mot : conseillez-moi de grace ;
Que feriez-vous, s'il vous plait, à ma place ?

D O R M E N E.

En tous les tems je me ferais honneur
De consulter votre esprit, votre cœur.

L E M A R Q U I S.

Ah ! ...

D O R M E N E.

Qu'avez-vous ?

L E M A R Q U I S.

Je n'ai rien .... mais, Madame,
En quel état est Acante ?

D O R M E N E.

Son ame
Est dans le trouble, & ses yeux dans les pleurs.

L E M A R Q U I S.

Daignez m'aider à calmer ses douleurs.
Allons, j'ai pris mon parti : je vous laisse ;
Soyez ici souveraine maîtresse,
Et pardonnez à mon esprit confus,
Un peu chagrin, mais plein de vos vertus.

(*il sort.*)

S C E N E X.

D O R M E N E *feule.*

Dans cet état quel chagrin peut le mettre ?
Qu'il eſt troublé ! j'en juge par ſa lettre ;
Un ſtile aſſez confus , des mots rayés ,
De l'embarras , d'autres mots oubliés.
J'ai lû pourtant le mot de mariage.
Dans le pays il paſſe pour très ſage.
Il veut me voir , me parler , & ne dit
Pas un ſeul mot ſur tout ce qu'il m'écrit !
Et pour Acante il paraît bien ſenſible !
Quoi ! voudrait-il ?... cela n'eſt pas poſſible.
Aurait-il eu d'abord quelque deſſein
Sur ſon parent ?... demandait-il ma main ?
Le Chevalier jadis m'a courtiſée ,
Mais qu'eſpérer de ſa tête inſenſée ?
L'amour encor n'eſt point connu de moi ;
Je dus toûjours en avoir de l'effroi ;
Et le malheur de Laure eſt un exemple
Qu'en frémiſſant tous les jours je contemple :
Il m'avertit d'éviter tout lien :
Mais qu'il eſt triſte , ô ciel ! de n'aimer rien !

Fin du quatriéme acte.

ACTE V.

SCENE PREMIERE.

LE MARQUIS, LE CHEVALIER.

LE MARQUIS.

F Aifons la paix, Chevalier, je confeffe
Que tout mortel eft paîtri de faibleffe,
Que le fage eft peu de chofe ; entre nous,
J'étais tout prêt de l'être moins que vous.

LE CHEVALIER.

Vous avez donc perdu votre gageure ?
Vous aimez donc ?

LE MARQUIS.

Oh non, je vous le jure :
Mais par l'hymen, tout prêt de me lier,
Je ne veux plus jamais me marier.

LE CHEVALIER.

Votre inconftance eft étrange & foudaine.
Paffe pour moi : mais que dira Dormène ?
N'a - t - elle pas certains mots par écrit,
Où par hazard le mot d'hymen fe lit ?

LE MARQUIS.

Il eft trop vrai ; c'eft là ce qui me gêne.
Je prétendais m'impofer cette chaine ;
Mais à la fin m'étant bien confulté,

Je n'ai de goût que pour la liberté.
L e C h e v a l i e r.

La liberté d'aimer ?
L e M a r q u i s.

Eh bien, fi j'aime,

Je fuis encor le maître de moi-même ;
Et je pourai réparer tout le mal.
Je n'ai parlé d'hymen qu'en général,
Sans m'engager, & fans me compromettre.
Car en effet, fi j'avais pû promettre,
Je ne pourrais balancer un moment.
A gens d'honneur promeffe vaut ferment.
Cher Chevalier, j'ai conçu dans ma tête
Un beau deffein, qui paraît fort honnête,
Pour me tirer d'un pas embarraffant ;
Et tout le monde ici fera content.

L e C h e v a l i e r.

Vous moquez-vous ? contenter tout le monde !
Quelle folie !
L e M a r q u i s.

En un mot, fi l'on fronde

Mon changement, j'ofe efpérer au moins
Faire approuver ma conduite & mes foins.
Colette vient, par mon ordre on l'appelle ;
Je vais l'entendre, & commencer par elle.

S C E N E I I.

LE MARQUIS, LE CHEVALIER, COLETTE.

LE MARQUIS.

Venez, Colette.

COLETTE.

Oh j'accours, Monfeigneur,
Prête en tout tems, & toûjours de grand cœur.

LE MARQUIS.

Voulez - vous être heureufe ?

COLETTE.

Oui, fur ma vie ;
N'en doutez pas, c'eft ma plus forte envie.
Que faut - il faire ?

LE MARQUIS.

En voici le moyen.
Vous voudriez un époux, & du bien ?

COLETTE.

Oui, l'un & l'autre.

LE MARQUIS.

Eh bien donc, je vous donne
Trois mille francs pour la dot, & j'ordonne
Que Maturin vous époufe aujourd'hui.

COLETTE.

Ou Maturin, ou tout autre que lui ;
Qui vous voudrez, j'obéis fans replique.
Trois mille francs ! ah l'homme magnifique !

Le beau préfent ! que Monfeigneur eft bon !
Que Maturin va bien changer de ton !
Qu'il va m'aimer ! que je vais être fière !
De ce pays je ferai la première.
Je meurs de joye.

L E   M A R Q U I S.

      Et j'en reffens auffi ,
D'avoir déja pleinement réuffi ;
L'une des trois eft déja fort contente.
Tout ira bien.

C O L E T T E.

     Et mon amie Acante
Que devient - elle ? on va la marier ,
A ce qu'on dit , à ce beau Chevalier.
Tout le monde eft heureux , j'en fuis charmée ,
Ma chère Acante !

L E   C H E V A L I E R (*en regardant le Marquis.*)

       Elle doit être aimée ,
Et le fera.

L E   M A R Q U I S (*au Chevalier.*)

   La voici , je ne puis
La confoler en l'état où je fuis.
Venez , je vais vous dire ma penfée.

(*ils fortent.*)

SCENE III.

ACANTE, COLETTE.

COLETTE.

MA chère Acante, on t'avait fiancée,
Moi déboutée, on me marie.

ACANTE.

A qui ?

COLETTE.

A Maturin.

ACANTE.

Le ciel en foit béni.
Et depuis quand ?

COLETTE.

Eh depuis tout à l'heure.

ACANTE.

Eft - il bien vrai ?

COLETTE.

Du fond de ma demeure
J'ai comparu par devant Monfeigneur.
Ah ! la belle ame ! ah qu'il eft plein d'honneur !

ACANTE.

Il l'eft, fans doute !

COLETTE.

Oui, mon aimable Acante ;
Il m'a promis une dot opulente,
Fait ma fortune ; & tout le monde dit
Qu'il fait la tienne, & l'on s'en réjouït.
Tu vas, dit - on, devenir chevalière,

Cela

Cela te fied, car ton allure eſt fière.
On te fera Dame de qualité,
Et tu me recevras avec bonté.

ACANTE.

Ma chère enfant, je ſuis fort ſatisfaite
Que ta fortune ait été ſi-tôt faite.
Mon cœur reſſent tout ton bonheur.... Hélas!
Elle eſt heureuſe, & je ne le ſuis pas!

COLETTE.

Que dis-tu là? qu'as-tu donc dans ton ame?
Peut-on ſouffrir quand on eſt grande Dame?

ACANTE.

Va, ces Seigneurs qui peuvent tout oſer,
N'enlèvent point, croi-moi, pour épouſer.
Pour nous, Colette, ils ont des fantaiſies,
Non de l'amour; leurs démarches hardies,
Leurs procédés montrent avec éclat
Tout le mépris qu'ils font de notre état:
C'eſt ce dédain qui me met en colère.

COLETTE.

Bon, des dédains! c'eſt bien tout le contraire;
Rien n'eſt plus beau que ton enlévement;
On t'aime, Acante, on t'aime aſſurément.
Le Chevalier va t'épouſer, te dis-je,
Tout grand Seigneur qu'il eſt:... cela t'afflige?

ACANTE.

Mais Monſeigneur le Marquis qu'a-t-il dit?

COLETTE.

Lui? rien du tout.

ACANTE.

Hélas!

COLETTE.

C'eſt un eſprit
Tout en dedans , ſecret , plein de myſtère ;
Mais il paraît fort approuver l'affaire.

ACANTE.

Du Chevalier je déteſte l'amour.

COLETTE.

Oui , oui , plain - toi de te voir en un jour
De Maturin pour jamais délivrée ,
D'un beau Seigneur pourſuivie , adorée ;
Un mariage en un moment caſſé
Par Monſeigneur , un autre commencé.
Si ce roman n'a pas de quoi te plaire ,
Tu me parais difficile , ma chère....
Tien , le vois - tu , celui qui t'enleva ?
Il vient à toi , n'eſt - ce rien que cela ?
T'ai - je trompée ? es - tu donc tant à plaindre ?

ACANTE.

Allons , fuions.

SCENE IV.

ACANTE, COLETTE, LE CHEVALIER.

LE CHEVALIER.

DEmeurez ſans me craindre.
Le Marquis veut que je ſois à vos pieds.

COLETTE (*à Acante.*)

Qu'avais - je dit ?

L E C H E V A L I E R (*à Acante.*)
Eh quoi ! vous me fuiez ?

       A C A N T E.
Ofez - vous bien paraître en ma préfence ?

       L E C H E V A L I E R.
Oui , vous devez oublier mon offenfe ;
Par moi , vous dis - je , il veut vous confoler.

       A C A N T E.
J'aimerais mieux qu'il daignât me parler.
   (*à Colette qui veut s'en aller.*)
Ah ! refte ici : ce raviffeur m'accable.

       C O L E T T E.
Ce raviffeur eft pourtant fort aimable.

       L E C H E V A L I E R (*à Acante.*)
Confervez - vous au fond de votre cœur
Pour ma préfence une invincible horreur ?

       A C A N T E.
Vous devez être en horreur à vous - même.

       L E C H E V A L I E R.
Oui , je le fuis , mais mon remords extrême
Répare tout , & doit vous appaifer.
Ma folle erreur avait pû m'abufer.
Je fus furpris par une indigne flamme ;
Et mon devoir m'amène ici , Madame.

       A C A N T E.
Madame ! à moi ! quel nom vous me donnez !
Je fais l'état où mes parens font nés.

       C O L E T T E.
Madame ! .. oh oh ! quel eft donc ce langage ?

       A C A N T E.
Ceffez , Monfieur , ce titre eft un outrage ;

         N ij

C'eſt s'avilir que d'oſer recevoir
Un faux honneur qu'on ne doit point avoir.
Je ſuis Acante, & mon nom doit ſuffire,
Il eſt ſans tache.

L E C H E V A L I E R.

     Ah ! que puis - je vous dire ?
Ce nom m'eſt cher : allez, vous oublierez
Mon attentat, quand vous me connaîtrez :
Vous trouverez très bon que je vous aime.

A C A N T E.

Qui ? moi, Monſieur !

C O L E T T E (*à Acante.*)

    C'eſt ſon remords extrême.

L E C H E V A L I E R.

N'en riez point, Colette, je prétens
Qu'elle ait pour moi les plus purs ſentimens.

A C A N T E.

Je ne ſais pas quel deſſein vous anime ;
Mais commencez par avoir mon eſtime.

L E C H E V A L I E R.

C'eſt le ſeul but que j'aurai deſormais ;
J'en ferai digne, & je vous le promets.

A C A N T E.

Je le déſire, & me plais à vous croire.
Vous êtes né pour connaître la gloire ;
Mais ménagez la mienne, & me laiſſez.

L E C H E V A L I E R.

Non, c'eſt en vain que vous vous offenſez.
Je ne ſuis point amoureux, je vous jure ;
Mais je prétens reſter.

C O L E T T E.

Bon , double injure.
Cet homme est fou , je l'ai pensé toûjours.
Dormène vient , ma chère , à ton secours.
Démêle - toi de cette grande affaire ;
Ou donne grace , ou garde ta colère.
Ton rôle est beau , tu fais ici la loi.
Tu vois les Grands à genoux devant toi.
Pour moi je suis condamnée au village.
On ne m'enlève point , & j'en enrage.
On vient , adieu , fui ton brillant destin ,
Et je retourne à mon gros Maturin.

(*Elle sort.*)

S C E N E V.

ACANTE, LE CHEVALIER, DORMENE, DIGNANT.

A C A N T E.

Hélas , Madame , une fille éperduë
En rougissant paraît à votre vuë.
Pourquoi faut - il , pour combler ma douleur ,
Que l'on me laisse avec mon ravisseur ?
Et vous aussi , vous m'accablez , mon père !
A ce méchant au lieu de me soustraire ,
Vous m'amenez vous - même dans ces lieux ;
Je l'y revois ; mon maître fuit mes yeux.
Mon père , au moins , c'est en vous que j'espère !

D I G N A N T.

O cher objet ! vous n'avez plus de père !

N iij

ACANTE.

Que dites - vous ?

DIGNANT.

Non , je ne le fuis pas.

DORMENE.

Non , mon enfant , de fi charmans appas
Sont nés d'un fang dont vous êtes plus digne.
Préparez - vous au changement infigne
De votre fort ; & furtout pardonnez
Au Chevalier.

ACANTE.

Moi , Madame ?

'DORMENE.

Apprenez ,
Ma chère enfant , que Laure eft votre mère.

ACANTE.

Elle !... Eft - il vrai.

DORMENE.

Gernance eft votre frère.

LE CHEVALIER.

Oui je le fuis , oui vous êtes ma fœur.

ACANTE.

Ah ! je fuccombe. Hélas ! eft - ce un bonheur ?

LE CHEVALIER.

Il l'eft pour moi.

ACANTE.

De Laure je fuis fille !
Et pourquoi donc faut - il que ma famille
M'ait tant caché mon état & mon nom ?
D'où peut venir ce fatal abandon ?
D'où vient qu'enfin daignant me reconnaître ,

Ma mère ici n'a point ofé paraître ?
Ah ! s'il eft vrai que le fang nous unit,
Sur ce myftère éclairez mon efprit.
Parlez, Monfieur, & diffipez ma crainte.

LE CHEVALIER.
Ces mouvemens dont vous êtes atteinte
Sont naturels, & tout vous fera dit.

DORMENE.
Dans ce moment, Acante, il vous fuffit
D'avoir connu quelle eft votre naiffance.
Vous me devez un peu de confiance.

ACANTE.
Laure eft ma mère, & je ne la vois pas !

LE CHEVALIER.
Vous la verrez, vous ferez dans fes bras.

DORMENE.
Oui, cette nuit je vous mène auprès d'elle.

ACANTE.
J'admire en tout ma fortune nouvelle.
Quoi ! j'ai l'honneur d'être de la maifon
De Monfeigneur !

LE CHEVALIER.
Vous honorez fon nom.

ACANTE.
Abufez-vous de mon efprit crédule ?
Et voulez-vous me rendre ridicule ?
Moi de fon fang ! ah ! s'il était ainfi,
Il me l'eût dit, je le verrais ici.

DIGNANT.
Il m'a parlé.... je ne fais quoi l'accable :
Il eft faifi d'un trouble inconcevable.

ACANTE.

Ah ! je le vois.

SCENE DERNIERE.

ACANTE, DORMENE, DIGNANT,
LE CHEVALIER, LE MARQUIS (*au fond.*)

LE MARQUIS (*au Chevalier.*)

IL ne fera pas dit
Que cette enfant ait troublé mon efprit.
Bientôt l'abfence affermira mon ame.
(*appercevant Dormène.*)
Ah pardonnez : vous étiez là , Madame !

LE CHEVALIER.

Vous paraiffez étrangement ému !

LE MARQUIS.

Moi !... point du tout. Vous ferez convaincu
Qu'avec fang froid je règle ma conduite.
De fon deftin Acante eft-elle inftruite ?

ACANTE.

Quel qu'il puiffe être , il paffe mes fouhaits.
Je dépendrai de vous plus que jamais.

LE MARQUIS.

Permets , ô ciel ! qu'ici je puiffe faire
Plus d'un heureux !

LE CHEVALIER.

C'eft une grande affaire.
Je ferai , moi , tout ce que vous voudrez ;
Je l'ai promis.

LE

L E   M A R Q U I S.
Que vous m'obligerez !

(*à Dormène.*)

Belle Dormène , oubliez-vous l'offenfe ,
L'égarement du coupable Gernance ?

D O R M E N E.
Oui , tout eft réparé.

L E   M A R Q U I S.
Tout ne l'eft pas.

Votre grand nom , vos vertueux appas
Sont maltraités par l'aveugle fortune.
Je le fais trop ; votre ame non commune
N'a pas de quoi fuffire à vos bienfaits ;
Votre deftin doit changer deformais.
Si j'avais pû d'un heureux mariage
Choifir pour moi l'agréable efclavage ,
C'eût été vous (& je vous l'ai mandé)
Pour qui mon cœur fe ferait décidé.
Voudriez-vous , Madame , qu'à ma place
Le Chevalier , pour mieux obtenir grace ,
Pour devenir à jamais vertueux ,
Prît avec vous d'indiffolubles nœuds ?
Le meilleur frein pour fes mœurs , pour fon âge ,
Eft une époufe aimable , noble & fage.
Daignerez-vous accepter un château
Environné d'un domaine affez beau ?
Pardonnez-vous cette offre ?

D O R M E N E.
Ma furprife
Eft fi puiffante , à tel point me maîtrife ,
Que ne pouvant encor me déclarer ,

Tom. VII. & du Théâtre le cinquiéme.   C

Je n'ai de voix que pour vous admirer.

LE CHEVALIER.

J'admire auffi : mais je fais plus , Madame ;
Je vous foumets l'empire de mon ame.
A tous les deux je devrai mon bonheur.
Mais feconderez-vous mon bienfaiteur ?

DORMENE.

Confultez-vous , méritez mon eftime ,
Et les bienfaits de ce cœur magnanime.

LE MARQUIS.

Et ... vous ... Acante ....

ACANTE.

Eh bien ! mon protecteur ....

LE MARQUIS (*à part.*)

Pourquoi tremblai-je en parlant ?

ACANTE.

Quoi , Monfieur ....

LE MARQUIS.

Acante .... vous .... qui venez de renaître ,
Vous qu'une mère ici va reconnaître ,
Vivez près d'elle ; & de fes triftes jours
Adouciffez & prolongez le cours.
Vous commencez une nouvelle vie ,
Avec un frère , une mère , une amie.
Je veux .... Souffrez qu'à votre mère , à vous ,
Je faffe un fort indépendant & doux.
Votre fortune , Acante , eft affurée ;
L'acte eft paffé , vous vivrez honorée ,
Riche .... contente .... autant que je le peux.
J'aurais voulu .... mais goutez toutes deux ,
Dormène & vous , les douceurs fortunées

Que l'amitié donne aux ames bien nées....
Un autre bien que le cœur peut fentir
Eſt dangereux.... Adieu.... je vais partir.

Le Chevalier.

Eh quoi ! ma ſœur , vous n'êtes point contente ?
Quoi ! vous pleurez ?

Acante.

Je ſuis reconnaiſſante ,
Je ſuis confuſe.... Ah c'en eſt trop pour moi.
Mais j'ai perdu plus que je ne reçoi....
Et ce n'eſt pas la fortune que j'aime....
Mon état change , & mon ame eſt la même ;
Elle doit être à vous.... Ah permettez
Que le cœur plein de vos rares bontés ,
J'aille oublier ma première miſère ,
J'aille pleurer dans le ſein de ma mère.

Le Marquis.

De quel chagrin vos ſens ſont agités ?
Qu'avez - vous donc ? qu'ai - je fait ?

Acante.

Vous partez.

Dormene.

Ah ! qu'as - tu dit ?

Acante.

La vérité , Madame ;
La vérité plait à votre belle ame.

Le Marquis.

Non , c'en eſt trop pour mes ſens éperdus....
Acante ....

Acante.

Hélas ! ...

O ij

LE MARQUIS.

Ne partirai - je plus ?

LE CHEVALIER.

Mon cher parent , de Laure elle eſt la fille ;
Elle retrouve un frère , une famille ;
Et moi je trouve un mariage heureux.
Mais je vois bien que vous en ferez deux.
Vous payerez , la gageure eſt perduë.

LE MARQUIS.

Je vous l'avouë .... oui , mon ame eſt vaincuë.
Dormène & Laure , Acante , & vous , & moi,
Soyons heureux .... Oui .... recevez ma foi,
Aimable Acante ; allons que je vous mène
Chez votre mère .... elle ſera la mienne ,
Elle ·oubliera pour jamais ſon malheur.

ACANTE.

Ah ! je tombe à vos pieds. ...

LE CHEVALIER.

Allons , ma ſœur :
Je fus bien fou : ſon cœur fut inſenſible ;
Mais on n'eſt pas toûjours incorrigible.

Fin du cinquiéme & dernier acte.

LA FEMME

QUI A RAISON,

COMÉDIE

EN TROIS ACTES.

Cette petite Comédie est un impromptu de société, où plusieurs personnes mirent la main. Elle fut partie d'une fête qu'on donna au Roi Stanislas Duc de Lorraine en 1749.

ACTEURS.

M. DURU.

Mad. DURU.

Le Marquis d'OUTREMONT.

DAMIS, fils de M. Duru.

ERISE, fille de M. Duru.

M. GRIPON, correspondant de M. Duru.

MARTHE, suivante de Mad. Duru.

La scène est chez Madame Duru, dans la rüe Thévenot à Paris.

LA FEMME
QUI A RAISON,
COMÉDIE.

ACTE PREMIER.

SCENE PREMIERE.

Madame DURU, LE MARQUIS.

Mad. DURU.

MAis, mon très-cher Marquis, comment, en conscience,
Puis-je accorder ma fille à votre impatience,
Sans l'aveu d'un époux ? Le cas est inouï.

LE MARQUIS.

Comment ? Avec trois mots, un bon contrat, un oui ;
Rien de plus agréable & rien de plus facile.
A vos commandemens votre fille est docile ;
Vos bontés m'ont permis de lui faire ma cour ;
Elle a quelque indulgence, & moi beaucoup d'amour :
Pour votre intime ami dès longtems je m'affiche ;
Je me crois honnête homme, & je suis assez riche.
Nous vivons fort gaîment, nous vivrons encor mieux ;
Et nos jours, croyez-moi, feront délicieux.

Mad. D u r u.

D'accord, mais mon mari ?

L e M a r q u i s.

Votre mari m'affomme.

Quel befoin avons-nous de confeils d'un tel homme ?

Mad. D u r u.

Quoi ! pendant fon abfence ?...

L e M a r q u i s.

Ah ! les abfens ont tort.

Abfent depuis douze ans, c'eft comme à-peu-près mort.
Si dans le fond de l'Inde il prétend être en vie,
C'eft pour vous amaffer, avec fa ladrerie,
Un bien que vous favez dépenfer noblement,
Je confens qu'à ce prix il foit encor vivant ;
Mais je le tiens pour mort auffi-tôt qu'il s'avife
De vouloir difpofer de la charmante Erife.
Celle qui la forma doit en prendre le foin ;
Et l'on n'arrange pas les filles de fi loin.
Pardonnez...

Mad. D u r u.

Je fuis bonne, & vous devez connaître
Que pour Monfieur Duru, mon Seigneur & mon maître,
Je n'ai pas un amour aveugle & violent.
Je l'aime ... comme il faut ... pas trop fort ... fenfément ;
Mais je lui dois refpeft & quelque obéiffance.

L e M a r q u i s.

Eh ! mon Dieu, point du tout ; vous vous moquez, je penfe.
Qui, vous ? Vous, du refpeft pour un Monfieur Duru ?
Fort bien. Nous vous verrions, fi nous l'en avions cru,
Dans un habit de ferge, en un fecond étage,
Tenir, fans domeftique, un fort plaifant ménage.

Vous

Vous êtes Demoiſelle ; & quand l'adverſité ,
Malgré votre mérite & votre qualité ,
Avec Monſieur Duru vous fit en biens commune,
Alors qu'il commençait à bâtir ſa fortune ,
C'était à ce Monſieur faire beaucoup d'honneur ;
Et vous aviez , je crois , un peu trop de douceur,
De ſouffrir qu'il joignît avec rude manière
A vos tendres appas ſa perſonne groſſière.
Voulez - vous pas encor aller ſacrifier
Votre charmante Eriſe au fils d'un uſurier ?
De ce Monſieur Gripon , ſon très - digne compère ?
Monſieur Duru , je penſe , a voulu cette affaire :
Il l'avait fort à cœur , & par reſpeſt pour lui ,
Vous devriez , ma foi , la conclure aujourd'hui.

Mad. D u r u.

Ne plaiſantez pas tant , il m'en écrit encore ,
Et de ſon plein pouvoir dans ſa lettre il m'honore.

L e M a r q u i s.

Eh ! de ce plein pouvoir que ne vous ſervez - vous ,
Pour faire un heureux choix d'un plus honnête époux ?

Mad. D u r u.

Hélas ! à vos deſirs je voudrais condeſcendre ;
Ce ſerait mon bonheur de vous avoir pour gendre :
J'avais , dans cette idée , écrit plus d'une fois ;
J'ai prié mon mari de laiſſer à mon choix
Cet établiſſement de deux enfans que j'aime.
Monſieur Gripon me cauſe une frayeur extrême ;
Mais , tout Gripon qu'il eſt , il le faut ménager,
Ecrire encor dans l'Inde , examiner , ſonger.

L e M a r q u i s.

Oui , voilà des raiſons , des meſures commodes ,

Envoyer publier des bans aux Antipodes,
Pour avoir dans trois ans un refus clair & net.
De votre cher mari je ne fuis pas le fait.
Du feul nom de Marquis fa groffe ame étonnée,
Croirait voir fa maifon au pillage donnée.
Il aime fort l'argent, il connaît peu l'amour.
Au nom du cher objet qui de vous tient le jour,
De la vive amitié qui m'attache à fa mère,
De cet amour ardent qu'elle voit fans colère,
Daignez former, Madame, un fi tendre lien;
Ordonnez mon bonheur, j'ofe dire le fien.
Qu'à jamais à vos pieds je paffe ici ma vie.

Mad. D U R U.

Oh çà, vous aimez donc ma fille à la folie ?

L E   M A R Q U I S.

Si je l'adore, ô ciel ! Pour croître mon bonheur,
Je compte à votre fils donner auffi ma fœur.
Vous aurez quatre enfans, qui d'une ame foumife,
D'un cœur toûjours à vous...

S C E N E   I I.

Mad. D U R U, L E M A R Q U I S, E R I S E.

L E   M A R Q U I S.

AH ! venez belle Erife,
Fléchiffez votre mère, & daignez la toucher;
Je ne la connais plus, c'eft un cœur de rocher.

Mad. D U R U.

Quel rocher ! Vous voyez un homme ici, ma fille,

Qui veut obſtinément être de la famille.
Il eſt preſſant ; je crains que l'ardeur de ce feu,
Le rendant importun , ne vous déplaiſe un peu.

E R I S E.

Oh ! non , ne craignez rien ; s'il n'a pû vous déplaire ,
Croyez que contre lui je n'ai point de colère :
J'aime à vous obéïr. Comment ne pas vouloir
Ce que vous commandez , ce qui fait mon devoir ,
Ce qui de mon reſpeƈt eſt la preuve ſi claire ?

Mad. D U R U.

Je ne commande point.

E R I S E.

Pardonnez - moi , ma mère ;
Vous l'avez commandé , mon cœur en eſt témoin.

L E M A R Q U I S.

De me juſtifier elle - même prend ſoin.
Nous ſommes deux ici contre vous. Ah ! Madame ,
Soyez ſenſible aux feux d'une ſi pure flamme ;
Vous l'avez allumée , & vous ne voudrez point
Voir mourir ſans s'unir ce que vous avez joint.

(à Eriſe.)

Parlez donc , aidez - moi. Qu'avez - vous à ſourire ?

E R I S E.

Mais vous parlez ſi bien que je n'ai rien à dire ;
J'aurais peur d'être trop de votre ſentiment ,
Et j'en ai dit , me ſemble , aſſez honnêtement.

Mad. D U R U.

Je vois , mes chers enfans , qu'il eſt fort néceſſaire
De conclurre au plutôt cette importante affaire.
C'eſt pitié de vous voir ainſi ſécher tous deux ;
Et mon bonheur dépend du ſuccès de vos vœux.

Mais mon mari !

LE MARQUIS.

Toûjours fon mari ! fa faibleffe
De cet épouvantail s'inquiète fans ceffe.

ERISE.

Il eft mon père.

S C E N E I I I.

Mad. DURU, LE MARQUIS, ERISE, DAMIS.

DAMIS.

AH ah ! l'on parle donc ici
D'hyménée & d'amour ? Je veux m'y joindre auffi.
Votre bonté pour moi ne s'eft point démentie ;
Ma mère me mettra, je crois, de la partie.
Monfieur a la bonté de m'accorder fa fœur,
Je compte abfolument jouïr de cet honneur,
Non point par vanité, mais par tendreffe pure ;
Je l'aime éperdument, & mon cœur vous conjure
De voir avec pitié ma vive paffion.
Voyez-vous, je fuis homme à perdre la raifon ;
Enfin, c'eft un parti qu'on ne peut plus combattre.
Une noce après tout fuffira pour nous quatre.
Il n'eft pas trop commun de favoir en un jour
Rendre deux cœurs heureux par les mains de l'amour.
Mais faire quatre heureux par un feul coup de plume,
Par un feul mot, ma mère, & contre la coutume,
C'eft un plaifir divin qui n'appartient qu'à vous,
Et vous ferez, ma mère, heureufe autant que nous.

Le Marquis.

Je réponds de ma fœur, je réponds de moi-même ;
Mais Madame balance, & c'eſt en vain qu'on aime.

Erise.

Ah ! vous êtes ſi bonne ! auriez-vous la rigueur
De maltraiter un fils ſi cher à votre cœur ?
Son amour eſt ſi vrai, ſi pur, ſi raiſonnable !
Vous l'aimez, voulez-vous le rendre miſérable ?

Damis.

Deſeſpérerez-vous par tant de cruautés,
Une fille toûjours fouple à vos volontés ?
Elle aime tout de bon, & je me perſuade
Que le moindre refus va la rendre malade.

Erise.

Je connais bien mon frère, & j'ai lû dans ſon cœur :
Un refus le ferait expirer de douleur.
Pour moi, j'obéïrai ſans replique à ma mère.

Damis.

Je parle pour ma fœur.

Erise.

Je parle pour mon frère.

Le Marquis.

Moi, je parle pour tous.

Mad. Duru.

Ecoutez donc tous trois.

Vos amours font charmans, & vos goûts font mon choix :
Je fens combien m'honore une telle alliance ;
Mon cœur à vos plaiſirs ſe livre par avance.
Nous ferons tous contens, ou bien je ne pourrai :
J'ai donné ma parole, & je vous la tiendrai.

Damis, Erise, le Marquis, *enfemble.*

Ah !

Mad. Duru.

Mais...

Le Marquis.

Toûjours des mais ? vous allez encor dire,
Mais mon mari.

Mad. Duru.

Sans doute.

Erise.

Ah ! quels coups !

Damis.

Quel martire !

Mad. Duru.

Oh ! laiffez-moi parler. Vous faurez, mes enfans,
Que quand on m'époufa j'avais près de quinze ans.
Je dois tout aux bons foins de votre honoré père :
Sa fortune déja commençait à fe faire ;
Il eut l'art d'amaffer & de garder du bien,
En travaillant beaucoup & ne dépenfant rien.
Il me recommanda, quand il quitta la France,
De fuir toûjours le monde, & fur-tout la dépenfe.
J'ai dépenfé beaucoup à vous bien élever ;
Malgré moi le beau monde eft venu me trouver.
Au fond d'un galetas il réléguait ma vie,
Et plus honnêtement je me fuis établie.
Il voulait que fon fils, en bonnet, en rabat,
Traînât dans le palais la robe d'Avocat :
Au Régiment du Roi je le fis Capitaine.
Il prétend aujourd'hui, fous peine de fa haine,
Que de Monfieur Gripon, & la fille & le fils,
Par un beau mariage avec nous foient unis.

Je l'empêcherai bien , j'y suis fort résolue.

D A M I S.

Et nous aussi.

Mad. D U R U.

Je crains quelque déconvenue,
Je crains de mon mari le couroux véhément.

L E   M A R Q U I S.

Ne craignez rien de loin.

Mad. D U R U.

Son cher correspondant ,
Maître Isaac Gripon , d'une ame fort rebourse ,
Ferme depuis un an les cordons de sa bourse.

D A M I S.

Il vous en reste assez.

Mad. D U R U.

Oui , mais j'ai consulté. . .

L E   M A R Q U I S.

Hélas ! consultez - nous.

Mad. D U R U.

Sur la validité
D'une telle démarche ; & l'on dit qu'à votre âge
On ne peut sûrement contracter mariage
Contre la volonté d'un propre père.

D A M I S.

Non ,

Lorsque ce propre père , étant dans la maison ,
Sur son droit de présence obstinément se fonde :
Mais quand ce propre père est dans un bout du monde ,
On peut à l'autre bout se marier sans lui.

L E   M A R Q U I S.

Oui , c'est ce qu'il faut faire , & quand ? Dès aujourd'hui.

SCENE IV.

Mad. DURU, LE MARQUIS, ERISE, DAMIS, MARTHE.

MARTHE.

Voilà Monfieur Gripon qui veut forcer la porte ;
Il vient pour un grand cas, dit-il, qui vous importe.
Ce font fes propres mots, faut-il qu'il entre ?

Mad. DURU.

Hélas !

Il le faut bien fouffrir. Voyons quel eft ce cas.

SCENE V.

Mad. DURU, LE MARQUIS, ERISE, DAMIS, M. GRIPON, MARTHE.

Mad. DURU.

SI tard, Monfieur Gripon, quel fujet vous attire ?

M. GRIPON.

Un bon fujet.

Mad. DURU.

Comment ?

M. GRIPON.

Je m'en vais vous le dire.

DAMIS.

Quelque préfent de l'Inde ?

M. GRIPON.

Oh ! vraiment oui. Voici

L'or-

L'ordre de votre père , & je le porte ici.
Ma fille eft votre bru, mon fils eft votre gendre ;
Ils le feront du moins , & fans beaucoup attendre.
Lifez.   (*Il lui donne une lettre.*)

Mad. D u r u.

L'ordre eft très net , que faire ?

M. G r i p o n.

A votre chef
Obéir fans replique , & tout bâcler en bref.
Il reviendra bientôt ; & même , par avance ,
Son commis vient régler des comptes d'importance.
J'ai peu de tems à perdre ; ayez la charité
De dépêcher la chofe avec célérité.

Mad. D u r u.

La propofition , mes enfans , doit vous plaire.
Comment la trouvez-vous ?

D a m i s , E r i s e , *enfemble.*

Tout comme vous , ma mère.

L e M a r q u i s *à Mr. Gripon.*

De nos communs defirs il faut preffer l'effet.
Ah ! que de cet hymen mon cœur eft fatisfait !

M. G r i p o n.

Que ça vous fatisfaffe , ou que ça vous déplaife ,
Ça doit importer peu.

L e M a r q u i s.

Je ne me fens pas d'aife.

M. G r i p o n.

Pourquoi tant d'aife ?

L e M a r q u i s.

Mais ... j'ai cette affaire à cœur.

M. G R I P O N.

Vous, à cœur mon affaire ?

L E M A R Q U I S.

Oui, je fuis ferviteur

De votre ami Duru, de toute la famille,

De Madame fa femme, & furtout de fa fille.

Cet hymen eft fi cher, fi précieux pour moi !..

Je fuis le bon ami du logis.

M. G R I P O N.

Par ma foi,

Ces amis du logis font de mauvais augure.

Madame, fans amis, hâtons - nous de conclure.

E R I S E.

Quoi, fi - tôt ?

Mad. D U R U.

Sans donner le tems de confulter,

De voir ma bru, mon gendre, & fans les préfenter ?

C'eft pouffer avec nous vivement votre pointe.

M. G R I P O N.

Pour fe bien marier il faut que la conjointe

N'ait jamais entrevû fon conjoint.

Mad. D U R U.

Oui, d'accord,

On s'en aime bien mieux ; mais je voudrais d'abord,

Moi, mère, & qui dois voir le parti qu'il faut prendre,

Embraffer votre fille & voir un peu mon gendre.

M. G R I P O N.

Vous les voyez en moi, corps pour corps, trait pour trait,

Et ma fille Phlipotte eft en tout mon portrait.

Mad. D U R U.

Les aimables enfans !

D A M I S.

Oh ! Monſieur, je vous jure
Qu'on ne ſentit jamais une flamme plus pure.

M. G R I P O N.

Pour ma Phlipotte ?

D A M I S.

Hélas ! pour cet objet vainqueur
Qui règne ſur mes ſens, & m'a donné ſon cœur.

M. G R I P O N.

On ne t'a rien donné : je ne puis te comprendre ;
Ma fille, ainſi que moi, n'a point l'ame ſi tendre.

(*à Eriſe.*)

Et vous, qui ſouriez, vous ne me dites rien ?

E R I S E.

Je dis la même choſe, & je vous promets bien
De placer les devoirs, les plaiſirs de ma vie,
A plaire au tendre amant à qui mon cœur me lie.

M. G R I P O N.

Il n'eſt point tendre amant, vous répondez fort mal.

L E M A R Q U I S.

Je vous jure qu'il l'eſt.

M. G R I P O N.

Oh ! quel original !
L'ami de la maiſon, mêlez-vous, je vous prie,
Un peu moins de la fête & des gens qu'on marie.

Le Marquis lui fait de grandes révérences.

(*à Mad. Duru.*)

Or çà, j'ai réuſſi dans ma commiſſion.
Je vois pour votre époux votre ſoumiſſion ;
Il ne faut à préſent qu'un peu de ſignature.
J''aménerai demain le futur, la future.

Q ij

Vous aurez des enfans , fouples , refpectueux ,
Grands ménagers , enfin on fera content d'eux.
Il eft vrai qu'ils n'ont pas les grands airs du beau monde.

Mad. D U R U.

C'eft une bagatelle , & mon efpoir fe fonde
Sur les leçons d'un père , & fur leurs fentimens ,
Qui valent cent fois mieux que ces dehors charmans.

D A M I S.

J'aime déja leur grace & fimple & naturelle.

E R I S E.

Leur bon fens dont leur père eft le parfait modèle.

L E   M A R Q U I S.

Je leur crois bien du goût.

M. G R I P O N.

Ils n'ont rien de cela.

Que diable ici fait - on de ce beau Monfieur là ?
(*à Mad. Duru.*)
A demain donc , Madame ; une noce frugale
Préparera fans bruit l'union conjugale.
Il eft tard , & le foir jamais nous ne fortons.

D A M I S.

Eh ! que faites - vous donc vers le foir ?

M. G R I P O N.

Nous dormons.

On fe lève avant jour ; ainfi fait votre père.
Imitez - le dans tout pour vivre heureux fur terre.
Soyez fobre , attentif à placer votre argent ;
Ne donnez jamais rien , & prêtez rarement.
Demain de grand matin , je reviendrai , Madame.

Mad. D U R U.

Pas fi matin.

L E M A R Q U I S.

Allez , vous nous raviſſez l'ame.

M. G R I P O N.

Cet homme me déplait. Dès demain je prétens
Que l'ami du logis déniche de céans.
Adieu.

M A R T H E (*l'arrêtant par le bras.*)

Monſieur , un mot.

M. G R I P O N.

Eh quoi ?

M A R T H E.

Sans vous déplaire ,
Peut‑on vous propoſer une excellente affaire ?

M. G R I P O N.

Propoſez.

M A R T H E.

Vous donnez aux enfans du logis
Phlipotte votre fille , & Phlipot votre fils ?

M. G R I P O N.

Oui.

M A R T H E.

L'on donne une dot en pareille avanture ?

M. G R I P O N.

Pas toûjours.

M A R T H E.

Vous pourriez , & je vous en conjure ,
Partager par moitié vos généreux préſens.

M. G R I P O N.

Comment ?

M A R T H E.

Payez la dot , & gardez vos enfans.

Q iij

M. G R I P O N (*à Mad. Duru.*)

Madame, il nous faudra chasser cette donzelle ;
Et l'ami du logis ne me plait pas plus qu'elle.
(*Il s'en va , & tout le monde lui fait la révérence.*)

S C E N E   V I.

Mad. DURU, ERISE, DAMIS, LE MARQUIS,
M A R T H E.

M A R T H E.

EH bien ! vous laissez - vous tous les quatre effrayer
Par le malheureux cas de ce maître usurier ?

D A M I S.

Madame, vous voyez qu'il est indispensable
De prévenir soudain ce marché détestable.

L E M A R Q U I S.

Contre nos ennemis formons vîte un traité,
Qui mette pour jamais nos droits en sûreté.
Madame, on vous y force, & tout vous autorise,
Et c'est le sentiment de la charmante Erise.

E R I S E.

Je me flatte toûjours d'être de votre avis.

D A M I S.

Hélas ! de vos bienfaits mon cœur s'est tout promis.
Il faut que le vilain, qui tous nous inquiète,
En revenant demain trouve la noce faite.

Mad. D U R U.

Mais. . .

L E M A R Q U I S.

Les mais à présent deviennent superflus.

Réfolvez-vous , Madame , ou nous fommes perdus.
Mad. D u r u.

Le péril eft preffant , & je fuis bonne mère ;
Mais ... à qui pourrons - nous recourir ?

M a r t h e.

Au Notaire ,

A la noce , à l'hymen. Je prens fur moi le foin
D'amener à l'inftant le Notaire du coin ,
D'ordonner le fouper , de mander la mufique :
S'il eft quelqu'autre ufage admis dans la pratique ,
Je ne m'en mêle pas.

D a m i s.

Elle a grande raifon ,

Et je veux que demain Maître Ifaac Gripon
Trouve en venant ici peu de chofes à faire.

E r i s e.

J'admire vos confeils & celui de mon frère.

Mad. D u r u.

C'eft votre avis à tous ?

D a m i s , E r i s e , l e M a r q u i s , *enfemble.*

Oui , ma mère.

Mad. D u r u.

Fort bien.

Je peux vous affurer que c'eft auffi le mien.

Fin du premier acte.

ACTE II.

SCENE PREMIERE.

M. GRIPON, DAMIS.

M. GRIPON.

COmment ! dans ce logis eſt-on fou, mon garçon ?
Quel tapage a-t-on fait la nuit dans la maiſon ?
Quoi ! deux tables encor impudemment dreſſées !
Des débris d'un feſtin, des chaiſes renverſées,
Des laquais étendus ronflans ſur le plancher ;
Et quatre violons, qui ne pouvant marcher,
S'en vont en fredonnant à tâtons dans la ruë !
N'es-tu pas tout honteux ?

DAMIS.

Non ; mon ame eſt émuë
D'un ſentiment ſi doux, d'un ſi charmant plaiſir,
Que devant vous encor je n'en ſaurais rougir.

M. GRIPON.

D'un ſentiment ſi doux ! que diable veux-tu dire ?

DAMIS.

Je dis que notre hymen à la famille inſpire
Un délire de joye, un tranſport inouï.
A peine hier au ſoir ſortites-vous d'ici,
Que livrés par avance au lien qui nous preſſe,
Après un long ſouper, la joye & la tendreſſe,
Préparant à l'envi le lien conjugal,

Nous

Nous avons cette nuit ici donné le bal.

M. G R·I P O N.

Voilà trop de fracas avec trop de dépenfe.
Je n'aime point qu'on ait du plaifir par avance.
Cette vie à ton père à coup fûr déplaira.
Et que feras-tu donc quand on te mariera ?

D A M I S.

Ah ! fi vous connaiffiez cette ardeur vive & pure,
Ces traits, ces feux facrés, l'ame de la nature,
Cette délicateffe & ces raviffemens,
Qui ne font bien connus que des heureux amans !
Si vous faviez...

M. G R I P O N.

. Je fais que je ne puis comprendre
Rien de ce que tu dis.

D A M I S.

Votre cœur n'eft point tendre.
Vous ignorez les feux dont je fuis confumé.
Mon cher Monfieur Gripon, vous n'avez point aimé.

M. G R I P O N.

Sifait, fifait.

D A M I S.

Comment ? Vous auffi, vous ?

M. G R I P O N.

Moi-même.

D A M I S.

Vous concevez donc bien l'emportement extrême,
Les douceurs....

M. G R I P O N.

Et oui, oui, j'ai fait, à ma façon,
L'amour un jour ou deux à Madame Gripon :
Mais cela n'était pas comme ta belle flamme,

Ni tes difcours de fou que tu tiens fur ta femme.

D A M I S.

Je le crois bien ; enfin , vous me le pardonnez ?

M. G R I P O N.

Ouida , quand les contrats feront faits & fignés.
Allons , avec ta mère il faut que je m'abouche ;
Finiffons tout.

D A M I S.

Ma mère en ce moment fe couche.

M. G R I P O N.

Quoi ? Ta mère ?

D A M I S.

Approuvant le goût qui nous conduit ,
Elle a dans notre bal danfé toute la nuit.

M. G R I P O N.

Ta mère eft folle.

D A M I S.

Non , elle eft très refpeftable ,
Magnifique avec goût , douce , tendre , adorable.

M. G R I P O N.

Ecoute ; il faut ici te parler clairement.
Nous attendons ton père , il viendra promptement ;
Et déja fon commis arrive en diligence ,
Pour régler fa recette , ainfi que la dépenfe.
Il fera très fâché du train qu'on fait ici ;
Et tu comprens fort bien que je le fuis auffi.
C'eft dans un autre efprit que Phlipotte eft nourrie ;
Elle a trente - fept ans , fille honnête , accomplie ,
Qui , feule avec mon fils , compofe ma maifon ;
L'été fans éventail , & l'hyver fans manchon ;
Blanchit , repaffe , coud , compte comme Barême ,
Et fait manquer de tout auffi - bien que moi - même.

Prens exemple fur elle , afin de vivre heureux.
Je reviendrai ce foir vous marier tous deux.
Tu parais bon enfant , & ma fille eft bien née.
Mais , croi-moi , ta cervelle eft un peu mal tournée.
Il faut que la maifon foit fur un autre pié.
Di-moi. Ce grand flandrin , qui m'a tant ennuyé ,
Qui toûjours de côté me fait la révérence ,
Vient-il ici fouvent ?

D A M I S.

Oh ! fort fouvent.

M. G R I P O N.

Je penfe

Que pour caufe il eft bon qu'il n'y revienne plus.

D A M I S.

Nous fuivrons fur cela vos ordres abfolus.

M. G R I P O N.

C'eft très bien dit. Mon gendre a du bon , & j'efpère
Moriginer bientôt cette tête légère ;
Mais furtout plus de bal : je ne prétens plus voir
Changer la nuit en jour , & le matin en foir.

D A M I S.

Ne craignez rien.

M. G R I P O N.

Eh bien , où vas-tu ?

D A M I S.

Satisfaire

Le plus doux des devoirs & l'ardeur la plus chère.

M. G R I P O N.

Il brûle pour Phlipotte.

D A M I S.

Après avoir danfé ,

R ij

Plein des traits amoureux dont mon cœur eſt bleſſé,
Je vais, Monſieur, je vais... me coucher... Je me flatte
Que ma paſſion vive, autant que délicate,
Me fera peu dormir en ce fortuné jour,
Et je ſerai longtems éveillé par l'amour.

(*Il l'embraſſe.*)

SCENE II.

M. GRIPON *ſeul.*

LEs romans l'ont gâté, ſa tête eſt attaquée ;
Il veut incognito rentrer dans ſa maiſon.
Quel profit à cela ? quel projet ſans raiſon !
Ce n'eſt qu'en fait d'argent que j'aime le myſtère ;
Mais je fais ce qu'il veut ; ma foi, c'eſt ſon affaire.
Mari qui veut ſurprendre eſt ſouvent fort ſurpris,
Et... mais voici Monſieur qui vient dans ſon logis.

SCENE III.

M. DURU, M. GRIPON.

M. DURU.

QUelle réception ! après douze ans d'abſence !
Comme tout ſe corrompt, comme tout change en France !

M. GRIPON.

Bon jour, compère.

M. DURU.

O ciel !

M. G R I P O N.

Il ne me répond point.

Il rêve.

M. D U R U.

Quoi ! ma femme infidelle à ce point !
A quel horrible luxe elle s'eſt emportée !
Cette maiſon , je crois , du Diable eſt habitée ;
Et j'y mettrais le feu , ſans les dépens maudits
Qu'à brûler les maiſons il en coûte à Paris.

M. G R I P O N.

Il parle longtems ſeul , c'eſt ſigne de démence.

M. D U R U.

Je l'ai bien mérité pàr ma ſotte imprudence.
A votre femme un mois confiez votre bien ,
Au bout de trente jours vous ne retrouvez rien.
Je m'étais noblement privé du néceſſaire :
M'en voilà bien payé : que réſoudre , que faire ?
Je ſuis aſſaſſiné , confondu , ruïné.

M. G R I P O N.

Bon jour , compère. Eh bien , vous avez terminé
Aſſez heureuſement un aſſez long voyage.
Je vous trouve un peu vieux.

M. D U R U.

Je vous dis que j'enrage.

M. G R I P O N.

Oui , je le crois , il eſt fort triſte de vieillir ;
On a bien moins de tems pour pouvoir s'enrichir.

M. D U R U.

Plus d'honneur , plus de régle , & les loix violées !..

M. G R I P O N.

Je n'ai violé rien , les choſes ſont réglées.

R iij

J'ai pour vous dans mes mains, en beaux & bons papiers,
Trois cent deux mille francs, dix - huit fols neuf deniers.
Revenez - vous bien riche ?

M. D U R U.
Oui.

M. G R I P O N.
Moquez - vous du monde.

M. D U R U.
Oh ! j'ai le cœur navré d'une douleur profonde.
J'apporte un million tout au plus ; le voila.
(*Il montre fon porte - feuille.*)
Je fuis outré, perdu.

M. G R I P O N.
Quoi ! n'eft - ce que cela ?
Il faut fe confoler.

M. D U R U.
Ma femme me ruïne.
Vous voyez quel logis & quel train. La coquine !...

M. G R I P O N.
Sois le maître chez toi, mets - la dans un couvent.

M. D U R U.
Je n'y manquerai pas. Je trouve en arrivant
Des laquais de fix pieds, tous yvres de la veille,
Un portier à mouftache, armé d'une bouteille,
Qui, me voyant paffer, m'invite en bégayant,
A venir déjeuner dans fon appartement.

M. G R I P O N.
Chaffe tous ces coquins.

M. D U R U.
C'eft ce que je veux faire.

M. GRIPON.

C'eſt un profit tout clair. Tous ces gens là , compère ,
Sont nos vrais ennemis , dévorent notre bien ;
Et pour vivre à ſon aiſe , il faut vivre de rien.

M. DURU.

Ils m'auront ruïné ; cela me perce l'ame.
Me conſeillerais - tu de ſurprendre ma femme ?

M. GRIPON.

Tout comme tu voudras.

M. DURU.

Me conſeillerais - tu
D'attendre encor un peu , de reſter inconnu ?

M. GRIPON.

Selon ta fantaiſie.

M. DURU.

Ah , le maudit ménage !
Comment a - t - on reçu l'offre du mariage ?

M. GRIPON.

Oh ! fort bien : ſur ce point nous ferons tous contens ;
On aime avec tranſport déja mes deux enfans.

M. DURU.

Paſſe. On n'a donc point eu de peine à ſatisfaire
A mes ordres précis ?

M. GRIPON.

De la peine , au contraire ;
Ils ont avec plaiſir conclu foudainement.
Ton fils a pour ma fille un amour véhément ;
Et ta fille déja brûle , ſur ma parole ,
Pour mon petit Gripon.

M. DURU.

Du moins cela conſole.

Nous mettrons ordre au reſte.

M. G R I P O N.

Oh ! tout eſt réſolu ,
Et cet après-midi l'hymen ſera conclu.

M. D U R U.

Mais , ma femme ?

M. G R I P O N.

Oh ! parbleu , ta femme eſt ton affaire.
Je te donne une bru charmante & ménagère :
J'ai toûjours à ton fils deſtiné ce bijou ;
Et nous les marierons ſans leur donner un ſou.

M. D U R U.

Fort bien.

M. G R I P O N.

L'argent corrompt la jeuneſſe volage.
Point d'argent : c'eſt un point capital en ménage.

M. D U R U.

Mais ma femme ?

M. G R I P O N.

Fais-en tout ce qu'il te plaira.

M. D U R U.

Je voudrais voir un peu comme on me recevra ,
Quel air aura ma femme.

M. G R I P O N.

Et pourquoi ? que t'importe ?

M. D U R U.

Voir ... là ... ſi la nature eſt au moins aſſez forte ,
Si le ſang parle aſſez dans ma fille & mon fils ,
Pour reconnaître en moi le maître du logis.

M. G R I P O N.

Quand tu te nommeras , tu te feras connaître.

Eſt-ce

Eft-ce que le fang parle ? Et ne dois-tu pas être
Honnêtement content, quand, pour comble de biens,
Tes dociles enfans vont époufer les miens ?
Adieu : j'ai quelque dette active & d'importance,
Qui devers le midi demande ma préfence ;
Et je reviens, compère, après un court dîner,
Moi, ma fille & mon fils, pour conclure & figner.

S C E N E   I V.

M. D U R U *feul.*

Les affaires vont bien ; quant à ce mariage,
J'en fuis fort fatisfait ; mais quant à mon ménage,
C'eft un fcandale affreux, & qui me pouffe à bout.
Il faut tout obferver, découvrir tout, voir tout.
(On fonne.)
J'entens une fonnette & du bruit ; on appelle.

S C E N E   V.

M. D U R U , M A R T H E *à la porte.*

M. D U R U.

Oh ! quelle eft cette jeune & belle Demoifelle
Qui va vers cette porte ? Elle a l'air bien coquet.
Eft-ce ma fille ? Mais ... j'en ai peur : en effet,
Elle eft bien faite au moins, paffablement jolie,
Et cela fait plaifir. Ecoutez, je vous prie ;
Où courez-vous fi vîte, aimable & chère enfant ?

Tom. VII. *& du Théâtre le cinquiéme.*   S

MARTHE.

Je vais chez ma maîtreſſe, en ſon appartement.

M. DURU.

Quoi! vous êtes ſuivante? Et de qui, ma mignonne?

MARTHE.

De Madame Duru.

M. DURU *à part.*

Je veux de la friponne
Tirer quelque parti, m'inſtruire, ſi je puis.
Ecoutez.

MARTHE.

Quoi! Monſieur?

M. DURU.

Savez-vous qui je ſuis?

MARTHE.

Non; mais je vois aſſez ce que vous pouvez être.

M. DURU.

Je ſuis l'intime ami de Monſieur votre maître,
Et de Monſieur Gripon. Je peux très-aiſément
Vous faire ici du bien, même en argent comptant.

MARTHE.

Vous me ferez plaiſir. Mais, Monſieur, le tems preſſe;
Et voici le moment de coucher ma maîtreſſe.

M. DURU.

Se coucher quand il eſt neuf heures du matin?

MARTHE.

Oui, Monſieur.

M. DURU.

Quelle vie & quel horrible train!

MARTHE.

C'eſt un train fort honnête. Après ſouper on joue;

Après le jeu l'on danſe , & puis on dort.

M. D u r u.

Quet vous me ſurprenez ; je ne m'attendais pas
Que Madame Duru fît un ſi beau fracas.

M a r t h e.

Quoi ! cela vous ſurprend , vous bon-homme , à votre âge ?
Mais rien n'eſt plus commun. Madame fait uſage
Des grands biens amaſſés par ſon ladre mari ;
Et quand on tient maiſon , chacun en uſe ainſi.

M. D u r u.

Mignonne , ces diſcours me font peine à comprendre
Qu'eſt - ce tenir maiſon ?

M a r t h e.

Faut - il tout vous apprendre ?
D'où diable venez - vous ?

M. D u r u.

D'un peu loin.

M a r t h e.

Je le voi.
Vous me paraiſſez neuf , quoiqu'antique.

M. D u r u.

Ma foi ,
Tout eſt neuf à mes yeux. Ma petite maîtreſſe ,
Vous tenez donc maiſon ?

M a r t h e.

Oui.

M. D u r u.

Mais de quelle eſpèce ?
Et dans cette maiſon que fait - on , s'il vous plaît ?

MARTHE.

De quoi vous mêlez-vous ?

M. DURU.

J'y prens quelque intérêt.

MARTHE.

Vous, Monfieur ?

M. DURU.

Oui, moi-même. Il faut que je hazarde
Un peu d'or de ma poche avec cette égrillarde ;
Ce n'eſt pas ſans regret ; mais eſſayons enfin.
Monfieur Duru vous fait ce préſent par ma main.

MARTHE.

Grand merci.

M. DURU.

Méritez un tel effort, ma belle ;
C'eſt à vous de montrer l'excès de votre zèle
Pour le patron d'ici, le bon Monfieur Duru,
Que, par malheur pour vous, vous n'avez jamais vu.
Quelqu'amant, entre nous, a, pendant ſon abſence,
Produit tous ces excès avec cette dépenſe !

MARTHE.

Quelque amant ! vous oſez attaquer notre honneur ?
Quelque Amant ! A ce trait, qui bleſſe ma pudeur,
Je ne ſais qui me tient, que mes mains appliquées
Ne ſoient ſur votre face avec cinq doigts marquées.
Quelque amant, dites-vous ?

M. DURU.

Eh ! pardon.

MARTHE.

Apprenez

Que ce n'eſt pas à vous à fourrer votre nez
Dans ce que fait Madame.

M. D u r u.

Eh ! mais...

M a r t h e.

Elle eſt trop bonne,
Trop ſage, trop honnête, & trop douce perſonne ;
Et vous êtes un ſot avec vos queſtions.

(*On ſonne.*)

J'y vais... Un impudent, un rodeur de maiſons.

(*On ſonne.*)

Tout-à-l'heure... Un benêt qui penſe que les filles
Iront lui confier les ſecrets des familles !

(*On ſonne.*)

Eh ! j'y cours... Un vieux fou que la main que voila

(*On ſonne.*)

Devrait punir cent fois... L'on y va, l'on y va.

S C E N E V I.

M. D U R U *ſeul.*

JE ne ſais ſi je dois en croire ſa colère ;
Tout ici m'eſt ſuſpeɥ ; & ſur ce grand myſtère
Les femmes ont juré de ne parler jamais ;
On n'en peut rien tirer par force ou par bienfaits ;
Et toutes ſe liguant pour nous en faire accroire,
S'entendent contre nous comme larrons en foire.
Non, je n'entrerai point ; je veux examiner
Juſqu'où du bon chemin l'on peut ſe détourner.
Que vois-je ? Un beau Monſieur ſortant de chez ma femme !
Ah ! voilà comme on tient maiſon !

S iij

SCENE VII.

M. DURU, LE MARQUIS *sortant de l'appartement de Madame Duru en lui parlant tout haut.*

LE MARQUIS.

ADieu, Madame.
Ah ! que je suis heureux !

M. DURU.

Et beaucoup trop. J'en tien.

LE MARQUIS.

Adieu, jusqu'à ce soir.

M. DURU.

Ce soir encor ? Fort bien.
Comme de la maison je vois ici deux maîtres,
L'un des deux pourrait bien sortir par les fenêtres.
On ne me connaît pas ; gardons-nous d'éclater.

LE MARQUIS.

Quelqu'un parle, je crois.

M. DURU.

Je n'en saurais douter.
Volets fermés, au lit ; rendez-vous ; porte close ;
La suivante à mon nez complice de la chose !

LE MARQUIS.

Quel est cet homme-là qui jure entre ses dents .

M. DURU.

Mon fait est net & clair.

LE MARQUIS.

Il paraît hors de sens.

M. D u r u.

J'aurais mieux fait , ma foi , de rester à Surate ,
Avec tout mon argent. Ah traître ! ah scélérate !

Le Marquis.

Qu'avez-vous donc , Monsieur , qui parlez seul ainsi ?

M. D u r u.

Mais j'étais étonné que vous fussiez ici.

Le Marquis.

Et pourquoi , mon ami ?

M. D u r u.

Monsieur Duru , peut-être ,
Ne serait pas content de vous y voir paraître.

Le Marquis.

Lui mécontent de moi ? Qui vous a dit cela ?

M. D u r u.

Des gens bien informés. Ce Monsieur Duru-là ,
Chez qui vous avez pris des façons si commodes ,
Le connaissez-vous ?

Le Marquis.

Non : il est aux Antipodes ,
Dans les Indes , je crois , cousu d'or & d'argent.

M. D u r u.

Mais vous connaissez fort Madame ?

Le Marquis.

Apparemment :
Sa bonté m'est toûjours précieuse & nouvelle ,
Et je fais mon bonheur de vivre ici près d'elle.
Si vous avez besoin de sa protection ,
Parlez , j'ai du crédit , je crois , dans la maison.

M. D u r u.

Je le vois... De Monsieur je suis l'homme d'affaires.

LE MARQUIS.

Ma foi , de ces gens-là je ne me mêle guères.
Soyez le bien venu ; prenez furtout le foin
D'apporter quelqu'argent dont nous avons befoin.
Bon foir.

M. DURU *à part.*

J'enfermerai dans peu ma chère femme.
(*Au Marquis.*)

Que l'enfer.... Mais , Monfieur , qui gouvernez Madame,
La chambre de fa fille eft-elle près d'ici ?

LE MARQUIS.

Tout auprès , & j'y vais. Oui , l'ami , la voici.
(*Il entre chez Erife & ferme la porte.*)

M. DURU.

Cet homme eft néceffaire à toute ma famille :
Il fort de chez ma femme , & s'en va chez ma fille.
Je n'y puis plus tenir , & je fuccombe enfin.
Juftice ! je fuis mort.

SCENE VIII.

M. DURU, LE MARQUIS *revenant avec* ERISE.

ERISE.

EH ! mon Dieu , quel lutin ,
Quand on va fe coucher , tempête à cette porte ?
Qui peut crier ainfi de cette étrange forte ?

LE MARQUIS.

Faites donc moins de bruit , ne vous a-t-on pas dit

Qu'a-

Qu'après qu'on a danfé l'on va fe mettre au lit.
Jurez plus bas tout feul.

M. D u r u.

Je ne peux plus rien dire.
Je fuffoque.

E r i s e.

Quoi donc ?

M. D u r u.

Eft-ce un rêve, un délire ?
Je vengerai l'affront fait avec tant d'éclat.
Jufte ciel ! & comment fon frère l'Avocat
Peut-il fouffrir céans cette honte inouïe,
Sans plaider ?

E r i s e.

Quel eft donc cet homme, je vous prie ?

L e M a r q u i s.

Je ne fais ; il paraît qu'il eft extravagant ;
Votre père, dit-il, l'a pris pour fon agent.

E r i s e.

D'où vient que cet agent fait tant de tintamarre ?

L e M a r q u i s.

Ma foi, je n'en fais rien : cet homme eft fi bizarre !

E r i s e.

Eft-ce que mon mari, Monfieur, vous a fâché ?

M. D u r u.

Son mari !.. J'en fuis quitte encor à bon marché.
C'eft là votre mari ?

E r i s e.

Sans doute, c'eft lui-même.

M. D u r u.

Lui, le fils de Gripon ?

E R I S E.

C'eft mon mari, que j'aime.
A mon père, Monfieur, lorfque vous écrirez,
Peignez - lui bien les nœuds dont nous fommes ferrés.

M. D u r u.

Que la fiévre le ferre !

L e M a r q u i s.

Ah ! daignez condefcendre !..

M. D u r u.

Maître Ifaac Gripon m'avait bien fait entendre
Qu'à votre mariage on penfait en effet ;
Mais il ne m'a pas dït que tout cela fût fait.

L e M a r q u i s.

Eh bien, je vous en fais la confidence entière.

M. D u r u.

Mariés ?

E r i s e.

Oui, Monfieur.

M. D u r u.

De quand ?

L e M a r q u i s.

La nuit dernière.

M. D u r u *regardant le Marquis.*

Votre époux, je l'avouë, eft un fort beau garçon ;
Mais il ne m'a point l'air d'être fils de Gripon.

L e M a r q u i s.

Monfieur fait qu'en la vie il eft fort ordinaire
De voir beaucoup d'enfans tenir peu de leur père.
Par exemple, le fils de ce Monfieur Duru
En eft tout différent, n'en a rien.

M. D u r u.

Qui l'eût cru ?

Serait - il point auffi marié lui ?

E r i s e.

Sans doute.

M. D u r u.

Lui ?

L e M a r q u i s.

Ma fœur dans fes bras en ce moment - ci goute
Les premières douceurs du conjugal lien.

M. D u r u.

Votre fœur ?

L e M a r q u i s.

Oui , Monfieur.

M. D u r u.

Je n'y conçois plus rien.

Le compère Gripon m'eût dit cette nouvelle.

L e M a r q u i s.

Il regarde cela comme une bagatelle.
C'eft un homme occupé toûjours du denier dix ,
Noyé dans le calcul , fort diftrait.

M. D u r u.

Mais jadis

Il avait l'efprit net.

L e M a r q u i s.

Les grands travaux & l'âge
Altèrent la mémoire ainfi que le vifage.

M. D u r u.

Ce double mariage eft donc fait ?

E r i s e.

Oui , Monfieur.

LE MARQUIS.

Je vous en donne ici ma parole d'honneur,
N'avez-vous donc pas vû les débris de la noce?

M. DURU.

Vous m'avez tous bien l'air d'aimer le fruit précoce,
D'anticiper l'hymen qu'on avait projetté.

LE MARQUIS.

Ne nous foupçonnez pas de cette indignité,
Cela ferait criant.

M. DURU.

Oh! la faute eft légère.
Pourvu qu'on n'ait pas fait une trop forte chère,
Que la noce n'ait pas horriblement coûté,
On peut vous pardonner cette vivacité.
Vous paraiffez d'ailleurs un homme affez aimable.

ERISE.

Oh! très fort.

M. DURU.

Votre fœur eft-elle auffi paffable?

LE MARQUIS.

Elle vaut cent fois mieux.

M. DURU.

Si la chofe eft ainfi,
Monfieur Duru pourrait excufer tout ceci.
Je vais enfin parler à fa mère, & pour caufe...

ERISE.

Ah! gardez-vous-en bien, Monfieur; elle repofe.
Elle eft trop fatiguée; elle a pris tant de foins...

M. DURU.

Je m'en vais donc parler à fon fils.

E R I S E.

Encor moins.

L E M A R Q U I S.

Il eſt trop occupé.

M. D U R U.

L'avanture eſt fort bonne.

Ainſi , dans ce logis , je ne peux voir perſonne ?

L E M A R Q U I S.

Il eſt de certains cas où des hommes de ſens
Se garderont toûjours d'interrompre les gens.
Vous voilà bien au fait ; je vais avec Madame ,
Me rendre aux doux tranſports de la plus pure flamme.
Ecrivez à ſon père un détail ſi charmant.

E R I S E.

Marquez - lui mon reſpeçt & mon contentement.

M. D U R U.

Et ſon contentement ! Je ne ſais ſi ce père
Doit être auſſi content d'une ſi prompté affaire.
Quelle éveillée !

L E M A R Q U I S.

Adieu. Revenez vers le ſoir ,
Et ſoupez avec nous.

E R I S E.

Bon jour , juſqu'au revoir.

L E M A R Q U I S.

Serviteur.

E R I S E.

Toute à vous.

SCENE IX.

M. DURU, MARTHE.

M. DURU *seul*.

Mais Gripon le compère
S'eſt bien preſſé, ſans moi, de finir cette affaire.
Quelle fureur de noce a ſaiſi tous nos gens !
Tous quatre à s'arranger ſont un peu diligens.
De tant d'événemens j'ai la vuë ébahie.
J'arrive ; & tout le monde à l'inſtant ſe marie.
Il reſte en vérité, pour compléter ceci,
Que ma femme à quelqu'un ſoit mariée auſſi.
Entrons, ſans plus tarder. Ma femme ! hola, qu'on m'ouvre.
    (*Il heurte.*)
Ouvrez, vous dis-je, il faut qu'enfin tout ſe découvre.

MARTHE *derrière la porte*.
Paix, paix, l'on n'entre point.

M. DURU.
                Oh ! ton maître entrera,
Suivante impertinente, & l'on m'obéira.

Fin du ſecond acte.

ACTE III.

S'CENE PREMIERE.

M. DURU *feul.*

J'Ai beau frapper, crier, courir dans ce logis,
De ma femme à mon gendre, & du gendre à mon fils,
On répond en ronflant. Les valets, les fervantes
Ont tout barricadé. Ces manœuvres plaifantes
Me déplaifent beaucoup. Ces quatre extravagans,
Si vite mariés, font au lit trop longtems.
Et ma femme, ma femme ! oh ! je perds patience.
Ouvrez, morbleu.

SCENE II.

M. DURU, M. GRIPON, *tenant le contrat & une écritoire à la main.*

M. GRIPON.

JE viens figner notre alliance.

M. DURU.

Comment figner !

M. GRIPON.

Sans doute, & vous l'avez voulu.
Il faut conclurre tout.

M. D U R U.

Tout eſt aſſez conclu.
Vous radottez.

M. G R I P O N.

Je viens pour conſommer la choſe.

M. D U R U.

La choſe eſt conſommée.

M. G R I P O N.

Oh ! oui : je me propoſe
De produire au grand jour ma Phlipotte & Phlipot.
Ils viennent.

M. D U R U.

Quels diſcours !

M. G R I P O N.

Tout eſt prêt en un mot.

M. D U R U.

Morbleu , vous vous moquez ; tout eſt fait.

M. G R I P O N.

Çà , compère ,
Votre femme eſt inſtruite , & prépare l'affaire.

M. D U R U.

Je n'ai point vû ma femme ; elle dort , & mon fils
Dort avec votre fille ; & mon gendre au logis
Avec ma fille dort , & tout dort. Quelle rage
Vous a fait cette nuit preſſer ce mariage ?

M. G R I P O N.

Es-tu devenu fou ?

M. D U R U.

Quoi ! mon fils ne tient pas
A préſent dans ſon lit Phlipotte & ſes appas ?
Les noces , cette nuit , n'auraient pas été faites ?

M. G R I-

M. G R I P O N.

Ma fille a cette nuit repaffé fes cornettes,
Elle s'habille en hâte ; & mon fils fon cadet,
Pour épargner les fraix, met le contrat au net.

M. D U R U.

Jufte ciel ! quoi ! ton fils n'eft pas avec ma fille ?

M. G R I P O N.

Non, fans doute.

M. D U R U.

Le Diable eft donc dans ma famille.

M. G R I P O N.

Je le crois.

M. D U R U.

Ah ! fripons ! femme indigne du jour,
Vous payerez bien cher ce déteftable tour !
Lâches, vous apprendrez que c'eft moi qui fuis maître.
Approfondiffons tout ; je prétens tout connaître ;
Fai defcendre mon fils ; va, compère, di - lui
Qu'un ami de fon père, arrivé d'aujourd'hui,
Vient lui parler d'affaire, & ne faurait attendre.

M. G R I P O N.

Je vais te l'amener. Il faut punir mon gendre.
Il faut un Commiffaire, il faut verbalifer,
Il faut venger Phlipotte.

M. D U R U.

Eh ! cours fans tant jafer.

M. G R I P O N *revenant*.

Cela pourra coûter quelqu'argent, mais n'importe.

M. D U R U.

Eh ! va donc.

M. G R I P O N *revenant.*
Il faudra faire amener main forte.

M. D U R U.
Va, te dis-je.

M. G R I P O N.
J'y cours.

S C E N E   I I I.

M. D U R U *feul.*

O Voyage cruel !
O pouvoir marital, & pouvoir paternel !
O luxe ! maudit luxe ! invention du Diable !
C'eſt toi qui corromps tout, perds tout, monſtre exécrable !
Ma femme, mes enfans, de toi ſont infeſtés.
J'entrevois là deſſous un tas d'iniquités,
Un amas de noirceurs, & ſurtout de dépenſes,
Qui me glacent le ſang & redoublent mes tranſes.
Epouſe, fille, fils, m'ont tous perdu d'honneur ;
Je ne ſais ſi je dois en mourir de douleur ;
Et quoique de me pendre il me prenne une envie,
L'argent qu'on a gagné fait qu'on aime la vie.
Ah ! j'apperçois, je crois, mon traître d'Avocat.
Quel habit ! pourquoi donc n'a-t-il point de rabat ?

S C E N E I V.

M. DURU, M. GRIPON, DAMIS.

DAMIS *à M. Gripon.*

Quel eſt cet homme ? Il a l'air bien atrabilaire.

M. GRIPON.

C'eſt le meilleur ami qu'ait Monſieur votre père.

DAMIS.

Prête - t - il de l'argent ?

M. GRIPON.

En aucune façon,
Car il en a beaucoup.

M. DURU.

Répondez, beau garçon,
Etes - vous Avocat ?

DAMIS.

Point du tout.

M. DURU.

Ah ! le traître !
Etes - vous marié ?

DAMIS.

J'ai le bonheur de l'être.

M. DURU.

Et votre ſœur ?

DAMIS.

Auſſi. Nous avons cette nuit
Goûté d'un double hymen le tendre & premier fruit.

M. GRIPON.

Mariés !

M. DURU.

Scélérat !

V ij

M. GRIPON.

A qui donc ?

DAMIS.

   A ma femme.

M. GRIPON.

A ma Phlipotte ?

DAMIS.

Non.

M. DURU.

   Je me sens percer l'ame.

Quelle est-elle ? En un mot, vîte, répondez-moi.

DAMIS.

Vous êtes curieux & poli, je le voi.

M. DURU.

Je veux savoir de vous celle qui, par surprise,
Pour braver votre père, ici s'impatronise.

DAMIS.

Quelle est ma femme ?

M. DURU.

   Oui, oui.

DAMIS.

    C'est la sœur de celui
A qui ma propre sœur est unie aujourd'hui.

M. GRIPON.

Quel galimatias !

DAMIS.

   La chose est toute claire.

Vous savez, cher Gripon, qu'un ordre de mon père
Enjoignait à ma mère, en terme très précis,
D'établir au plutôt & sa fille, & son fils.

M. DURU.

Eh bien, traître ?

D A M I S.

A cet ordre elle s'eft affervie,
Non pas abfolument, mais du moins en partie.
Il veut un prompt hymen, il s'eft fait promptement.
Il eft vrai qu'on n'a pas conclu précifément
Avec ceux que fa lettre a nommés par fa claufe ;
Mais le plus fort eft fait, le refte eft peu de chofe.
Le Marquis d'Outremont, l'un de nos bons amis,
Eft un homme...

M. G R I P O N.

Ah ! c'eft là cet ami du logis.
On s'eft moqué de nous ; je m'en doutais, compère.

M. D U R U.

Allons, faites venir vîte le Commiffaire,
Vingt huiffiers.

D A M I S.

Et qui donc êtes-vous, s'il vous plaît,
Qui daignez prendre à nous un fi grand intérêt ?
Cher ami de mon père, apprenez que peut-être,
Sans mon refpeét pour lui, cette large fenêtre
Serait votre chemin pour vuider la maifon.
Dénichez de chez moi.

M. D U R U.

Comment, maître fripon,
Toi me chaffer d'ici ! Toi fcélérat, fauffaire,
Aigrefin, débauché, l'opprobre de ton père !
Qui n'es point Avocat !

SCENE V. & DERNIERE.

Mad. DURU, *fortant d'un côté avec* MARTHE ; LE
MARQUIS, *fortant de l'autre avec* ERISE ; M. DURU,
M. GRIPON, DAMIS.

Mad. D u r u *dans le fond.*

Mon carroffe eft-il prêt ?
D'où vient donc tout ce bruit ?

LE MARQUIS.

Ah ! je vois ce que c'eft.

MARTHE.

C'eft mon queftionneur.

LE MARQUIS.

Oui, c'eft ce vieux vifage,
Qui femblait fi furpris de notre mariage.

Mad. D u r u.

Qui donc ?

LE MARQUIS.

De votre époux il dit qu'il eft agent.

M. D u r u *en colère fe retournant.*

Oui, c'eft moi.

MARTHE.

Cet agent paraît peu patient.

Mad. D u r u *avançant.*

Ah, que vois-je ! quels traits ! c'eft lui-même, & mon ame....

M. D u r u.

Voilà donc à la fin ma coquine de femme !
Oh ! comme elle eft changée ! elle n'a plus, ma foi,
De quoi raccommoder fes fautes près de moi.

Mad. D u r u.

Quoi ! c'eſt vous, mon mari, mon cher époux ?...

DAMIS, ERISE, LE MARQUIS, *enſemble.*

Mon père !

Mad. D u r u.

Daignez jetter, Monſieur, un regard moins févère
Sur moi, ſur mes enfans, qui ſont à vos genoux.

LE MARQUIS.

Oh ! pardon ; j'ignorais que vous fuſſiez chez vous.

M. D u r u.

Ce matin....

LE MARQUIS.

Excuſez, j'en ſuis honteux dans l'ame.

MARTHE.

Et qui vous aurait cru le mari de Madame ?

D A M I S.

A vos pieds....

M. D u r u.

Fils indigne, apoſtat du Barreau,
Malheureux marié, qui fais ici le beau,
Fripon ; c'eſt donc ainſi que ton père lui-même
S'eſt vû reçu de toi ? C'eſt ainſi que l'on m'aime.

M. G R I P O N.

C'eſt la force du ſang.

D A M I S.

Je ne ſuis pas devin.

Mad. D u r u.

Pourquoi tant de couroux dans notre heureux deſtin ?
Vous retrouvez ici toute votre famille ;
Un gendre, un fils bien-né, votre épouſe, une fille.
Que voulez-vous de plus ? Faut-il après douze ans,
Voir d'un œil de travers ſa femme & ſes enfans ?

M. D u r u.

Vous n'êtes point ma femme ; elle était ménagère ;
Elle coufait , filait , faifait très maigre chère ;
Et n'eût point à mon bien porté le coup mortel,
Par la main d'un filou , nommé maître - d'hôtel ;
N'eût point joué , n'eût point ruiné ma famille ,
Ni d'un maudit Marquis enforcelé ma fille ;
N'aurait pas à mon fils fait perdre fon latin,
Et fait d'un Avocat un pimpant aigrefin.
Perfide , voilà donc la belle récompenfe
D'un travail de douze ans & de ma confiance.
Des foupers dans la nuit , à midi petit jour !
Auprès de votre lit un oifif de la cour !
Et portant en public le honteux étalage
Du rouge enluminé qui peint votre vifage !
C'eft ainfi qu'à profit vous placiez mon argent ?
Allons , de cet hôtel qu'on déniche à l'inftant,
Et qu'on aille m'attendre à fon fecond étage.

D a m i s.

Quel père !

L e M a r q u i s.

Quel beau - père !

E r i s e.

Eh ! bon Dieu quel langage !

Mad. D u r u.

Je puis avoir des torts, vous quelques préjugés.
Modérez - vous de grace , écoutez & jugez.
Alors que la mifère à tous deux fut commune ,
Je me fis des vertus propres à ma fortune ;
D'élever vos enfans je pris fur moi les foins ;
Je me refufai tout pour leur laiffer , du moins ,

Une

Une éducation qui tînt lieu d'héritage.
Quand vous eûtes acquis, dans votre heureux voyage,
Un peu de bien commis à ma fidélité,
J'en fus placer le fonds, il eſt en ſûreté.

M. D u r u.

Oui !

Mad. D u r u.

Votre bien s'accrut ; il ſervit, en partie,
A nous donner à tous une plus douce vie.
Je voulus dans la robe élever votre fils ;
Il n'y parut pas propre, & je changeai d'avis :
Il falait cultiver, non forcer la nature.
Il eſt né valeureux, vif, mais plein de droiture.
J'ai fait, à ſes talens habile à me plier,
D'un mauvais Avocat, un très bon Officier.
Avantageuſement j'ai marié ma fille :
La paix & les plaiſirs régnent dans ma famille ;
Nous avons des amis : des Seigneurs ſans fracas,
Sans vanité, ſans airs, & qui n'empruntent pas,
Soupent chez nous gaîment & paſſent la ſoirée.
La chère eſt délicate & toûjours modérée.
Le jeu n'eſt pas trop fort ; & jamais nos plaiſirs
Ne nous ont, grace au ciel, cauſé de repentirs.
De mon premier état je ſoutins l'indigence ;
Avec le même eſprit j'uſe de l'abondance.
On doit compte au public de l'uſage du bien,
Et qui l'enſevelit eſt mauvais citoyen ;
Il fait tort à l'Etat, il s'en fait à ſoi-même.
Faut-il, ſur ſon comptoir, l'œil trouble & le teint blême,
Manquer dù néceſſaire, auprès d'un coffre-fort,
Pour avoir de quoi vivre un jour après ſa mort ?

Ah ! vivez avec nous dans une honnête aifance.
Le prix de nos travaux eft dans la jouiffance.
Faites votre bonheur en rempliffant nos vœux.
Etre riche n'eft rien : le tout eft d'être heureux.

M. D u r u.

Le beau fermon du luxe & de l'intempérance !
Gripon , je fouffrirais que pendant mon abfence
On difpofe de tout , de mes biens , de mon fils ,
De ma fille !

Mad. D u r u.

Monfieur , je vous en écrivis.
Cette union eft fage , & doit vous le paraître.
Vos enfans font heureux , leur père devrait l'être.

M. D u r u.

Non ; je ferais outré d'être heureux malgré moi.
C'eft être heureux en fot de fouffrir que chez foi,
Femme , fils , gendre , fille ainfi fe réjouïffent.

Mad. D u r u.

Ah ! qu'à cette union tous vos vœux applaudiffent !

M. D u r u.

Non , non , non , non ; il faut être maître chez foi.

Mad. D u r u.

Vous le ferez toûjours.

E r i s e.

Ah ! difpofez de moi.

Mad. D u r u.

Nous fommes à vos pieds.

D a m i s.

Tout ici doit vous plaire ,
Serez - vous inflexible ?

Mad. D u r u.

Ah ! mon époux !

D A M I S , E R I S E , *enfemble.*

Mon père !

M. D u r u.

Gripon , m'attendrirai - je ?

M. G r i p o n.

Ecoutez , entre nous

Ça demande du tems.

M A R T H E.

Vîte , attendriffez - vous :

Tous ces gens - là , Monfieur , s'aiment à la folie ;

Croyez - moi , mettez - vous auffi de la partie.

Perfonne n'attendait que vous vinffiez ici.

La maifon va fort bien , vous voilà , reftez - y.

Soyez gai comme nous , ou que Dieu vous renvoye.

Nous vous promettons tous de vous tenir en joye.

Rien n'eft plus douloureux , comme plus inhumain ,

Que de gronder tout feul des plaifirs du prochain.

M. D u r u.

L'impertinente ! Eh bien , qu'en penfes - tu , compère ?

M. G r i p o n.

J'ai le cœur un peu dur ; mais après tout que faire ?

La chofe eft fans remède , & ma Phlipotte aura

Cent Avocats pour un fi - tôt qu'elle voudra.

Mad. D u r u.

Eh bien , vous rendez - vous ?

M. D u r u.

Çà , mes enfans , ma femme ,

Je n'ai pas , dans le fond , une fi vilaine ame.

Mes enfans font pourvus. Et puifque de fon bien ,

X ij

Alors que l'on eſt mort, on ne peut garder rien,
Il faut en dépenſer un peu pendant ſa vie ;
Mais ne mangez pas tout, Madame, je vous prie.

Mad. D u r u.

Ne craignez rien, vivez, poſſédez, jouïſſez...

M. D u r u.

Dix fois cent mille francs par vous ſont-ils placés ?

Mad. D u r u.

En contrats, en effets, de la meilleure ſorte.

M. D u r u.

En voici donc autant qu'avec moi je rapporte.
(*Il veut lui donner ſon porte-feuille, & le remet dans ſa poche.*)

Mad. D u r u.

Rapportez-nous un cœur doux, tendre, généreux :
Voilà les millions qui ſont chers à nos vœux.

M. D u r u.

Allons donc ; je vois bien qu'il faut, avec conſtance,
Prendre enfin mon bonheur du moins en patience.

Fin du troiſiéme & dernier aɛe.

LE CAFFÉ,

OU

L'ECOSSAISE,

COMÉDIE.

Par Monsieur HUME ; traduite en Français par JÉRÔME CARRÉ ; repréfentée à Paris au mois d'Août 1760.

J'ai vengé l'univers autant que je l'ai pû.

X iij

EPITRE DEDICATOIRE

DU TRADUCTEUR

DE L'ECOSSAISE,

A MONSIEUR

LE COMTE DE LAURAGUAIS.

MONSIEUR,

LA petite bagatelle que j'ai l'honneur de mettre sous votre protection, n'est qu'un prétexte pour vous parler avec liberté.

Vous avez rendu un service éternel aux beaux arts & au bon goût, en contribuant par votre générosité à donner à la ville de Paris un théâtre moins indigne d'elle. Si on ne voit plus sur la scène *César* & *Ptolomée*, *Athalie* & *Joad*, *Mérope* & son fils entourés & pressés d'une foule de jeunes gens, si les spectacles ont plus de décence, c'est à vous seul qu'on en est redevable. Ce bienfait est d'autant plus considérable, que l'art de la tragédie & de la comédie est celui dans lequel les Français se sont distingués davantage : il n'en est aucun dans lequel ils n'ayent de très illustres rivaux, ou même des maîtres. Nous avons quelques bons philosophes ; mais, il faut l'avouer, nous ne sommes que les disciples des *Newtons*, des *Lokes*, des *Galilées*. Si la France a quelques historiens, les Espagnols, les Italiens, les Anglais même nous disputent la supériorité dans ce genre. Le seul *Massillon* aujourd'hui passe chez les gens de goût pour un orateur agréable ; mais qu'il

eft encor loin de l'Archevêque *Tillotfon* aux yeux du refte de
l'Europe ! Je ne prétens point pefer le mérite des hommes
de génie ; je n'ai pas la main affez forte pour tenir cette balance. Je vous dis feulement comment penfent les autres peuples ; & vous favez, Monfieur, vous qui dans votre première
jeuneffe avez voyagé pour vous inftruire, vous favez que
prefque chaque peuple a fes hommes de génie qu'il préfère
à ceux de fes voifins.

Si vous defcendez des arts de l'efprit pur à ceux où la main
a plus de part, quel peintre oferions-nous préférer aux grands
peintres d'Italie ? C'eft dans le feul art des *Sophocles* que toutes les nations s'accordent à donner la préférence à la nôtre ;
c'eft pourquoi dans plufieurs villes d'Italie la bonne compagnie
fe raffemble pour repréfenter nos piéces, ou dans notre langue, ou en Italien ; c'eft ce qui fait qu'on trouve des théâtres Français à Vienne & à Pétersbourg.

Ce qu'on pouvait reprocher à la fcène Françaife, était le
manque d'action & d'appareil. Les tragédies étaient fouvent
de longues converfations en cinq actes. Comment hazarder
ces fpectacles pompeux, ces tableaux frappans, ces actions
grandes & terribles, qui bien ménagées font un des plus grands
refforts de la tragédie ? Comment apporter le corps de *Céfar*
fanglant fur la fcène ? Comment faire defcendre une Reine
éperdue dans le tombeau de fon époux, & l'en faire fortir
mourante de la main de fon fils, au milieu d'une foule qui
cache & le tombeau & le fils & la mère, & qui énerve la
terreur du fpectacle par le contrafte du ridicule ?

C'eft de ce défaut monftrueux que vos feuls bienfaits ont
purgé la fcène ; & quand il fe trouvera des génies qui fau-
ront allier la pompe d'un appareil néceffaire, & la vivacité
d'une action également terrible & vraifemblable, à la force
des penfées, & furtout à la belle & naturelle poëfie, fans laquelle l'art dramatique n'eft rien ; ce fera vous, Monfieur,
que la poftérité devra remercier.

Mais il ne faut pas laiffer ce foin à la poftérité ; il faut
avoir le courage de dire à fon fiécle, ce que nos contemporains font de noble & d'utile. Les juftes éloges font un par-
fum qu'on réferve pour embaumer les morts. Un homme fait
du

du bien , on étouffe ce bien pendant qu'il refpire ; & fi on en parle , on l'exténue , on le défigure : n'eft-il plus ? on exagère fon mérite pour abaiffer ceux qui vivent.

Je veux du moins que ceux qui pourront lire ce petit ouvrage fachent qu'il y a dans Paris plus d'un homme eftimable & malheureux fecouru par vous ; je veux qu'on fache que tandis que vous occupez vôtre loifir à faire revivre par les foins les plus coûteux & les plus pénibles un art utile perdu dans l'Afie qui l'inventa , vous faites renaître un fecret plus ignoré , celui de foulager par vos bienfaits cachés la vertu indigente.

Je n'ignore pas qu'à Paris il y a dans ce qu'on appelle le monde , des gens qui croyent pouvoir donner des ridicules aux belles actions , qu'ils font incapables de faire ; & c'eft ce qui redouble mon refpect pour vous.

P. S. Je ne mets point mon inutile nom au bas de cette épître , parce que je ne l'ai jamais mis à aucun de mes ouvrages ; & quand on le voit à la tête d'un livre ou dans une affiche , qu'on s'en prenne uniquement à l'afficheur ou au libraire.

A MESSIEURS

LES PARISIENS. *a)*

MESSIEURS,

JE *suis forcé par l'illustre Mr. F. . . . , de m'exposer vis-à-vis de vous. Je parlerai sur le ton du sentiment & du respect ; ma plainte sera marquée au coin de la bienséance , & éclairée du flambeau de la vérité. J'espère que M. F. . . . sera confondu vis-à-vis des honnêtes gens qui ne sont pas accoutumés à se prêter aux méchancetés de ceux qui n'étant pas sentimentés , font métier & marchandise d'insulter le tiers & le quart , sans aucune provocation , comme dit Cicéron dans l'oraison pro Murena , page 4.*

Messieurs , je m'appelle Jérôme Carré , natif de Montauban ; je suis un pauvre jeune homme sans fortune ; & comme la volonté me charge d'entrer dans Montauban , à cause que Mr. L. F. . . . de P. . . . . m'y persécute , je suis venu implorer la protection des Parisiens. J'ai traduit la comédie de l'Ecossaise de Mr. Hume. Les comédiens Français , & les Italiens , voulaient la représenter : elle aurait peut-être été jouée cinq ou six fois , & voilà que Mr. F. . . . . employe son autorité & son crédit , pour empêcher ma traduction de paraître ; lui qui encourageait tant les jeunes gens quand il était Jésuite , les opprime aujourd'hui : il a fait une feuille entière contre moi ; il commence par dire méchamment que ma traduction vient de Genève , pour me faire suspecter d'être hérétique.

Ensuite il appelle Mr. Hume , Mr. Home ; & puis il dit que Mr. Hume le prêtre , auteur de cette pièce , n'est pas parent de Mr. Hume le philosophe. Qu'il consulte seulement le journal Encyclopédique du mois d'Avril 1758. journal que je regarde comme

----

a) Cette plaisanterie fut publiée la veille de la représentation.

le premier des cent foixante & treize journaux qui paraiffent tous
les mois en Europe , il y verra cette annonce page 137.

L'auteur de Douglas eft le Miniftre Hume , parent du fameux David Hume , fi célèbre par fon impiété.

Je ne fçais pas fi Mr. David Hume eft impie : s'il l'eft , j'en
fuis bien fâché , & je prie Dieu pour lui comme je le dois ; mais
il réfulte que l'auteur de l'Ecoffaife eft Mr. Hume le prêtre , pa-
rent de Mr. David Hume ; ce qu'il falait prouver , & ce qui eft
très - indifférent.

J'avoue à ma honte que je l'ai crû fon frère ; mais qu'il foit
frère ou coufin , il eft toûjours certain qu'il eft l'auteur de l'E-
coffaife. Il eft vrai que dans le journal que je cite , l'Ecoffaife
n'eft pas expreffément nommée ; on n'y parle que d'Agis & de
Douglas ; mais c'eft une bagatelle.

Il eft fi vrai qu'il eft l'auteur de l'Ecoffaife , que j'ai en main
plufieurs de fes lettres , par lefquelles il me remercie de l'avoir
traduite ; en voici une que je foumets aux lumières du charita-
ble lecteur.

My dear tranflator , *mon cher traducteur ,* you have comitted
many a blunder in yr. performancée , *vous avez fait plufieurs*
balourdifes dans votre traduction : you have quite impoverish'd
the caracter of Wafp , and you have blotted his chaftitement
at the end of the drama , ... *vous avez affaibli le caractère*
de Frélon , & vous avez fupprimé fon châtiment à la fin de la
piéce.

Il eft vrai , & je l'ai déja dit , que j'ai fort adouci les traits
dont l'auteur peint fon Wafp *, (ce mot* Wafp *veut dire* Frélon ;)
mais je ne l'ai fait que par le confeil des perfonnes les plus ju-
dicieufes de Paris. La politeffe Françaife ne permet pas certains
termes que la liberté Anglaife employe volontiers. Si je fuis cou-
pable , c'eft par excès de retenuë ; & j'efpère que Meffieurs les
Parifiens , dont je demande la protection , pardonneront les dé-
fauts de la piéce en faveur de ma circonfpection.

Il femble que Mr. Hume ait fait fa comédie uniquement dans
la vûe de mettre fon Wafp *fur la fcène , & moi j'ai retranché*
tout ce que j'ai pû de ce perfonnage ; j'ai auffi retranché quel-
que chofe de Mylady Alton , pour m'éloigner moins de vos mœurs ,
& pour faire voir quel eft mon refpect pour les Dames.

Y ij

Mr. F....., dans la vuë de me nuire, dit dans sa feuille page 114, qu'on l'appelle aussi Frélon, que plusieurs personnes de mérite l'ont souvent nommé ainsi. Mais, Messieurs, qu'est-ce que cela peut avoir de commun avec un personnage Anglais dans la piéce de Mr. Hume ? Vous voyez bien qu'il ne cherche que de vains prétextes pour me ravir la protection, dont je vous supplie de m'honorer.

Voyez, je vous prie, jusqu'où va sa malice : il dit, pag. 115. que le bruit courut longtems qu'il avait été condamné aux galères ; & il affirme, qu'en effet, pour la condamnation, elle n'a jamais eu lieu : mais, je vous en supplie, que ce Monsieur ait été aux galères quelque tems, ou qu'il y aille, quel rapport cette anecdote peut-elle avoir avec la traduction d'un drame Anglais ? Il parle des raisons qui pouvaient, dit-il, lui avoir attiré ce malheur. Je vous jure, Messieurs, que je n'entre dans aucune de ces raisons ; il peut y en avoir de bonnes, sans que Mr. Hume doive s'en inquiéter : qu'il aille aux galères ou non, je n'en suis pas moins le traducteur de l'Ecossaise. Je vous demande, Messieurs, votre protection contre lui. Recevez ce petit drame avec cette affabilité que vous témoignez aux étrangers.

J'ai l'honneur d'être avec un profond respect,

MESSIEURS,

Votre très-humble & très-obéissant serviteur, JÉRÔME CARRÉ, natif de Montauban, demeurant dans l'impasse de St. Thomas du Louvre ; car j'appelle impasse, Messieurs, ce que vous appellez cu de sac : je trouve qu'une ruë ne ressemble ni à un cu ni à un sac : je vous prie de vous servir du mot d'impasse, qui est noble, sonore, intelligible, nécessaire, au lieu de celui de cu, en dépit du Sr. Fr..... ci-devant J......

AVERTISSEMENT.

CEtte Lettre de Mr. *Jérôme Carré* eut tout l'effet qu'elle méritait. La piéce fut repréfentée au commencement d'Août 1760. On commença tard, & quelqu'un demandant pourquoi on attendait fi longtems ? *C'eft apparemment*, répondit tout haut un homme d'efprit, *que F..... eft monté à l'hôtel-de-ville.* Comme ce *F....* avait eu l'inadvertance de fe reconnaître dans la comédie de l'*Ecoffaife*, quoique Mr. *Hume* ne l'eût jamais eu en vûe, le public le reconnut auffi. La comédie était fçue de tout le monde par cœur avant qu'on la jouât, & cependant elle fut reçue avec un fuccès prodigieux. *F....* fit encor la faute d'imprimer dans je ne fçais quelles feuilles, intitulées *l'Année Littéraire*, que l'*Ecoffaife* n'avait réuffi qu'à l'aide d'une cabale compofée de douze à quinze cent perfonnes, qui toutes, difait-il, le haïffaient & le méprifaient fouverainement. Mais Mr. *Jérôme Carré* était bien loin de faire des cabales : tout Paris fçait affez qu'il n'eft pas à portée d'en faire ; d'ailleurs il n'avait jamais vû ce *F.....* & il ne pouvait comprendre pourquoi tous les fpeftateurs s'obftinaient à voir *F.....* dans *Frélon.* Un Avocat à la feconde repréfentation s'écria, Courage, Mr. *Carré*, vengez le public ; le parterre & les loges applaudirent à ces paroles par des battemens de mains qui ne finiffaient point. *Carré*, au fortir du fpeftacle, fut embraffé par plus de cent perfonnes. Que vous êtes aimable, Mr. *Carré*, lui difait-on, d'avoir fait juftice de cet homme, dont les mœurs font encor plus odieu-fes que la plume ! Eh, Meffieurs, répondit *Carré*, vous me faites plus d'honneur que je ne mérite ; je ne fuis qu'un pau-vre traducteur d'une comédie pleine de morale & d'intérêt.

Comme il parlait ainfi fur l'efcalier, il fut barbouillé de deux baifers par la femme de *F.....* ; Que je vous fuis obli-gée, dit-elle, d'avoir puni mon mari ! mais vous ne le cor-rigerez point. L'innocent *Carré* était tout confondu ; il ne com-prenait pas comment un perfonnage Anglais pouvait être pris

pour un Français nommé *F.....;* & toute la France lui faifait compliment de l'avoir peint trait pour trait. Ce jeune
homme apprit par cette avanture combien il faut avoir de circonfpection : il comprit en général que toutes les fois qu'on
fait le portrait d'un homme ridicule , il fe trouve toûjours
quelqu'un qui lui reffemble.

Ce rôle de *Frélon* était très peu important dans la piéce ;
il ne contribua en rien au vrai fuccès ; car elle reçut dans
plufieurs provinces les mêmes applaudiffemens qu'à Paris. On
peut dire à cela que ce *Frélon* était autant eftimé dans les
provinces que dans la capitale : mais il eft bien plus vraifemblable que le vif intérêt qui règne dans la piéce de Mr. *Hume*
en a fait tout le fuccès. Peignez un faquin , vous ne réuffirez
qu'auprès de quelques perfonnes : intéreffez , vous plairez à
tout le monde.

Quoi qu'il en foit , voici la traduction d'une lettre de Mylord *Boldthinker* au prétendu *Hume ,* au fujet de fa piéce de
l'*Ecoffaife.*

» Je crois , mon cher *Hume ,* que vous avez encor quel-
» que talent ; vous en êtes comptable à la Nation ; c'eft peu
» d'avoir immolé ce vilain *Frélon* à la rifée publique , fur tous
» les théâtres de l'Europe , où l'on joue votre aimable &
» vertueufe *Ecoffaife :* faites plus , mettez fur la fcène tous
» ces vils perfécuteurs de la littérature , tous ces hypocrites
» noircis de vices , & calomniateurs de la vertu ; traînez fur
» le théâtre , devant le tribunal du public , ces fanatiques en-
» ragés , qui jettent leur écume fur l'innocence ; & ces hom-
» mes faux , qui vous flattent d'un œil , & qui vous menacent
» de l'autre , qui n'ofent parler devant un Philofophe , & qui
» tâchent de le détruire en fecret : expofez au grand jour ces
» déteftables cabales qui voudraient replonger les hommes
» dans les ténèbres.

» Vous avez gardé trop longtems le filence ; on ne gagne
» rien à vouloir adoucir les pervers ; il n'y a plus d'autre
» moyen de rendre les lettres refpectables , que de faire trem-
» bler ceux qui les outragent : c'eft le dernier parti que prit
» *Pope* avant de mourir : il rendit ridicules à jamais , dans fa
» *Dunciade ,* tous ceux qui devaient l'être : ils n'oferent plus fe

» montrer , ils difparurent ; toute la nation lui aplaudit ; car
» fi dans les commencemens la malignité donna un peu de
» vogue à ces lâches ennemis de *Pope* , de *Swift* & de leurs
» amis , la raifon reprit bientôt le deffus. Les *Zoïles* ne font
» foutenus qu'un tems. Le vrai talent des vers eft une arme
» qu'il faut employer à venger le genre humain. Ce n'eft pas
» les *Pantolabes* & les *Nomentanus* feulement qu'il faut ef-
» fleurer ; ce font les *Anitus* & les *Mélitus* qu'il faut écrafer.
» Un vers bien fait tranfmet à la dernière poftérité la gloire
» d'un homme de bien , & la honte d'un méchant. Travail-
» lez , vous ne manquerez pas de matière , &c.

P R E F A C E.

LA comédie dont nous préfentons la traduction aux ama-
teurs de la littérature, eft a) de Monfieur *Hume*, paf-
teur de l'églife d'Edimbourg, déja connu par deux belles tragédies, joüées à Londres : il eft parent & ami de ce célèbre philofophe Mr. *Hume*, qui a creufé avec tant de hardieffe & de fagacité les fondemens de la métaphyfique & de
la morale ; ces deux philofophes font également honneur à
l'Ecoffe leur patrie.

La comédie intitulée l'*Ecoffaife*, nous parut un de ces ouvrages qui peuvent réuffir dans toutes les langues, parce que
l'auteur peint la nature, qui eft partout la même : il a la
naïveté & la vérité de l'eftimable *Goldoni*, avec peut-être
plus d'intrigue, de force, & d'intérêt. Le dénoüement, le
caractère de l'héroïne, & celui de *Fréeport*, ne reffemblent
à rien de ce que nous connaiffons fur les théâtres de France ;
& cependant, c'eft la nature pure. Cette piéce parait un
peu dans le goût de ces romans Anglais qui ont fait tant
de fortune : ce font des touches femblables, la même peinture des mœurs, rien de recherché, nulle envie d'avoir de
l'efprit, & de montrer miférablement l'auteur, quand on ne
doit montrer que les perfonnages : rien d'étranger au fujet ;
point de tirade d'écolier, de ces maximes triviales qui rem-
pliffent le vuide de l'action. C'eft une juftice que nous fommes obligés de rendre à nôtre célèbre auteur.

Nous avoüons en même tems que nous avons crû, par le
confeil des hommes les plus éclairés, devoir retrancher quelque chofe du rôle de *Frélon*, qui paraiffait encor dans les
derniers actes : il était puni, comme de raifon, à la fin de
la piéce ; mais cette juftice qu'on lui rendait, femblait mêler

un

a) On fent bien que c'était une plaifanterie d'attribuer cette piéce à
Mr. *Hume*.

un peu de froideur au vif intérêt qui entraîne l'efprit vers le dénoüement.

De plus, le caractère de *Frélon* eft fi lâche, & fi odieux, que nous avons voulu épargner aux lecteurs la vûe trop fréquente de ce perfonnage, plus dégoutant que comique. Nous convenons qu'il eft dans la nature : car dans les grandes villes, où la preffe jouït de quelque liberté, on trouve toûjours quelques-uns de ces miférables qui fe font un revenu de leur impudence, de ces *Arétins* fubalternes qui gagnent leur pain à dire & à faire du mal, fous le prétexte d'être utiles aux belles-lettres, comme fi les vers qui rongent les fruits & les fleurs pouvaient leur être utiles.

L'un des deux illuftres favans, & pour nous exprimer encor plus correctement, l'un de ces deux hommes de génie, qui ont préfidé au Dictionnaire Encyclopédique, à cet ouvrage néceffaire au genre humain, dont la fufpenfion fait gémir l'Europe ; l'un de ces deux grands-hommes, dis-je, dans des effais qu'il s'eft amufé à faire fur l'art de la comédie, remarque très judicieufement, que l'on doit fonger à mettre fur le théâtre les conditions & les états des hommes. L'emploi du *Frélon* de Mr. *Hume* eft une efpèce d'état en Angleterre : il y a même une taxe établie fur les feuilles de ces gens-là. Ni cet état, ni ce caractère, ne paraiffent dignes du théâtre en France ; mais le pinceau Anglais ne dédaigne rien ; il fe plait quelquefois à tracer des objets, dont la baffeffe peut révolter quelques autres nations. Il n'importe aux Anglais que le fujet foit bas, pourvû qu'il foit vrai. Ils difent que la comédie étend fes droits fur tous les caractères, & fur toutes les conditions ; que tout ce qui eft dans la nature doit être peint ; que nous avons une fauffe délicateffe, & que l'homme le plus méprifable peut fervir de contrafte au plus galant-homme.

J'ajouterai, pour la juftification de Mr. *Hume*, qu'il a l'art de ne préfenter fon *Frélon* que dans des momens où l'intérêt n'eft pas encor vif & touchant. Il a imité ces peintres qui peignent un crapaud, un lézard, une couleuvre dans un coin du tableau, en confervant aux perfonnages la nobleffe de leur caractère.

Tom. VII. *& du Théâtre le cinquiéme.*   Z

Ce qui nous a frappé vivement dans cette piéce, c'eſt que l'unité de tems, de lieu, & d'action y eſt obſervée ſcrupuleuſement. Elle a encor ce mérite rare chez les Anglais, comme chez les Italiens, que le théâtre n'eſt jamais vuide. Rien n'eſt plus commun & plus choquant, que de voir deux acteurs ſortir de la ſcène, & deux autres venir à leur place ſans être appellés, ſans être attendus : ce défaut inſupportable ne ſe trouve point dans l'*Ecoſſaiſe.*

Quant au genre de la piéce, il eſt dans le haut comique, mêlé au genre de la ſimple comédie. L'honnête homme y ſourit de ce ſourire de l'ame préférable au rire de la bouche. Il y a des endroits attendriſſans juſqu'aux larmes ; mais ſans pourtant qu'aucun perſonnage s'étudie à être patétique : car de même que la bonne plaiſanterie conſiſte à ne vouloir point être plaiſant, ainſi, celui qui vous émeut ne ſonge point à vous émouvoir ; il n'eſt point rhétoricien, tout part du cœur. Malheur à celui qui tâche, dans quelque genre que ce puiſſe être !

Nous ne ſavons pas ſi cette piéce pourrait être repréſentée à Paris ; notre état, & notre vie, qui ne nous ont pas permis de fréquenter ſouvent les ſpectacles, nous laiſſent dans l'impuiſſance de juger quel effet une piéce Anglaiſe ferait en France.

Tout ce que nous pouvons dire, c'eſt que malgré tous les efforts que nous avons faits pour rendre exactement l'original, nous ſommes très loin d'avoir atteint au mérite de ſes expreſſions, toûjours fortes, & toûjours naturelles.

Ce qui eſt beaucoup plus important, c'eſt que cette comédie eſt d'une excellente morale, & digne de la gravité du ſacerdoce, dont l'auteur eſt revêtu, ſans rien perdre de ce qui peut plaire aux honnêtes gens du monde.

La comédie ainſi traitée eſt un des plus utiles efforts de l'eſprit humain. Il faut convenir que c'eſt un art, & un art très difficile. Tout le monde peut compiler des faits & des raiſonnements. Il eſt aiſé d'apprendre la trigonométrie : mais tout art demande un talent, & le talent eſt rare.

Nous ne pouvons mieux finir cette préface que par ce paſſage de notre compatriote *Montagne* ſur les ſpectacles.

» J'ai foutenu les premiers perfonnages ès tragédies Lati-
» nes de *Bucanam* , & de *Guerante* , & de *Muret* , qui fe re-
» préfentèrent à nôtre collège de Guïenne avec dignité. En
» cela , *Andreas Goveanus* notre principal , comme en toutes
» autres parties de fa charge , fut fans comparaifon le plus
» grand principal de France , & m'en tenait-on maître ou-
» vrier. C'eft un exercice que je ne mefloüe point aux jeu-
» nes enfans de maifon , & ai vû nos Princes depuis s'y
» adonner en perfonne , à l'exemple d'aucuns des anciens ,
» honneftement & louablement : il eft loifible même d'en faire
» meftier aux gens d'honneur & en Grèce. *Arifloni tragico*
» *actori rem aperit : huic & genus , & fortuna honefta erant :*
» *nec ars , quia nihil tale apud Græcos pudori eft , ea deformabat.*
» Car j'ai toûjours accufé d'impertinence ceux qui condam-
» nent ces esbatements , & d'injuftice ceux qui empefchent
» l'entrée de nos bonnes villes aux comédiens qui le valent ,
» & envient au peuple ces plaifirs publics. Les bonnes poli-
» ces prennent foin d'affembler les citoyens , & les rallier
» comme aux offices férieux de la dévotion , auffi aux exer-
» cices & jeux. La focieté & amitié s'en augmente , & puis
» on ne leur concède des paffetemps plus réglés que ceux
» qui fe font en préfence de chacun , & à la vüe même du
» magiftrat ; & trouverais raifonnable que le Prince à fes
» dépends en gratifiaft quelquefois la commune ; & qu'aux
» villes populeufes il y eût des lieux deftinés , & defpofés
» pour ces fpectacles ; quelque divertiffement de pires actions
» & occultes. Pour revenir à mon propos , il n'y a tel que
» d'allécher l'appétit & l'affection , autrement on ne fait que
» des afnes chargés de livres ; on leur donne à coups de
» foüet , en garde , leur pochette pleine de fcience ; laquelle ,
» pour bien faire , il ne faut pas feulement loger chez foi ,
» il la faut époufer.

A C T E U R S.

Mtre. FABRICE, tenant un Caffé avec des appartemens.

L I N D A N E, Ecoffaife.

Le Lord M O N R O S E, Ecoffais.

Le Lord M U R R A I.

P O L L Y, fuivante.

FRÉEPORT, *qu'on prononce* FRIPORT, gros négociant de Londres.

F R É L O N, écrivain de feuilles.

Lady A L T O N, *on prononce* Lédy.

Plufieurs Anglais qui viennent au Caffé.

Domeftiques.

Un Meffager d'Etat.

La fcène eft à Londres.

LE CAFFÉ,

OU

L'ECOSSAISE,

COMÉDIE.

ACTE PREMIER.

SCENE PREMIERE.

(*La scène repréfente un Caffé & des chambres fur les ailes , de façon qu'on peut entrer de plain-pied des appartemens dans le Caffé. a*)

FRELON (*dans un coin , auprès d'une table fur laquelle il y a une écritoire & du caffé , lifant la gazette.*)

Que de nouvelles affligeantes ! des graces répandues fur plus de vingt perfonnes ! aucunes fur moi ! Cent guinées de gratification à un bas officier , parce qu'il a fait fon devoir ; le beau mérite ! Une penfion à l'inventeur d'une ma-

---

a) On a fait hauffer & baiffer une toile au théâtre de Paris , pour marquer le paffage d'une chambre à une autre ; la vraifemblance & la décence ont été bien mieux obfer- | vées à Lyon , à Marfeille & ailleurs. Il y avait fur le théâtre un cabinet à côté du caffé. C'eft ainfi qu'on aurait dû en ufer à Paris.

chine qui ne fert qu'à foulager des ouvriers ! une à un pilote !
des places à des gens de lettres ! & à moi rien ! Encor,
encor, & à moi rien. (*Il jette la gazette & fe promène.*)
Cependant, je rens fervice à l'Etat, j'écris plus de feuilles
que perfonne, je fais enchérir le papier.....& à moi rien !
Je voudrais me venger de tous ceux à qui on croit du mérite. Je gagne déja quelque chofe à dire du mal ; fi je peux
parvenir à en faire, ma fortune eft faite. J'ai loué des fots,
j'ai dénigré les talens ; à peine y a-t-il là de quoi vivre.
Ce n'eft pas à médire, c'eft à nuire qu'on fait fortune.

(*au maître du Caffé.*)

Bon jour, Monfieur Fabrice, bon jour. Toutes les affaires
vont bien, hors les miennes : j'enrage.

F A B R I C E.

Mr. Frélon, Mr. Frélon, vous vous faites bien des ennemis.

F R E L O N.

Oui, je crois que j'excite un peu d'envie.

F A B R I C E.

Non, fur mon ame, ce n'eft point du tout ce fentiment
là que vous faites naître : écoutez ; j'ai quelque amitié pour
vous ; je fuis fâché d'entendre parler de vous comme on en
parle. Comment faites-vous donc pour avoir tant d'ennemis,
Mr. Frélon ?

F R E L O N.

C'eft que j'ai du mérite, Mr. Fabrice.

F A B R I C E.

Cela peut être, mais il n'y a encor que vous qui me l'ayez
dit ; on prétend que vous êtes un ignorant ; cela ne me fait
rien ; mais on ajoute que vous êtes malicieux, & cela me
fâche, car je fuis bon homme.

F R E L O N.

J'ai le cœur bon ; j'ai le cœur tendre ; je dis un peu de
mal des hommes ; mais j'aime toutes les femmes, Mr. Fabrice, pourvû qu'elles foient jolies ; & pour vous le prouver, je veux abfolument que vous m'introduifiez chez cette

aimable perfonne qui loge chez vous , & que je n'ai pû encor voir dans fon appartement.

F A B R I C E.

Oh pardy , Mr. Frélon , cette jeune perfonne-là n'eft guères faite pour vous ; car elle ne fe vante jamais , & ne dit de mal de perfonne.

F R E L O N.

Elle ne dit de mal de perfonne , parce qu'elle ne connait perfonne. N'en feriez-vous point amoureux , mon cher Mr. Fabrice ?

F A B R I C E.

Oh non ; elle a quelque chofe de fi noble dans fon air , que je n'ofe jamais être amoureux d'elle : d'ailleurs fa vertu.....

F R E L O N.

Ah ah ah ah , fa vertu !..

F A B R I C E.

Oui , qu'avez-vous à rire ? eft-ce que vous ne croyez pas à la vertu , vous ? Voilà un équipage de campagne qui s'arrête à ma porte : un domeftique en livrée qui porte une malle : c'eft quelque Seigneur qui vient loger chez moi.

F R E L O N.

Recommandez-moi vîte à lui , mon cher ami.

S C E N E   I I.

Le Lord MONROSE , FABRICE , FRELON.

M O N R O S E.

Vous êtes Monfieur Fabrice , à ce que je crois ?

F A B R I C E.

A vous fervir , Monfieur.

M O N R O S E.

Je n'ai que peu de jours à refter dans cette ville. O ciel !

daigne m'y protéger .... Infortuné que je fuis !.... On m'a
dit que je ferais mieux chez vous qu'ailleurs , que vous êtes
un bon & honnête homme.

FABRICE.

Chacun doit l'être. Vous trouverez ici , Monfieur , toutes
les commodités de la vie , un appartement affez propre , table d'hôte fi vous daignez me faire cet honneur , liberté de
manger chez vous , l'amufement de la converfation dans le
Caffé.

MONROSE.

Avez-vous ici beaucoup de locataires ?

FABRICE.

Nous n'avons à préfent qu'une jeune perfonne , très belle
& très vertueufe.

FRELON.

Eh oui , très vertueufe , eh , eh.

FABRICE.

Qui vit dans la plus grande retraite.

MONROSE.

La jeuneffe & la beauté ne font pas faites pour moi. Qu'on
me prépare , je vous prie , un appartement où je puiffe être
en folitude.... Que de peines !... Y a-t-il quelque nouvelle intéreffante dans Londres ?

FABRICE.

Monfieur Frélon peut vous en inftruire , car il en fait ;
c'eft l'homme du monde qui parle & qui écrit le plus ; il eft
très-utile aux étrangers.

MONROSE (*en fe promenant.*)

Je n'en ai que faire.

FABRICE.

Je vais donner ordre que vous foyez bien fervi.   (*il fort.*)

FRELON.

Voici un nouveau débarqué : c'eft un grand Seigneur fans
doute , car il a l'air de ne fe foucier de perfonne. Mylord ,
permet-

permettez que je vous préfente mes hommages , & ma plume.

M O N R O S E.

Je ne fuis point Mylord ; c'eft être un fot de fe glorifier de fon titre , & c'eft être un fauffaire de s'arroger un titre qu'on n'a pas. Je fuis ce que je fuis ; quel eft votre emploi dans la maifon ?

F R E L O N.

Je ne fuis point de la maifon , Mr. ; je paffe ma vie au caffé , j'y compofe des brochures , des feuilles : je fers les honnêtes gens. Si vous avez quelque ami à qui vous vouliez donner des éloges , ou quelque ennemi dont on doive dire du mal , quelque auteur à protéger ou à décrier , il n'en coûte qu'une piftole par paragraphe. Si vous voulez faire quelque connaiffance agréable ou utile , je fuis encor votre homme.

M O N R O S E.

Et vous ne faites point d'autre métier dans la ville ?

F R E L O N.

Monfieur , c'eft un très bon métier.

M O N R O S E.

Et on ne vous a pas encor montré en public , le cou dé- coré d'un collier de fer de quatre pouces de hauteur ?

F R E L O N.

Voilà un homme qui n'aime pas la littérature.

S C E N E III.

F R E L O N (*fe remettant à fa table.*) *Plufieurs perfonnes paraiffent dans l'intérieur du Caffé.* M O N R O S E *avance fur le bord du théâtre.*

M O N R O S E.

MEs infortunes font-elles affez longues , affez affreufes ? errant , profcrit , condamné à perdre la tête dans l'E- coffe ma patrie : j'ai perdu mes honneurs , ma femme , mon fils, ma famille entière : une fille me refte, errante comme moi, miférable, & peut-être deshonorée ; & je mourrai donc fans être vengé de cette barbare famille de Murrai qui m'a perfécuté, qui m'a tout ôté, qui m'a rayé du nombre des vivans ! car enfin, je n'exifte plus ; j'ai perdu jufqu'à mon nom, par l'arrêt qui me condamne en Écoffe ; je ne fuis qu'une ombre qui vient autour de fon tombeau.

(Un *de ceux qui font entrés dans le Caffé frapant fur l'épaule de* Frélon *qui écrit.*)

Eh bien, tu étais hier à la piéce nouvelle ; l'auteur fut bien applaudi ; c'eft un jeune homme de mérite, & fans fortune, que la nation doit encourager.

Un autre.

Je me foucie bien d'une piéce nouvelle. Les affaires publiques me defefpèrent ; toutes les denrées font à bon marché ; on nage dans une abondance pernicieufe ; je fuis perdu, je fuis ruiné.

Frelon (*écrivant.*)

Cela n'eft pas vrai, la piéce ne vaut rien, l'auteur eft un fot, & fes protecteurs auffi ; les affaires publiques n'ont jamais été plus mauvaifes ; tout renchérit ; l'Etat eft anéanti, & je le prouve par mes feuilles.

Un second.

Tes feuilles font des feuilles de chêne ; la vérité eft que la philofophie eft bien dangereufe, & que c'eft elle qui nous a fait perdre l'île de Minorque.

Monrose (*toûjours fur le devant du théâtre.*)

Le fils de Mylord Murrai me payera tous mes malheurs. Que ne puis-je au moins, avant de périr, punir par le fang du fils, toutes les barbaries du père !

Un troisieme Interlocuteur (*dans le fond.*)

La piéce d'hier m'a paru très bonne.

Frelon.

Le mauvais goût gagne ; elle eft déteftable.

LE TROISIEME INTERLOCUTEUR.

Il n'y a de déteftable que tes critiques.

LE SECOND.

Et moi je vous dis que les philofophes font baiffer les fonds publics, & qu'il faut envoyer un autre Ambaffadeur à la Porte.

FRELON.

Il faut fifler la piéce qui réuffit, & ne pas fouffrir qu'il fe faffe rien de bon.

(*Ils parlent tous quatre en même tems.*)

UN INTERLOCUTEUR.

Va, s'il n'y avait rien de bon, tu perdrais le plus grand plaifir de la fatyre. Le cinquiéme acte furtout a de très grandes beautés.

LE SECOND INTERLOCUTEUR.

Je n'ai pû me défaire d'aucune de mes marchandifes.

LE TROISIEME.

Il y a beaucoup à craindre cette année pour la Jamaïque; ces philofophes la feront prendre.

FRELON.

Le quatriéme & le cinquiéme acte font pitoyables.

MONROSE (*fe retournant.*)

Quel fabat!

LE PREMIER INTERLOCUTEUR.

Le gouvernement ne peut pas fubfifter tel qu'il eft.

LE TROISIEME INTERLOCUTEUR.

Si le prix de l'eau des Barbades ne baiffe pas, la patrie eft perduë.

MONROSE.

Se peut-il que toûjours, & en tout pays, dès que les hommes font raffemblés, ils parlent tous à la fois! quelle rage de parler, avec la certitude de n'être point entendu!

Mr. FABRICE (*arrivant avec une ferviette.*)

Meffieurs, on a fervi; furtout, ne vous querellez point à

Aa ij

table, ou je ne vous reçois plus chez moi. (*à Monrose.*) Mr.
veut-il nous faire l'honneur de venir dîner avec nous?

MONROSE.

Avec cette cohüe? non, mon ami; faites moi apporter à
manger dans ma chambre. (*Il se retire à part & dit à* Fabrice.)
Écoutez, un mot, Mylord Falbrige est-il à Londres?

FABRICE.

Non, mais il revient bientôt.

MONROSE.

Est-il vrai qu'il vient ici quelquefois?

FABRICE.

Il m'a fait cet honneur.

MONROSE.

Cela suffit: bon jour. Que la vie m'est odieuse! (*Il sort.*)

FABRICE.

Cet homme là me paraît accablé de chagrins & d'idées.
Je ne serais point surpris qu'il allât se tuer là haut; ce serait
dommage, il a l'air d'un honnête homme.

(*Les survenans sortent pour dîner.* Frélon *est toûjours à la table
où il écrit. Ensuite* Fabrice *frappe à la porte de l'appartement
de* Lindane.)

SCENE IV.

FABRICE, Madlle POLLY, FRELON.

FABRICE.

Mademoiselle Polly, Mademoiselle Polly!

POLLY.

Eh bien, qu'y a-t-il, notre cher hôte?

FABRICE.

Seriez-vous assez complaisante pour venir dîner en compagnie?

POLLY.

Hélas je n'ofe , car ma maîtreſſe ne mange point : comment voulez-vous que je mange ? Nous ſommes ſi triſtes !

FABRICE.

Cela vous égayera.

POLLY.

Je ne peux être gaye ; quand ma maîtreſſe ſouffre , il faut que je ſouffre avec elle.

FABRICE.

Je vous enverrai donc ſecrettement ce qu'il vous faudra.

(*Il ſort.*)

FRELON (*ſe levant de ſa table.*)

Je vous ſuis , Mr. Fabrice. Ma chère Polly , vous ne voulez donc jamais m'introduire chez votre maîtreſſe ? vous rebutez toutes mes priéres ?

POLLY.

C'eſt bien à vous d'oſer faire l'amoureux d'une perſonne de ſa ſorte !

FRELON.

Eh de quelle ſorte eſt-elle donc ?

POLLY.

D'une ſorte qu'il faut reſpecter : vous êtes fait tout au plus pour les ſuivantes.

FRELON.

C'eſt-à-dire que ſi je vous en contais , vous m'aimeriez ?

POLLY.

Aſſurément non.

FRELON.

Et pourquoi donc ta maîtreſſe s'obſtine-t-elle à ne me point recevoir , & que la ſuivante me dédaigne ?

POLLY.

Pour trois raiſons ; c'eſt que vous êtes bel eſprit, ennuyeux & méchant.

FRELON.

C'eſt bien à ta maîtreſſe, qui languit ici dans la pauvreté, & qui eſt nourrie par charité, à me dédaigner.

POLLY.

Ma maîtreſſe pauvre ! qui vous a dit cela, langue de vipère ? ma maîtreſſe eſt très riche : ſi elle ne fait point de dépenſe, c'eſt qu'elle hait le faſte : elle eſt vétue ſimplement par modeſtie : elle mange peu, c'eſt par régime ; & vous êtes un impertinent.

FRELON.

Qu'elle ne faſſe pas tant la fière : nous connaiſſons ſa conduite ; nous ſavons ſa naiſſance ; nous n'ignorons pas ſes avantures.

POLLY.

Quoi donc ? que connaiſſez-vous ? que voulez-vous dire ?

FRELON.

J'ai partout des correſpondances.

POLLY.

O ciel ! cet homme peut nous perdre. Mr. Frélon, mon cher Mr. Frélon, ſi vous ſavez quelque choſe, ne nous trahiſſez pas.

FRELON.

Ah ah, j'ai donc deviné, il y a donc quelque choſe, & je ſuis le cher Mr. Frélon. Ah ça, je ne dirai rien ; mais il faut....

POLLY.

Quoi ?

FRELON.

Il faut m'aimer.

POLLY.

Fi donc ; cela n'eſt pas poſſible.

FRELON.

Ou aimez-moi, ou craignez-moi : vous ſavez qu'il y a quelque choſe.

P O L L Y.

Non, il n'y a rien, finon que ma maîtreffe eft auffi refpectable que vous êtes haïffable : nous fommes très à notre aife,
nous ne craignons rien, & nous nous moquons de vous.

F R E L O N.

Elles font très à leur aife, de là je conclus qu'elles meu-
rent de faim : elles ne craignent rien, c'eft-à-dire qu'elles
tremblent d'être découvertes.... Ah je viendrai à bout de
ces avanturières, ou je ne pourrai. Je me vengerai de leur
infolence. Méprifer Mr. Frélon !   (*Il fort.*)

S C E N E V.

L I N D A N E (*fortant de fa chambre, dans un deshabillé
des plus fimples.*) P O L L Y.

L I N D A N E.

AH ma pauvre Polly, tu étais avec ce vilain homme de
Frélon : il me donne toûjours de l'inquiétude : on dit
que c'eft un efprit de travers, & un cœur de bouë, dont
la langue, la plume & les démarches font également mé-
chantes ; qu'il cherche à s'infinuer partout pour faire le mal
s'il n'y en a point, & pour l'augmenter s'il en trouve. Je
ferais fortie de cette maifon qu'il fréquente, fans la probité
& le bon cœur de notre hôte.

P O L L Y.

Il voulait abfolument vous voir ! & je le rembarrais....

L I N D A N E.

Il veut me voir ; & Mylord Murrai n'eft point venu ! il
n'eft point venu depuis deux jours !

P O L L Y.

Non, Madame ; mais parce que Mylord ne vient point,
faut-il pour cela ne diner jamais ?

L I N D A N E.

Ah ! fouvien-toi furtout de lui cacher toûjours ma mifère,
& à lui, & à tout le monde ; je veux bien vivre de pain &
d'eau ; ce n'eft point la pauvreté qui eft intolérable, c'eft le
mépris : je fais manquer de tout, mais je veux qu'on l'ignore.

P O L L Y.

Hélas, ma chère maîtreffe, on s'en apperçoit affez en me
voyant : pour vous, ce n'eft pas de même ; la grandeur d'a-
me vous foutient : il femble que vous vous plaifiez à combattre la mauvaife fortune ; vous n'en êtes que plus belle ;
mais moi je maigris à vuë d'œil : depuis un an que vous m'a-
vez prife à votre fervice en Ecoffe, je ne me reconnais plus.

L I N D A N E.

Il ne faut perdre ni le courage ni l'efpérance : je fupporte
ma pauvreté, mais la tienne me déchire le cœur. Ma chère
Polly, qu'au moins le travail de mes mains ferve à rendre ta
deftinée moins affreufe : n'ayons d'obligation à perfonne ; va
vendre ce que j'ai brodé ces jours-ci. (*Elle lui donne un petit
ouvrage de broderie.*) Je ne réuffis pas mal à ces petits ouvrages.
Que mes mains te nourriffent & t'habillent : tu m'as aidée : il
eft beau de ne devoir notre fubfiftance qu'à notre vertu.

P O L L Y.

Laiffez-moi baifer, laiffez-moi arrofer de mes larmes ces
belles mains qui ont fait ce travail précieux. Oui, Madame,
j'aimerais mieux mourir auprès de vous dans l'indigence, que
de fervir des Reines. Que ne puis-je vous confoler !

L I N D A N E.

Hélas ! Mylord Murrai n'eft point venu ! lui que je devrais
haïr, lui le fils de celui qui a fait tous nos malheurs ! Ah !
le nom de Murrai nous fera toûjours funefte : s'il vient,
comme il viendra fans doute, qu'il ignore abfolument ma patrie, mon état, mon infortune.

P O L L Y.

Savez-vous bien que ce méchant Frélon fe vante d'en
avoir quelque connaiffance ?

                                                      L I N-

L I N D A N E.

Eh comment pourrait-il en être inftruit, puifque tu l'ès à
peine ? Il ne fait rien, perfonne ne m'écrit ; je fuis dans ma
chambre comme dans mon tombeau : mais il feint de favoir
quelque chofe pour fe rendre néceffaire. Garde-toi qu'il de-
vine jamais feulement le lieu de ma naiffance. Chère Polly,
tu le fais, je fuis une infortunée, dont le père fut profcrit
dans les derniers troubles, dont la famille eft détruite : il ne
me refte que mon courage. Mon père eft errant de défert
en défert en Ecoffe. Je ferais déja partie de Londres pour
m'unir à fa mauvaife fortune, fi je n'avais pas quelque efpérance en Mylord Falbrige. J'ai fû qu'il avait été le meilleur
ami de mon père. Perfonne n'abandonne fon ami. Falbrige
eft revenu d'Efpagne, il eft à Windfor ; j'attends fon retour.
Mais hélas ! Murrai ne revient point. Je t'ai ouvert mon
cœur ; fonge que tu le perces du coup de la mort, fi tu
laiffes jamais entrevoir l'état où je fuis.

P O L L Y.

Et à qui en parlerais-je ? je ne fors jamais d'auprès de
vous ; & puis, le monde eft fi indifférent fur les malheurs
d'autrui !

L I N D A N E.

Il eft indifférent, Polly, mais il eft curieux, mais il aime
à déchirer les bleffures des infortunés : & fi les hommes font
compatiffans avec les femmes, ils en abufent ; ils veulent fe
faire un droit de notre mifère ; & je veux rendre cette mifère refpeĉtable. Mais hélas ! Mylord Murrai ne viendra point!

S C E N E V I.

LINDANE, POLLY, FABRICE (*avec une ferviette.*)

F A B R I C E.

PArdonnez.. Madame.. Mademoifelle.. je ne fais comment
vous nommer, ni comment vous parler : vous m'impofez

Tom. VII. & du Théâtre le cinquiéme.   Bb

du refpeɛ. Je fors de table pour vous demander vos volontés ... je ne fais comment m'y prendre.

LINDANE.

Mon cher hôte , croyez que toutes vos attentions me pénètrent le cœur ; que voulez - vous de moi ?

FABRICE.

C'eft moi qui voudrais bien que vous vouluffiez avoir quelque volonté. Il me femble que vous n'avez point dîné hier.

LINDANE.

J'étais malade.

FABRICE.

Vous êtes plus que malade , vous êtes trifte .. entre nous,
pardonnez .. il paraît que votre fortune n'eft pas comme votre perfonne.

LINDANE.

Comment ? quelle imagination ! je ne me fuis jamais plainte
de ma fortune.

FABRICE.

Non , vous dis - je , elle n'eft pas fi belle , fi bonne , fi dé-
firable que vous l'êtes.

LINDANE.

Que voulez - vous dire ?

FABRICE.

Que vous touchez ici tout le monde , & que vous l'évitez
trop. Ecoutez ; je ne fuis qu'un homme fimple , qu'un homme
du peuple ; mais je vois tout votre mérite , comme fi j'étais
un homme de la cour : ma chère Dame , un peu de bonne
chère : nous avons là - haut un vieux gentilhomme avec qui
vous devriez manger.

LINDANE.

Moi , me mettre à table avec un homme , avec un inconnu ?

FABRICE.

C'eft un vieillard qui me paraît tout votre fait. Vous paraiffez bien affligée , il paraît bien trifte auffi : deux afflictions
mifes enfemble peuvent devenir une confolation.

LINDANE.

Je ne veux, je ne peux voir perſonne.

FABRICE.

Souffrez au moins que ma femme vous faſſe ſa cour : daignez permettre qu'elle mange avec vous pour vous tenir compagnie. Souffrez quelques ſoins....

LINDANE.

Je vous rens grace avec ſenſibilité, mais je n'ai beſoin
de rien.

FABRICE.

Oh je n'y tiens pas ; vous n'avez beſoin de rien, & vous
n'avez pas le néceſſaire.

LINDANE.

Qui vous en a pû impoſer ſi témérairement ?

FABRICE.

Pardon !

LINDANE.

Ah ! Polly, il eſt deux heures, & Mylord Murrai ne viendra point !

FABRICE.

Eh bien, Madame, ce Mylord dont vous parlez, je ſais
que c'eſt l'homme le plus vertueux de la cour : vous ne l'a-
vez jamais reçu ici que devant témoins ; pourquoi n'avoir pas
fait avec lui honnêtement, devant témoins, quelques petits
repas que j'aurais fournis ? C'eſt peut-être votre parent ?

LINDANE.

Vous extravaguez, mon cher hôte.

FABRICE (*en tirant* Polly *par la manche.*)

Va, ma pauvre Polly ; il y a un bon dîner tout prêt dans
le cabinet qui donne dans la chambre de ta maîtreſſe, je
t'en avertis. Cette femme-là eſt incompréhenſible. Mais qui
eſt donc cette autre Dame qui entre dans mon caffé comme
ſi c'était un homme ? elle a l'air bien furibond.

POLLY.

Ah ! ma chère maîtreſſe, c'eſt Mylady Alton, celle qui voulait épouſer Mylord ; je l'ai vuë une fois roder près d'ici : c'eſt elle.

LINDANE.

Mylord ne viendra point, c'en eſt fait, je ſuis perduë : pourquoi me ſuis-je obſtinée à vivre ?

(Elle rentre.)

S C E N E VII.

Lady ALTON (*ayant traverſé avec colère le théâtre, & prenant* Fabrice *par le bras.*)

SUivez-moi, il faut que je vous parle.

FABRICE.

A moi, Madame ?

LADY ALTON.

A vous, malheureux.

FABRICE.

Quelle diableſſe de femme !

Fin du premier acte.

ACTE II.

SCENE PREMIERE.

Lady ALTON, FABRICE.

LADY ALTON.

JE ne crois pas un mot de ce que vous me dites, Mr. le caffetier. Vous me mettez toute hors de moi-même.

FABRICE.

Eh bien, Madame, rentrez donc toute dans vous-même.

LADY ALTON.

Vous m'ofez affurer que cette avanturière eft une perfonne d'honneur, après qu'elle a reçu chez elle un homme de la cour : vous devriez mourir de honte.

FABRICE.

Pourquoi, Madame ? Quand Mylord y eft venu, il n'y eft point venu en fecret, elle l'a reçu en public, les portes de fon appartement ouvertes, ma femme préfente. Vous pouvez méprifer mon état, mais vous devez eftimer ma probité ; & quant à celle que vous appellez une avanturière, fi vous con-naiffiez fes mœurs, vous les refpecteriez.

LADY ALTON.

Laiffez-moi, vous m'importunez.

FABRICE.

Oh quelle femme ! quelle femme !

LADY ALTON, (*elle va à la porte de Lindane, & frappe rudement.*)

Qu'on m'ouvre.

Bb iij

S C E N E I I.

L I N D A N E , Lady A L T O N.

L I N D A N E.

EH qui peut frapper ainfi ? & que vois-je ?

L A D Y A L T O N.

Connaiffez-vous les grandes paffions, Mademoifelle ?

L I N D A N E.

Hélas, Madame, voilà une étrange queftion.

L A D Y A L T O N.

Connaiffez-vous l'amour véritable, non pas l'amour infi-
pide, l'amour langoureux, mais cet amour là, qui fait qu'on
voudrait empoifonner fa rivale, tuer fon amant, & fe jetter
enfuite par la fenêtre ?

L I N D A N E.

Mais c'eft la rage dont vous me parlez là.

L A D Y A L T O N.

Sachez que je n'aime point autrement, que je fuis jaloufe,
vindicative, furieufe, implacable.

L I N D A N E.

Tant pis pour vous, Madame.

L A D Y A L T O N.

Répondez-moi : Mylord Murrai n'eft-il pas venu ici quelquefois ?

L I N D A N E.

Que vous importe, Madame ? & de quel droit venez-vous
m'interroger ? fuis-je une criminelle ? êtes-vous mon juge ?

L A D Y A L T O N.

Je fuis votre partie : fi Mylord vient encor vous voir, fi
vous flattez la paffion de cet infidèle, tremblez : renoncez à
lui, ou vous êtes perduë.

L I N D A N E.

Vos menaces m'affermiraient dans ma paffion pour lui, fi j'en avais une.

L A D Y A L T O N.

Je vois que vous l'aimez, que vous vous laiffez féduire par un perfide ; je vois qu'il vous trompe, & que vous me bravez : mais fachez qu'il n'eft point de vengeance à laquelle je ne me porte.

L I N D A N E.

Eh bien, Madame, puifqu'il eft ainfi, je l'aime.

L A D Y A L T O N.

Avant de me venger, je veux vous confondre ; tenez, connaiffez le traître ; voilà les lettres qu'il m'a écrites ; voilà fon portrait qu'il m'a donné ; ne le gardez pas au moins, il faut le rendre, ou je.....

L I N D A N E (*en rendant le portrait.*)

Qu'ai-je vû, malheureufe !.. Madame...

L A D Y A L T O N.

Eh bien !...

L I N D A N E (*en rendant le portrait.*)

Je ne l'aime plus.

L A D Y A L T O N.

Gardez votre réfolution & vôtre promeffe : fachez que c'eft un homme inconftant, dur, orgueilleux, que c'eft le plus mauvais caractère....

L I N D A N E.

Arrêtez, Madame ; fi vous continuiez à en dire du mal, je l'aimerais peut-être encore. Vous êtes venuë ici pour achever de m'ôter la vie ; vous n'aurez pas de peine. Polly, c'en eft fait ; vien m'aider à cacher la dernière de mes douleurs.

P O L L Y.

Qu'eft-il donc arrivé, ma chère maîtreffe, & qu'eft devenu votre courage ?

LINDANE.

On en a contre l'infortune, l'injuſtice, l'indigence. Il y a cent traits qui s'émouſſent ſur un cœur noble ; il en vient un qui porte enfin le coup de la mort.

(*Elles ſortent.*)

SCENE III.

Lady ALTON, FRELON.

LADY ALTON.

QUoi ! être trahie, abandonnée pour cette petite créature ! (*à Frélon.*) Gazettier littéraire, approchez ; m'avez-vous ſervie ? avez-vous employé vos correſpondances ? m'avez-vous obéi ? avez-vous découvert quelle eſt cette inſolente qui fait le malheur de ma vie ?

FRELON.

J'ai rempli les volontés de votre grandeur ; je ſais qu'elle eſt Ecoſſaiſe, & qu'elle ſe cache.

LADY ALTON.

Voilà de belles nouvelles !

FRELON.

Je n'ai rien découvert de plus juſqu'à préſent.

LADY ALTON.

Et en quoi m'as-tu donc ſervie ?

FRELON.

Quand on découvre peu de choſe, on ajoute quelque choſe, & quelque choſe avec quelque choſe fait beaucoup. J'ai fait une hypothèſe.

LADY ALTON.

Comment, pédant ! une hypothèſe !

FRE-

F R E L O N.

Oui , j'ai fuppofé qu'elle eft mal intentionnée contre le gouvernement.

L A D Y A L T O N.

Ce n'eft point fuppofer , rien n'eft pofé plus vrai : elle eft très mal intentionnée , puis qu'elle veut m'enlever mon amant.

F R E L O N.

Vous voyez bien que dans un tems de trouble , une Ecof-faife qui fe cache eft une ennemie de l'Etat.

L A D Y A L T O N.

Je ne le vois pas ; mais je voudrais que la chofe fût.

F R E L O N.

Je ne le parierais pas , mais j'en jurerais.

L A D Y A L T O N.

Et tu ferais capable de l'affirmer devant des gens de con-féquence ?

F R E L O N.

Je fuis en rélation avec des perfonnes de conféquence. Je connais fort la maîtreffe du valet de chambre d'un premier commis du Miniftre : je pourrais même parler aux laquais de Mylord votre amant , & dire que le père de cette fille , en qualité de mal-intentionné , l'a envoyée à Londres comme mal-intentionnée. Je fuppoferais même que le père eft ici. Voyez-vous ? cela pourrait avoir des fuites , & on mettrait votre rivale , pour fes mauvaifes intentions , dans la prifon où j'ai déja été pour mes feuilles.

L A D Y A L T O N.

Ah ! je refpire ; les grandes paffions veulent être fervies par des gens fans fcrupule ; je veux que le vaiffeau aille à pleines voiles , ou qu'il fe brife. Tu as raifon ; une Ecoffaife qui fe cache dans un tems où tous les gens de fon pays font fufpeéts , eft fûrement une ennemie de l'Etat ; tu n'es pas un imbécille , comme on le dit. Je croyais que tu n'étais qu'un barbouilleur de papier , mais je vois que tu as en effet des

Tom. VII. *& du Théâtre le cinquiéme.* Cc

talens. Je t'ai déja récompenſé ; je te récompenſerai encore.
Il faudra m'inſtruire de tout ce qui ſe paſſe ici.

FRELON.

Madame , je vous conſeille de faire uſage de tout ce que
vous ſaurez , & même de ce que vous ne ſaurez pas. La vérité a beſoin de quelques ornemens ; le menſonge peut être
vilain , mais la fiction eſt belle ; qu'eſt-ce , après tout , que
la vérité ? la conformité à nos idées : or ce qu'on dit eſt toûjours conforme à l'idée qu'on a quand on parle ; ainſi il n'y
a point proprement de menſonge.

LADY ALTON.

Tu me parais ſubtil : il ſemble que tu ayes étudié à St.
Omer *b*). Va , di-moi ſeulement ce que tu découvriras , je
ne t'en demande pas davantage.

SCENE IV.

Lady ALTON, FABRICE.

LADY ALTON.

VOilà , je l'avouë , le plus impudent , & le plus lâche
coquin qui ſoit dans les trois Royaumes. Nos dogues mor-
dent par inſtinct de courage , & lui par inſtinct de baſſeſſe ;
à préſent que je ſuis un peu plus de ſang froid , je penſe
qu'il me ferait haïr la vengeance. Je ſens que je prendrais
contre lui le parti de ma rivale : elle a dans ſon état humble
une fierté qui me plait : elle eſt décente ; on la dit ſage ;
mais elle m'enlève mon amant , il n'y a pas moyen de pardonner. (*à* Fabrice *qu'elle apperçoit agiſſant dans le Caffé.*)
Adieu , mon maître , faiſons la paix ; vous êtes un honnête
homme , vous ; mais vous avez dans votre maiſon un vilain
grifonneur.

_____

b) Autrefois on envoyait pluſieurs enfans faire leurs études au collège
de St. Omer.

F A B R I C E.

Bien des gens m'ont déja dit, Madame, qu'il eſt auſſi méchant que Lindane eſt vertueuſe & aimable.

L A D Y A L T O N.

Aimable ! tu me perces le cœur.

S C E N E   V.

F R I P O R T (*vêtu ſimplement, mais proprement, avec
un large chapeau*), F A B R I C E.

F A B R I C E.

A H ! Dieu ſoit béni, vous voilà de retour, Mr. Friport ;
comment vous trouvez-vous de votre voyage à la Jamaïque ?

F R I P O R T.

Fort bien, Mr. Fabrice. J'ai gagné beaucoup, mais je m'en-
nuïe. (*au garçon du Caffé.*) Eh ! du chocolat ; les papiers
publics ; on a plus de peine à s'amuſer qu'à s'enrichir.

F A B R I C E.

Voulez-vous les feuilles de Frélon ?

F R I P O R T.

Non, que m'importe ce fatras ? Je me ſoucie bien qu'une
araignée dans le coin d'un mur marche ſur ſa toile pour ſuc-
cer le ſang des mouches. Donnez les gazettes ordinaires. Qu'y
a-t-il de nouveau dans l'Etat ?

F A B R I C E.

Rien pour le préſent.

F R I P O R T.

Tant mieux ; moins de nouvelles, moins de ſotiſes. Comment vont vos affaires, mon ami ? Avez-vous beaucoup de
monde chez vous ? Qui logez-vous à préſent ?

FABRICE.

Il eſt venu ce matin un vieux gentilhomme qui ne veut voir perſonne.

FRIPORT.

Il a raiſon : les hommes ne ſont pas bons à grand'choſe, fripons ou ſots : voilà pour les trois quarts ; & pour l'autre quart il ſe tient chez ſoi.

FABRICE.

Cet homme n'a pas même la curioſité de voir une femme charmante que nous avons dans la maiſon.

FRIPORT.

Il a tort. Et quelle eſt cette femme charmante ?

FABRICE.

Elle eſt encor plus ſingulière que lui ; il y a quatre mois qu'elle eſt chez moi, & qu'elle n'eſt pas ſortie de ſon appartement ; elle s'appelle Lindane, mais je ne crois pas que ce ſoit ſon véritable nom.

FRIPORT.

C'eſt ſans doute une honnête femme, puiſqu'elle loge ici.

FABRICE.

Oh ! elle eſt bien plus qu'honnête ; elle eſt belle, pauvre & vertueuſe : entre nous, elle eſt dans la dernière miſère, & elle eſt fière à l'excès.

FRIPORT.

Si cela eſt, elle a bien plus tort que votre vieux gentilhomme.

FABRICE.

Oh point ; ſa fierté eſt encor une vertu de plus ; elle conſiſte à ſe priver du néceſſaire, & à ne vouloir pas qu'on le ſache : elle travaille de ſes mains pour gagner de quoi me payer, ne ſe plaint jamais, dévore ſes larmes ; j'ai mille peines à lui faire garder pour ſes beſoins l'argent de ſon loyer ; il faut des ruſes incroyables pour faire paſſer juſqu'à elle les moindres ſecours ; je lui compte tout ce que je lui fournis,

à moitié de ce qu'il coûte : quand elle s'en apperçoit, ce font
des querelles qu'on ne peut appaifer, & c'eft la feule qu'elle
ait eu dans la maifon : enfin, c'eft un prodige de malheur,
de nobleffe & de vertu : elle m'arrache quelquefois des larmes d'admiration & de tendreffe.

F R I P O R T.

Vous êtes bien tendre ; je ne m'attendris point, moi ; je
n'admire perfonne, mais j'eftime... Ecoutez ; comme je m'en-
nuïe, je veux voir cette femme là, elle m'amufera.

F A B R I C E.

Oh ! Mr., elle ne reçoit prefque jamais de vifites. Nous
avions un Mylord qui venait quelquefois chez elle, mais elle
ne voulait point lui parler fans que ma femme y fût préfente :
depuis quelque tems il n'y vient plus, & elle vit plus retirée que jamais.

F R I P O R T.

J'aime qu'on fe retire : je hais la cohuë auffi-bien qu'elle :
qu'on me la faffe venir ; où eft fon appartement ?

F A B R I C E.

Le voici de plain-pied au Caffé.

F R I P O R T.

Allons, je veux entrer.

F A B R I C E.

Cela ne fe peut pas.

F R I P O R T.

Il faut bien que cela fe puiffe ; où eft la difficulté d'entrer
dans une chambre ? Qu'on m'apporte chez elle mon chocolat
& les gazettes. (*Il tire fa montre.*) Je n'ai pas beaucoup de
tems à perdre, mes affaires m'appellent à deux heures.

(*Il pouffe la porte & entre.*)

SCENE VI.

LINDANE *paraissant toute effrayée*, POLLY *la suit.*
FRIPORT, FABRICE.

LINDANE.

EH mon Dieu ! qui entre ainsi chez moi avec tant de fracas ? Monsieur, vous me paraissez peu civil, & vous devriez respecter davantage ma solitude & mon sexe.

FRIPORT.

Pardon. (*à Fabrice.*) Qu'on m'apporte mon chocolat, vous dis-je.

FABRICE.

Oui, Monsieur, si Madame le permet.

(FRIPORT *s'assied près d'une table, lit la gazette, & jette un coup d'œil sur* Lindane *& sur* Polly : *il ôte son chapeau & le remet.*)

POLLY.

Cet homme me paraît familier.

FRIPORT.

Madame, pourquoi ne vous asséiez-vous pas quand je suis assis ?

LINDANE.

Mr., c'est que vous ne devriez pas l'être, c'est que je suis très étonnée, c'est que je ne reçois point de visite d'un inconnu.

FRIPORT.

Je suis très connu ; je m'appelle Friport, loyal négociant, riche ; informez-vous de moi à la bourse.

LINDANE.

Mr., je ne connais personne en ce pays-là, & vous me

feriez plaifir de ne point incommoder une femme à qui vous devez quelques égards.

F R I P O R T.

Je ne prétens point vous incommoder ; je prens mes aifes , prenez les votres ; je lis les gazettes , travaillez en ta- pifferie , & prenez du chocolat avec moi , ... ou fans moi , ... comme vous voudrez.

P O L L Y.

Voilà un étrange original !

L I N D A N E.

O ciel ! quelle vifite je reçois ! Et Mylord ne vient point ! Cet homme bizarre m'affaffine , je ne pourrai m'en défaire ; comment Mr. Fabrice a - t - il pû fouffrir cela ? Il faut bien s'affeoir.

(*Elle s'affied , & travaille à fon ouvrage.*)

(*Un garçon apporte du chocolat ,* Friport *en prend fans en offrir ; il parle & boit par reprifes.*)

F R I P O R T.

Ecoutez. Je ne fuis pas homme à complimens ; on m'a dit de vous .. le plus grand bien qu'on puiffe dire d'une fem- me : vous êtes pauvre & vertueufe ; mais on ajoute que vous êtes fière , & cela n'eft pas bien.

P O L L Y.

Et qui vous a dit tout cela , Monfieur ?

F R I P O R T.

Parbleu , c'eft le maître de la maifon , qui eft un très ga- lant - homme , & que j'en crois fur fa parole.

L I N D A N E.

C'eft un tour qu'il vous joüe ; il vous a trompé , Monfieur ; non pas fur la fierté , qui n'eft que le partage de la vraye modeftie ; non pas fur la vertu , qui eft mon premier devoir ; mais fur la pauvreté , dont il me foupçonne. Qui n'a befoin de rien n'eft jamais pauvre.

FRIPORT.

Vous ne dites pas la vérité, & cela eſt encor plus mal
que d'être fière : je ſais mieux que vous que vous manquez
de tout, & quelquefois même vous vous dérobez un repas.

POLLY.

C'eſt par ordre du médecin.

FRIPORT.

Taiſez-vous ; eſt-ce que vous êtes fière auſſi vous ?

POLLY.

Oh l'original ! l'original !

FRIPORT.

En un mot, ayez de l'orgueil ou non, peu m'importe. J'ai
fait un voyage à la Jamaïque, qui m'a valu cinq mille guinées ; je me ſuis fait une loi, (& ce doit être celle de tout
bon Chrétien) de donner toûjours le dixiéme de ce que je
gagne ; c'eſt une dette que ma fortune doit payer à l'état
malheureux où vous êtes... oui, où vous êtes, & dont vous
ne voulez pas convenir. Voilà ma dette de cinq cent guinées
payée. Point de remerciement, point de reconnaiſſance ; gardez l'argent & le ſecret.

(*Il jette une groſſe bourſe ſur la table.*)

POLLY.

Ma foi, ceci eſt bien plus original encore.

LINDANE (*ſe levant & ſe détournant.*)

Je n'ai jamais été ſi confonduë. Hélas que tout ce qui m'arrive m'humilie ! quelle générofité ! mais quel outrage !

FRIPORT (*continuant à lire les gaʒettes, & à prendre ſon chocolat.*)

L'impertinent gazettier ! le plat animal ! peut-on dire de
telles pauvretés avec un ton ſi emphatique ? *Le Roi eſt venu
en haute perſonne.* Eh malotru ! qu'importe que ſa perſonne
ſoit haute ou petite ? Di le fait tout rondement.

LINDANE (*s'approchant de lui.*)

Monſieur...

FRI-

F R I P O R T.

Eh bien ?

L I N D A N E.

Ce que vous faites pour moi me furprend plus encor que ce que vous dites ; mais je n'accepterai certainement point l'argent que vous m'offrez : il faut vous avoüer que je ne me crois pas en état de vous le rendre.

F R I P O R T.

Qui vous parle de le rendre ?

L I N D A N E.

Je reffens jufqu'au fond du cœur toute la vertu de votre procédé , mais la mienne ne peut en profiter ; recevez mon admiration ; c'eft tout ce que je puis.

P O L L Y.

Vous êtes cent fois plus fingulière que lui. Eh ! Madame , dans l'état où vous êtes , abandonnée de tout le monde , avez-vous perdu l'efprit , de refufer un fecours que le ciel vous envoye par la main du plus bizarre & du plus galant-homme du monde ?

F R I P O R T.

Eh que veux-tu dire , toi ? En quoi fuis-je bizarre ?

P O L L Y.

Si vous ne prenez pas pour vous , Madame , prenez pour moi ; je vous fers dans votre malheur , il faut que je profite au moins de cette bonne fortune. Monfieur , il ne faut plus diffimuler ; nous fommes dans la dernière mifère , & fans la bonté attentive du maître du caffé , nous ferions mortes de froid & de faim. Ma maîtreffe a caché fon état à ceux qui pouvaient lui rendre fervice ; vous l'avez fçu malgré elle , obligez la malgré elle à ne pas fe priver du néceffaire que le ciel lui envoye par vos mains généreufes.

L I N D A N E.

Tu me perds d'honneur , ma chère Polly.

P O L L Y.

Et vous vous perdez de folie , ma chère maîtreffe.

LINDANE.

Si tu m'aimes, pren pitié de ma gloire ; ne me rédui pas à mourir de honte pour avoir de quoi vivre.

FRIPORT (*toûjours lifant.*)

Que difent ces bavardes - là ?

POLLY.

Si vous m'aimez, ne me réduifez pas à mourir de faim par vanité.

LINDANE.

Polly, que dirait Mylord, s'il m'aimait encore, s'il me croyait capable d'une telle baffeffe ? J'ai toûjours feint avec lui de n'avoir aucun befoin de fecours, & j'en accepterais d'un autre, d'un inconnu ?

POLLY.

Vous avez mal fait de feindre, & vous faites très mal de refufer. Mylord ne dira rien, car il vous abandonne.

LINDANE.

Ma chère Polly, au nom de nos malheurs, ne nous def-honorons point ; congédie honnêtement cet homme eftima-ble & groffier, qui fait donner, & qui ne fait pas vivre : di-lui que quand une fille accepte d'un homme de tels préfens, elle eft toûjours foupçonnée d'en payer la valeur aux dépens de fa vertu.

FRIPORT (*toûjours prenant fon chocolat & lifant.*)

Hem, que dit - elle là ?

POLLY (*s'approchant de lui.*)

Hélas, Monfieur, elle dit des chofes qui me paraiffent ab-furdes ; elle parle de foupçons ; elle dit qu'une fille.....

FRIPORT.

Ah, ah ! eft-ce qu'elle eft fille ?

POLLY.

Oui, Monfieur, & moi auffi.

F R I P O R T.

Tant mieux ; elle dit donc qu'une fille...?

P O L L Y.

Qu'une fille ne peut honnêtement accepter d'un homme.

F R I P O R T.

Elle ne fait ce qu'elle dit ; pourquoi me foupçonner d'un deffein malhonnête , quand je fais une action honnête ?

P O L L Y.

Entendez-vous , Mademoifelle ?

L I N D A N E.

Oui , j'entens , je l'admire , & je fuis inébranlable dans mon refus. Polly , on dirait qu'il m'aime ; oui , ce méchant homme de Frélon le dirait , je ferais perduë.

P O L L Y (*allant vers* Friport.)

Monfieur , elle craint que vous ne l'aimiez.

F R I P O R T.

Quelle idée ! comment puis-je l'aimer ? je ne la connais pas. Raffurez-vous , Mademoifelle , je ne vous aime point du tout. Si je viens dans quelques années à vous aimer par hazard , & vous auffi à m'aimer, à la bonne heure .. comme vous vous aviferez je m'aviferai. Si vous vous en paffez , je m'en pafferai. Si vous dites que je vous ennuie , vous m'ennuierez. Si vous voulez ne me revoir jamais , je ne vous reverrai jamais. Si vous voulez que je revienne , je reviendrai. Adieu , adieu. (*Il tire fa montre.*) Mon tems fe perd , j'ai des affaires , ferviteur.

L I N D A N E.

Allez , Monfieur , emportez mon eftime & ma reconnaiffance , mais furtout emportez votre argent , & ne me faites pas rougir davantage.

F R I P O R T.

Elle eft folle.

L I N D A N E.

Fabrice ! Monfieur Fabrice ! à mon fecours , venez.

FABRICE (*arrivant en hâte.*)

Quoi donc, Madame ?

LINDANE (*lui donnant la bourse.*)

Tenez, prenez cette bourse que Mr. a laissée par mégarde ; remettez la lui, je vous en charge ; assurez le de mon esti-me ; & sachez que je n'ai besoin du secours de personne.

FABRICE (*prenant la bourse.*)

Ah ! Monsieur Friport, je vous reconnais bien à cette bonne action ; mais comptez que Mlle. vous trompe, & qu'elle en a très grand besoin.

LINDANE.

Non, cela n'est pas vrai. Ah ! Monsieur Fabrice ! est-ce vous qui me trahissez ?

FABRICE.

Je vais vous obéir, puisque vous le voulez. (*bas à Mr. Friport.*) Je garderai cet argent, & il servira, sans qu'elle le sache, à lui procurer tout ce qu'elle se refuse. Le cœur me saigne ; son état & sa vertu me pénètrent l'ame.

FRIPORT.

Elles me font aussi quelque sensation ; mais elle est trop fière. Dites-lui que cela n'est pas bien d'être fière. Adieu.

SCENE VII.

LINDANE, POLLY.

POLLY.

VOus avez là bien opéré, Madame ; le ciel daignait vous secourir ; vous voulez mourir dans l'indigence ; vous voulez que je sois la victime d'une vertu, dans laquelle il entre peut-être un peu de vanité ; & cette vanité nous perd l'une & l'autre.

LINDANE.

C'est à moi de mourir, ma chère enfant ; Mylord ne m'aime plus ; il m'abandonne depuis trois jours ; il a aimé mon impitoyable & fuperbe rivale ; il l'aime encor fans doute ; c'en eft fait ; j'étais trop coupable en l'aimant ; c'eft une erreur qui doit finir.

(*Elle écrit.*)

P O L L Y.

Elle paraît defefpérée ; hélas ! elle a fujet de l'être ; fon état eft bien plus cruel que le mien ; une fuivante a toûjours des reffources ; mais une perfonne qui fe refpecte n'en a pas.

L I N D A N E (*ayant plié fa lettre.*)

Je ne fais pas un bien grand facrifice. Tien, quand je ne ferai plus, porte cette lettre à celui...

P O L L Y.

Que dites-vous ?

L I N D A N E.

A celui qui eft la caufe de ma mort : je te recommande à lui, mes dernières volontés le toucheront. Va. (*elle l'embraffe.*) Sois fûre que de tant d'amertumes, celle de n'avoir pû te récompenfer moi-même, n'eft pas la moins fenfible à ce cœur infortuné.

P O L L Y.

Ah ! mon adorable maîtreffe ! que vous me faites verfer de larmes, & que vous me glacez d'effroi ! Que voulez-vous faire ? quel deffein horrible ! quelle lettre ! Dieu me préferve de la lui rendre jamais ! (*Elle déchire la lettre.*) Hélas ! pourquoi ne vous êtes-vous pas expliquée avec Mylord ? Peutêtre que votre réferve cruelle lui aura déplu.

L I N D A N E.

Tu m'ouvres les yeux ; je lui aurai déplû fans doute ; mais comment me découvrir au fils de celui qui a perdu mon père & ma famille ?

P O L L Y.

Quoi, Madame, ce fut donc le père de Mylord qui...

L I N D A N E.

Oui, ce fut lui-même qui perfécuta mon père, qui le fit

D d iij

condamner à la mort, qui nous a dégradés de nobleſſe, qui nous a ravi notre exiſtence. Sans père, ſans mère, ſans bien, je n'ai que ma gloire & mon fatal amour. Je devais déteſter le fils de Murrai ; la fortune qui me pourſuit me l'a fait connaître ; je l'ai aimé, & je dois m'en punir.

POLLY.

Que vois-je ! vous pâliſſez, vos yeux s'obſcurciſſent....

LINDANE.

Puiſſe ma douleur me tenir lieu du poiſon & du fer que j'implorais !

POLLY.

A l'aide ! Mr. Fabrice, à l'aide ! ma maîtreſſe s'évanouït.

FABRICE.

Au ſecours ! que tout le monde deſcende, ma femme, ma ſervante, Mr. le gentilhomme de là-haut, tout le monde...

(*La femme & la ſervante de* Fabrice & Polly, *emmènent* Lindane *dans ſa chambre.*)

LINDANE (*en ſortant.*)

Pourquoi me rendez-vous à la vie ?

SCENE VIII.

MONROSE, FABRICE.

MONROSE.

QU'y a-t-il donc, notre hôte ?

FABRICE.

C'était cette belle Demoiſelle dont je vous ai parlé, qui s'évanouïſſait ; mais ce ne ſera rien.

MONROSE.

Ces petites fantaiſies de filles paſſent vîte, & ne ſont pas dangereuſes : que voulez-vous que je faſſe à une fille qui ſe

trouve mal ? eft-ce pour cela que vous m'avez fait defcendre ? Je croyais que le feu était à la maifon.

F A B R I C E.

J'aimerais mieux qu'il y fût, que de voir cette jeune perfonne en danger. Si l'Ecoffe a plufieurs filles comme elle, ce
doit être un beau pays.

M O N R O S E.

Quoi ! elle eft d'Ecoffe ?

F A B R I C E.

Oui, Monfieur, je ne le fais que d'aujourd'hui ; c'eft notre
faifeur de feuilles qui me l'a dit, car il fait tout, lui.

M O N R O S E.

Et fon nom , fon nom ?

F A B R I C E.

Elle s'appelle Lindane.

M O N R O S E.

Je ne connais point ce nom là. (*Il fe promène.*) On ne
prononce point le nom de ma patrie que mon cœur ne foit
déchiré. Peut-on avoir été traité avec plus d'injuftice & de
barbarie ? Tu es mort, cruel Murrai, indigne ennemi ! ton
fils refte ; j'aurai juftice ou vengeance. Ô ma femme ! ô
mes chers enfans ! ma fille ! j'ai donc tout perdu fans ref-
fource ! Que de coups de poignard auraient fini mes jours ,
fi la jufte fureur de me venger ne me forçait pas à porter
dans l'affreux chemin du monde , ce fardeau déteftable de
la vie !

F A B R I C E (*revenant.*)

Tout va mieux , Dieu merci.

M O N R O S E.

Comment ? quel changement y a-t-il dans les affaires ?
quelle révolution ?

FABRICE.

Monfieur, elle a repris fes fens ; elle fe porte très bien ,
encor un peu pâle, mais toûjours belle.

MONROSE.

Ah, ce n'eft que cela. Il faut que je forte, que j'aille,
que je hazarde..oui...je le veux.

(*Il fort.*)

FABRICE.

Cet homme ne fe foucie pas des filles qui s'évanouiffent.
S'il avait vû Lindane, il ne ferait pas fi indifférent.

Fin du fecond acte.

ACTE

ACTE III.

SCENE PREMIERE.

Lady ALTON, ANDRÉ.

LADY ALTON.

OUi, puifque je ne peux voir le traître chez lui, je le verrai ici, il y viendra fans doute. Ce barbouilleur de feuilles avait raifon ; une Ecoffaife cachée ici dans ce tems de trouble ! Elle confpire contre l'Etat ; elle fera enlevée, l'ordre eft donné : ah ! du moins, c'eft contre moi qu'elle confpire ! c'eft de quoi je ne fuis que trop fûre. Voici André le laquais de Mylord ; je ferai inftruite de tout mon malheur. André ! vous apportez ici une lettre de Mylord, n'eft-il pas vrai ?

ANDRÉ.

Oui, Madame.

LADY ALTON.

Elle eft pour moi.

ANDRÉ.

Non, Madame, je vous jure.

LADY ALTON.

Comment ? ne m'en avez-vous pas apporté plufieurs de fa part ?

ANDRÉ.

Oui, mais celle-ci n'eft pas pour vous ; c'eft pour une perfonne qu'il aime à la folie.

LADY ALTON.

Eh bien, ne m'aimait-il pas à la folie quand il m'écrivait ?

Tom. VII. *& du Théâtre le cinquiéme.* Ee

ANDRÉ.

Oh que non, Madame, il vous aimait si tranquillement ! mais ici ce n'est pas de même ; il ne dort ni ne mange ; il court jour & nuit ; il ne parle que de sa chère Lindane ; cela est tout différent, vous dis-je.

LADY ALTON.

Le perfide ! le méchant homme ! N'importe, je vous dis que cette lettre est pour moi ; n'est-elle pas sans dessus ?

ANDRÉ.

Oui, Madame.

LADY ALTON.

Toutes les lettres que vous m'avez apportées n'étaient-elles pas sans dessus aussi ?

ANDRÉ.

Oui, mais elle est pour Lindane.

LADY ALTON.

Je vous dis qu'elle est pour moi, & pour vous le prouver, voici dix guinées de port que je vous donne.

ANDRÉ.

Ah oui, Madame, vous m'y faites penser, vous avez raison, la lettre est pour vous, je l'avais oublié :.... mais cependant, comme elle n'était pas pour vous, ne me décelez pas ; dites que vous l'avez trouvée chez Lindane.

LADY ALTON.

Laisse-moi faire.

ANDRÉ.

Quel mal, après tout, de donner à une femme une lettre écrite pour une autre ? il n'y a rien de perdu, toutes ces lettres se ressemblent. Si Mlle Lindane ne reçoit pas sa lettre, elle en recevra d'autres. Ma commission est faite. Oh ! je fais bien mes commissions, moi ! *(Il sort.)*

LADY ALTON *(ouvre la lettre & lit.)*

Lisons : *Ma chère, ma respectable, ma vertueuse Lindane...* il ne m'en a jamais tant écrit... *il y a deux jours, il y a*

un fiécle que je m'arrache au bonheur d'être à vos pieds , mais
c'eſt pour vos ſeuls intérêts : je ſais qui vous êtes , & ce que je vous
dois : je périrai , ou les choſes changeront. Mes amis agiſſent ;
comptez ſur moi , comme ſur l'amant le plus fidèle , & ſur un
homme digne peut - être de vous ſervir.

(après avoir lû.)

C'eſt une conſpiration , il n'en faut point douter ; elle eſt
d'Ecoſſe , ſa famille eſt mal intentionnée ; le père de Murrai
a commandé en Ecoſſe ; ſes amis agiſſent ; il court jour &
nuit ; c'eſt une conſpiration. Dieu merci, j'ai agi auſſi , &
ſi elle n'accepte pas mes offres , elle ſera enlevée dans une
heure , avant que ſon indigne amant la ſecoure.

S C E N E I I.

Lady ALTON, POLLY, LINDANE.

LADY ALTON (à Polly *qui paſſe de la chambre de ſa
maîtreſſe dans une chambre du caffé.*)

MAdemoiſelle , allez dire tout - à - lheure à votre maîtreſſe
qu'il faut que je lui parle , qu'elle ne craigne rien ,
que je n'ai que des choſes très - agréables à lui dire ; qu'il
s'agit de ſon bonheur, (*avec emportement*) & qu'il faut qu'elle
vienne tout - à - l'heure , tout - à - l'heure : entendez - vous ?
qu'elle ne craigne point , vous dis - je.

P O L L Y.

Oh Madame ! nous ne craignons rien ; mais votre phyſio-
nomie me fait trembler.

LADY ALTON.

Nous verrons, ſi je ne viens pas à bout de cette fille vertueuſe , avec les propoſitions que je vais lui faire.

LINDANE (*arrivant toute tremblante ſoutenuë par* Polly.)

Que voulez - vous , Madame ? venez - vous inſulter encor
à ma douleur ?

E e ij

LADY ALTON.

Non , je viens vous rendre heureufe. Je fais que vous
n'avez rien ; je fuis riche , je fuis grande Dame ; je vous offre un de mes châteaux fur les frontières d'Ecoffe , avec les
terres qui en dépendent ; allez - y vivre avec votre famille ,
fi vous en avez ; mais il faut dans l'inftant que vous aban-
donniez Mylord pour jamais , & qu'il ignore toute fa vie
votre retraite.

LINDANE.

Hélas , Madame , c'eft lui qui m'abandonne ; ne foyez point
jaloufe d'une infortunée ; vous m'offrez en vain une retraite ;
j'en trouverai fans vous une éternelle , dans laquelle je n'aurai pas au moins à rougir de vos bienfaits.

LADY ALTON.

Comme vous me répondez , téméraire !

LINDANE.

La témérité ne doit point être mon partage ; mais la fermeté doit l'être. Ma naiffance vaut bien la vôtre ; mon cœur
vaut peut - être mieux ; & quant à ma fortune , elle ne dépendra jamais de perfonne , encor moins de ma rivale.

(*elle fort.*)

LADY ALTON (*feule.*)

Elle dépendra de moi. Je fuis fâchée qu'elle me réduife à
cette extrémité. J'ai honte de m'être fervie de ce faquin de
Frélon ; mais enfin , elle m'y a forcée. Infidèle amant ! paffion funefte ! Je fuffoque.

S C E N E   I I I.

FRIPORT, MONROSE *paraiſſent dans le Caffé avec la* femme de Fabrice, la ſervante, les garçons du Caffé, *qui mettent tout en ordre.* FABRICE, Lady ALTON.

L A D Y   A L T O N (*à Fabrice.*)

MOnſieur Fabrice, vous me voyez ici ſouvent, c'eſt votre faute.

F A B R I C E.

Au contraire, Madame, nous ſouhaiterions....

L A D Y   A L T O N.

J'en ſuis fâchée plus que vous ; mais vous m'y reverrez encor, vous dis-je.   (*elle ſort.*)

F A B R I C E.

Tant pis. A qui en a-t-elle donc ? Quelle différence d'elle à cette Lindane, ſi belle & ſi patiente !

F R I P O R T.

Oui, à propos, vous m'y faites ſonger ; elle eſt, comme vous dites, belle & honnête.

F A B R I C E.

Je ſuis fâché que ce brave gentilhomme ne l'ait pas vûe, il en aurait été touché.

M O N R O S E (*à part.*)

Ah ! j'ai d'autres affaires en tête... Malheureux que je ſuis !

F R I P O R T.

Je paſſe mon tems à la bourſe ou à la Jamaïque : cependant la vûe d'une jeune perſonne ne laiſſe pas de réjouïr les yeux d'un galant-homme. Vous me faites ſonger, vous dis-je, à cette petite créature : beau maintien, conduite ſage, belle tête, démarche noble. Il faut que je la voye un de ces jours encor une fois... C'eſt dommage qu'elle ſoit ſi fière.

Ee iij

MONROSE (à *Friport.*)

Notre hôte m'a confié que vous en aviez agi avec elle d'une manière admirable.

FRIPORT.

Moi ? non : .. n'en auriez-vous pas fait autant à ma place ?

MONROSE.

Je le crois fi j'étais riche , & fi elle le méritait.

FRIPORT.

Eh bien , que trouvez-vous donc là d'admirable ? (*il prend les gazettes.*) Ah ah , voyons ce que difent les nouveaux papiers d'aujourd'hui. Hom , hom , le Lord Falbrige mort !

MONROSE (*s'avançant.*)

Falbrige mort ! le feul ami qui me reftait fur la terre ! le feul dont j'attendais quelque appui ! Fortune , tu ne cefferas jamais de me perfécuter !

FRIPORT.

Il était votre ami ? j'en fuis fâché.... *D'Edimbourg le 14 Avril.*.....*On cherche partout le Lord Monrofe , condamné depuis onze ans à perdre la tête.*

MONROSE.

Jufte ciel ! qu'entens-je ! hem , que dites-vous ? Mylord Monrofe condamné à....

FRIPORT.

Oui parbleu , le Lord Monrofe : .. lifez vous-même , je ne me trompe pas.

MONROSE *lit.*

(*froidement.*)

Oui cela eft vrai... (*à part.*) Il faut fortir d'ici, la maifon eft trop publique... Je ne crois pas que la terre & l'enfer conjurés enfemble ayent jamais affemblé tant d'infortunes contre un feul homme. (*à fon valet* Jacq , *qui eft dans un coin de la falle.*) Eh ! va faire feller mes chevaux , & que je puiffe partir , s'il eft néceffaire , à l'entrée de la nuit, .. Comme les nouvelles courent ! comme le mal vole !

F R I P O R T.

Il n'y a point de mal à cela ; qu'importe que le Lord Monrofe foit décapité ou non ? Tout s'imprime, tout s'écrit, rien ne demeure : on coupe une tête aujourd'hui, le gazettier le dit le lendemain, & le furlendemain on n'en parle plus. Si cette Demoifelle Lindane n'était pas fi fière, j'irais favoir comme elle fe porte : elle eft fort jolie, & fort honnête.

S C E N E I V.

Les Acteurs précédens, un Meffager d'Etat.

L E M E S S A G E R.

Vous vous appellez Fabrice ?

F A B R I C E.

Oui, Monfieur ; en quoi puis-je vous fervir ?

L E M E S S A G E R.

Vous tenez un caffé, & des appartemens ?

F A B R I C E.

Oui.

L E M E S S A G E R.

Vous avez chez vous une jeune Ecoffaife nommée Lindane ?

F A B R I C E.

Oui, affurément, & c'eft notre bonheur de l'avoir chez nous.

F R I P O R T.

Oui, elle eft jolie & honnête. Tout le monde m'y fait fonger.

L E M E S S A G E R.

Je viens pour m'affurer d'elle de la part du gouvernement ; voilà mon ordre.

FABRICE.

Je n'ai pas une goute de fang dans les veines.

MONROSE (*à part.*)

Une jeune Ecoffaife qu'on arrête ! & le jour même que j'arrive ! Toute ma fureur renaît. O patrie ! ô famille ! Hélas ! que deviendra ma fille infortunée ? elle eft peut - être ainfi la victime de mes malheurs ; elle languit dans la pauvreté ou dans la prifon. Ah pourquoi eft - elle née ?

FRIPORT.

On n'a jamais arrêté les filles par ordre du gouvernement ; fi que cela eft vilain ! vous êtes un grand brutal, Monfieur le meffager d'Etat.

FABRICE.

Ouais ! mais fi c'était une avanturière, comme le difait notre ami Frélon ; cela va perdre ma maifon ;.. me voila ruiné. Cette Dame de la cour avait fes raifons, je le vois bien... Non, non, elle eft très - honnête.

LE MESSAGER.

Point de raifonnement, en prifon, ou caution ; c'eft la règle.

FABRICE.

Je me fais caution, moi, ma maifon, mon bien, ma perfonne.

LE MESSAGER.

Votre perfonne, & rien, c'eft la même chofe ; votre maifon ne vous appartient peut-être pas ; votre bien, où eft-il ? il faut de l'argent.

FABRICE.

Mon bon Monfieur Friport, donnerai - je les cinq cent guinées que je garde, & qu'elle a refufées auffi noblement que vous les avez offertes ?

FRIPORT.

Belle demande ! apparemment... Monfieur le meffager, je dépofe cinq cent guinées, mille, deux mille, s'il le faut ; voilà comme je fuis fait. Je m'appelle Friport. Je réponds de

la

la vertu de la fille,.. autant que je peux;.. mais il ne faudrait pas qu'elle fût si fière.

LE MESSAGER.

Venez, Monsieur, faire votre soumission.

FRIPORT.

Très volontiers, très volontiers.

FABRICE.

Tout le monde ne place pas ainsi son argent.

FRIPORT.

En l'employant à faire du bien, c'est le placer au plus haut intérêt. (*Friport & le messager vont compter de l'argent, & écrire au fond du Caffé.*)

SCENE V.

MONROSE, FABRICE.

FABRICE.

MOnsieur, vous êtes étonné peut-être du procédé de Monsieur Friport, mais c'est sa façon. Heureux ceux qu'il prend tout d'un coup en amitié ! Il n'est pas complimenteur ; mais il rend service en moins de tems que les autres ne font des protestations de services.

MONROSE.

Il y a de belles ames... Que deviendrai-je ?

FABRICE.

Gardons-nous au moins de dire à notre pauvre petite le danger qu'elle a couru.

MONROSE.

Allons, partons cette nuit même.

FABRICE.

Il ne faut jamais avertir les gens de leur danger que quand il est passé.

Tom. VII. *& du Théâtre le cinquiéme.* Ff

MONROSE.

Le feul ami que j'avais à Londres eft mort !.. Que fais-je
ici ?

FABRICE.

Nous la ferions évanouir encor une fois.

SCENE VI.

MONROSE *feul.*

ON arrête une jeune Ecoffaife, une perfonne qui vit retirée, qui fe cache, qui eft fufpecte au gouvernement !
Je ne fais ,.. mais cette avanture me jette dans de profon-
des réflexions :.. tout réveille l'idée de mes malheurs, mes
afflictions, mon attendriffement, mes fureurs.

SCENE VII.

MONROSE (*appercevant* POLLY *qui paffe.*)

MAdemoifelle, un petit mot, de grace... Etes-vous cette
jeune & aimable perfonne née en Ecoffe, qui....

POLLY.

Oui, Monfieur, je fuis affez jeune ; je fuis Ecoffaife, &
pour aimable, bien des gens me difent que je le fuis.

MONROSE.

Ne favez-vous aucune nouvelle de votre pays ?

POLLY.

Oh non, Monfieur, il y a fi longtems que je l'ai quitté !

MONROSE.

Et qui font vos parens, je vous prie ?

POLLY.

Mon père était un excellent boulanger , à ce que j'ai ouï dire , & ma mère avait fervi une Dame de qualité.

MONROSE.

Ah , j'entens , c'eſt vous apparemment qui fervez cette jeune perfonne dont on m'a tant parlé ; je me méprenais.

POLLY.

Vous me faites bien de l'honneur.

MONROSE.

Vous favez fans doute qui eſt votre maîtreſſe ?

POLLY.

Oui , Monſieur , c'eſt la plus douce , la plus aimable fille, la plus courageufe dans le malheur.

MONROSE.

Elle eſt donc malheureufe ?

POLLY.

Oui , Monſieur , & moi auſſi ; mais j'aime mieux la fervir que d'être heureufe.

MONROSE.

Mais je vous demande fi vous ne connaiſſez pas fa famille ?

POLLY.

Monſieur , ma maîtreſſe veut être inconnuë ; elle n'a point de famille ; que me demandez-vous là ? pourquoi ces queſ-tions ?

MONROSE.

Une inconnuë ! O ciel , fi longtems impitoyable ! s'il était poſſible qu'à la fin je puſſe !.. mais quelles vaines chimères ! Dites-moi , je vous prie , quel eſt l'âge de votre maîtreſſe ?

POLLY.

Oh pour fon âge , on peut le dire ; car elle eſt bien au-deſſus de fon âge ; elle a dix-huit ans.

MONROSE.

Dix-huit ans !.... hélas çe ferait précifément l'âge qu'aurait ma malheureufe Monrofe, ma chère fille, feul refte de ma maifon, feul enfant que mes mains ayent pû careffer dans fon berceau : dix-huit ans ?...

POLLY.

Oui, Monfieur, & moi je n'en ai que vingt-deux, il n'y a pas une fi grande différence. Je ne fais pas pourquoi vous faites tout feul tant de réflexions fur fon âge ?

MONROSE.

Dix-huit ans, & née dans ma patrie ! & elle veut être inconnuë : je ne me poffède plus ; il faut avec votre permif-fion que je la voye, que je lui parle tout-à-l'heure.

POLLY.

Ces dix-huit ans tournent la tête à ce bon vieux gentil-homme. Monfieur, il eft impoffible que vous voyiez à pré-fent ma maîtreffe ; elle eft dans l'affliction la plus cruelle.

MONROSE.

Ah ! c'eft pour cela même que je veux la voir.

POLLY.

De nouveaux chagrins qui l'ont accablée, qui ont déchiré fon cœur, lui ont fait perdre l'ufage de fes fens. Hélas ! elle n'eft pas de ces filles qui s'évanouiffent pour peu de chofe. Elle eft à peine revenuë à elle, & le peu de repos qu'elle goûte dans ce moment eft un repos mêlé de trouble & d'a-mertume ; de grace, Monfieur, ménagez fa faibleffe & fes douleurs.

MONROSE.

Tout ce que vous me dites redouble mon empreffement. Je fuis fon compatriote ; je partage toutes fes afflictions ; je les diminuerai peut-être ; fouffrez qu'avant de quitter cette ville, je puiffe entretenir votre maîtreffe.

POLLY.

Mon cher compatriote, vous m'attendriffez ; attendez en-cor quelques momens. Les filles qui fe font évanouïes font bien longtems à fe remettre, avant de recevoir une vifite. Je vais à elle. Je reviendrai à vous.

S C E N E VIII.

M O N R O S E , F A B R I C E.

F A B R I C E (*le tirant par la manche.*)
MOnfieur, n'y a-t-il perfonne là ?

M O N R O S E.

Que j'attens fon retour avec des mouvemens d'impatience & de trouble !

F A B R I C E.

Ne nous écoute-t-on point ?

M O N R O S E.

Mon cœur ne peut fuffire à tout ce qu'il éprouve.

F A B R I C E.

On vous cherche....

M O N R O S E (*fe retournant.*)

Qui ? quoi ? comment ? pourquoi ? que voulez-vous dire ?

F A B R I C E.

On vous cherche, Monfieur. Je m'intéreffe à ceux qui logent chez moi. Je ne fais qui vous êtes ; mais on eft venu me demander qui vous étiez : on rode autour de la maifon, on s'informe, on entre, on paffe, on repaffe, on guette, & je ne ferai point furpris fi dans peu on vous fait le même compliment qu'à cette jeune & chère Demoifelle, qui eft, dit-on, de votre pays.

M O N R O S E.

Ah ! il faut abfolument que je lui parle avant de partir.

F A B R I C E.

Partez vîte, croyez-moi ; notre ami Friport ne ferait peut-être pas d'humeur à faire pour vous ce qu'il a fait pour une belle perfonne de dix-huit ans.

MONROSE.

Pardon... Je ne fais ... où j'étais ... je vous entendais à peine... Que faire ? où aller , mon cher hôte ? Je ne peux partir fans la voir... Venez , que je vous parle un moment dans quelque endroit plus folitaire , & furtout que je puiffe enfuite entretenir cette jeune Ecoffaife.

FABRICE.

Ah ! je vous avais bien dit que vous feriez enfin curieux de la voir. Soyez fûr que rien n'eft plus beau & plus honnête.

Fin du troifiéme acte.

A C T E   I V.

S C E N E   P R E M I E R E.

FABRICE, FRELON (*dans le Caffé à une table.*)
FRIPORT *une pipe à la main au milieu d'eux.*

F A B R I C E.

JE fuis obligé de vous l'avouër, Monfieur Frélon ; fi tout ce qu'on dit eft vrai, vous me feriez plaifir de ne plus fréquenter chez nous.

F R E L O N.

Tout ce qu'on dit eft toûjours faux ; quelle mouche vous pique, Monfieur Fabrice ?

F A B R I C E.

Vous venez écrire ici vos feuilles. Mon Caffé paffera pour une boutique de poifons.

F R I P O R T (*fe retournant vers Fabrice.*)

Ceci mérite qu'on y penfe, voyez-vous ?

F A B R I C E.

On prétend que vous dites du mal de tout le monde.

F R I P O R T (*à Frélon.*)

De tout le monde, entendez-vous ? c'eft trop.

F A B R I C E.

On commence même à dire que vous êtes un délateur, un fripon ; mais je ne veux pas le croire.

F R I P O R T (*à Frélon.*)

Un fripon... entendez-vous ? cela paffe la raillerie.

FRELON.

Je fuis un compilateur illuftre, un homme de goût.

FABRICE.

De goût ou de dégoût ; vous me faites tort, vous dis-je.

FRELON.

Au contraire, c'eft moi qui achalande votre Caffé ; c'eft moi qui l'ai mis à la mode ; c'eft ma réputation qui vous attire du monde.

FABRICE.

Plaifante réputation ! celle d'un efpion, d'un malhonnête homme, (pardonnez, fi je répète ce qu'on dit) & d'un mauvais auteur !

FRELON.

Monfieur Fabrice, Monfieur Fabrice, arrêtez, s'il vous plaît ; on peut attaquer mes mœurs ; mais pour ma réputation d'auteur, je ne le fouffrirai jamais.

FABRICE.

Laiffez là vos écrits ; favez-vous bien, puifqu'il faut tout vous dire, que vous êtes foupçonné d'avoir voulu perdre Mlle Lindane ?

FRIPORT.

Si je le croyais, je le noyerais de mes mains, quoique je ne fois pas méchant.

FABRICE.

On prétend que c'eft vous qui l'avez accufée d'être Ecoffaife, & qui avez auffi accufé ce brave gentilhomme de là-haut d'être Ecoffais.

FRELON.

Eh bien ! quel mal y a-t-il à être de fon pays ?

FABRICE.

On prétend que vous avez eu plufieurs conférences avec les gens de cette Dame fi colère qui eft venuë ici, & avec ceux de ce Mylord qui n'y vient plus ; que vous redites tout, que vous envenimez tout.

FRI-

FRIPORT (*à Frélon.*)

Seriez-vous un fripon en effet ? je ne les aime pas, au moins.

FABRICE.

Ah ! Dieu merci, je crois que j'apperçois enfin notre Mylord.

FRIPORT.

Un Mylord ! Adieu. Je n'aime pas plus les grands Seigneurs que les mauvais écrivains.

FABRICE.

Celui-ci n'eſt pas un grand Seigneur comme un autre.

FRIPORT.

Ou comme un autre, ou différent d'un autre, n'importe. Je ne me gêne jamais, & je ſors. Mon ami, je ne ſais, il me revient toûjours dans la tête une idée de notre jeune Ecoſſaiſe : je reviendrai inceſſamment ; oui, je reviendrai, je veux lui parler ſérieuſement ; ſerviteur. Cette Ecoſſaiſe eſt belle & honnête. Adieu. (*en revenant.*) Dites-lui de ma part que je penſe beaucoup de bien d'elle.

S C E N E   I I.

Lord MURRAI (*penſif & agité.*) FRELON, *lui faiſant la revérence, qu'il ne regarde pas.* FABRICE *s'éloignant par reſpeƈt.*

LORD MURRAI (*à Fabrice, d'un air diſtrait.*)

JE ſuis très-aiſe de vous revoir, mon brave & honnête homme ; comment ſe porte cette belle & reſpeƈtable perſonne que vous avez le bonheur de poſſéder chez vous ?

FABRICE.

Mylord, elle a été très malade depuis qu'elle ne vous a vû : mais je ſuis ſûr qu'elle ſe portera mieux aujourd'hui.

Tom. VII. & du Théâtre le cinquiéme. Gg

LORD MURRAI.

Grand Dieu, protecteur de l'innocence, je t'implore pour
elle ; daigne te fervir de moi pour rendre juftice à la vertu,
& pour tirer d'oppreffion les infortunés. Graces à tes bontés
& à mes foins, tout m'annonce un fuccès favorable. Ami,
(*à Fabrice*) laiffez - moi parler en particulier à cet homme,
(*en montrant* Frélon.)

FRELON (*à Fabrice.*)

Eh bien, tu vois qu'on t'avait bien trompé fur mon compte,
& que j'ai du crédit à la cour.

FABRICE (*en fortant.*)

Je ne vois point cela.

LORD MURRAI (*à Frélon.*)

Mon ami !

FRELON.

Monfeigneur, permettez-vous que je vous dédie un tome ?...

LORD MURRAI.

Non : il ne s'agit point de dédicace. C'eft vous qui avez
appris à mes gens l'arrivée de ce vieux gentilhomme venu
d'Écoffe ; c'eft vous qui l'avez dépeint, qui êtes allé faire le
même rapport aux gens du Miniftre d'Etat.

FRELON.

Monfeigneur, je n'ai fait que mon devoir.

LORD MURRAI (*lui donnant quelques guinées.*)

Vous m'avez rendu fervice fans le favoir : je ne regarde
pas à l'intention : on prétend que vous vouliez nuire, & que
vous avez fait du bien ; tenez, voilà pour le bien que vous
avez fait : mais fi vous vous avifez jamais de prononcer le
nom de cet homme, & de Mademoifelle Lindane, je vous
ferai jetter par les fenêtres de votre grenier. Allez.

FRELON.

Grand - merci, Monfeigneur. Tout le monde me dit des
injures, & me donne de l'argent ; je fuis bien plus habile
que je ne croyais.

S C E N E   I I I.

Lord M U R R A I , P O L L Y.

L O R D   M U R R A I , *feul un moment.*

UN vieux gentilhomme arrivé d'Ecoffe, Lindane née dans le même pays ! Hélas ! s'il était poffible que je puffe réparer les torts de mon père ! fi le ciel permettait ! .. Entrons. (*à* Polly *qui fort de la chambre de* Lindane.) Chère Polly, n'es-tu pas bien étonnée que j'aye paffé tant de tems fans venir ici ? deux jours entiers ! .. je ne me le pardonnerais jamais , fi je ne les avais employés pour la refpeftable fille de Mylord Monrofe ; les Miniftres étaient à Vindfor, il a falu y courir. Va , le ciel t'infpira bien quand tu te rendis à mes prières , & que tu m'appris le fecret de fa naiffance.

P O L L Y.

J'en tremble encor, ma maîtreffe me l'avait tant défendu ! Si je lui donnais le moindre chagrin , je mourrais de douleur. Hélas ! votre abfence lui a caufé aujourd'hui un affez long évanouïffement, & je me ferais évanouïe auffi, fi je n'avais pas eû befoin de mes forces pour la fecourir.

L O R D   M U R R A I.

Tien, voilà pour l'évanouïffement où tu as eu envie de tomber.

P O L L Y.

Mylord, j'accepte vos dons ; je ne fuis pas fi fière que la belle Lindane, qui n'accepte rien, & qui feint d'être à fon aife, quand elle eft dans la plus extrême indigence.

L O R D   M U R R A I.

Jufte ciel ! la fille de Monrofe dans la pauvreté ! malheureux que je fuis ! que m'as-tu dit ? combien je fuis coupable ! que je vais tout réparer ! que fon fort changera ! Hélas ! pourquoi me l'a-t-elle caché ?

Gg ij

POLLY.

Je crois que c'eſt la ſeule fois de ſa vie qu'elle vous trompera.

LORD MURRAI.

Entrons, entrons vîte, jettons-nous à ſes pieds, c'eſt trop tarder.

POLLY.

Ah ! Mylord ! gardez-vous-en bien, elle eſt actuellement avec un gentilhomme, ſi vieux, ſi vieux, qui eſt de ſon pays, & ils ſe diſent des choſes ſi intéreſſantes !

LORD MURRAI.

Quel eſt-il ce vieux gentilhomme, pour qui je m'intéreſſe déja comme elle ?

POLLY.

Je l'ignore.

LORD MURRAI.

O deſtinée ! Juſte ciel ! pourrais-tu faire que cet homme fût ce que je déſire qu'il ſoit ? Et que ſe diſaient-ils, Polly ?

POLLY.

Mylord, ils commençaient à s'attendrir ; & comme ils s'attendriſſaient, ce bon homme n'a pas voulu que je fuſſe préſente, & je ſuis ſortie.

SCENE IV.

Lady ALTON, Lord MURRAI, POLLY.

LADY ALTON.

AH ! je vous y prens enfin, perfide ! me voilà ſûre de votre inconſtance, de mon opprobre, & de votre intrigue.

LORD MURRAI.

Oui, Madame, vous êtes ſûre de tout. (*à part.*) Quel contretems effroyable !

LADY ALTON.

Monſtre, perfide !

LORD MURRAI.

Je peux être un monſtre à vos yeux, & je n'en ſuis pas
fâché ; mais pour perfide, je ſuis très loin de l'être, ce n'eſt
pas mon caractère. Avant d'en aimer une autre, je vous ai
déclaré que je ne vous aimais plus.

LADY ALTON.

Après une promeſſe de mariage ! ſcélerat, après m'avoir
juré tant d'amour !

LORD MURRAI.

Quand je vous ai juré de l'amour, j'en avais : quand je
vous ai promis de vous épouſer, je voulais tenir ma parole.

LADY ALTON.

Eh qui t'a empêché de tenir ta parole, parjure ?

LORD MURRAI.

Votre caractère, vos emportemens ; je me mariais pour
être heureux, & j'ai vû que nous ne l'aurions été ni l'un
ni l'autre.

LADY ALTON.

Tu me quittes pour une vagabonde, pour une avanturière.

LORD MURRAI.

Je vous quitte pour la vertu, pour la douceur, & pour
les graces.

LADY ALTON.

Traître, tu n'es pas où tu crois en être ; je me vengerai
plutôt que tu ne penſes.

LORD MURRAI.

Je ſais que vous êtes vindicative, envieuſe plutôt que jalouſe, emportée plutôt que tendre ; mais vous ſerez forcée à
reſpecter celle que j'aime.

LADY ALTON.

Allez, lâche, je connais l'objet de vos amours mieux que

vous ; je fais qui elle eſt, je fais qui eſt l'étranger arrivé aujourd'hui pour elle ; je fais tout ; des hommes plus puiſſans que vous ſont inſtruits de tout ; & bientôt on vous enlévera l'indigne objet pour qui vous m'avez mépriſée.

LORD MURRAI.

Que veut-elle dire, Polly ? elle me fait mourir d'inquiétude.

POLLY.

Et moi de peur. Nous ſommes perdus.

LORD MURRAI.

Ah ! Madame, arrêtez-vous, un mot, expliquez-vous, écoutez. . . .

LADY ALTON.

Je n'écoute point, je ne réponds rien, je ne m'explique point. Vous êtes, comme je vous l'ai déja dit, un inconſtant, un volage, un cœur faux, un traître, un perfide, un homme abominable.

(*elle ſort.*)

SCENE V.

Lord MURRAI, POLLY.

LORD MURRAI.

QUe prétend cette furie ? Que la jalouſie eſt affreuſe ! O ciel ! fai que je ſois toûjours amoureux, & jamais jaloux. Que veut-elle ? elle parle de faire enlever ma chère Lindane, & cet étranger ; que veut-elle dire ? fait-elle quelque choſe ?

POLLY.

Hélas ! il faut vous l'avoüer, ma maîtreſſe eſt arrêtée par l'ordre du gouvernement ; je crois que je le ſuis auſſi ; & ſans un gros homme, qui eſt la bonté même, & qui a bien voulu être notre caution, nous ſerions en priſon à l'heure que je vous parle : on m'avait fait jurer de n'en rien dire, mais le moyen de ſe taire avec vous ?

L O R D M U R R A I.

Qu'ai-je entendu ? quelle avanture ! & que de revers accumulés en foule ! Je vois que le nom de ta maîtresse est toûjours suspect. Hélas ! ma famille a fait tous les malheurs de la sienne ; le ciel, la fortune, mon amour, l'équité, la raison, allaient tout réparer ; la vertu m'inspirait ; le crime s'oppose à tout ce que je tente, il ne triomphera pas. N'allarme point ta maîtresse ; je cours chez le ministre ; je vais tout presser, tout faire. Je m'arrache au bonheur de la voir pour celui de la servir. Je cours, & je revole. Di-lui bien que je m'éloigne parce que je l'adore.   (*Il sort.*)

P O L L Y *seule.*

Voilà d'étranges avantures ! Je vois que ce monde-ci n'est qu'un combat perpétuel des méchans contre les bons, & qu'on en veut toûjours aux pauvres filles.

S C E N E V I.

M O N R O S E, L I N D A N E, (P O L L Y *reste un moment, & sort à un signe que lui fait sa maîtresse.*)

M O N R O S E.

CHaque mot que vous m'avez dit me perce l'ame. Vous née dans le Locaber ! & témoin de tant d'horreurs, persécutée, errante, & si malheureuse avec des sentimens si nobles !

L I N D A N E.

Peut-être je dois ces sentimens mêmes à mes malheurs ; peut-être si j'avais été élevée dans le luxe & la mollesse, cette ame qui s'est fortifiée par l'infortune, n'eût été que faible.

M O N R O S E.

O vous ! digne du plus beau sort du monde, cœur magnanime, ame élevée, vous m'avoüez que vous êtes d'une de ces familles profcrites , dont le fang a coulé fur les échaffauts dans nos guerres civiles , & vous vous obftinez à me cacher votre nom & votre naiffance !

LINDANE.

Ce que je dois à mon père , me force au filence ; il eft profcrit lui-même ; on le cherche ; je l'expoferais peut-être fi je me nommais ; vous m'infpirez du refpeɛt & de l'attendriffement ; mais je ne vous connais pas ; je dois tout craindre. Vous voyez que je fuis fufpecte moi-même , que je fuis arrêtée & prifonnière ; un mot peut me perdre.

MONROSE.

Hélas ! un mot ferait peut-être la première confolation de ma vie. Dites-moi du moins quel âge vous aviez quand la deftinée cruelle vous fépara de votre père , qui fut depuis fi malheureux ?

LINDANE.

Je n'avais que cinq ans.

MONROSE.

Grand Dieu ! qui avez pitié de moi , toutes ces époques raffemblées , toutes les chofes qu'elle m'a dites , font autant de traits de lumière qui m'éclairent dans les ténèbres où je marche. O Providence ! ne t'arrête point dans tes bontés.

LINDANE.

Quoi ! vous verfez des larmes ! Hélas ! tout ce que je vous ai dit m'en fait bien répandre.

MONROSE (*s'effuiant les yeux.*)

Achevez , je vous en conjure. Quand votre père eut quitté fa famille pour ne plus la revoir , combien reftâtes-vous auprès de votre mère ?

LINDANE.

J'avais dix ans quand elle mourut dans mes bras de douleur & de mifère , & que mon frère fut tué dans une bataille.

MONROSE.

Ah ! je fuccombe ! Quel moment , & quel fouvenir ! Chère
&

& malheureuse épouse !.. fils heureux d'être mort, & de
n'avoir pas vû tant de désastres ! Reconnaîtriez-vous ce
portrait ? (*il tire un portrait de sa poche.*)

L I N D A N E.

Que vois-je ? est-ce un songe ? c'est le portrait même
de ma mère ; mes larmes l'arrosent, & mon cœur qui se
fend, s'échappe vers vous.

M O N R O S E.

Oui, c'est là votre mère, & je suis ce père infortuné dont
la tête est proscrite, & dont les mains tremblantes vous em-
brassent.

L I N D A N E.

Je respire à peine ! Où suis-je ? Je tombe à vos genoux !
voici le premier instant heureux de ma vie... O mon père !..
hélas ! comment osez-vous venir dans cette ville ? je tremble
pour vous au moment que je goûte le bonheur de vous voir.

M O N R O S E.

Ma chère fille, vous connaissez toutes les infortunes de
notre maison ; vous savez que la maison des Murrai, toûjours
jalouse de la notre, nous plongea dans ce précipice : toute
ma famille a été condamnée ; j'ai tout perdu. Il me restait
un ami, qui pouvait par son crédit me tirer de l'abîme où
je suis, qui me l'avait promis ; j'apprens en arrivant que la
mort me l'a enlevé, qu'on me cherche en Ecosse, que ma
tête y est à prix ; c'est sans doute le fils de mon ennemi qui
me persécute encore ; il faut que je meure de sa main, ou
que je lui arrache la vie.

L I N D A N E.

Vous venez, dites-vous, pour tuer Mylord Murrai ?

M O N R O S E.

Oui, je vous vengerai, je vengerai ma famille, ou je périrai ; je ne hazarde qu'un reste de jours déja proscrits.

L I N D A N E.

O fortune ! dans quelle nouvelle horreur tu me rejettes !
que faire ? quel parti prendre ? Ah mon père !

Tom. VII. *& du Théâtre le cinquiéme.* Hh

MONROSE.

Ma fille, je vous plains d'être née d'un père si malheureux.

LINDANE.

Je suis plus à plaindre que vous ne pensez.... Etes-vous
bien résolu à cette entreprise funeste ?

MONROSE.

Résolu comme à la mort.

LINDANE.

Mon père, je vous conjure, par cette vie fatale que vous
m'avez donnée, par vos malheurs, par les miens qui sont
peut-être plus grands que les vôtres, de ne me pas exposer
à l'horreur de vous perdre, lorsque je vous retrouve ;.. ayez
pitié de moi, épargnez votre vie & la mienne.

MONROSE.

Vous m'attendrissez, votre voix pénètre mon cœur, je crois
entendre celle de votre mère. Hélas ! que voulez-vous ?

LINDANE.

Que vous cessiez de vous exposer, que vous quittiez cette
ville si dangereuse pour vous.. & pour moi... Oui, c'en est
fait, mon parti est pris. Mon père, je renoncerai à tout
pour vous ,.. oui, à tout :.. je suis prête à vous suivre : je
vous accompagnerai, s'il le faut, dans quelque isle affreuse
des Orcades ; je vous y servirai de mes mains ; c'est mon
devoir, je le remplirai.... C'en est fait, partons.

MONROSE.

Vous voulez que je renonce à vous venger ?

LINDANE.

Cette vengeance me ferait mourir ; partons, vous dis-je.

MONROSE.

Eh bien, l'amour paternel l'emporte, puisque vous avez
le courage de vous attacher à ma funeste destinée ; je vais
tout préparer pour que nous quittions Londres avant qu'une
heure se passe ; soyez prête, & recevez encor mes embras-
femens & mes larmes.

S C E N E   V I I.

L I N D A N E , P O L L Y.

L I N D A N E.

C'En eſt fait , ma chère Polly , je ne reverrai plus Mylord Murrai , je ſuis morte pour lui.

P O L L Y.

Vous rêvez , Mademoiſelle , vous le reverrez dans quelques minutes. Il était ici tout-à-l'heure.

L I N D A N E.

Il était ici ! & il ne m'a point vûe ! c'eſt là le comble. O mon malheureux père ! que ne ſuis-je partie plus tôt ?

P O L L Y.

S'il n'avait pas été interrompu par cette déteſtable Mylady Alton. . . .

L I N D A N E.

Quoi ! c'eſt ici même qu'il l'a vûe pour me braver , après avoir été trois jours ſans me voir , ſans m'écrire ! Peut-on plus indignement ſe voir outrager ? Va , ſois ſûre que je m'arracherais la vie dans ce moment , ſi ma vie n'était pas néceſſaire à mon père.

P O L L Y.

Mais , Mademoiſelle , écoutez-moi donc ; je vous jure que Mylord. . . .

L I N D A N E.

Lui perfide ! c'eſt ainſi que ſont faits les hommes ! Père infortuné , je ne penſerai deſormais qu'à vous.

P O L L Y.

Je vous jure que vous avez tort , que Mylord n'eſt point perfide , que c'eſt le plus aimable homme du monde , qu'il vous aime de tout ſon cœur , qu'il m'en a donné des marques.

LINDANE.

La nature doit l'emporter fur l'amour ; je ne fais où je vais ; je ne fais ce que je deviendrai ; mais fans doute je ne ferai jamais fi malheureufe que je le fuis.

POLLY.

Vous n'écoutez rien : reprenez vos efprits , ma chère maî-treffe : on vous aime.

LINDANE.

Ah Polly ! es-tu capable de me fuivre ?

POLLY.

Je vous fuivrai jufqu'au bout du monde ; mais on vous aime , vous dis-je.

LINDANE.

Laiffe - moi : ne me parle point de Mylord : hélas ! quand il m'aimerait , il faudrait partir encore. Ce gentilhomme que tu as vû avec moi. . . .

POLLY.

Eh bien ?

LINDANE.

Vien. , tu apprendras tout : les larmes , les foupirs me fuf-foquent. Sui-moi , & fois prête à partir.

Fin du quatriéme acte.

A C T E V.

S C E N E P R E M I E R E.

LINDANE , FRIPORT , FABRICE.

F A B R I C E.

CEla perce le cœur , Mademoifelle ; Polly fait votre paquet ; vous nous quittez.

L I N D A N E.

Mon cher hôte , & vous , Monfieur , à qui je dois tant ,
vous qui avez déployé un caractère fi généreux , vous qui
ne me laiffez que la douleur de ne pouvoir reconnaître vos
bienfaits , je ne vous oublierai de ma vie.

F R I P O R T.

Qu'eft-ce donc que tout cela ? qu'eft-ce que c'eft que
ça ? qu'eft-que ça ? Si vous êtes contente de nous , il ne faut
point vous en aller ; eft-ce que vous craignez quelque chofe ?
vous avez tort , une fille n'a rien à craindre.

F A B R I C E.

Mr. Friport , ce vieux gentilhomme qui eft de fon pays
fait auffi fon paquet. Mademoifelle pleurait , & ce Monfieur
pleurait auffi , & ils partent enfemble : je pleure auffi en vous
parlant.

F R I P O R T.

Je n'ai pleuré de ma vie ; fi ! que cela eft fot de pleurer !
les yeux n'ont point été donnés à l'homme pour cette befogne.
Je fuis affligé , je ne le cache pas ; & quoiqu'elle foit fiere ,
comme je le lui ai dit , elle eft fi honnête , qu'on eft fâché
de la perdre. Je veux que vous m'écriviez , fi vous vous en
allez , Mademoifelle. Je vous ferai toûjours du bien... Nous

Hh iij

nous retrouverons peut-être un jour, que fait-on ? ne manquez pas de m'écrire,.. n'y manquez pas.

L I N D A N E.

Je vous le jure avec la plus vive reconnaiſſance ; & ſi jamais la fortune...

F R I P O R T.

Ah ! mon ami Fabrice, cette perſonne là eſt très bien née.
Je ſerai très aiſe de recevoir de vos lettres. N'allez pas y mettre de l'eſprit au moins.

F A B R I C E.

Mademoiſelle, pardonnez, mais je ſonge que vous ne pouvez partir, que vous êtes ici ſous la caution de Mr. Friport,
& qu'il perd cinq cent guinées ſi vous nous quittez.

L I N D A N E.

Oh ciel ! autre infortune ! autre humiliation ! quoi ! il faudrait que je fuſſe enchainée ici, & que Mylord,.. & mon
père....

F R I P O R T (*à Fabrice.*)

Oh qu'à cela ne tienne ; quoiqu'elle ait je ne ſais quoi qui
me touche, qu'elle parte ſi elle en a envie ; il ne faut point
gêner les filles ; je me ſoucie de cinq cent guinées comme de
rien. (*bas à Fabrice.*) Foure-lui encor les cinq cent autres
guinées dans ſa valiſe. Allez, Mademoiſelle, partez quand il
vous plaira ; écrivez-moi ; revoyez-moi quand vous revien-
drez,.. car j'ai conçu pour vous beaucoup d'eſtime & d'affection.

S C E N E I I.

Lord M U R R A I, & fes gens, *dans l'enfoncement.* L I N-
D A N E, & les Acteurs précédens, *fur le devant.*

L O R D M U R R A I (*à fes gens.*)

REftez ici, vous : vous, courez à la chancellerie, & rap-
portez-moi le parchemin qu'on expédie dès qu'il fera
fcêlé. Vous, qu'on aille préparer tout dans la nouvelle maifon que je viens de louer. (*il tire un papier de fa poche & le lit.*)
Quel bonheur d'affurer le bonheur de Lindane !

L I N D A N E (*à Polly.*)

Hélas ! en le voyant je me fens déchirer le cœur.

F R I P O R T.

Ce Mylord là vient toûjours mal-à-propos ; il eft fi beau
& fi bien mis, qu'il me déplait fouverainement ; mais après
tout, que cela me fait-il ? j'ai quelque affection,.. mais je
n'aime point, moi. Adieu, Mademoifelle.

L I N D A N E.

Je ne partirai point fans vous témoigner encor ma reconnaiffance & mes regrets.

F R I P O R T.

Non, non, point de ces cérémonies-là, vous m'attendri-
riez peut-être. Je vous dis que je n'aime point :.. je vous
verrai pourtant encor une fois : je refterai dans la maifon,
je veux vous voir partir. Allons, Fabrice, aider ce bon gentilhomme de là-haut. Je me fens, vous dis-je, de la bonne
volonté pour cette Demoifelle.

SCENE III.

Lord MURRAI, LINDANE.

LORD MURRAI.

ENfin donc, je goûte en liberté le charme de votre vûe.
Dans quelle maison vous êtes ! elle ne vous convient
pas ; une plus digne de vous vous attend. Quoi ! belle Lindane, vous baissez les yeux, & vous pleurez ! quel est ce
gros homme qui vous parlait ? vous aurait-il causé quelque
chagrin ? il en porterait la peine sur l'heure.

LINDANE (*en essuïant ses larmes.*)

Hélas ! c'est un bon homme, un homme grossiérement vertueux, qui a eu pitié de moi dans mon cruel malheur, qui
ne m'a point abandonnée, qui n'a pas insulté à mes disgra-
ces, qui n'a point parlé ici longtems à ma rivale en dédai-
gnant de me voir, qui, s'il m'avait aimée, n'aurait point
passé trois jours sans m'écrire.

LORD MURRAI.

Ah ! croyez que j'aimerais mieux mourir que de mériter
le moindre de vos reproches. Je n'ai été absent que pour
vous, je n'ai songé qu'à vous, je vous ai servie malgré vous.
Si en revenant ici j'ai trouvé cette femme vindicative & cruelle
qui voulait vous perdre, je ne me suis échapé un moment
que pour prévenir ses desseins funestes. Grand Dieu ! moi ne
vous avoir pas écrit !

LINDANE.

Non.

LORD MURRAI.

Elle a, je le vois bien, intercepté mes lettres ; sa méchan-
ceté augmente encor, s'il se peut, ma tendresse : qu'elle rap-
pelle la votre. Ah ! cruelle, pourquoi m'avez-vous caché
votre nom illustre, & l'état malheureux où vous êtes, si peu
fait pour ce grand nom ?

LIN-

L I N D A N E.

Qui vous l'a dit ?

L O R D M U R R A I (*montrant Polly.*)

Elle-même, votre confidente.

L I N D A N E.

Quoi ! tu m'as trahie ?

P O L L Y.

Vous vous trahiffiez vous-même ; je vous ai fervie.

L I N D A N E.

Eh bien, vous me connaiffez ; vous favez quelle haine a toûjours divifé nos deux maifons ; votre père a fait condamner le mien à la mort ; il m'a réduit à cet état que j'ai voulu vous cacher ; & vous fon fils ! vous ! vous ofez m'aimer.

L O R D M U R R A I.

Je vous adore, & je le dois ; c'eft à mon amour à réparer les cruautés de mon père : c'eft une juftice de la Providence ; mon cœur, ma fortune, mon fang eft à vous. Confondons enfemble deux noms ennemis. J'apporte à vos pieds le contraét de nôtre mariage ; daignez l'honorer de ce nom qui m'eft fi cher. Puiffent les remors & l'amour du fils réparer les fautes du père !

L I N D A N E.

Hélas ! & il faut que je parte, & que je vous quitte pour jamais.

L O R D M U R R A I.

Que vous partiez ! que vous me quittiez ! vous me verrez plutôt expirer à vos pieds. Hélas ! daignez-vous m'aimer ?

P O L L Y.

Vous ne partirez point, Mademoifelle, j'y mettrai bon ordre ; vous prenez toûjours des réfolutions defefpérées. Mylord, fecondez-moi bien.

L O R D M U R R A I.

Eh qui a pû vous infpirer le deffein de me fuïr, de rendre fous mes foins inutiles ?

Tom. VII. & du Théâtre le cinquiéme. Ii

LINDANE.

Mon père.

LORD MURRAI.

Vôtre père ? eh où eſt-il ? que veut-il ? que ne me par-lez-vous ?

LINDANE.

Il eſt ici ; il m'emmène, c'en eſt fait.

LORD MURRAI.

Non, je jure par vous, qu'il ne vous enlévera pas. Il eſt ici ? conduiſez-moi à ſes pieds.

LINDANE.

Ah ! cher amant, gardez qu'il ne vous voye ; il n'eſt venu ici que pour finir ſes malheurs en vous arrachant la vie, & je ne fuïais avec lui que pour détourner cette horrible réſolution.

LORD MURRAI.

La votre eſt plus cruelle ; croyez que je ne le crains pas, & que je le ferai rentrer en lui-même. (*en ſe retournant.*) Quoi ! on n'eſt pas encor revenu ? Ciel, que le mal ſe fait rapidement, & le bien avec lenteur !

LINDANE.

Le voici qui vient me chercher ; ſi vous m'aimez, ne vous montrez pas à lui, privez-vous de ma vuë, épargnez-lui l'horreur de la votre, écartez-vous, du moins pour quelque tems.

LORD MURRAI.

Ah ! que c'eſt avec regret ! mais vous m'y forcez ; je vais rentrer ; je vais prendre des armes qui pourront faire tomber les ſiennes de ſes mains.

S C E N E   I V.

M O N R O S E , L I N D A N E.

M O N R O S E.

ALlons , ma chère fille , feul foutien , unique confolation de ma déplorable vie ! partons.

L I N D A N E.

Malheureux père d'une infortunée ! je ne vous abandon-nerai jamais. Cependant daignez fouffrir que je refte encore.

M O N R O S E.

Quoi ! après m'avoir preffé vous-même de partir , après m'avoir offert de me fuivre dans les déferts où nous allons cacher nos difgraces ! avez-vous changé de deffein ? avez-vous retrouvé & perdu en fi peu de tems le fentiment de la nature ?

L I N D A N E.

Je n'ai point changé , j'en fuis incapable ; .. je vous fui-vrai ; .. mais encor une fois, attendez quelque tems ; accordez cette grace à celle qui vous doit des jours fi remplis d'ora-ges ; ne me refufez pas des inftans précieux.

M O N R O S E.

Ils font précieux en effet, & vous les perdez ; fongez-vous que nous fommes à chaque moment en danger d'être décou-verts , que vous avez été arrêtée, qu'on me cherche, que vous pouvez voir demain votre père périr par le dernier fup-plice ?

L I N D A N E.

Ces mots font un coup de foudre pour moi ; je n'y réfifte plus. J'ai honte d'avoir tardé :.. cependant j'avais quelque ef-poir ; .. n'importe , vous êtes mon père , je vous fuis. Ah mal-heureufe !

SCENE V.

FRIPORT & FABRICE *paraissent d'un côté, tandis que* MONROSE *& sa fille parlent de l'autre.*

FRIPORT (*à Fabrice.*)

SA suivante a pourtant remis son paquet dans sa chambre ; elles ne partiront point, j'en suis bien aise : je m'accoutumais à elle : je ne l'aime point, mais elle est si bien née, que je la voyais partir avec une espèce d'inquiétude, que je n'ai jamais sentie, une espèce de trouble,.. je ne sais quoi de fort extraordinaire.

MONROSE (*à Friport.*)

Adieu, Mr., nous partons le cœur plein de vos bontés ; je n'ai jamais connu de ma vie un plus digne homme que vous. Vous me faites pardonner au genre humain.

FRIPORT.

Vous partez donc avec cette Dame : je n'approuve point cela : vous devriez rester : il me vient des idées qui vous conviendront peut-être : demeurez.

SCENE VI.

Les acteurs précédens, le Lord MURRAI *dans le fond, recevant un rouleau de parchemin de la main de ses gens.*

LORD MURRAI.

AH ! je le tiens enfin ce gage de mon bonheur. Soyez béni, ô ciel ! qui m'avez secondé.

FRIPORT.

Quoi ! verrai-je toûjours ce maudit Mylord ? que cet homme me choque avec ses graces !

MONROSE (*à fa fille, tandis que* Mylord Murrai *parle à fon domeftique.*)

Quel eft cet homme, ma fille ?

LINDANE.

Mon père, c'eft.... ô ciel ! ayez pitié de nous.

FABRICE.

Mr., c'eft Mylord Murrai, le plus galant-homme de la cour, le plus généreux.

MONROSE.

Murrai ! grand Dieu ! mon fatal ennemi, qui vient encor infulter à tant de malheurs ! (*il tire fon épée.*) Il aura le refte de ma vie, ou moi la fienne.

LINDANE.

Que faites-vous, mon père ? arrêtez.

MONROSE.

Cruelle fille, eft-ce ainfi que vous me trahiffiez ?

FABRICE (*fe jettant au devant de* Monrofe.)

Monfieur, point de violence dans ma maifon, je vous en conjure, vous me perdriez.

FRIPORT.

Pourquoi empêcher les gens de fe battre quand ils en ont envie ? les volontés font libres, laiffez-les faire.

LORD MURRAI *toûjours au fond du théâtre*, (*à* Monrofe.)

Vous êtes le père de cette refpeçtable perfonne, n'eft-il pas vrai ?

LINDANE.

Je me meurs !

MONROSE.

Oui, puifque tu le fais, je ne le défavoüe pas. Vien, fils cruel d'un père cruel, achève de te baigner dans mon fang.

FABRICE.

Monfieur, encor une fois.....

Ii iij

LORD MURRAI.

Ne l'arrêtez pas , j'ai de quoi le defarmer. (*il tire fon épée.*)

LINDANE (*entre les bras de* Polly.)

Cruel !... vous oferiez !...

LORD MURRAI.

Oui , j'ofe.... Père de la vertueufe Lindane , je fuis le fils de votre ennemi : (*il jette fon épée.*) c'eft ainfi que je me bats contre vous.

FRIPORT.

En voici bien d'une autre !

LORD MURRAI.

Percez mon cœur d'une main , mais de l'autre , prenez cet écrit , lifez , & connaiffez - moi. (*il lui donne le rouleau.*)

MONROSE.

Que vois - je ? ma grace ! le rétabliffement de ma maifon ! O ciel ! & c'eft à vous , c'eft à vous , Murrai , que je dois tout ? Ah mon bienfaiteur !... (*il veut fe jetter à fes pieds.*) vous triomphez de moi plus que fi j'étais tombé fous vos coups.

LINDANE.

Ah que je fuis heureufe ! mon amant eft digne de moi.

LORD MURRAI.

Embraffez - moi , mon père.

MONROSE.

Hélas ! & comment reconnaître tant de générofité ?

LORD MURRAI (*en montrant* Lindane.)

Voilà ma récompenfe.

MONROSE.

Le père & la fille font à vos genoux pour jamais.

FRIPORT (*à* Fabrice.)

Mon ami , je me doutais bien que cette demoifelle n'était pas faite pour moi ; mais après tout , elle eft tombée en bonnes mains , & cela fait plaifir.

Fin du cinquiéme & dernier acte.

PANDORE,

OPÉRA.

PERSONNAGES.

PROMETHÉE, fils du Ciel & de la Terre, demi-Dieu.

PANDORE.

JUPITER.

MERCURE.

NEMESIS.

Nymphes.

Titans.

Divinités célestes.

Divinités infernales.

PANDORE,

PANDORE,

OPÉRA.

ACTE PREMIER.

(Le théâtre repréſente une campagne, & des montagnes dans le fond.)

SCENE PREMIERE.

PROMETHÉE *ſeul*, Chœur, PANDORE *dans*
l'enfoncement couchée ſur une eſtrade.

PROMETHÉÉ.

Rodige de mes mains, charmes que j'ai fait naître,
Je vous appelle en vain, vous ne m'entendez pas.
  Pandore, tu ne peux connaître
  Ni mon amour, ni tes appas.
Quoi ! j'ai formé ton cœur, & tu n'es pas ſenſible !
  Tes beaux yeux ne peuvent me voir !
  Un impitoyable pouvoir
Oppoſe à tous mes vœux un obſtacle invincible ;
  Ta beauté fait mon deſeſpoir.
Quoi ! toute la nature autour de toi reſpire !
Oiſeaux, tendres oiſeaux, vous chantez, vous aimez,
Et je vois ſes appas languir inanimés ;
  La mort les tient ſous ſon empire.

Tom. VII. *& du Théâtre le cinquiéme.* K k

SCENE II.

PROMETHÉE, les Titans ENCELADE & TYPHON &c.

ENCELADE & TYPHON.

ENfant de la terre & des cieux,
Tes plaintes & tes cris ont ému ce bocage.
Parle, quel est celui des Dieux
Qui t'ose faire quelque outrage ?

PROMETHÉE (*en montrant Pandore.*)

Jupiter est jaloux de mon divin ouvrage ;
Il craint que cet objet n'ait un jour des autels ;
Il ne peut sans couroux voir la terre embellie ;
Jupiter à Pandore a refusé la vie !
Il rend mes chagrins éternels.

TYPHON.

Jupiter ? quoi ! c'est lui, qui formerait nos ames ?
L'usurpateur des cieux peut être notre appui ?
Non, je sens que la vie & ses divines flammes
Ne viennent point de lui.

ENCELADE (*en montrant Typhon son frère.*)

Nous avons pour ayeux la Nuit & le Tartare.
Invoquons l'éternelle nuit ;
Elle est avant le jour qui luit.
Que l'Olympe cède au Ténare.

TYPHON.

Que l'enfer, que mes Dieux, répandent parmi nous
Le germe éternel de la vie :

Que Jupiter en frémiſſe d'envie ,
　Et qu'il ſoit vainement jaloux.
P R O M E T H É E & L E S D E U X T I T A N S.
Ecoutez- nous , Dieux de la nuit profonde ,
De nos aſtres nouveaux contemplez la clarté ;
　Accourez du centre du monde :
　　Rendez féconde
　La terre , qui m'a porté ;
　　Animez la beauté ;
　Que votre pouvoir ſeconde
　Mon heureuſe témérité.
　　　P R O M E T H É E.
Au ſéjour de la nuit vos voix ont éclaté.
　Le jour pâlit , la terre tremble.
Le monde eſt ébranlé , l'Erèbe ſe raſſemble.
(*Le théâtre change , & repréſente le cahos. Tous les Dieux*
de l'enfer viennent ſur la ſcène.)
C H Œ U R D E S D I E U X I N F E R N A U X.
　　Nous déteſtons
　La lumière éternelle ;
　　Nous attendons
　Dans nos goufres profonds
　La race faible & criminelle ,
Qui n'eſt pas née encor , & que nous haïſſons.
　　　N E M E S I S.
Les ondes du Léthé , les flammes du Tartare ,
　　Doivent tout ravager !
　Parlez , qui voulez-vous plonger
　Dans les profondeurs du Ténare ?
　　　P R O M E T H É E.
Je veux ſervir la terre , & non pas l'opprimer.
　　　　　　　K k ij

Hélas ! à cet objet j'ai donné la naiſſance,
Et je demande en vain, qu'il s'anime, qu'il penſe,
    Qu'il ſoit heureux, qu'il ſache aimer.

LES TROIS PARQUES.

    Notre gloire eſt de détruire,
    Notre pouvoir eſt de nuire ;
      Tel eſt l'arrêt du ſort.
Le ciel donne la vie, & nous donnons la mort.

PROMETHÉE.

Fuyez donc à jamais ce beau jour qui m'éclaire ;
Vous êtes malfaiſans, vous n'êtes point mes Dieux.
    Fuyez, deſtructeurs odieux
    De tout le bien que je veux faire ;
    Dieux des malheurs, Dieux des forfaits,
      Ennemis funèbres,
    Replongez - vous dans les ténèbres,
      Ennemis funèbres,
    Laiſſez le monde en paix.

NEMESIS.

    Tremble, tremble pour toi-même.
    Crain notre retour,
    Crain Pandore & l'amour.
    Le moment ſuprême
    Vole ſur tes pas.
Nous allons déchaîner les démons des combats ;
  Nous ouvrirons les portes du trépas.
    Tremble, tremble pour toi-même.

(Les Dieux des enfers diſparaiſſent. On revoit la campagne
  éclairée & riante. Les nymphes des bois & des campagnes
  ſont de châque côté du théâtre.)

P R O M E T H É E.

Ah ! trop cruels amis ! pourquoi déchaîniez - vous ,
    Du fond de cette nuit obſcure ,
Dans ces champs fortunés , & ſous un ciel ſi doux ,
    Ces ennemis de la nature ?
Que l'éternel cahos élève entre eux & nous
    Une barrière impénétrable.
        L'Enfer implacable
        Doit - il animer
        Ce prodige aimable
        Que j'ai ſû former ?
        Un Dieu favorable
        Le doit enflammer.

E N C E L A D E.

Puiſque tu mets ainſi la grandeur de ton être
A verſer des bienfaits ſur ce nouveau ſéjour ,
    Tu méritais d'en être le ſeul maître.
      Monte au ciel , dont tu tiens le jour :
      Va ravir la céleſte flamme :
        Oſe former une ame ,
      Et ſois créateur à ton tour.

P R O M E T H É E.

L'amour eſt dans les cieux : c'eſt là qu'il faut me rendre :
    L'amour y règne ſur les Dieux.
Je lancerai ſes traits ; j'allumerai ſes feux.
C'eſt le Dieu de mon cœur , & j'en dois tout attendre.
    Je vole à ſon trône éternel :
Sur les aîles des vents l'amour m'enlève au ciel.

               (*Il s'envole.*)

C H Œ U R D E N Y M P H E S.

Volez , fendez les airs , & pénétrez l'enceinte

                   K k iij

Des palais éternels ;
Ramenez les plaifirs du féjour de la crainte ;
En répandant des biens , méritez des autels.

Fin du premier acte.

A C T E II.

(Le théâtre repréfente la même campagne. Pandore inanimée eft fur une eftrade. Un char brillant de lumière defcend du ciel.)

PROMETHÉE, PANDORE, Nymphes,
Titans, Chœurs, &c.

U N E D R Y A D E.

CHantez, Nymphes des bois, chantez l'heureux retour
Du demi-Dieu, qui commande à la terre :
    Il vous apporte un nouveau jour ;
    Il revient dans ce doux féjour
    Du féjour brillant du tonnerre ;
Il revole en ces lieux fur le char de l'Amour.

C H Œ U R D E N Y M P H E S.

    Quelle douce aurore
    Se lève fur nous ?
    Terre jeune encore,
    Embelliffez - vous.
Brillantes fleurs, qui parez nos campagnes,
   Sommet des fuperbes montagnes,
Qui divifez les airs, & qui portez les cieux ;
    O nature naiffante,
    Devenez plus charmante,
    Plus digne de fes yeux.

PROMETHÉE *(defcendant du char le flambeau à la main.)*
Je le ravis aux Dieux, je l'apporte à la terre,

Ce feu facré du tendre amour ,
Plus puiſſant mille fois que celui du tonnerre ,
Et que les feux du Dieu du jour.

LE CHŒUR DES NYMPHES.

Fille du Ciel , ame du monde ,
Paſſez dans tous les cœurs.
L'air , la terre & l'onde
Attendent vos faveurs.

PROMETHÉE (*approchant de l'eſtrade où eſt Pandore.*)

Que ce feu précieux , l'aſtre de la nature ,
Que cette flamme pure
Te mette au nombre des vivans.
Terre , fois attentive à ces heureux inſtans :
Lève-toi , cher objet , c'eſt l'amour qui l'ordonne :
A ſa voix obéï toûjours ;
Lève-toi , l'amour te donne
La vie , un cœur , & de beaux jours.

(*Pandore ſe lève ſur ſon eſtrade & marche ſur la ſcène.*)

CHŒUR.

Ciel ! ô ciel ! elle reſpire !
Dieu d'amour , quel eſt ton empire !

PANDORE.

Où ſuis-je ? & qu'eſt-ce que je voi ?
Je n'ai jamais été ; quel pouvoir m'a fait naître ?
J'ai paſſé du néant à l'être ;
Quels objets raviſſans ſemblent nés avec moi !

(*On entend une ſymphonie.*)

Ces ſons harmonieux enchantent mes oreilles ;
Mes yeux ſont éblouïs de l'amas des merveilles
Que l'auteur de mes jours prodigue ſur mes pas.
Ah ! d'où vient qu'il ne paraît pas ?

De

De moment en moment je penfe & je m'éclaire.

Terre, qui me portez, vous n'êtes point ma mère,

Un Dieu fans doute eft mon auteur;

Je le fens, il me parle, il refpire en mon cœur.

(Elle s'affied au bord d'une fontaine.)

Ciel! eft-ce moi que j'envifage,

Le criftal de cette onde eft le miroir des cieux.

La nature s'y peint : plus j'y vois mon image,

Plus je dois rendre grace aux Dieux.

N Y M P H E S & T I T A N S.

(On danfe autour d'elle.)

Pandore, fille de l'amour,

Charmes naiffans, beauté nouvelle,

Infpirez à jamais, fentez à votre tour

Cette flamme immortelle,

Dont vous tenez le jour.

(On danfe.)

P A N D O R E *(appercevant Promethée au milieu des nymphes.)*

Quel objet attire mes yeux ?

De tout ce que je vois dans ces aimables lieux,

C'eft vous, c'eft vous, fans doute, à qui je dois la vie.

Du feu de vos regards que mon ame eft remplie !

Vous femblez encor m'animer.

P R O M E T H É E.

Vos beaux yeux ont fû m'enflammer,

Lorfqu'ils ne s'ouvraient pas encore.

Vous ne pouviez répondre, & j'ofais vous aimer :

Vous parlez, & je vous adore.

P A N D O R E.

Vous m'aimez ! cher auteur de mes jours commencés,

Vous m'aimez ! & je vous dois l'être.

La terre m'enchantait , que vous l'embelliffez !

Mon cœur vole vers vous , il fe rend à fon maître ,

Et je ne puis connaître ,

Si ma bouche en dit trop , ou n'en dit pas affez.

PROMETHÉE.

Vous n'en fauriez trop dire , & la fimple nature

Parle fans feinte & fans détour.

Que toûjours la race future

Prononce ainfi le nom d'amour.

(*enfemble.*)

Charmant amour , éternelle puiffance ,

Premier Dieu de mon cœur ,

Amour , ton empire commence ,

C'eft l'empire du bonheur.

PROMETHÉE.

Ciel , quelle épaiffe nuit , quels éclats de tonnerre

Détruifent les premiers inftans

Des innocens plaifirs que poffédait la terre !

Quelle horreur a troublé mes fens !

(*enfemble.*)

La terre frémit , le ciel gronde ;

Des éclairs menaçans

Ont percé la voûte profonde

De ces aftres naiffans.

Quel pouvoir ébranle le monde

Jufqu'en fes fondemens ?

(*On voit defcendre un char , fur lequel font Mercure , la*
Difcorde , Néméfis , &c.)

MERCURE.

Un héros téméraire a pris le feu célefte ;

Pour expier ce vol audacieux ,

Montez , Pandore , au fein des Dieux.

P R O M E T H É E.

Tyrans cruels !

P A N D O R E.

Ordre funefte !

Larmes, que j'ignorais , vous coulez de mes yeux.

M E R C U R E.

Obéiffez , montez aux cieux.

P A N D O R E.

Ah ! j'étais dans le ciel en voyant ce que j'aime.

P R O M E T H É E.

Cruels , ayez pitié de ma douleur extrême.

P A N D O R E & P R O M E T H É E.

Barbares , arrêtez.

M E R C U R E.

Venez , montez aux cieux , partez ,

Jupiter commande ;

Il faut qu'on fe rende

A fes volontés.

Venez , montez aux cieux , partez.

Vents , obéiffez - nous , & déployez vos aîles ;

Vents , conduifez Pandore aux voûtes éternelles.

(*Le char difparaît.*)

P R O M E T H É E.

On l'enlève , tyrans jaloux.

Dieux , vous m'arrachez mon partage ;

Il était plus divin que vous ;

Vous étiez malheureux , vous étiez en couroux

Du bonheur , qui fut mon ouvrage ;

Je ne devais qu'à moi ce bonheur précieux.

J'ai fait plus que Jupiter même.

Je me fuis fait aimer. J'animais ces beaux yeux.
Ils m'ont dit en s'ouvrant , vous m'aimez , je vous aime.
Elle vivait par moi , je vivais dans fon cœur.
      Dieu jaloux , refpecte nos chaînes.
O Jupiter ! ô fureurs inhumaines !
        Eternel perfécuteur
      De l'infortuné créateur ,
      Tu fentiras toutes mes peines.
       Je braverai ton pouvoir :
         Ta foudre épouvantable
         Sera moins redoutable
     Que mon amour au defefpoir.

Fin du fecond acte.

ACTE III.

(Le théâtre repréfente le palais de Jupiter brillant d'or & de lumière.)

JUPITER, MERCURE.

JUPITER.

JE l'ai vû cet objet fur la terre animé ,
Je l'ai vû, j'ai fenti des tranfports qui m'étonnent ;
Le ciel eft dans fes yeux , les graces l'environnent ;
Je fens que l'amour l'a formé.

MERCURE.

Vous régnez , vous plairez , vous la rendrez fenfible.
Vous allez éblouir fes yeux à peine ouverts.

JUPITER.

Non , je ne fus jamais que puiffant & terrible.
Je commande à l'Olympe , à la terre , aux enfers ;
Les cœurs font à l'Amour. Ah ! que le fort m'outrage !
Quand il donna les cieux , quand il donna les mers ,
Quand il divifa l'univers ,
L'amour eut le plus beau partage.

MERCURE.

Que craignez - vous ? Pandore à peine a vû le jour ,
Et d'elle - même encor à peine a connaiffance :
Aurait - elle fenti l'amour
Dès le moment de fa naiffance ?

JUPITER.

L'amour inftruit trop aifément.
Que ne peut point Pandore ? Elle eft femme ; elle eft belle.
La voilà , jouïffons de fon étonnement.

   Retirons - nous pour un moment
Sous les arcs lumineux de la voûte éternelle.
Cieux , enchantez fes yeux , & parlez à fon cœur ;
Vous déploîrez en vain ma gloire & ma fplendeur ,
   Vous n'avez rien de fi beau qu'elle.

      (*Il fe retire.*)

   P A N D O R E *feule.*

A peine j'ai goûté l'aurore de la vie ,
Mes yeux s'ouvraient au jour , mon cœur à mon amant ,
   Je n'ai refpiré qu'un moment.
Douce félicité , pourquoi m'es - tu ravie ?
   On m'avait fait craindre la mort.
Je l'ai connuë hélas ! cette mort menaçante.
   N'eft - ce pas mourir , quand le fort
   Nous ravit ce qui nous enchante ?
Dieux , rendez - moi la terre , & mon obfcurité ,
Ce bocage , où j'ai vû l'amant qui m'a fait naître ;
   Il m'avait deux fois donné l'être.
Je refpirais , j'aimais , quelle félicité !
A peine j'ai goûté l'aurore de la vie , &c.

 (*Tous les Dieux avec tous leurs attributs entrent fur la fcène.*)

   C H Œ U R D E S D I E U X.

  Que les aftres fe réjouïffent ,
  Que tous les Dieux applaudiffent
   Au Dieu de l'univers.
  Devant lui les foleils pâliffent.

NEPTUNE.

Que le fein des mers,

PLUTON.

Le fond des enfers,

CHŒUR DES DIEUX.

Les mondes divers
Retentiffent
D'éternels concerts.

Que les aftres, &c.

PANDORE.

Que tout ce que j'entens confpire à m'effrayer !
Je crains, je hais, je fuis cette grandeur fuprême.
Qu'il eft dur d'entendre louër
Un autre Dieu que ce que j'aime !

LES TROIS GRACES.

Fille du charmant amour
Régnez dans fon empire ;
La terre vous défire,
Le ciel eft votre cour.

PANDORE.

Mes yeux font offenfés du jour qui m'environne.
Rien ne me plaît, & tout m'étonne.
Mes déferts avaient plus d'appas.
Difparaiffez, ô fplendeur infinie ;
Mon amant ne vous voit pas :

(*On entend une fymphonie.*)

Ceffez, inutile harmonie,
Il ne vous entend pas.

(*Le chœur recommence. Jupiter fort d'un nuage.*)

JUPITER.

Nouveau charme de la nature,

Digne d'être éternel ,
Vous tenez de la terre un corps faible & mortel ,
Et vous devez cette ame inaltérable & pure
Au feu sacré du ciel.
C'est pour les Dieux que vous venez de naître.
Commencez à jouïr de la divinité.
Goûtez auprès de votre maître
L'heureuse immortalité.

P A N D O R E.

Le néant , d'où je sors à peine ,
Est cent fois préférable à ce présent cruel ;
Votre immortalité , sans l'objet qui m'enchaîne ,
N'est rien qu'un supplice immortel.

J U P I T E R.

Quoi ! méconnaissez-vous le maître du tonnerre ?
Dans les palais des Dieux regrettez-vous la terre ?

P A N D O R E.

La terre était mon vrai séjour ;
C'est là que j'ai senti l'amour.

J U P I T E R.

Non , vous n'en connaissez qu'une image infidelle ,
Dans un monde indigne de lui.
Que l'amour tout entier , que sa flamme éternelle ,
Dont vous sentiez une étincelle ,
De tous ses traits de feu nous embrase aujourd'hui.

P A N D O R E.

Je les ai tous sentis , du moins j'ose le croire ;
Ils ont égalé mes tourmens.
Ah ! vous avez pour vous la grandeur & la gloire ;
Laissez les plaisirs aux amans.
Vous êtes Dieu , l'encens doit vous suffire ;

Vous

Vous êtes Dieu , comblez mes vœux.
Confolez tout ce qui refpire ;
Un Dieu doit faire des heureux.

J U P I T E R.

Je veux vous rendre heureufe , & par vous je veux l'être.
Plaifirs , qui fuivez votre maître ,
Miniftres plus puiffans que tous les autres Dieux ,
Déployez vos attraits , enchantez fes beaux yeux.
Plaifirs , vous triomphez dès qu'on peut vous connaître.
(*Les Plaifirs danfent autour de Pandore en chantant ce qui fuit.*)

C H Œ U R.

Aimez , aimez , & régnez avec nous ;
Le Dieu des Dieux eft feul digne de vous.

U N E   V O I X.

Sur la terre on pourfuit avec peine
Des plaifirs l'ombre légère & vaine ;
Elle échappe & le dégoût la fuit.
Si Zéphyre un moment plaît à Flore ,
Il flétrit les fleurs qu'il fait éclorre ;
Un feul jour les forme & les détruit.

C H Œ U R.

Aimez , aimez , & régnez avec nous ;
Le Dieu des Dieux eft feul digne de vous.

U N E   V O I X.

Les fleurs immortelles
Ne font qu'en nos champs.
L'amour & le tems
Ici n'ont point d'aîles.

C H Œ U R.

Aimez , aimez , & régnez avec nous ;
Le Dieu des Dieux eft feul digne de vous.

P A N D O R E.

Oui, j'aime, oui, doux plaisirs, vous redoublez ma flamme;
Mais vous redoublez ma douleur.
Dieux charmans, si c'est vous qui faites le bonheur,
Allez au maître de mon ame.

J U P I T E R.

Ciel! ô ciel! quoi mes soins ont ce succès fatal?
Quoi! j'attendris son ame, & c'est pour mon rival!

M E R C U R E (*arrivant sur la scène.*)

Jupiter, arme-toi du foudre;
Pren tes feux, va réduire en poudre
Tes ennemis audacieux.
Promethée est armé, les Titans furieux
Menacent les voûtes des cieux;
Ils entassent des monts la masse épouvantable.
Déja leur foule impitoyable
Approche de ces lieux.

J U P I T E R.

Je les punirai tous... Seul je suffis contre eux.

P A N D O R E.

Quoi, vous le puniriez, vous qui causez sa peine?
Vous n'êtes qu'un tyran jaloux & tout-puissant.
Aimez-moi d'un amour encor plus violent,
Je vous punirai par ma haine.

J U P I T E R.

Marchons, & que la foudre éclate devant moi.

P A N D O R E.

Cruel! ayez pitié de mon mortel effroi:
Jugez de mon amour, puisque je vous implore.

J U P I T E R (*à Mercure.*)

Pren soin de conduire Pandore.

Dieux, que mon cœur eſt déſolé !
J'éprouve les horreurs qui menacent le monde.
L'univers repoſait dans une paix profonde ;
Une beauté paraît : l'univers eſt troublé.

(*Il ſort.*)

P A N D O R E *ſeule.*

O jour de ma naiſſance ! ô charmes trop funeſtes !
Déſirs naiſſans, que vous étiez trompeurs !
Quoi ? la beauté, l'amour, & les faveurs céleſtes,
Tous les biens ont fait mes malheurs ?
Amour, qui m'as fait naître, appaiſe tant d'allarmes ;
N'es-tu pas ſouverain des Dieux ?
Vien ſecher mes larmes,
Enchaîne & déſarmes
La terre & les cieux.

Fin du troiſiéme acte.

A C T E IV.

(Le théâtre repréfente les Titans armés , & des montagnes dans le fond ; plufieurs géans font fur les montagnes , & entaſſent des rochers.)

E N C E L A D E.

Oui , nos frères & nous , & toute la nature ,
Ont fenti ta cruelle injure.
La terrible vengeance eſt déja dans nos mains ;
Vois - tu ces monts pendans en précipices ?
Vois - tu ces rochers entaſſés ?
Ils feront bientôt renverſés
Sur les barbares Dieux , qui nous ont offenſés.
Nous punirons les injuſtices
De ces tyrans jaloux , par nos mains terraſſés.

P R O M E T H É E.

Terre, contre le ciel apprens à te défendre.
Trompettes & tambours , organes des combats ,
Pour la première fois vos fons fe font entendre ;
Eclatez , guidez nos pas.
(On marche au fon des trompettes.)
Le ciel fera le prix de votre heureux courage.
Amis, je ne prétens que Pandore & fa foi.
Laiſſez - moi ce juſte partage ;
Marchez , Titans , & fuivez - moi.

CHŒUR DE TITANS.

Courons aux armes
Contre ces Dieux cruels ;
Répandons les allarmes
Dans les cœurs immortels.
Courons aux armes ,
Vengeons l'univers.

PROMETHÉE.

Le tonnerre en éclats répond à nos trompettes.

(*Un char , qui porte les Dieux , defcend fur les montagnes au bruit du tonnerre. Pandore eft auprès de Jupiter. Promethée continuë.*)

Jupiter quitte fes retraites ;
La foudre a donné le fignal :
Commençons ce combat fatal.

(*Les géans montent.*)

CHŒUR DE NYMPHES *qui bordent le théâtre.*

Tambours , trompettes & tonnerre ,
Dieux & Titans , que faites-vous ?
Vous confondez , par vos terribles coups ,
Les enfers , le ciel & la terre.

(*Bruit du tonnerre & des trompettes.*)

LES TITANS.

Cédez , tyrans de l'univers ;
Soyez punis de vos fureurs cruelles.
Tombez , tyrans.

LES DIEUX.

Mourez , rebelles.

LES TITANS.

Tombez , defcendez dans nos fers.

Mm iij

LES DIEUX.

Précipitez-vous aux enfers.

PANDORE.

Terre, ciel, ô douleur profonde !
Dieux, Titans, calmez mon effroi.
J'ai caufé les malheurs du monde ;
Terre, ciel, tout périt pour moi.

LES TITANS.

Lançons nos traits.

LES DIEUX.

Frappez, tonnerre.

LES TITANS.

Renverfons les Dieux.

LES DIEUX.

Détruifons la terre.

Enfemble. ⎰ Tombez, defcendez dans nos fers ;
⎱ Précipitez-vous aux enfers.

(*Il fe fait un grand filence. Un nuage brillant defcend.*
Le Deftin paraît au milieu du nuage.)

LE DESTIN.

Arrêtez, le Deftin, qui vous commande à tous,
Veut fufpendre vos coups.

(*Il fe fait encor un filence.*)

PROMETHÉE.

Etre inaltérable,
Souverain des tems,
Dicte à nos tyrans
Ton ordre irrévocable.

CHŒUR.

O Deftin, parle, explique-toi.
Les Dieux fléchiront fous ta loi.

LE DESTIN *au milieu des Dieux , qui ſe raſſemblent autour de lui.*

Ceſſez , ceſſez , guerre funeſte ,
Ce jour forme un autre univers.
Souverains du ſéjour céleſte ,
Rendez Pandore à ſes déſerts.
Dieux , comblez cet objet de tous vos dons divers.
Titans , qui juſqu'au ciel avez porté la guerre ,
Malheureux , ſoyez terraſſés ;
A jamais gémiſſez
Sous ces monts renverſés ,
Qui vont retomber ſur la terre.
(*Les rochers ſe détachent & retombent. Le char des Dieux deſcend ſur la terre. On remet Pandore à Promethée.*)

JUPITER.

O Deſtin , le maître des Dieux
Eſt l'eſclave de ta puiſſance.
Eh bien ! fois obéï ; mais que ce jour commence
Le divorce éternel de la terre & des cieux.
Néméſis , fors des ſombres lieux.
(*Néméſis fort du fond du théâtre , & Jupiter continuë.*)
Sédui le cœur , trompe les yeux
De la beauté qui m'offenſe.
Pandore , connai ma vengeance ,
Juſques dans mes dons précieux.
Que cet inſtant commence
Le divorce éternel de la terre & des cieux.

Fin du quatriéme acte.

ACTE V.

(Le théâtre repréfente un bocage, à travers lequel on voit les débris des rochers.)

PROMETHÉE, PANDORE.

PANDORE (*tenant la boëte.*)

EH quoi, vous me quittez, cher amant, que j'adore ?
Etes-vous foumis ou vainqueur ?

PROMETHÉE.

La victoire eft à moi, fi vous m'aimez encore.
L'Amour & le Deftin parlent en ma faveur.

PANDORE.

Eh quoi, vous me quittez, cher amant, que j'adore ?

PROMETHÉE.

Les Titans font tombés, plaignez leur fort affreux.
Je dois foulager leur chaîne.
Apprenons à la race humaine
A fecourir les malheureux.

PANDORE.

Demeurez un moment. Voyez votre victoire.
Ouvrons ce don charmant du fouverain des Dieux.
Ouvrons.

PROMETHÉE.

Que faites-vous ? Hélas ! daignez me croire.
Je crains tout d'un rival, & ces foins curieux
Sont des piéges nouveaux, que vous tendent les Dieux.

PAN-

P A N D O R E.

Quoi ! vous penfez ? ...

P R O M E T H É E.

Songez à ma prière,
Songez à l'intérêt de la nature entière,
Et du moins attendez mon retour en ces lieux.

P A N D O R E.

Eh bien , vous le voulez ? il faut vous fatisfaire.
Je foumets ma raifon ; je ne veux que vous plaire.
Je jure, je promets à mes tendres amours
De vous croire toûjours.

P R O M E T H É E.

Vous me le promettez ?

P A N D O R E.

J'en jure par vous - même.
On obéit dès que l'on aime.

P R O M E T H É E.

C'en eft affez , je pars , & je fuis raffuré.
Nymphes des bois , redoublez votre zèle ,
Chantez cet univers détruit & réparé.
Que tout s'embelliffe à fon gré ,
Puifque tout eft formé pour elle.
(*Il fort.*)

U N E N Y M P H E.

Voici le fiécle d'or , voici le tems de plaire.
Doux loifir ! Ciel pur , heureux jours ,
Tendres amours ,
La nature eft votre mère ,
Comme elle durez toûjours.

U N E A U T R E N Y M P H E.

La difcorde , la trifte guerre

Ne viendront plus nous affliger :
Le bonheur eft né fur la terre ;
Le malheur était étranger.
Les fleurs commencent à paraître ;
Quelle main pourrait les flétrir ?
Les plaifirs s'empreffent de naître ;
Quels tyrans les feraient périr ?

LE CHŒUR *répète.*

Voici le fiécle d'or , &c.

UNE NYMPHE.

Vous voyez l'éloquent Mercure ;
Il eft avec Pandore , il confirme en ces lieux ,
De la part du maître des Dieux ,
La paix de la nature.

(*Les Nymphes fe retirent. Pandore s'avance avec Néméfis ,*
qui paraît fous la figure de Mercure.)

NEMESIS.

Je vous l'ai déja dit , Prométhée eft jaloux ;
Il abufe de fa puiffance.

PANDORE.

Il eft l'auteur de ma naiffance ,
Mon Roi , mon amant , mon époux.

NEMESIS.

Il porte à trop d'excès les droits qu'il a fur vous.
Devait-il jamais vous défendre
De voir ce don charmant , que vous tenez des Dieux ?

PANDORE.

Il craint tout ; fon amour eft tendre ,
Et j'aime à complaire à fes vœux.

NEMESIS.

Il en exige trop , adorable Pandore ;

Il n'a point fait pour vous ce que vous méritez.
Il put en vous formant vous donner des beautés ,
   Dont vous manquez peut-être encore.

P A N D O R E.

Il m'a fait un cœur tendre , il me charme , il m'adore ;
   Pouvait-il mieux m'embellir ?

N E M E S I S.

Vos charmes périront.

P A N D O R E.

Vous me faites frémir.

N E M E S I S.

  Cette boëte myftérieufe
  Immortalife la beauté.
Vous ferez , en ouvrant ce tréfor enchanté ,
  Toûjours belle , toûjours heureufe.
  Vous régnerez fur votre époux ;
  Il fera foumis & facile.
  Craignez un tyran jaloux ,
  Formez un fujet docile.

P A N D O R E.

Non , il eft mon amant , il doit l'être à jamais ;
Il eft mon Roi , mon Dieu , pourvu qu'il foit fidelle.
C'eft pour l'aimer toûjours qu'il faut être immortelle ;
C'eft pour le mieux charmer , que je veux plus d'attraits.

N E M E S I S.

  Ah ! c'eft trop vous en défendre ;
  Je fers vos tendres amours ;
  Je ne veux que vous apprendre
  A plaire , à brûler toûjours.

P A N D O R E.

Mais n'abufez-vous point de ma faible innocence ?

Nn ij

Auriez-vous tant de cruauté ?

N E M E S I S.

Ah ! qui pourrait tromper une jeune beauté ?
Tout prendrait votre défenfe.

P A N D O R E.

Hélas ! je mourrais de douleur ,
Si je méritais fa colère ,
Si je pouvais déplaire
Au maître de mon cœur.

N E M E S I S.

Au nom de la nature entière ,
Au nom de votre époux , rendez-vous à ma voix.

P A N D O R E.

Ce nom l'emporte , & je vous crois ;
Ouvrons.

(*Elle ouvre la boëte. La nuit fe répand fur le théâtre, &*
on entend un bruit fouterrain.)

Quelle vapeur épaiffe , épouvantable ,
M'a derobé le jour & troublé tous mes fens ?
Dieu trompeur ! Miniftre implacable !
Ah quels maux affreux je reffens !
Je me vois punie & coupable.

N E M E S I S.

Fuyons de la terre & des airs.
Jupiter eft vengé , rentrons dans les enfers.

(*Néméfis s'abîme. Pandore eft évanouïe fur un lit de gazon.*)

P R O M E T H É E *arrive du fond du théâtre.*

O furprife ! ô douleur profonde !
Fatale abfence ! horribles changemens !
Quels aftres malfaifans.

Ont flétri la face du monde ?
Je ne vois point Pandore, elle ne répond pas
  Aux accens de ma voix plaintive.
Pandore ! mais hélas ! de l'infernale rive
Les monftres déchaînés volent dans ces climats.
LES FURIES & LES DÉMONS _accourant fur le théâtre._
      Les tems font remplis ;
      Voici notre empire ;
      Tout ce qui refpire ,
      Nous fera foumis.
      La trifte froidure
      Glace la nature
      Dans les flancs du Nord.
      La crainte tremblante,
      L'injure arrogante,
      Le fombre remord ,
      La guerre fanglante ,
      Arbitre du fort ;
      Toutes les furies
      Vont avec tranfport
      Dans ces lieux impies
      Apporter la mort.
        P R O M E T H É E.
Quoi ! la mort en ces lieux s'eft donc fait un paffage !
Quoi , la terre a perdu fon éternel printems ,
      Et fes malheureux habitans
      Sont tombés en partage
A la fureur des Dieux , de l'enfer & du tems ?
Ces nymphes de leurs pleurs arrofent ce rivage.
Pandore ! cher objet, ma vie & mon image ,
Chef-d'œuvre de mes mains, idole de mon cœur ,

Répondez à ma douleur.
Je la vois , de ſes ſens elle a perdu l'uſage.

PANDORE.

Ah ! je ſuis indigne de vous ;
J'ai perdu l'univers. J'ai trahi mon époux.

Puniſſez - moi : nos maux ſont mon ouvrage.
Frappez !

PROMETHÉE.

Moi la punir !

PANDORE.

Frappez , arrachez - moi
Cette vie odieuſe ,
Que vous rendiez heureuſe ,
Ce jour que je vous doi.

CHŒUR DE NYMPHES.

Tendre époux , eſſuyez ſes larmes ,
Faites grace à tant de beauté ;
L'excès de ſa fragilité ,
Ne ſaurait égaler ſes charmes.

PROMETHÉE.

Quoi ! malgré ma prière , & malgré vos ſermens ,
Vous avez donc ouvert cette boëte odieuſe ?

PANDORE.

Un Dieu cruel , par ſes enchantemens ,
A ſéduit ma raiſon faible & trop curieuſe.
O fatale crédulité !
Tous les maux ſont ſortis de ce don déteſté :
Tous les maux ſont venus de la triſte Pandore.

L'AMOUR *deſcendant du Ciel.*

Tous les biens ſont à vous , l'amour vous reſte encore.

(*Le théâtre change , & repréſente le palais de l'Amour.*)

L'A M O U R *continue.*

Je combattrai pour vous le Deſtin rigoureux.

Aux humains j'ai donné l'être ;
Ils ne feront point malheureux,
Quand ils n'auront que moi pour maître.

P A N D O R E.

Confolateur charmant, Dieu digne de mes vœux,
Vous, qui vivez dans moi, vous l'ame de mon ame,
Puniſſez Jupiter en redoublant la flamme,
Dont vous nous embrafez tous deux.

P R O M E T H É E & P A N D O R E.

Le ciel en vain fur nous raſſemble
Les maux, la crainte & l'horreur de mourir.
Nous fouffrirons enfemble,
Et c'eſt ne point fouffrir.

L'A M O U R.

Defcendez, douce efpérance,
Venez, défirs flatteurs,
Habitez dans tous les cœurs,
Vous ferez leur jouiſſance.

Fuſſiez-vous trompeurs,
C'eſt vous qu'on implore ;
Par vous on jouït,
Au moment qui paſſe & qui fuit,
Du moment qui n'eſt pas encore.

P A N D O R E.

Des deſtins la chaîne redoutable
Nous entraîne à d'éternels malheurs :
Mais l'efpoir à jamais fecourable,
De fes mains viendra fécher nos pleurs.

❈

Dans nos maux il fera des délices,
Nous aurons de charmantes erreurs,
Nous ferons au bord des précipices,
Mais l'amour les couvrira de fleurs.

Fin du cinquiéme & dernier acte.

SAMSON,

S A M S O N,

O P É R A.

AVERTISSEMENT.

MOnſieur Rameau, le plus grand Muſicien de France, mit cet Opéra en muſique vers l'an 1732. On était prêt de le jouër, lorſque la même cabale, qui fit ſuſpendre depuis les repréſentations de Mahomet ou du Fanatiſme, empêcha qu'on ne repréſentât l'Opéra de SAMSON ; & tandis qu'on permettait que ce ſujet parût ſur le théâtre de la comédie Italienne, & que Samſon y fit des miracles conjointement avec Arlequin, on ne permit pas que ce même ſujet fût annobli ſur le théâtre de l'Académie de muſique.

Le Muſicien employa depuis preſque tous les airs de Samſon dans d'autres compoſitions lyriques, que l'envie n'a pas pû ſupprimer.

On publie le poëme dénué de ſon plus grand charme, & on le donne ſeulement comme une eſquiſſe d'un genre extraordinaire. C'eſt la ſeule excuſe peut-être de l'impreſſion d'un ouvrage fait plutôt pour être chanté que pour être lû. Les noms de Vénus & d'Adonis trouvent dans cette tragédie une place plus naturelle qu'on ne croirait d'abord. C'eſt en effet ſur leurs terres que l'action ſe paſſe. Cicéron, dans ſon excellent livre de la nature des Dieux, dit, que la Déeſſe Aſtarté, révérée des Syriens, était Vénus même, & qu'elle épouſa Adonis. On ſait de plus qu'on célébrait la fête d'Adonis chez les Philiſtins. Ainſi ce qui ſerait ailleurs un mélange abſurde du profane & du ſacré, ſe place ici de ſoi-même.

ACTEURS.

SAMSON.

DALILA.

Le Roi des Philiſtins.

Le Grand-Prêtre.

Les Chœurs.

SAMSON,
OPÉRA.

ACTE PREMIER.

SCENE PREMIERE.

(Le théâtre repréfente une campagne. Les Ifraëlites , couchés fur le bord du fleuve Adonis , déplorent leur captivité.)

DEUX CHORIPHÉES.

T Ribus captives ,
Qui fur ces rives
Traînez vos fers ;
Tribus captives ,
De qui les voix plaintives
Font retentir les airs ,
Adorez dans vos maux le Dieu de l'univers.

CHŒUR.
Adorons dans nos maux le Dieu de l'univers.
UN CHORIPHÉE.
Ainfi depuis quarante hyvers
Des Philiftins le pouvoir indomptable
Nous accable

Leur fureur eft implacable ;
Elle infulte aux tourmens que nous avons foufferts.

C H Œ U R.

Adorons dans nos maux le Dieu de l'univers.

U N C H O R I P H É E.

Race malheureufe & divine,
Triftes Hébreux, frémiflez tous :
Voici le jour affreux qu'un Roi puiffant deftine
A placer fes Dieux parmi nous.
Des prêtres menfongers pleins de zèle & de rage
Vont nous forcer à plier les genoux
Devant les Dieux de ce climat fauvage.
Enfans du ciel, que ferez - vous ?

C H Œ U R.

Nous bravons leurs couroux.
Le Seigneur feul a notre hommage.

C H O R I P H É E.

Tant de fidélité fera chère à fes yeux.
Defcendez du trône des cieux,
Fille de la clémence,
Douce efpérance,
Tréfor des malheureux ;
Venez tromper nos maux, venez remplir nos vœux.
Defcendez, douce efpérance.

S C E N E I I.

S E C O N D C H O R I P H É E.

AH ! déja je les vois, ces pontifes cruels,
Qui d'une idole horrible entourent les autels.

LES PRÊTRES DES IDOLES *dans l'enfoncement autour*
d'un autel couvert de leurs Dieux.

Ne fouillons point nos yeux de ces vains facrifices ;.
Fuyons ces monftres adorés ;.
De leurs prêtres fanglans ne foyons point complices..

C H Œ U R.

Fuyons , éloignons - nous.

LE GRAND-PRÊTRE DES IDOLES.

Efclaves , demeurez :

Demeurez , votre Roi par ma voix vous l'ordonne.
D'un pouvoir inconnu lâches adorateurs ,
Oubliez - le à jamais , lorfqu'il vous abandonne ;.
Adorez les Dieux fes vainqueurs.

Vous rampez dans nos fers , ainfi que vos ancêtres ,
Mutins toûjours vaincus , & toûjours infolens :
Obéiffez , il en eft tems ,
Connaiffez les Dieux de vos maîtres.

C H Œ U R.

Tombe plutôt fur nous la vengeance du ciel !
Plutôt l'enfer nous engloutiffe !
Périffe , périffe
Ce temple , & cet autel !

LE GRAND-PRÊTRE.

Rebut des nations , vous déclarez la guerre
Aux Dieux , aux Pontifes , aux Rois ?

C H Œ U R.

Nous méprifons vos Dieux , & nous craignons les loix
Du maître de la terre.

S C E N E III.

S A M S O N *entre , couvert d'une peau de lion.*
Les perſonnages de la ſcène précédente.

S A M S O N.

Quel ſpectacle d'horreur !
Quoi ! ces fiers enfans de l'erreur
Ont porté parmi vous ces monſtres qu'ils adorent ?
Dieu des combats , regarde en ta fureur
Les indignes rivaux que nos tyrans implorent.
Soutien mon zèle , inſpire - moi ,
Venge ta cauſe , venge - toi.

L e G r a n d - P r ê t r e.

Profane , impie , arrête !

S a m s o n.

Lâches ! dérobez votre tête
A mon juſte couroux ;
Pleurez vos Dieux , craignez pour vous.
Tombez , Dieux ennemis ! ſoyez réduits en poudre.
Vous ne méritez pas ,
Que le Dieu des combats
Arme le ciel vengeur , & lance ici ſa foudre,
Il ſuffit de mon bras.
Tombez , Dieux ennemis ! ſoyez réduits en poudre.

(*Il renverſe les autels.*)

L e G r a n d - P r ê t r e.

Le ciel ne punit point ce ſacrilège effort ?
Le ciel ſe tait , vengeons ſa querelle.
Servons le ciel en donnant la mort

A ce peuple rebelle.

LE CHŒUR DES PRÊTRES.

Servons le ciel en donnant la mort.

A ce peuple rebelle.

SCENE IV.

SAMSON, les Israélites.

SAMSON.

Vos esprits étonnés sont encor incertains ?

Redoutez - vous ces Dieux renversés par mes mains ?

CHŒUR DES FILLES ISRAELITES.

Mais qui nous défendra du couroux effroyable

D'un Roi le tyran des Hébreux ?

SAMSON.

Le Dieu, dont la main favorable

A conduit ce bras belliqueux,

Ne craint point de ces Rois la grandeur périssable.

Faibles tribus, demandez son appui ;

Il vous armera du tonnerre ;

Vous serez redoutés du reste de la terre,

Si vous ne redoutez que lui.

CHŒUR.

Mais nous sommes, hélas ! sans armes, sans défense.

SAMSON.

Vous m'avez, c'est assez, tous vos maux vont finir.

Dieu m'a prêté sa force, sa puissance :

Le fer est inutile au bras qu'il veut choisir :

En domtant les lions, j'appris à vous servir ;

Leur dépouille sanglante est le noble présage.

Des coups dont je ferai périr
Les tyrans qui font leur image.

Air.

Peuple, éveille-toi, romps tes fers,
Remonte à ta grandeur première,
Comme un jour Dieu du haut des airs
Rappellera les morts à la lumière,
Du fein de la poussière,
Et ranimera l'univers.
Peuple, éveille-toi, romps tes fers,
La liberté t'appelle,
Tu nâquis pour elle;
Repren tes concerts.
Peuple, éveille-toi, romps tes fers.

Autre air.

L'hyver détruit les fleurs & la verdure;
Mais du flambeau des jours la féconde clarté
Ranime la nature,
Et lui rend fa beauté;
L'affreux efclavage
Flétrit le courage;
Mais la liberté
Relève fa grandeur, & nourrit fa fierté.
Liberté! liberté!

Fin du premier acte.

ACTE

A C T E I I.

S C E N E P R E M I E R E.

(Le théâtre repréfente le périftile du palais du Roi : on voit à travers les colomnes des forêts & des collines : dans le fond de la perfpective le Roi eft fur fon trône entouré de toute fa cour habillée à l'orientale.)

L E R o I.
Ainfi ce peuple efclave, oubliant fon devoir,
Contre fon Roi lève un front indocile.
Du fein de la pouffière il brave mon pouvoir :
  Sur quel rofeau fragile
  A-t-il mis fon efpoir ?

U N P H I L I S T I N.
  Un impofteur, un vil efclave,
  Samfon les féduit & vous brave :
Sans doute il eft armé du fecours des enfers.

L E R o I.
L'infolent vit encor ? Allez, qu'on le faififfe ;
  Préparez tout pour fon fupplice :
  Courez, foldats, chargez de fers
Des coupables Hébreux la troupe vagabonde ;
Ils font les ennemis & le rebut du monde,
Et déteftés partout, déteftent l'univers.

CHŒUR DES PHILISTINS *derrière le théâtre.*
Fuyons la mort, échappons au carnage,
  Les enfers fecondent fa rage.

Tom. VII. & du Théâtre le cinquiéme.   Pp

LE ROI.

J'entens encor les cris de ces peuples mutins :
De leur chef odieux va-t-on punir l'audace ?

UN PHILISTIN (*entrant sur la scène.*)

Il est vainqueur, il nous menace :
Il commande aux destins :
Il ressemble au Dieu de la guerre,
La mort est dans ses mains.
Vos soldats renversés ensanglantent la terre ;
Le peuple fuit devant ses pas.

LE ROI.

Que dites-vous ? un seul homme, un barbare,
Fait fuir mes indignes soldats ?
Quel démon pour lui se déclare ?

SCENE II.

LE ROI (*les Philistins autour de lui.*) SAMSON (*suivi des Hébreux, portant dans une main une massuë, & de l'autre une branche d'olivier.*)

SAMSON.

Roi, prêtres ennemis, que mon Dieu fait trembler,
Voyez ce signe heureux de la paix bienfaisante,
Dans cette main sanglante,
Qui vous peut immoler.

CHŒUR DES PHILISTINS.

Quel mortel orgueilleux peut tenir ce langage ?
Contre un Roi si puissant quel bras peut s'élever ?

LE ROI.

Si vous êtes un Dieu, je vous dois mon hommage.

Si vous êtes un homme, ofez - vous me braver ?
S A M S O N.

Je ne fuis qu'un mortel ; mais le Dieu de la terre,
Qui commande aux Rois,
Qui foufle à fon choix
Et la mort & la guerre,
Qui vous tient fous fes loix,
Qui lance le tonnerre,
Vous parle par ma voix.

L E R O I.

Eh bien, quel eft ce Dieu ? quel eft le témoignage,
Qu'il daigne s'annoncer par vous ?

S A M S O N.

Vos foldats mourans fous mes coups,
La crainte où je vous vois, mes exploits, mon courage.
Au nom de ma patrie, au nom de l'Eternel,
Refpeftez deformais les enfans d'Ifraël,
Et finiffez leur efclavage.

L E R O I.

Moi qu'au fang Philiftin je faffe un tel outrage ?
Moi mettre en liberté ces peuples odieux ?
Votre Dieu ferait - il plus puiffant que mes Dieux ?

S A M S O N.

Vous allez l'éprouver : voyez, fi la nature
Reconnaît fes commandemens.
Marbres, obéiffez, que l'onde la plus pure
Sorte de ces rochers, & retombe en torrens.

(*On voit des fontaines jaillir dans l'enfoncement.*)

C H Œ U R.

Ciel ! ô ciel ! à fa voix on voit jaillir cette onde !
Des marbres amollis !

Pp ij

Les élémens lui font foumis !
Eft-il le fouverain du monde ?

LE ROI.

N'importe ; quel qu'il foit , je ne peux m'avilir
A recevoir des loix de qui doit me fervir.

SAMSON.

Eh bien ! vous avez vû quelle était fa puiffance ,
Connaiffez quelle eft fa vengeance.
Defcendez , feux des cieux , ravagez ces climats :
Que la foudre tombe en éclats ;
De ces fertiles champs détruifez l'efpérance.

(*Tout le théâtre paraît embrafé.*)

Brûlez , moiffons ; féchez , guérets ;
Embrafez-vous , vaftes forêts.

Au Roi.

Connaiffez quelle eft fa vengeance.

CHŒUR.

Tout s'embrafe , tout fe détruit.
Un Dieu terrible nous pourfuit.
Brûlante flamme , affreux tonnerre ;
Ciel ! ô ciel ! fommes-nous
Au jour où doit périr la terre ?

LE ROI.

Sufpen , fufpen cette rigueur ,
Miniftre impérieux d'un Dieu plein de fureur ,
Je commence à reconnaître
Le pouvoir dangereux de ton fuperbe maître ;
Mes Dieux longtems vainqueurs commencent à céder ,
C'eft à leur voix à me réfoudre.

SAMSON.

C'eft à la fienne à commander.

Il nous avait punis, il m'arme de sa foudre :
A tes Dieux infernaux va porter ton effroi.
Pour la dernière fois peut-être tu contemples,
Et ton trône & leurs temples.
Tremble pour eux & pour toi.

S C E N E I I I.

S A M S O N , Chœur d'Israëlites.

S A M S O N.

Vous que le ciel console après des maux si grands,
Peuples, osez paraître aux palais des tyrans :
Sonnez, trompette, organe de la gloire :
Sonnez, annoncez ma victoire.

LES HEBREUX.

Chantons tous ce héros, l'arbitre des combats ;
Il est le seul, dont le courage
Jamais ne partage
La victoire avec les soldats.
Il va finir notre esclavage.
Pour nous est l'avantage,
La gloire est à son bras ;
Il fait trembler sur leur trône
Les Rois maîtres de l'univers,
Les guerriers au champ de Bellone,
Les faux Dieux au fond des enfers.

CHŒUR.

Sonnez, trompette, organe de sa gloire,
Sonnez, annoncez sa victoire.

Pp iij

***

Le défenfeur intrépide
D'un troupeau faible & timide
Garde leurs paifibles jours
Contre le peuple homicide,
Qui rugit dans les antres fourds :
Le berger fe repofe, & fa flute foupire
Sous fes doigts le tendre délire
De fes innocentes amours.

CHŒUR.

Sonnez, trompette, organe de la gloire.
Sonnez, annoncez fa victoire.

Fin du fecond acte.

A C T E   I I I.

S C E N E   P R E M I E R E.

(Le théâtre repréfente un bocage & un autel , où font Mars ,
Vénus & les Dieux de Syrie.)

LE ROI , LE GRAND-PRÊTRE DE MARS ,
DALILA prêtreffe de Vénus , Chœur.

L E   R O I.

Dieux de Syrie ,
Dieux immortels ,
Ecoutez , protégez un peuple , qui s'écrie
Aux pieds de vos autels.
Eveillez - vous , puniffez la furie
De votre efclave criminel.
Votre peuple vous prie ,
Livrez en nos mains
Le plus fier des humains.

C H Œ U R.

Livrez en nos mains
Le plus fier des humains.

L E   G R A N D - P R Ê T R E.

Mars terrible ,
Mars invincible ,
Protège nos climats ,
Prépare

À ce barbare
Les fers & le trépas.

D ALILA.

O Vénus , Déeffe charmante ,
Ne permets pas , que ces beaux jours ,
Deftinés aux amours ,
Soient profanés par la guerre fanglante.

C H Œ U R.

Livrez en nos mains
Le plus fier des humains.

ORACLE DES DIEUX DE SYRIE.

Samfon nous a domtés ; ce glorieux Empire
Touche à fon dernier jour ;
Fléchiffez ce héros , qu'il aime , qu'il foupire ,
Vous n'avez d'efpoir qu'en l'amour.

D ALILA.

Dieu des plaifirs , daigne ici nous inftruire
Dans l'art charmant de plaire & de féduire :
Prête à nos yeux tes traits toûjours vainqueurs.
Appren - nous à femer de fleurs
Le piége aimable où tu veux qu'on l'attire.

C H Œ U R.

Dieu des plaifirs , daigne ici nous inftruire
Dans l'art charmant de plaire & de féduire.

D ALILA.

D'Adonis c'eft aujourd'hui la fête ,
Pour fes jeux la jeuneffe s'apprête.
Amour , voici le tems heureux ,
Pour infpirer & pour fentir tes feux.

C H Œ U R D E S F I L L E S.

Amour , voici le tems , &c.

Dieu

Dieu des plaifirs , &c.

D A L I L A.

Il vient plein de colère , & la terreur le fuit ;
Retirons-nous fous cet épais feuillage.
(*Elle fe retire avec les filles de Gaza & les prétreffes.*)
Implorons le Dieu qui féduit
Le plus ferme courage.

S C E N E I I.

S A M S O N *feul.*

LE Dieu des combats m'a conduit
Au milieu du carnage ;
Devant lui tout tremble , & tout fuit.
Le tonnerre , l'affreux orage ,
Dans les champs font moins de carnage
Que fon nom feul en a produit.
Chez le Philiftin plein de rage ,
Tous ceux qui voulaient arrêter
Ce fier torrent dans fon paffage ,
N'ont fait que l'irriter.
Ils font tombés , la mort eft leur partage.
(*On entend une harmonie douce.*)
Ces fons harmonieux , ces murmures des eaux ,
Semblent amollir mon courage.
Afyles de la paix , lieux charmans , doux ombrage ,
Vous m'invitez au repos.
(*Il s'endort fur un lit de gazon.*)

S C E N E III.

DALILA, SAMSON, Chœur des prêtreſſes de Vénus *revenant ſur la ſcène.*

PLaiſirs flatteurs , amolliſſez ſon ame ,
Songes charmans , enchantez ſon ſommeil.

FILLES DE GAZA.

Tendre amour , éclaire ſon réveil ,
Mets dans nos yeux ton pouvoir & ta flamme.

DALILA.

Vénus , inſpire-nous , préſide à ce beau jour.
Eſt-ce là ce cruel , ce vainqueur homicide ?
Vénus , il ſemble né pour embellir ta cour.
Armé , c'eſt le Dieu Mars ; déſarmé , c'eſt l'Amour.
Mon cœur , mon faible cœur devant lui s'intimide.

Enchaînons de fleurs
Ce guerrier terrible.
Que ce cœur farouche , invincible ,
Se rende à tes douceurs.

CHŒUR.

Enchaînons de fleurs
Ce héros terrible.

SAMSON *ſe réveille entouré des filles de Gaza.*

Où ſuis-je ? en quels climats me vois-je tranſporté ?
Quels doux concerts ſe font entendre ?
Quels raviſſans objets viennent de me ſurprendre ?
Eſt-ce ici le ſéjour de la félicité ?

DALILA (*à Samſon.*)

Du charmant Adonis nous célébrons la fête ;

L'amour en ordonna les jeux,
C'eſt l'amour qui les apprête ;
Puiſſent - ils mériter un regard de vos yeux !

S A M S O N.

Quel eſt cet Adonis , dont votre voix aimable
Fait retentir ce beau ſéjour ?

D A L I L A.

C'était un héros indomtable ,
Qui fut aimé de la mère d'amour.
Nous ghantons tous les ans cette aimable avanture.

S A M S O N.

Parlez , vous m'allez enchanter :
Les vents viennent de s'arrêter :
Ces forêts , ces oiſeaux , & toute la nature ,
Se taiſent pour vous écouter.

D ALILA *ſe met à côté de Samſon. Le Chœur ſe range autour*
d'eux. Dalila chante cette cantatille , accompagnée de peu
d'inſtrumens qui ſont ſur le théâtre.

Vénus dans nos climats ſouvent daigne ſe rendre ,
C'eſt dans nos bois qu'on vient apprendre
De ſon culte charmant tous les ſecrets divins.
Ce fut près de cette onde , en ces rians jardins ,
Que Vénus enchanta le plus beau des humains.
Alors tout fut heureux dans une paix profonde ;
Tout l'univers aima dans le ſein du loiſir.
Vénus donnait au monde
L'exemple du plaiſir.

S A M S O N.

Que ſes traits ont d'appas ! que ſa voix m'intéreſſe !
Que je ſuis étonné de ſentir la tendreſſe !

De quel poison charmant je me sens pénétré !
D A L I L A.

Sans Vénus, sans l'Amour, qu'aurait - il pû prétendre ?
Dans nos bois il est adoré.
Quand il fut redoutable, il était ignoré.
Il devint Dieu dès qu'il fut tendre.
Depuis cet heureux jour
Ces prés, cette onde, cet ombrage,
Inspirent le plus tendre amour
Au cœur le plus sauvage.
S A M S O N.

O ciel, ô troubles inconnus !
J'étais ce cœur sauvage, & je ne le suis plus.
Je suis changé, j'éprouve une flamme naissante.
(*à Dalila.*)

Ah ! s'il était une Vénus,
Si des amours cette Reine charmante
Aux mortels en effet pouvait se présenter,
Je vous prendrais pour elle, & croirais la flatter.
D A L I L A.

Je pourrais de Vénus imiter la tendresse.
Heureux, qui peut brûler des feux qu'elle a sentis !
Mais j'eusse aimé peut - être un autre qu'Adonis,
Si j'avais été la Déesse.

S C E N E   I V.

Les Acteurs précédens.

L E S   H E B R E U X.

NE tardez point, venez, tout un peuple fidelle

Est prêt à marcher sous vos loix :
Soyez le premier de nos Rois ;
Combattez & régnez, la gloire vous appelle.

S A M S O N.

Je vous suis, je le dois, j'accepte vos présens.
Ah !... quel charme puissant m'arrête !
Ah ! différez du moins, différez quelque tems
Ces honneurs brillans qu'on m'apprête.

C H Œ U R   D E   F I L L E S   D E   G A Z A.

Demeurez, présidez à nos fêtes ;
Que nos cœurs soient ici vos conquêtes.

D A L I L A.

Oubliez les combats :
Que la paix vous attire.
Vénus vient vous sourire ;
L'amour vous tend les bras.

L E S   H E B R E U X.

Craignez le plaisir décevant
Où votre grand cœur s'abandonne.
L'amour nous dérobe souvent
Les biens que la gloire nous donne.

C H Œ U R   D É S   F I L L E S.

Demeurez, présidez à nos fêtes ;
Que nos cœurs soient vos tendres conquêtes.

D E U X   H E B R E U X.

Venez, venez, ne tardez pas ;
Nos cruels ennemis sont prêts à nous surprendre ;
Rien ne peut nous défendre
Que votre invincible bras.

C H Œ U R   D E S   F I L L E S.

Demeurez, présidez à nos fêtes ;

SAMSON,

Que nos cœurs soient vos tendres conquêtes.

SAMSON.

Je m'arrache à ces lieux... Allons , je suis vos pas.
Prêtresse de Vénus , vous , sa brillante image ,
Je ne quitte point vos appas
Pour le trône des Rois , pour ce grand esclavage ;
Je les quitte pour les combats.

DALILA.

Me faudra - t - il longtems gémir de votre absence ?

SAMSON.

Fiez - vous à vos yeux de mon impatience.
Est - il un plus grand bien que celui de vous voir ?
Les Hébreux n'ont que moi pour unique espérance ,
Et vous êtes mon seul espoir.

SCENE V.

DALILA (*seule.*)

IL s'éloigne , il me fuit , il emporte mon ame ,
Partout il est vainqueur.
Le feu que j'allumais m'enflamme.
J'ai voulu l'enchaîner , il enchaîne mon cœur.

O mère des plaisirs , le cœur de ta prêtresse
Doit être plein de toi , doit toûjours s'enflammer.
O Vénus , ma seule Déesse ,
La tendresse est ma loi , mon devoir est d'aimer.

Echo , voix errante ,
Légère habitante
De ce beau féjour ,
Echo , monument de l'amour ,
Parle de ma faibleffe au héros qui m'enchante.
Favoris du printems , de l'amour & des airs ,
Oifeaux , dont j'entens les concerts ,
Chers confidens de ma tendreffe extrême ,
Doux ramages des oifeaux ,
Voix fidèle des échos ,
Répétez à jamais , je l'aime , je l'aime.

Fin du troifiéme acte.

A C T E   IV.

S C E N E   P R E M I E R E.

LE GRAND-PRÊTRE, DALILA.

LE GRAND-PRÊTRE.

Oui, le Roi vous accorde à ce héros terrible,
Mais vous entendez à quel prix.
Découvrez le fecret de fa force invincible,
Qui commande au monde furpris.
Un tendre hymen, un fort paifible,
Dépendront du fecret que vous aurez appris.

DALILA.

Que peut-il me cacher ? Il m'aime :
L'indifférent feul eft difcret :
Samfon me parlera, j'en juge par moi-même.
L'amour n'a point de fecret.

S C E N E   I I.

DALILA *feule.*

Ecoùrez-moi, tendres amours,
Amenez la paix fur la terre ;
Ceffez, trompettes & tambours,
D'annoncer la funefte guerre ;

                   Brillez,

Brillez , jour glorieux , le plus beau de mes jours.

Hymen , Amour , que ton flambeau l'éclaire :

Qu'à jamais je puiſſe plaire ,

Puiſque je ſens que j'aimerai toûjours.

Secondez - moi , tendres amours :

Amenez la paix ſur la terre.

S C E N E   I I I.

S A M S O N ,   D A L I L A.

S A M S O N.

J'Ai ſauvé les Hébreux , par l'effort de mon bras ,

Et vous ſauvez par vos appas

Votre peuple & votre Roi même :

C'eſt pour vous mériter , que j'accorde la paix.

Le Roi m'offre ſon diadême ,

Et je ne veux que vous pour prix de mes bienfaits.

D A L I L A.

Tout vous craint en ces lieux , on s'empreſſe à vous plaire.

Vous régnez ſur vos ennemis ;

Mais de tous les ſujets que vous venez de faire ,

Mon cœur vous eſt le plus ſoumis.

S A M S O N   &   D A L I L A *enſemble.*

N'écoutons plus le bruit des armes ,

Myrte amoureux , croiſſez près des lauriers.

L'amour eſt le prix des guerriers ,

Et la gloire en a plus de charmes.

S A M S O N.

L'hymen doit nous unir par des nœuds éternels ;

Tom. VII. & *du Théâtre le cinquiéme.*   R r

Que tardez‑vous encore ?
Venez , qu'un pur amour vous amène aux autels
Du Dieu des combats que j'adore.

D A L I L A.

Ah ! formons ces doux nœuds au temple de Vénus.

S A M S O N.

Non , son culte est impie , & ma loi le condamne ;
Non , je ne puis entrer dans ce temple profane.

D A L I L A.

Si vous m'aimez , il ne l'est plus.
Arrêtez , regardez cette aimable demeure ,
C'est le temple de l'univers ;
Tous les mortels , à tout âge , à toute heure ,
Y viennent demander des fers.
Arrêtez , regardez cette aimable demeure ,
C'est le temple de l'univers.

S C E N E I V.

SAMSON, DALILA , Chœurs de différens peuples ,
de guerriers , de pasteurs.

(*Le temple de Vénus paraît dans toute sa splendeur.*)

A I R.

Amour , volupté pure ,
Ame de la nature ,
Maître des élémens ,
L'univers n'est formé , ne s'anime & ne dure
Que par tes regards bienfaisans.
Tendre Vénus , tout l'univers t'implore ,

Tout n'eft rien fans tes feux.
On craint les autres Dieux , c'eft Vénus qu'on adore :
Ils règnent fur le monde , & tu règnes fur eux.

G U E R R I E R S.

Vénus , notre fier courage ,
Dans le fang , dans le carnage ,
Vainement s'endurcit :
Tu nous défarmes.
Nous rendons les armes.
L'horreur à ta voix s'adoucit.

U N E P R Ê T R E S S E.

Chantez , oifeaux , chantez , votre ramage tendre
Eft la voix des plaifirs.
Chantez , Vénus doit vous entendre ;
Sur les aîles des vents portez - lui nos foupirs.

Les filles de Flore
S'empreffent d'éclore
Dans ce féjour ;
La fraicheur brillante
De la fleur naiffante
Se paffe en un jour :
Mais une plus belle
Naît auprès d'elle ,
Plaît à fon tour.
Senfible image
Des plaifirs du bel âge ,
Senfible image
Du charmant amour.

S A M S O N.

Je n'y réfifte plus , le charme qui m'obféde
Tyrannife mon cœur , enyvre tous mes fens :

Poffédez à jamais ce cœur qui vous poffède,
　　　　Et gouvernez tous mes momens.
Venez , vous vous troublez.

　　　　　　　　D A L I L A.

　　　　　　Ciel ! que vais-je lui dire !

　　　　　　　　S A M S O N.

　　D'où vient que votre cœur foupire ?

　　　　　　　　D A L I L A.

Je crains de vous déplaire , & je dois vous parler.

　　　　　　　　S A M S O N.

　　Ah ! devant vous c'eft à moi de trembler.
Parlez , que voulez-vous ?

　　　　　　　　D A L I L A.

　　　　　　Cet amour , qui m'engage,
　　　　Fait ma gloire & mon bonheur ;
　　　　Mais il me faut un nouveau gage,
　　　　Qui m'affûre de votre cœur.

　　　　　　　　S A M S O N.

Prononcez , tout fera poffible
　　　　A ce cœur amoureux.

　　　　　　　　D A L I L A.

　　　Dites-moi , par quel charme heureux,
Par quel pouvoir fecret cette force invincible ?

　　　　　　　　S A M S O N.

Que me demandez-vous ? c'eft un fecret terrible
　　　　Entre le ciel & moi.

　　　　　　　　D A L I L A.

　　　Ainfi vous doutez de ma foi ?
Vous doutez & m'aimez !

　　　　　　　　S A M S O N.

　　　　　　Mon cœur eft trop fenfible ;

Mais ne m'impofez point cette funefte loi.

DALILA.

Un cœur fans confiance eft un cœur fans tendreffe.

SAMSON.

N'abufez point de ma faibleffe.

DALILA.

Cruel ! quel injufte refus !
Notre hymen en dépend ; nos nœuds feraient rompus.

SAMSON.

Que dites - vous ?

DALILA.

Parlez , c'eft l'amour qui vous prie.

SAMSON.

Ah ! ceffez d'écouter cette funefte envie.

DALILA.

Ceffez de m'accabler de refus outrageans.

SAMSON.

Eh bien ! vous le voulez ; l'amour me juftifie ;
Mes cheveux à mon Dieu confacrés dès longtems ,
De fes bontés pour moi font les facrés garans :
Il voulut attacher ma force & mon courage
  A de fi faibles ornemens :
Ils font à lui , ma gloire eft fon ouvrage.

DALILA.

Ces cheveux , dites - vous ?

SAMSON.

   Qu'ai - je dit ? malheureux !
 Ma raifon revient , je friffonne.

Tous deux enfemble.

 La terre mugit , le ciel tonne ,
Le temple difparait , l'aftre du jour s'enfuit :

L'horreur épaiffe de la nuit
De fon voile affreux m'environne.

S A M S O N.

J'ai trahi de mon Dieu le fecret formidable.
Amour ! fatale volupté !
C'eft toi qui m'as précipité
Dans un piége effroyable,
Et je fens que Dieu m'a quitté.

S C E N E *V.*

Les Philiftins , S A M S O N , D A L I L A.

LE GRAND-PRÊTRE DES PHILISTINS.

Venez , ce bruit affreux , ces cris de la nature,
Ce tonnerre , tout nous affure,
Que du Dieu des combats il eft abandonné.

D A L I L A.

Que faites - vous , peuple parjure ?

S A M S O N.

Quoi ? de mes ennemis je fuis environné ?

(*Il combat.*)

Tombez , tyrans.

LES PHILISTINS.

Cédez , efclave.

Enfemble.

Frappons l'ennemi qui nous brave.

D A L I L A.

Arrêtez , cruels ! arrêtez,
Tournez fur moi vos cruautés.

S A M S O N.

Tombez , tyrans.

L E S P H I L I S T I N S *combattans.*

Cédez , efclave.

S A M S O N.

Ah ! quelle mortelle langueur !
Ma main ne peut porter cette fatale épée.
Ah Dieu ! ma valeur eft trompée ;
Dieu retire fon bras vainqueur.

L E S P H I L I S T I N S.

Frappons l'ennemi qui nous brave.
Il eft vaincu ; cédez , efclave.

S A M S O N *entre leurs mains.*

Non , lâches ! non , ce bras n'eft point vaincu par vous ;
C'eft Dieu , qui me livre à vos coups.
(*On l'emmène.*)

S C E N E V I.

D A L I L A *feule.*

O Defefpoir ! ô tourmens ! ô tendreffe !
Roi cruel ! peuples inhumains !
O Vénus , trompeufe Déeffe !
Vous abufiez de ma faibleffe.
Vous avez préparé , par mes fatales mains ,
L'abîme horrible où je l'entraîne :
Vous m'avez fait aimer le plus grand des humains ,
Pour hâter fa mort & la mienne.
Trône , tombez , brûlez , autels ,

Soyez réduits en poudre.
Tyrans affreux , Dieux cruels ,
Puiffe un Dieu plus puiffant écrafer de fa foudre
Vous , & vos peuples criminels !

C H Œ U R *derrière le théâtre.*

Qu'il périffe ,
Qu'il tombe en facrifice
A nos Dieux.

D A L I L A.

Voix barbares ! cris odieux !
Allons partager fon fupplice.

Fin du quatriéme acte.

ACTE

A C T E V.

(*Le théâtre représente un sallon du palais.*)

S C E N E   P R E M I E R E.

S A M S O N *enchaîné ,* Gardes.

Rofonds abîmes de la terre ,
  Enfer , ouvre - toi !
    Frappez , tonnerre ,
    Ecrafez - moi.
Mon bras a refufé de fervir mon courage ;
  Je fuis vaincu , je fuis dans l'efclavage ;
Je ne te verrai plus , flambeau facré des cieux ;
  Lumière , tu fuis de mes yeux.
    Lumière , brillante image
      D'un Dieu ton auteur ,
        Premier ouvrage
        Du Créateur.
        Douce lumière ,
        Nature entière ,
Des voiles de la nuit l'impénétrable horreur
    Te cache à ma trifte paupière.
    Profonds abîmes , &c.

S C E N E II.

S A M S O N , Chœur d'Hébreux.

PERSONNAGES DU CHŒUR.

HÉlas ! nous t'amenons des tribus enchaînées ,
Compagnes infortunées
De ton horrible douleur.

S A M S O N.

Peuple faint , malheureufe race ,
Mon bras relevait ta grandeur ;
Ma faibleffe a fait ta difgrace.
Quoi ! Dalila me fuit ! Chers amis , pardonnez
A de fi honteufes allarmes.

PERSONNAGES DU CHŒUR.

Elle a fini fes jours infortunés.
Oublions à jamais la caufe de nos larmes.

S A M S O N.

Quoi ! j'éprouve un malheur nouveau !
Ce que j'adore eft au tombeau ?
Profonds abîmes de la terre ,
Enfer , ouvre - toi !
Frappez , tonnerre ,
Ecrafez - moi.

SAMSON ET DEUX CHORIPHÉES.

Trio.

Amour , tyran que je détefte ,
Tu détruis la vertu , tu traînes fur tes pas
L'erreur , le crime , le trépas :

Trop heureux qui ne connaît pas
Ton pouvoir aimable & funeste !

UN CHORIPHÉE.

Vos ennemis cruels s'avancent en ces lieux :
Ils viennent insulter au destin qui nous presse ;
Ils osent imputer au pouvoir de leurs Dieux
Les maux affreux où Dieu nous laisse.

S C E N E I I I.

LE ROI, Chœur de Philistins, SAMSON, Chœur d'Hébreux.

Le Roi & le Chœur.

LE ROI.

ELevez vos accens vers vos Dieux favorables,
Vengez leurs autels, vengez-nous.

CHŒUR DE PHILISTINS.

Elevons nos accens, &c.

CHŒUR D'ISRAELITES.

Terminez nos jours déplorables.

SAMSON.

O Dieu vengeur, ils ne font point coupables ;
Tourne sur moi tes coups.

CHŒUR DE PHILISTINS.

Elevons nos accens vers nos Dieux favorables.
Vengeons leurs autels, vengeons-nous.

SAMSON.

O Dieu..... pardonne.

CHŒUR DE PHILISTINS.

Vengeons-nous.

Ss ij

LE ROI.

Inventons , s'il fe peut , un nouveau châtiment :
Que le trait de la mort fufpendu fur fa tête
  Le menace encor & s'arrête ;
Que Samfon dans fa rage entende notre fête ,
  Que nos plaifirs foient fon tourment.

S C E N E I V.

SAMSON, les Ifraëlites , LE ROI, les prêtreffes de
  Vénus , les prêtres de Mars.

UNE PRÊTRESSE.

Tous nos Dieux étonnés , & cachés dans les cieux ,
  Ne pouvaient fauver notre Empire :
   Vénus avec un fourire
  Nous a rendus victorieux :
  Mars a volé , guidé par elle :
   Sur fon char tout fanglant ,
   La victoire immortelle
  Tirait fon glaive étincelant
  Contre tout un peuple infidelle ,
   Et la nuit éternelle
Va dévorer leur chef interdit & tremblant.

UNE AUTRE.

C'eft Vénus , qui défend aux tempêtes
  De gronder fur nos têtes.
  Notre ennemi cruel
  Entend encor nos fêtes ,
  Tremble de nos conquêtes ,
  Et tombe à fon autel.

LE ROI.

Eh bien ! qu'eſt devenu ce Dieu ſi redoutable ,
 Qui par tes mains devait nous foudroyer ?
Une femme a vaincu ce fantôme effroyable ,
Et ſon bras languiſſant ne peut ſe déployer.
 Il t'abandonne , il cède à ma puiſſance ;
Et tandis qu'en ces lieux j'enchaîne les deſtins ,
Son tonnerre étouffé dans ſes débiles mains ,
 Se repoſe dans le ſilence.

SAMSON.

Grand Dieu ! j'ai ſoutenu cet horrible langage ,
 Quand il n'offenſait qu'un mortel :
On inſulte ton nom , ton culte , ton autel ;
 Lève - toi , venge ton ouvrage.

CHŒUR DES PHILISTINS.

Tes cris , tes cris ne ſont point entendus.
 Malheureux , ton Dieu n'eſt plus.

SAMSON.

Tu peux encor armer cette main malheureuſe ;
Accorde - moi du moins une mort glorieuſe.

LE ROI.

 Non , tu dois ſentir à longs traits
 L'amertume de ton ſupplice.
 Qu'avec toi ton Dieu périſſe ,
Et qu'il ſoit comme toi mépriſé pour jamais.

SAMSON.

Tu m'inſpires enfin , c'eſt ſur toi que je fonde
 Mes ſuperbes deſſeins ;
 Tu m'inſpires , ton bras feconde
 Mes languiſſantes mains.

LE ROI.

Vil efclave , qu'ofes - tu dire ?
Prêt à mourir dans les tourmens ,
Peux - tu bien menacer ce formidable Empire
A tes derniers momens ?
Qu'on l'immole , il eft tems ;
Frappez , il faut qu'il expire.

SAMSON.

Arrêtez , je dois vous inftruire
Des fecrets de mon peuple , & du Dieu que je fers :
Ce moment doit fervir d'exemple à l'univers.

LE ROI.

Parles , appren - nous tous les crimes ,
Livre - nous toutes nos victimes.

SAMSON.

Roi , commande que les Hébreux
Sortent de ta préfence , & de ce temple affreux.

LE ROI.

Tu feras fatisfait.

SAMSON.

La cour qui t'environne ,
Tes prêtres , tes guerriers , font - ils autour de toi ?

LE ROI.

Ils y font tous , explique - toi.

SAMSON.

Suis - je auprès de cette colonne ,
Qui foutient ce féjour fi cher aux Philiftins ?

LE ROI.

Oui , tu la touches de tes mains.

S A M S O N *ébranlant les colonnes.*

Temple odieux ! que tes murs fe renverfent,
Que tes débris fe difperfent
Sur moi, fur ce peuple en fureur.

C H Œ U R.

Tout tombe, tout périt. O ciel ! ô Dieu vengeur !

S A M S O N.

J'ai reparé ma honte, & j'expire en vainqueur.

Fin du cinquiéme & dernier acte.

LA

LA PRINCESSE

DE

NAVARRE,

COMÉDIE-BALLET.

Fête donnée par le ROI *en son Château de Versailles,*
le mardi 23 *Février* 1745.

AVERTISSEMENT.

LE Roi a voulu donner à Madame la Dauphine une fête qui ne fût pas seulement un de ces spectacles pour les yeux, tels que toutes les nations peuvent les donner, & qui passant avec l'éclat qui les accompagne, ne laissent après eux aucune trace. Il a commandé un spectacle qui pût à la fois servir d'amusement à la cour, & d'encouragement aux beaux arts, dont il fait que la culture contribue à la gloire de son Royaume. M. le Duc de Richelieu, Premier Gentil-homme de la Chambre en exercice, a ordonné cette fête magnifique.

Il a fait élever un théâtre de cinquante-six pieds de pro-fondeur dans le grand manège de Versailles, & a fait con-struire une salle, dont les décorations & les embellissemens sont tellement ménagés, que tout ce qui sert au spectacle doit s'enlever en une nuit, & laisser la salle ornée pour un bal paré, qui doit former la fête du lendemain.

Le théâtre & les loges ont été construits avec la magni-ficence convenable, & avec le goût qu'on connaît depuis longtems dans ceux qui ont dirigé ces préparatifs.

On a voulu réunir sur ce théâtre tous les talens qui pour-raient contribuer aux agrémens de la fête, & rassembler à la fois tous les charmes de la déclamation, de la danse & de la musique, afin que la personne auguste, à qui cette fête est consacrée, pût connaître tout d'un coup les talens qui doivent être dorénavant employés à lui plaire.

On a donc voulu que celui qui a été chargé de composer la fête, fît un de ces ouvrages dramatiques, où les diver-tissemens en musique forment une partie du sujet, où la plaisanterie se mêle à l'héroïque, & dans lesquels on voit un mélange de l'opéra, de la comédie, & de la tragédie.

On n'a pû ni dû donner à ces trois genres toute leur étenduë ; on s'est efforcé seulement de réunir les talens de

Tt ij

tous les artiftes qui fe diftinguent le plus , & l'unique mé-
rìte de l'auteur a été de faire valoir celui des autres.

Il a choifi le lieu de la fcène fur les frontières de la Caftille , & il en a fixé l'époque fous le Roi de France *Charles V* , Prince jufte , fage & heureux , contre lequel les Anglais ne purent prévaloir , qui fecourut la Caftille , & qui
lui donna un Monarque.

Il eft vrai que l'hiftoire n'a pû fournir de femblables allé-
gories pour l'Efpagne. Car il régnait alors un Prince cruel
& fans foi ; & fa femme n'était point une héroïne, dont les
enfans fuffent des héros. Prefque tout l'ouvrage eft donc une
fiction dans laquelle il a falu s'affervir à introduire un peu
de bouffonnerie , au milieu des plus grands intérêts , & des
fêtes au milieu de la guerre.

Ce divertiffement a été exécuté le 23 Février 1745 , vers
les fix heures du foir. Le Roi s'eft placé au milieu de la
falle , environné de la Famille Royale , des Princes & Princeffes de fon Sang , & des Dames de la Cour , qui formaient
un fpectacle beaucoup plus beau que tous ceux qu'on pouvait leur donner.

Il eût été à défirer qu'un plus grand nombre de Français
eût pû voir cette affemblée , tous les Princes de cette Maifon qui eft fur le trône longtems avant les plus anciennes
du monde , cette foule de Dames parées de tous les ornemens qui font encor des chef-d'œuvres du goût de la nation , & qui étaient effacés par elles ; enfin cette joye noble
& décente qui occupait tous les cœurs & qu'on lifait dans
tous les yeux.

On eft forti du fpectacle à neuf heures & demie dans le
même ordre qu'on était entré , & alors on a trouvé toute
la façade du palais , & des écuries illuminée. La beauté de
cette fête n'eft qu'une faible image de la joye d'une nation
qui voit réunir le fang de tant de Princes auxquels elle doit
fon bonheur & fa gloire.

Sa Majefté , fatisfaite de tous les foins qu'on a pris pour
lui plaire , a ordonné que ce fpectacle fût repréfenté encor
une feconde fois.

PROLOGUE

DE LA FÊTE POUR LE MARIAGE

DE MONSIEUR LE DAUPHIN.

LE SOLEIL descend dans son char, & prononce ces paroles.

L'Inventeur des beaux Arts le Dieu de la lumière ,
Descend du haut des cieux dans le plus beau séjour ,
Qu'il puisse contempler en sa vaste carrière.

    La Gloire , l'Hymen & l'Amour ,
    Astres charmans de cette Cour ,
    Y répandent plus de lumière
    Que le flambeau du Dieu du jour.
J'envisage en ces lieux le bonheur de la France ,
Dans ce Roi qui commande à tant de cœurs soumis ;
Mais tout Dieu que je suis , & Dieu de l'éloquence ,
    Je ressemble à ses ennemis ,
    Je suis timide en sa présence.

    Faut-il qu'ayant tant d'assurance ,
    Quand je fais entendre son nom ,
Il ne m'inspire ici que de la défiance ?
    Tout grand-homme a de l'indulgence ,

Et tout Héros aime Apollon.
Qui rend fon fiécle heureux, veut vivre en la mémoire.
Pour mériter Homère, Achille a combattu.
Si l'on dédaignait trop la Gloire,
On chérirait peu la Vertu.

(*Tous les Acteurs bordent le théâtre, repréfentant les Mufes*
& les beaux Arts.)

O vous qui lui rendez tant de divers hommages,
Vous qui le couronnez, & dont il eft l'appui,
N'efpérez pas pour vous avoir tous les fuffrages,
Que vous réuniffez pour lui.
Je fais que de la Cour la fcience profonde,
Serait de plaire à tout le monde ;
C'eft un art qu'on ignore ; & peut-être les Dieux
En ont cedé l'honneur au maître de ces lieux.
Mufes, contentez-vous de chercher à lui plaire,
Ne vantez point ici d'une voix téméraire
La douceur de fes loix, les efforts de fon bras,
Themis, la Prudence, & Bellone
Conduifant fon cœur & fes pas,
La bonté généreufe affife fur fon trône ;
Le Rhin libre par lui, l'Efcaut épouvanté,
Les Appennins fumans que fa poudre environne ;
Laiffons ces entretiens à la poftérité,
Ces leçons à fon fils, cet exemple à la terre.
Vous graverez ailleurs dans les faftes des tems,
Tous ces terribles monumens,
Dreffés par les mains de la guerre.
Célébrez aujourd'hui l'hymen de fes enfans,
Déployez l'appareil de vos jeux innocens.

L'objet qu'on défirait, qu'on admire, & qu'on aime,
Jette déja fur vous des regards bienfaifans :
On eft heureux fans vous ; mais le bonheur fuprême
  Veut encor des amufemens.

✻✻

Cueillez toutes les fleurs, & parez-en vos têtes ;
Mêlez tous les plaifirs, uniffez tous les jeux,
Souffrez le plaifant même ; il faut de tout aux fêtes,
Et toûjours les Héros ne font pas férieux.
Enchantez un loifir, hélas ! trop peu durable.
Ce peuple de guerriers qui ne paraît qu'aimable,
Vous écoute un moment, & revole aux dangers.
Leur maître en tous les tems veille fur la patrie.
Les foins font éternels, ils confument la vie ;
  Les plaifirs font trop paffagers.
Il n'en eft pas ainfi de la vertu folide,
Cet hymen l'éternife, il affure à jamais,
A cette race augufte, à ce peuple intrépide
  Des victoires & des bienfaits.

✻✻

Mufes que votre zèle à mes ordres réponde.
Le cœur plein des beautés dont cette Cour abonde,
Et que ce jour illuftre affemble autour de moi ;
Je vais voler au ciel, à la fource féconde
  De tous les charmes que je voi ;
  Je vais, ainfi que votre Roi,
Recommencer mon cours pour le bonheur du monde.

ACTEURS DE LA COMÉDIE.

CONSTANCE, Princeſſe de Navarre.

LE DUC DE FOIX.

DON MORILLO, Seigneur de Campagne.

SANCHETTE, fille de Morillo.

LÉONOR, l'une des femmes de la Princeſſe.

HERNAND, Ecuyer du Duc.

Un Officier des Gardes.

Un Alcade.

Un Jardinier.

Suite.

La ſcène eſt dans les jardins de Don Morillo, *ſur les confins de la Navarre.*

LA

LA PRINCESSE

DE

NAVARRE,

COMÉDIE-BALLET.

ACTE PREMIER.

SCENE PREMIERE.

CONSTANCE, LÉONOR.

LÉONOR.

AH quel voyage, & quel féjour,
Pour l'héritière de Navarre !
Votre tuteur Don Pedre eft un tyran barbare,
Il vous force à fuir de fa Cour.
Du fameux Duc de Foix vous craignez la tendreffe ;
Vous fuyez la haine & l'amour ;
Vous courez la nuit & le jour,
Sans page & fans dame d'atour,
Quel état pour une Princeffe !
Vous vous expofez tour à tour
A des dangers de toute efpèce.

Tom. VII. *& du Théâtre le cinquiéme.* V v

CONSTANCE.

J'efpère que demain, ces dangers, ces malheurs,
De la guerre civile effet inévitable,
Seront au moins fuivis d'un ennui tolérable ;
    Et je pourrai cacher mes pleurs,
    Dans un afyle inviolable.
O fort ! à quels chagrins me veux-tu referver ?
    De tous côtés infortunée,
   Don Pedre aux fers m'avait abandonnée,
   Gafton de Foix veut m'enlever.

LÉONOR.

Je fuis de vos malheurs comme vous occupée ;
Malgré mon humeur gaie ils troublent ma raifon ;
Mais un enlévement, ou je fuis fort trompée,
    Vaut un peu mieux qu'une prifon.
Contre Gafton de Foix quel couroux vous anime ?
    Il veut finir votre malheur ;
Il voit ainfi que nous Don Pedre avec horreur.
    Un Roi cruel qui vous opprime,
    Doit vous faire aimer un vengeur.

CONSTANCE.

Je hais Gafton de Foix autant que le Roi même.

LÉONOR.

    Eh pourquoi ? parce qu'il vous aime ?

CONSTANCE.

Lui m'aimer ? nos parens fe font toûjours haïs.

LÉONOR.

Belle raifon ! –

CONSTANCE.

    Son père accabla ma famille.

LÉONOR.

Le fils eſt moins cruel, Madame, avec la fille ;
Et vous n'êtes point faits pour vivre en ennemis.

CONSTANCE.

De tout tems la haine ſépare
Le ſang de Foix, & le ſang de Navarre.

LÉONOR.

Mais l'amour eſt utile aux raccommodemens.
Enfin dans vos raiſons je n'entre qu'avec peine ;
Et je ne crois point que la haine
Produiſe les enlévemens.
Mais ce beau Duc de Foix que votre cœur détefte,
L'avez-vous vû, Madame ?

CONSTANCE.

Au moins mon ſort funefte,
A mes yeux indignés n'a point voulu l'offrir.
Quelque hazard aux ſiens m'a pû faire paraître.

LÉONOR.

Vous m'avoûrez qu'il faut connaître
Du moins avant que de haïr.

CONSTANCE.

J'ai juré, Léonor, au tombeau de mon père,
De ne jamais m'unir à ce ſang que je hais.

LÉONOR.

Serment d'aimer toûjours, ou de n'aimer jamais,
Me paraît un peu téméraire.
Enfin, de peur des Rois & des amans, hélas !
Vous allez dans un cloître enfermer tant d'appas.

CONSTANCE.

Je vais dans un couvent tranquille,
Loin de Gafton, loin des combats,

Cette nuit trouver un afyle.

LÉONOR.

Ah ! c'était à Burgos , dans votre appartement ,
Qu'était en effet le couvent.
Loin des hommes renfermée ,
Vous n'avez pas vû feulement
Ce jeune & redoutable amant
Qui vous avait tant allarmée.
Grace aux troubles affreux dont nos Etats font pleins ,
Au moins dans ce château nous voyons des humains.
Le maître du logis , ce Baron qui vous prie
A dîner malgré vous , faute d'hôtellerie ,
Eft un Baron abfurde , ayant affez de bien ,
Groffiérement galant avec peu de fcrupule ;
Mais un homme ridicule
Vaut peut-être encor mieux que rien.

CONSTANCE.

Souvent dans le loifir d'une heureufe fortune ,
Le ridicule amufe , on fe prête à fes traits ;
Mais il fatigue , il importune
Les cœurs infortunés & les efprits bien faits.

LÉONOR.

Mais un efprit bien fait peut remarquer , je penfe ,
Ce noble Cavalier fi prompt à vous fervir ,
Qu'avec tant de refpects , de foin , de complaifance ,
Au devant de vos pas nous avons vû venir.

CONSTANCE.

Vous le nommez ?

LÉONOR.

Je crois qu'il fe nomme Alamir.

CONSTANCE.

Alamir ? il paraît d'une toute autre efpèce
Que monfieur le Baron.

LÉONOR.

Oui , plus de politeffe ,
Plus de monde , de grace.

CONSTANCE.

Il porte dans fon air
Je ne fai quoi de grand.

LÉONOR.

Oui.

CONSTANCE.

De noble.

LÉONOR.

Oui.

CONSTANCE.

De fier.

LÉONOR.

Oui. J'ai cru même y voir je ne fais quoi de tendre.

CONSTANCE.

Oh point. Dans tous les foins qu'il s'empreffe à nous rendre
Son refpeét eft fi retenu !

LÉONOR.

Son refpeét eft fi grand qu'en vérité j'ai cru
Qu'il a deviné votre Alteffe.

CONSTANCE.

Les voici , mais furtout point d'Alteffe en ces lieux :
Dans mes deftins injurieux
Je conferve le cœur, non le rang de Princeffe.
Garde de découvrir mon fecret à leurs yeux :
Modère ta gayeté déplacée , imprudente ;

Vv iij

Ne me parle point en fuivante.
Dans le plus fecret entretien ,
Il faut t'accoûtumer à paffer pour ma tante.

LÉONOR.

Oui , j'aurai cet honneur , je m'en fouviens très-bien.

CONSTANCE.

Point de refpect , je te l'ordonne.

SCENE II.

DON MORILLO , & LE DUC DE FOIX
en jeune Officier , *d'un côté du théâtre.*

De l'autre , CONSTANCE & LÉONOR.

MORILLO *au Duc de Foix , qu'il prend toûjours pour*
Alamir.

OH , oh , qu'eft - ce donc que j'entens ?
La tante eft tutoyée ? Ah , ma foi , je foupçonne
Que cette tante là n'eft pas de fes parens.
Alamir , mon ami , je crois que la friponne
    Ayant fur moi du deffein ,
    Pour rencherir fa perfonne ,
    Prit cette tante en chemin.

LE DUC DE FOIX.

Non , je ne le crois pas ; elle paraît bien née.
La vertu , la nobleffe éclate en fes regards.
De nos troubles civils les funeftes hazards ,
Près de votre château l'ont fans doute amenée.

MORILLO.

Parbleu , dans mon château je prétens la garder ;

En bon parent tu dois m'aider :
C'eſt une bonne aubaine, & des niéces pareilles
Se trouvent rarement, & m'iraient à merveilles.

LE DUC DE FOIX.

Gardez de les laiſſer échapper de vos mains.

LÉONOR *à la Princeſſe.*

On parle ici de vous, & l'on a des deſſeins.

MORILLO.

Je réponds de leurs complaiſances.

(*Il s'avance vers la Princeſſe de Navarre.*)

Madame, jamais mon château, . . .

(*au Duc de Foix.*)

Aide-moi donc un peu.

LE DUC DE FOIX, *bas.*

Ne vit rien de ſi beau.

MORILLO.

Ne vit rien de ſi beau. . . . Je ſens en ſa préſence
Un embarras tout nouveau ;
Que veut dire cela ? Je n'ai plus d'aſſurance.

LE DUC DE FOIX.

Son aſpeЄ en impoſe, & ſe fait reſpeЄer.

MORILLO.

A peine elle daigne écouter.
Ce maintien reſervé glace mon éloquence ;
Elle jette ſur nous un regard bien altier !
Quels grands airs ! Allons donc, fers-moi de chancelier,
Explique-lui le reſte, & touche un peu ſon ame.

LE DUC DE FOIX.

Ah ! que je le voudrais ! . . . Madame,
Tout reconnaît ici vos ſouveraines loix,
Le ciel, ſans doute, vous a faite

Pour en donner aux plus grands Rois.
Mais du sein des grandeurs, on aime quelquefois,
A se cacher dans la retraite.
On dit que les Dieux autrefois,
Dans de simples hameaux se plaisaient à paraître :
On put souvent les méconnaître,
On ne peut se méprendre aux charmes que je vois.

MORILLO.

Quels discours ampoulés, quel diable de langage !
Es-tu fou ?

LE DUC DE FOIX.

Je crains bien de n'être pas trop sage.
(*à Léonor.*)

Vous qui semblez la sœur de cet objet divin,
De nos empressemens daignez être attendrie,
Accordez un seul jour, ne partez que demain ;
Ce jour le plus heureux, le plus beau de ma vie,
Du reste de nos jours va régler le destin.
(*à Morillo.*)

Je parle ici pour vous.

MORILLO.

Eh bien, que dit la tante ?

LÉONOR.

Je ne vous cache point que cette offre me tente :
Mais, madame, ma niéce.

MORILLO *à Léonor.*

Oh, c'est trop de raison ;
A la fin, je serai le maître en ma maison.
Ma tante, il faut souper alors que l'on voyage ;
Petites façons & grands airs,
A mon avis, font des travers.

Huma-

Humanifez un peu cette niéce fauvage.

Plus d'une Reine en mon château,
A couché dans la route, & l'a trouvé fort beau.

C O N S T A N C E.

Ces Reines voyageaient en des tems plus paifibles,
Et vous favez quel trouble agite ces Etats.
A tous vos foins polis nos cœurs feront fenfibles;
Mais nous partons, daignez ne nous arrêter pas.

M O R I L L O.

La petite obftinée ! Où courez-vous fi vîte ?

C O N S T A N C E.

Au couvent.

M O R I L L O.

Quelle idée, & quels triftes projets !
Pourquoi préférez-vous un auffi vilain gîte ?
Qu'y pourriez-vous trouver ?

C O N S T A N C E.

La paix.

L E D U C D E F O I X.

Que cette paix eft loin de ce cœur qui foupire !

M O R I L L O.

Eh bien, efpères-tu de pouvoir la réduire ?

L E D U C D E F O I X.

Je vous promets du moins d'y mettre tout mon art.

M O R I L L O.

J'employerai tout le mien.

L É O N O R.

Souffrez qu'on fe retire;
Il faut ordonner tout pour ce prochain départ.

(*Elles font un pas vers la porte.*)

LE DUC DE FOIX.

Le respect nous défend d'insister davantage ;
Vous obéir en tout est le premier devoir.

(Ils font une révérence.)

Mais quand on cesse de vous voir ,

En perdant vos beaux yeux , on garde votre image.

S C E N E I I I.

LE DUC DE FOIX, DON MORILLO.

MORILLO.

ON ne partira point , & j'y suis résolu.

LE DUC DE FOIX.

Le sang m'unit à vous , & c'est une vertu
D'aider dans leurs desseins des parens qu'on révère.

MORILLO.

La niéce est mon vrai fait , quoiqu'un peu froide & fière ;
La tante sera ton affaire.

Que me conseilles - tu ?

LE DUC DE FOIX.

D'être aimable , de plaire.

MORILLO.

Fai - moi plaire.

LE DUC DE FOIX.

Il y faut mille soins complaisans ,

Les plus profonds respects , des fêtes & du tems.

MORILLO.

J'ai très peu de respect , le tems est long ; les fêtes
Coûtent beaucoup , & ne sont jamais prêtes ;

C'eſt de l'argent perdu.

LE DUC DE FOIX.

L'argent fut inventé
Pour payer , ſi l'on peut , l'agréable & l'utile.
Eh jamais le plaiſir fut-il trop acheté ?

MORILLO.

Comment t'y prendras-tu ?

LE DUC DE FOIX.

La choſe eſt très facile.
Laiſſez-moi partager les frais.
Il vient de venir ici près
Quelques comédiens de France ,
Des Troubadours experts dans la haute ſcience ,
Dans le premier des arts , le grand art du plaiſir :
Ils ne ſont pas dignes , peut-être ,
Des adorables yeux qui les verront paraître ;
Mais ils ſavent beaucoup , s'ils ſavent réjouïr.

MORILLO.

Réjouïſſons-nous donc.

LE DUC DE FOIX.

Oui , mais avec myſtère.

MORILLO.

Avec myſtère , avec fracas ,
Sers-moi tout comme tu voudras ;
Je trouve tout fort bon quand j'ai l'amour en tête.
Prépare ta petite fête :
De mes menus plaiſirs je te fais l'Intendant.
Je veux ſubjuguer la friponne
Avec ſon air important ,
Et je vais pour danſer ajuſter ma perſonne.

SCENE IV.

LE DUC DE FOIX, HERNAND.

LE DUC DE FOIX.

HErnand , tout eſt - il prêt ?

HERNAND.

Pouvez - vous en douter ?
Quand Monſeigneur ordonne , on fait exécuter.
Par mes ſoins ſecrets tout s'apprête ,
Pour amollir ce cœur & ſi fier & ſi grand.
Mais j'ai grand peur que votre fête
Réuſſiſſe auſſi mal que votre enlévement.

LE DUC DE FOIX.

Ah ! c'eſt - là ce qui fait la douleur qui me preſſe ;
Je pleure ces tranſports d'une aveugle jeuneſſe ,
Et je veux expier le crime d'un moment
Par une éternelle tendreſſe.
Tout me réuſſira ; car j'aime à la fureur.

HERNAND.

Mais en déguiſemens vous avez du malheur :
Chez Don Pedre en ſecret j'eus l'honneur de vous ſuivre
En qualité de conjuré ,
Vous fûtes reconnu , tout prêt d'être livré ,
Et nous ſommes heureux de vivre ;
Vos affaires ici ne tournent pas trop bien ,
Et je crains tout pour vous.

LE DUC DE FOIX.

J'aime & je ne crains rien :
Mon projet avorté , quoique plein de juſtice ,
Dut ſans doute être malheureux ;

Je ne méritais pas un deftin plus propice,
  Mon cœur n'était point amoureux.
Je voulais d'un tyran punir la violence,
  Je voulais enlever Conftance,
Pour unir nos maifons, nos noms & nos amis;
La feule ambition fut d'abord mon partage.
  Belle Conftance je vous vis,
  L'amour feul arme mon courage.

   H E R N A N D.

Elle ne vous vit point, c'eft-là votre malheur.
  Vos grands projets lui firent peur;
  Et dès qu'elle en fut informée,
Sa fureur contre vous dès longtems allumée,
  En avertit toute la cour.
Il falut fuir alors.

   L E D U C D E F O I X.
   Elle fuit à fon tour.
Nos communs ennemis la rendront plus traitable.

   H É R N A N D.
Elle hait votre fang.

   L E D U C D E F O I X.
   Quelle haine indomptable
Peut tenir contre tant d'amour?

   H E R N A N D.
Pour un héros tout jeune & fans expérience,
Vous embraffez beaucoup de terrain à la fois:
Vous voudriez finir la méfintelligence
  Du fang de Navarre & de Foix;
Vous avez en fecret avec le Roi de France,
  Un chiffre de correfpondance.
Contre un Roi formidable ici vous confpirez;

     Xx iij

Vous y rifquez vos jours & ceux des conjurez.
Vos troupes vers ces lieux s'avancent à la file ;
Vous préparez la guerre au milieu des feftins ,
Vous bernez le Seigneur qui vous donne un azile ;
Sa fille pour combler vos finguliers deftins ,
Devient folle de vous , & vous tient en contrainte ;
Il vous faut employer & l'audace & la feinte ;
Téméraire en amour & criminel d'Etat,
Perdant votre raifon , vous rifquez votre tête.
   Vous allez livrer un combat,
   Et vous préparez une fête ?
   L e   D u c   d e   F o i x.
Mon cœur de tant d'objets n'en voit qu'un feul ici.
Je ne vois , je n'entens que la belle Conftance.
Si par mes tendres foins fon cœur eft adouci,
   Tout le refte eft en affurance.
Don Pedre périra , Don Pedre eft trop haï.
Le fameux Du Guefclin vers l'Efpagne s'avance ;
   Le fier Anglais notre ennemi,
D'un tyran détefté prend en vain la défenfe :
Par le bras des Français les Rois font protégés ;
Des tyrans de l'Europe ils domptent la puiffance ;
Le fort des Caftillans fera d'être vengés
   Par le courage de la France.
   H e r n a n d.
   Et cependant en ce féjour
Vous ne connaiffez rien qu'un charmant efclavage.
   L e   D u c   d e   F o i x.
Va ; tu verras bientôt ce que peut un courage ,
   Qui fert la patrie & l'amour.
   Ici tout ce qui m'inquiette ,

C'eſt cette paſſion dont m'honore Sanchette,
    La fille de notre Baron.

H E R N A N D.

C'eſt une fille neuve , innocente , indiſcrette ,
    Bonne par inclination ,
    Simple par éducation ,
    Et par inſtinct un peu coquette ;
C'eſt la pure nature en ſa ſimplicité.

L e D u c d e F o i x.

Sa ſimplicité même eſt fort embarraſſante ,
Et peut nuire aux projets de mon cœur agité.
J'étais loin d'en vouloir à cette ame innocente.
J'apprens que la Princeſſe arrive en ce canton.
Je me rens ſur la route , & me donne au Baron
Pour un fils d'Alamir , parent de la maiſon.
En amour comme en guerre une ruſe eſt permiſe.
    J'arrive , & ſur un compliment ,
    Moitié poli , moitié galant ,
    Que partout l'uſage autoriſe ,
    Sanchette prend feu promptement ,
    Et ſon cœur tout neuf s'humaniſe :
    Elle me prend pour ſon amant ,
    Se flatte d'un engagement ,
    M'aime , & le dit avec franchiſe.
    Je crains plus ſa naïveté ,
    Que d'une femme bien appriſe
    Je ne craindrais la fauſſeté.

H E R N A N D.

Elle vous cherche.

L e D u c d e F o i x.

        Je te laiſſe :

Tâche de dérouter fa curiofité ,
Je vole aux pieds de la Princeffe.

SCENE V.

SANCHETTE, HERNAND.

SANCHETTE.

JE fuis au défefpoir.

HERNAND.

Qu'eft-ce qui vous déplaît ,
Mademoifelle ?

SANCHETTE.

Votre maître.

HERNAND.

Vous déplaît-il beaucoup ?

SANCHETTE.

Beaucoup ; car c'eft un traître ,
Ou du moins il eft prêt de l'être ;
Il ne prend plus à moi nul intérêt.
Avant-hier il vint , & je fus tranfportée
De fon féduifant entretien ;
Hier il m'a beaucoup flattée ,
A préfent il ne me dit rien.
Il court , ou je me trompe , après cette étrangère :
Moi je cours après lui , tous mes pas font perdus ;
Et depuis qu'elle eft chez mon père ,
Il femble que je n'y fois plus.
Quelle eft donc cette femme , & fi belle & fi fière ,
Pour qui l'on fait tant de façons ?

On

On va pour elle encor donner les violons,
    Et c'eſt ce qui me déſeſpère.

HERNAND.

Elle va tout gâter..... Mademoiſelle, eh bien
Si vous me promettiez de n'en témoigner rien,
D'être diſcrette.

SANCHETTE.

    Oh oui, je jure de me taire,
Pourvû que vous parliez.

HERNAND.

      Le ſecret, le myſtère
Rend les plaiſirs piquans.

SANCHETTE.

      Je ne vois pas pourquoi.

HERNAND.

Mon maître né galant, dont vous tournez la tête,
Sans vous en avertir, vous prépare une fête.

SANCHETTE.

Quoi tous ces violons !

HERNAND.

    Sont tous pour vous.

SANCHETTE.

        Pour moi !

HERNAND.

N'en faites point ſemblant, gardez un beau ſilence,
Vous verrez vingt Français entrer dans un moment;
    Ils ſont parés ſuperbement ;
Ils parlent en chanſons, ils marchent en cadence,
    Et la joye eſt leur élément.

SANCHETTE.

Vingt beaux meſſieurs Français ! j'en ai l'ame ravie ;
Tom. VII. & du Théâtre le cinquiéme.   Y y

J'eus de voir des Français toûjours très grande envie :
Entreront - ils bientôt ?

HERNAND.

Ils font dans le château.

SANCHETTE.

L'aimable nation ! que de galanterie !

HERNAND.

On vous donne un fpeſtacle , un plaifir tout nouveau.
Ce que font les Français eſt fi brillant , fi beau !

SANCHETTE.

Eh qu'eſt - ce qu'un fpeſtacle ?

HERNAND.

Une chofe charmante.

Quelquefois un fpeſtacle eſt un mouvant tableau
Où la nature agit , où l'hiſtoire eſt parlante ,
Où les Rois , les héros fortent de leur tombeau :
Des mœurs des nations , c'eſt l'image vivante.

SANCHETTE.

Je ne vous entens point.

HERNAND.

Un fpeſtacle aſſez beau
Serait encor une fête galante ;
C'eſt un art tout français d'expliquer fes defirs ,
Par l'organe des jeux , par la voix des plaifirs ;
Un fpeſtacle eſt furtout un amoureux myſtère ,
Pour courtifer Sanchette & tâcher de lui plaire ,
Avant d'aller tout uniment ,
Parler au Baron votre père ,
De Notaire , d'engagement ,
De fiançaille & de douaire.

S A N C H E T T E.

Ah ! je vous entens bien ; mais moi, que dois-je faire ?

H E R N A N D.

Rien.

S A N C H E T T E.

Comment, rien du tout ?

H E R N A N D.

Le goût, la dignité
Confiftent dans la gravité,
Dans l'art d'écouter tout finement fans rien dire,
D'approuver d'un regard, d'un gefte, d'un fourire.
Le feu dont mon maître foupire,
Sous des noms empruntés, devant vous paraîtra.
Et l'adorable Sanchette,
Toûjours tendre, toûjours difcrette,
En filence triomphera.

S A N C H E T T E.

Je comprens fort peu tout cela ;
Mais je vous avoûrai que je fuis enchantée
De voir de beaux Français, & d'en être fêtée.

S C E N E V I.

SANCHETTE & HERNAND *font fur le devant,*
LA PRINCESSE DE NAVARRE *arrive par un des*
côtés du fond fur le théâtre, entre DON MORILLO
& LE DUC DE FOIX, Suite.

L É O N O R *à Morillo.*

Oui, monfieur, nous allons partir.

Yy ij

L E D U C D E F O I X *à part.*

Amour, daigne éloigner un départ qui me tuë.

S A N C H E T T E *à Hernand.*

On ne commence point. Je ne peux me tenir ;
Quand aurai - je une fête aux yeux de l'inconnuë ?
Je la verrai jalouſe, & c'eſt un grand plaiſir.

C O N S T A N C E *voulant paſſer par une porte, elle s'ouvre,*
& paraît remplie de guerriers.

Que vois - je, oh ciel, ſuis - je trahie ?
Ce paſſage eſt rempli de guerriers menaçans !
Quoi Don Pedre en ces lieux étend ſa tyrannie ?

L É O N O R.

La frayeur trouble tous mes ſens.

(*Les guerriers entrent ſur la ſcène précédés de trompettes, &*
tous les acteurs de la comédie ſe rangent d'un côté du théâtre.)

U N G U E R R I E R *chantant.*

Jeune beauté ceſſez de vous plaindre,
Banniſſez vos terreurs,
C'eſt vous qu'il faut craindre :
Banniſſez vos terreurs,
C'eſt vous qu'il faut craindre,
Régnez ſur nos cœurs.

L E C H Œ U R *répète.*

Jeune beauté ceſſez de vous plaindre, &c.

(*Marche de guerriers danſans.*)

U N G U E R R I E R.

Lorſque Vénus vient embellir la terre,
C'eſt dans nos champs qu'elle établit ſa cour.
Le terrible Dieu de la guerre,
Déſarmé dans ſes bras ſourit au tendre Amour.
Toûjours la beauté diſpoſe,

Des invincibles guerriers ;
Et le charmant Amour eft fur un lit de rofe
A l'ombre des lauriers.

LE CHŒUR.

Jeune beauté , ceffez de vous plaindre , &c.
(*On danfe.*)

UN GUERRIER.

Si quelque tyran vous opprime ,
Il va tomber la victime
De l'amour & de la valeur ,
Il va tomber fous le glaive vengeur.

UN GUERRIER.

A votre préfence
Tout doit s'enflammer ,
Pour votre défenfe
Tout doit s'armer ;
L'amour , la vengeance
Doit nous animer.

LE CHŒUR *répète.*

A votre préfence
Tout doit s'enflammer , &c.
(*On danfe.*)

CONSTANCE *à Léonor.*

Je l'avoûrai , ce divertiffement
Me plaît , m'allarme davantage ;
On dirait qu'ils ont fû l'objet de mon voyage.
Ciel ! avec mon état quel rapport étonnant !

LÉONOR.

Bon , c'eft pure galanterie ,
C'eft un air de chevalerie ,
Que prend le vieux Baron pour faire l'important.

(*La Princeſſe veut s'en aller, le Chœur l'arrête en chantant.*)

LE CHŒUR.

Demeurez, préſidez à nos fêtes,
Que nos cœurs ſoient ici vos conquêtes.

DEUX GUERRIERS.

Tout l'univers doit vous rendre
l'Hommage qu'on rend aux Dieux ;
 Mais en quels lieux
 Pouvez - vous attendre
 Un hommage plus tendre,
 Plus digne de vos yeux ?

LE CHŒUR.

Demeurez, préſidez à nos fêtes,
Que nos cœurs ſoient vos tendres conquêtes.

(*Les acteurs du divertiſſement rentrent par le même portique.*)

(*Pendant que Conſtance parle à Léonor, Don Morillo qui eſt*
devant elles, leur fait des mines.)

(*Et Sanchette qui eſt alors auprès du Duc de Foix, le tire à*
part ſur le devant du théâtre.)

SANCHETTE *au Duc de Foix.*

Ecoutez donc, mon cher amant,
l'Aubade qu'on me donne eſt étrangement faite,
Je n'ai pas pû danſer. Pourquoi cette trompette ?
Qu'eſt - ce qu'un Mars, Vénus, des tyrans, des combats,
 Et pas un ſeul mot de Sanchette ?
A cette dame - ci, tout s'adreſſe en ces lieux.
 Cette préférence me touche.

LE DUC DE FOIX.

Croyez - moi, taiſons - nous ; l'Amour reſpectueux
Doit avoir quelquefois ſon bandeau ſur la bouche,

Bien plus encor que fur les yeux.

SANCHETTE.

Quel bandeau, quels refpects ! ils font bien ennuyeux !

MORILLO *s'avançant vers la Princeffe.*

Eh bien, que dites-vous de notre férénade ?
La tante eft-elle un peu contente de l'aubade ?

LÉONOR.

Et la tante & la niéce y trouvent mille appas.

LA PRINCESSE *à Léonor.*

Qu'eft-ce que tout ceci ? Non, je ne comprens pas
Les contrariétés qui s'offrent à ma vuë ;
Cette rufticité du Seigneur du château,
    Et ce goût fi noble, fi beau,
D'une fête fi prompte & fi bien entenduë.

MORILLO.

Eh bien donc, notre tante approuve mon cadeau.

LÉONOR.

Il me paraît brillant, fort heureux & nouveau.

MORILLO.

La porte était gardée avec de beaux gens-d'armes ;
Eh, eh, l'on n'eft pas neuf dans le métier des armes.

CONSTANCE.

C'eft magnifiquement recevoir nos adieux ;
Toûjours le fouvenir m'en fera précieux.

MORILLO.

Je le crois. Vous pourriez voyager par le monde
Sans être fêtoyée, ainfi qu'on l'eft ici :
    Soyez fage, demeurez-y ;
Cette fête, ma foi, n'aura pas fa feconde,
Vous chommerez ailleurs. Quand je vous parle ainfi,
C'eft pour votre feul bien ; car pour moi, je vous jure,

Que fi vous décampez , de bon cœur je l'endure ,
Et quand il vous plaira , vous pourrez nous quitter.

C O N S T A N C E.

De cette offre polie il nous faut profiter ;
Par cet autre côté , permettez que je forte.

L É O N O R.

On nous arrête encor à la feconde porte ?

C O N S T A N C E.

Que vois - je , quels objets ! quels fpectacles charmans !

L É O N O R.

Ma niéce , c'eft ici le pays des romans.

(*Il fort de cette feconde porte une troupe de danfeurs & de
danfeufes avec des tambours de bafque & des tambourins.*)

(*Après cette entrée, Léonor fe trouve à côté de Morillo , & lui dit :*)
Qui font donc ces gens - ci ?

M O R I L L O *au Duc de Foix.*

C'eft à toi de leur dire
Ce que je ne fais point.

L E D U C D E F O I X *à la Princeffe de Navarre.*

Ce font des gens favans ,
Qui dans le ciel tout courant favent lire ,
Des Mages d'autrefois illuftres defcendans ,
A qui fut réfervé le grand art de prédire.

(*Les aftrologues Arabes qui étaient reftés fous le portique pendant la danfe , s'avancent fur le théâtre , & tous les acteurs
de la comédie fe rangent pour les écouter.*)

U N E D E V I N E R E S S E *chante.*

Nous enchaînons le tems , le plaifir fuit nos pas ;
Nous portons dans les cœurs la flatteufe efpérance ;
Nous leur donnons la jouiffance

Des

Des biens même qu'ils n'ont pas ;
Le préfent fuit , il nous entraîne ,
Le paffé n'eft plus rien.
Charme de l'avenir , vous êtes le feul bien
Qui refte à la faibleffe humaine.
Nous enchaînons le tems , &c.

(*On danfe.*)

UN ASTROLOGUE.

L'aftre éclatant & doux de la fille de l'onde ,
Qui devance ou qui fuit le jour ,
Pour vous recommençait fon tour.
Mars a voulu s'unir pour le bonheur du monde
A la planète de l'Amour.
Mais quand les faveurs céleftes
Sur nos jours précieux allaient fe raffembler ,
Des Dieux inhumains & funeftes
Se plaifent à les troubler.

UN ASTROLOGUE *alternativement avec le Chœur.*

Dieux ennemis , Dieux impitoyables ,
Soyez confondus :
Dieux fecourables ,
Tendre Vénus
Soyez à jamais favorables.

CONSTANCE.

Ces aftrologues me paraiffent
Plus inftruits du paffé que du fombre avenir ;
Dans mon ignorance ils me laiffent ;
Comme moi fur mes maux , ils femblent s'attendrir ,
Ils forment comme moi des fouhaits inutiles ,
Et des efpérances ftériles ,
Sans rien prévoir , & fans rien prévenir.

Le Duc de Foix.

Peut-être ils prédiront ce que vous devez faire ;
Des secrets de nos cœurs ils percent le mystère.

UNE DEVINERESSE *s'approche de la Princesse & chante.*

Vous excitez la plus sincère ardeur,
Et vous ne sentez que la haine ;
Pour punir votre ame inhumaine,
Un ennemi doit toucher votre cœur :

(*Ensuite s'avançant vers Sanchette.*)

Et vous, jeune beauté que l'amour veut conduire,
L'amour doit vous instruire,
Suivez ses douces loix.
Votre cœur est né tendre ;
Aimez, mais en faisant un choix,
Gardez de vous méprendre.

Sanchette.

Ah ! l'on s'adresse à moi, la fête était pour nous,
J'attendais, j'éprouvais des transports si jaloux.

UN DEVIN ET UNE DEVINERESSE *s'adressant à Sanchette.*

En mariage
Un fort heureux,
Est un rare avantage ;
Ses plus doux feux
Sont un long esclavage.

Du mariage
Formez les nœuds ;
Mais ils sont dangereux.
L'amour heureux
Est trop volage.

Du mariage

Craignez les nœuds,
Ils font trop dangereux.

S A N C H E T T E *au Duc de Foix.*

Bon ! quels dangers feraient à craindre en mariage ?
Moi, je n'en vois aucun ; de bon cœur je m'engage :
Nous nous aimons, tout ira bien.
Puifque nous nous aimons, nous ferons fort fidèles ;
Donnez-moi bien fouvent des fêtes auffi belles,
Et je ne me plaindrai de rien.

L e D u c d e F o i x.

Hélas ! j'en donnerais tous les jours de ma vie,
Et les fêtes font ma folie ;
Mais je n'efpère point faire votre bonheur.

S A N C H E T T E.

Il eft déja tout fait, vous enchantez mon cœur.

(*On danfe.*)

(*Les acteurs de la comédie font rangés fur les ailes ; Sanchette
veut danfer avec le Duc de Foix, qui s'en défend ; Morillo
prend la Princeffe de Navarre & danfe avec elle.*)

G U I L L O T *avec un garçon jardinier vient interrompre la danfe,
dérange tout, prend le Duc de Foix & Morillo par la main,
fait des fignes en leur parlant bas, & ayant fait ceffer la mufique, il dit au Duc de Foix,*

Oh ! vous allez bientôt avoir une autre danfe,
Tout eft perdu, comptez fur moi.

L e D u c d e F o i x *à Morillo.*

Quelle étrange avanture ! Un Alcade ! Eh pourquoi ?

M O R I L L O.

Il vient la demander par ordre exprès du Roi.

L e D u c d e F o i x.

De quel Roi ?

Zz ij

MORILLO.

De Don Pedre.

LE DUC DE FOIX.

Allez ; le Roi de France
Vous défendra bientôt de cette violence.

LÉONOR *à la Princeſſe.*

Il paraît que ſur vous roule la conférence.

MORILLO.

Bon ; mais en attendant qu'allons-nous devenir ?
Quand un Alcade parle , il faut bien obéir.

LE DUC DE FOIX.

Obéir , moi ?

MORILLO.

Sans doute , & que peux-tu prétendre ?

LE DUC DE FOIX.

Nous battre contre tous , contre tous la défendre.

MORILLO.

Qui toi te révolter contre un ordre précis ,
Emané du Roi même ? es-tu de ſang raſſis ?

LE DUC DE FOIX.

Le premier des devoirs eſt de ſervir les belles ,
Et les Rois ne vont qu'après elles.

MORILLO.

Ce petit parent-là m'a l'air d'un franc vaurien :
Tu feras. . . . Mais ma foi je ne m'en mêle en rien.
Rebelle à la juſtice ! allons , rentrez Sanchette ,
Plus de fête.

*(Morillo pouſſe Sanchette dans la maiſon , renvoye la
muſique & ſort avec ſon monde.)*

SANCHETTE.

Eh quoi donc !

LÉONOR.

D'où vient cette retraite
Ce trouble , cet effroi , ce changement foudain ?

CONSTANCE.

Je crains de nouveaux coups de mon trifte deftin.

LE DUC DE FOIX.

Madame , il eft affreux de caufer vos allarmes :
Nos divertiffemens vont finir par des larmes.
Un cruel . . . . .

CONSTANCE.

Ciel ! qu'entens-je ? Eh quoi jufqu'en ces lieux
Gafton pourfuivrait-il fes projets odieux ?

LÉONOR.

Qu'avez-vous dit ?

LE DUC DE FOIX.

Quel nom prononce votre bouche ?
Gafton de Foix , Madame , a-t-il un cœur farouche ?
Sur la foi de fon nom , j'ofe vous protefter ,
Qu'ainfi que moi , pour vous , il donnerait fa vie ;
Mais d'un autre ennemi craignez la barbarie ,
De la part de Don Pedre on vient vous arrêter.

CONSTANCE.

M'arrêter ?

LE DUC DE FOIX.

Un Alcade avec impatience ,
Jufqu'en ces lieux fuivit vos pas.
Il doit venir vous prendre.

CONSTANCE.

Eh fur quelle apparence ,
Sous quel nom , quel prétexte ?

LE DUC DE FOIX.

Il ne vous nomme pas ,

Zz iij

Mais il a défigné vos gens, votre équipage ;
Tout envoyé qu'il eft d'un ennemi fauvage ,
   Il a furtout défigné vos appas.

L É O N O R.

Ah , cachons - nous , Madame.

C O N S T A N C E.

Où ?

L É O N O R.

Chez la jardinière ,

Chez Guillot.

L E D U C D E F O I X.

   Chez Guillot on viendra vous chercher.
La beauté ne peut fe cacher.

C O N S T A N C E.

Fuyons.

L E D U C D E F O I X.

  Ne fuyez point.

L É O N O R.

Reftons donc.

C O N S T A N C E.

Ciel ! que faire ?

L E D U C D E F O I X.

   Si vous reftez , fi vous fuyez ,
   Je mourrai partout à vos pieds.
Madame , je n'ai point la coupable imprudence ,
D'ofer vous demander quelle eft votre naiffance :
Soyez Reine ou bergère , il n'importe à mon cœur :
    Et le fecret que vous m'en faites,
Du foin de vous fervir n'affaiblit point l'ardeur ;
    Le trône eft partout où vous êtes.
   Cachez , s'il fe peut , vos appas ,

Je vais voir en ces lieux fi l'on peut vous furprendre ,
Et je ne me cacherai pas ,
Quand il faudra vous défendre.

S C E N E   V I I.

C O N S T A N C E , L É O N O R.

L É O N O R.

E Nfin , nous avons un appui , .
Le brave Chevalier ! nous viendrait-il de France ?

C O N S T A N C E.

Il n'eft point d'Efpagnol plus généreux que lui.

L É O N O R.

J'en efpère beaucoup , s'il prend votre défenfe.

C O N S T A N C E.

Mais que peut - il feul aujourd'hui
Contre le danger qui me preffe ?
Le fort a fur ma tête épuifé tous fes coups.

L É O N O R.

Je craindrais le fort en couroux ,
Si vous n'étiez qu'une Princeffe ;
Mais vous avez , Madame , un partage plus doux ,
La nature elle - même a pris votre querelle.
Puifque vous êtes jeune & belle ,
Le monde entier fera pour vous.

Fin du premier acte.

ACTE II.

SCENE PREMIERE.

SANCHETTE, GUILLOT jardinier.

SANCHETTE.

A Rrête, parle-moi, Guillot.

GUILLOT.

Oh, Guillot eſt preſſé.

SANCHETTE.

Guillot, demeure ; un mot ;
Que fait notre Alamir ?

GUILLOT.

Oh, rien n'eſt plus étrange.

SANCHETTE.

Mais que fait-il, di-moi ?

GUILLOT.

Moi, je crois qu'il fait tout,
Libéral comme un Roi, jeune & beau comme un Ange.

SANCHETTE.

L'infidèle me pouſſe à bout.
N'eſt-il pas au jardin avec cette étrangère ?

GUILLOT.

Eh vrayement oui !

SANCHETTE.

Qu'elle doit me déplaire !

GUIL-

GUILLOT.

Eh mon Dieu ! d'où vient ce couroux ?
Vous devez l'aimer au contraire ,
Car elle est belle comme vous.

SANCHETTE.

D'où vient qu'on a cessé sitôt la sérénade ?

GUILLOT.

Je n'en sais rien.

SANCHETTE.

Que veut dire un Alcade ?

GUILLOT.

Je n'en sais rien.

SANCHETTE.

D'où vient que mon père voulait
M'enfermer sous la clef ? d'où vient qu'il s'en allait ?

GUILLOT.

Je n'en sais rien.

SANCHETTE.

D'où vient qu'Alamir est près d'elle ?

GUILLOT.

Eh , je le sais , c'est qu'elle est belle ;
Il lui parle à genoux , tout comme on parle au Roi ;
C'est des respects , des soins , j'en suis tout hors de moi.
Vous en seriez charmée.

SANCHETTE.

Ah , Guillot , le perfide !

GUILLOT.

Adieu ; car on m'attend , on a besoin d'un guide ,
Elle veut s'en aller.

(*Il sort.*)

SANCHETTE *seule.*

Puisse - t - elle partir ,

Et me laisser mon Alamir !

Oh, que je suis honteuse, & dépitée !

Il m'aimait en un jour ; en deux, suis-je quittée ?

Monsieur Hernand m'a dit que c'est là le bon ton.

Je n'en crois rien du tout. Alamir ! quel fripon !

S'il était sot & laid, il me serait fidelle,

Et ne pouvant trouver de conquête nouvelle,

Il m'aimerait faute de mieux.

Comment faut-il faire à mon âge ?

J'ai des amans constans, ils sont tous ennuyeux,

J'en trouve un seul aimable, & le traître est volage.

SCENE II.

SANCHETTE, L'ALCADE & sa suite.

L'ALCADE.

MEs amis, vous avez un important emploi ;

Elle est dans ces jardins ; ah, la voici, c'est elle ;

Le portrait qu'on m'en fit me semble assez fidelle ;

Voilà son air, sa taille, elle est jeune, elle est belle,

Remplissons les ordres du Roi.

Soyez prêts à me suivre & faites sentinelle.

UN LIEUTENANT DE L'ALCADE.

Nous vous obéirons, comptez sur notre zèle.

SANCHETTE.

Ah, Messieurs, vous parlez de moi.

L'ALCADE.

Oui, Madame, à vos traits nous savons vous connaître ;

Votre air nous dit assez ce que vous devez être ;

Nous venons vous prier de venir avec nous ;
La moitié de mes gens marchera devant vous ,
L'autre moitié fuivra , vous ferez tranfportée
Sûrement & fans bruit , & partout refpeétée.

SANCHETTE.

Quel étrange propos ! Me tranfporter ! Qui ? moi !
Eh , qui donc êtes - vous ?

L'ALCADE.

Des officiers du Roi ;
Vous l'offenfez beaucoup d'habiter ces retraites ;
Monfieur l'Amirante en fecret ,
Sans nous dire qui vous êtes ,
Nous a fait votre portrait.

SANCHETTE.

Mon portrait dites - vous ?

L'ALCADE.

Madame , trait pour trait.

SANCHETTE.

Mais je ne connais point ce monfieur l'Amirante,

L'ALCADE.

Il fait pourtant de vous la peinture vivante.

SANCHETTE.

Mon portrait à la Cour a donc été porté ?

L'ALCADE.

Apparemment.

SANCHETTE.

Voyez ce que fait la beauté.
Et de la part du Roi vous m'enlevez ?

L'ALCADE.

Sans doute ,
C'eft notre ordre précis , il le faut quoi qu'il coûte.

SANCHETTE.

Où m'allez-vous mener ?

L'ALCADE.

A Burgos, à la Cour ;
Vous y ferez demain avant la fin du jour.

SANCHETTE.

A la Cour ! mais vraiment ce n'eft pas me déplaire ;
La Cour, j'y confens fort ; mais que dira mon père ?

L'ALCADE.

Votre père ? il dira tout ce qu'il lui plaira.

SANCHETTE.

Il doit être charmé de ce voyage-là !

L'ALCADE.

C'eft un honneur très-grand qui fans doute le flatte.

SANCHETTE.

On m'a dit que la Cour eft un pays fi beau !
Hélas ! hors ce jour-ci, la vie en ce château
Fut toûjours ennuyeufe & platte.

L'ALCADE.

Il faut que dans la Cour votre perfonne éclatte.

SANCHETTE.

Eh, qu'eft-ce qu'on y fait ?

L'ALCADE.

Mais, du bien & du mal ;
On y vit d'efpérance, on tâche de paraître ;
Près des belles toûjours on a quelque rival,
On en a cent auprès du maître.

SANCHETTE.

Eh, quand je ferai-là, je verrai donc le Roi ?

L'ALCADE.

C'eft lui qui veut vous voir.

S A N C H E T T E.

Ah , quel plaifir pour moi !
Ne me trompez - vous point ? eh quoi , le Roi fouhaite
Que je vive à fa Cour ? il veut avoir Sanchette ?
Hélas ! de tout mon cœur , il m'enlève , partons.
Eft - il comme Alamir ? quelles font fes façons ?
Comment en ufe-t-il , meffieurs , avec les belles ?

L'A L C A D E.

Il ne m'appartient pas d'en favoir des nouvelles ;
A fes ordres facrés , je ne fais qu'obéir.

S A N C H E T T E.

Vous emmenez fans doute à la Cour Alamir ?

L'A L C A D E.

Comment ? quel Alamir ?

S A N C H E T T E.

L'homme le plus aimable ,
Le plus fait pour la Cour , brave , jeune , adorable.

L'A L C A D E.

Si c'eft un Gentilhomme à vous ,
Sans doute , il peut venir , vous êtes la maîtreffe.

S A N C-H E T T E.

Un Gentilhomme à moi , plût à Dieu !

L'A L C A D E.

Le tems preffe ,
La nuit vient , les chemins ne font pas fûrs pour nous.
Partons.

S A N C H E T T E.

Ah , volontiers.

SCENE III.

MORILLO, SANCHETTE, L'ALCADE, Suite.

MORILLO.

M Effieurs, êtes-vous fous ?
Arrêtez donc, qu'allez-vous faire ?
Où menez-vous ma fille ?

SANCHETTE.

A la Cour, mon cher père.

MORILLO.

Elle eft folle ; arrêtez, c'eft ma fille.

L'ALCADE.

Comment ?
Ce n'eft pas cette Dame, à qui je....

MORILLO.

Non vraiment,
C'eft ma fille, & je fuis Don Morillo fon père ;
Jamais on ne l'enlévera.

SANCHETTE.

Quoi, jamais !

MORILLO.

Emmenez, s'il le faut, l'étrangère,
Mais ma fille me reftera.

SANCHETTE.

Elle aura donc fur moi toûjours la préférence ;
C'eft elle qu'on enlève !

MORILLO.

Allez en diligence.

SANCHETTE.

L'heureuse créature ! on l'emmène à la Cour :
Hélas ! quand sera-ce mon tour ?

MORILLO.

Vous voyez que du Roi la volonté sacrée
Est chez Don Morillo comme il faut révérée,
Vous en rendrez compte.

L'ALCADE.

Oui, fiez-vous à nos soins.

SANCHETTE.

Messieurs, ne prenez qu'elle au moins.

SCENE IV.

MORILLO, SANCHETTE.

MORILLO.

JE suis saisi de crainte ; ah ! l'affaire est fâcheuse.

SANCHETTE.

Eh, qu'ai-je à craindre moi ?

MORILLO.

La chose est sérieuse,
C'est affaire d'Etat, vois-tu, que tout ceci.

SANCHETTE.

Comment d'Etat ?

MORILLO.

Eh, oui, j'apprens que près d'ici
Tous les Français sont en campagne
Pour donner un maître à l'Espagne.

SANCHETTE.

Qu'est-ce que cela fait ?

MORILLO.

On dit qu'en ce canton
Alamir eſt leur eſpion ;
Cette Dame eſt errante, & chez moi ſe déguiſe ;
Elle a tout l'air d'être compriſe
Dans quelque conſpiration ;
Et ſi tu veux que je le diſe,
Tout cela ſent la pendaiſon.
J'ai fait une groſſe ſottiſe,
De faire entrer dans ma maiſon
Cette Dame en ce tems de criſe,
Et cet agréable fripon,
Qui me joue, & qui la courtiſe :
Je veux qu'il parte tout de bon,
Et qu'ailleurs il s'impatroniſe.

SANCHETTE.

Lui, mon père, ce beau garçon ?

MORILLO.

Lui-même, il peut ailleurs donner la ſérénade.

SCENE V.

MORILLO, SANCHETTE, GUILLOT.

GUILLOT *tout eſſoufflé.*

AU ſecours, au ſecours, ah, quelle étrange aubade !

MORILLO.

Quoi donc ?

SANCHETTE.

Qu'a-t-il donc fait ?

GUIL.

GUILLOT.

Dans ces jardins là-bas.

MORILLO.

Eh bien !

GUILLOT.

Cet Alamir , & ce monfieur l'Alcade ,
Les gens d'Alamir , des foldats ,
Ayant du fer partout , en tête , au dos , aux bras ;
L'étrangère enlevée au milieu des gens-d'armes ,
Et le brave Alamir tout brillant fous les armes ,
Qui la reprend foudain , & fait tomber à bas ,
Tout alentour de lui , nez , mentons , jambes , bras ,
   Et la belle étrangère en larmes ,
Des chevaux renverfés , & des maîtres deffous ,
Et des valets deffus , des jambes fracaffées ,
Des vainqueurs , des fuyards , des cris , du fang ; des coups ,
Des lances à la fois , & des têtes caffées ,
Et la tante , & ma femme , & ma fille , avec moi ,
C'eft horrible à penfer , je fuis tout mort d'effroi.

SANCHETTE.

Eh , n'eft-il point bleffé ?

GUILLOT.

         C'eft lui qui bleffe & tue ,
C'eft un héros , un diable.

MORILLO.

         Ah , quelle étrange iffue !
Quel maudit Alamir ! quel enragé , quel fou !
S'attaquer à fon maître , & hazarder fon cou !
Et le mien , qui pis eft ! Ah , le maudit efclandre !
Qu'allons-nous devenir ? Le plus grand châtiment
Sera le digne fruit de cet emportement ;

   Tom. VII. & du Théâtre le cinquiéme.   Bbb

Et moi bien fot auffi de vouloir entreprendre
De rétenir chez moi cette fière beauté ;
     Voilà ce qu'il m'en a coûté.
Affemblons nos parens, allons chez votre mère,
Et tâchons d'affoupir cette effroyable affaire.
       SANCHETTE *en s'en allant.*
Ah, Guillot ! pren bien foin de ce jeune officier ;
Il a tort, en effet, mais il eft bien aimable,
Il eft fi brave !

SCENE VI.

GUILLOT *feul.*

AH, oui, c'eft un homme admirable !
On ne peut mieux fe battre, on ne peut mieux payer :
Que j'aime les héros, quand ils font de l'efpèce
     De cet amoureux Chevalier !
J'ai vû ça tout d'un coup. La dame a fa tendreffe.
     J'aime à voir un jeune guerrier,
Bien payer fes amis, bien fervir fa maîtreffe,
C'eft comme il faut me plaire.

SCENE VII.

CONSTANCE, LÉONOR, GUILLOT.

CONSTANCE.

OU me réfugier ?
Hélas ! qu'eft dévenu ce guerrier intrépide,
Dont l'ame généreufe & la valeur rapide
Etalent tant d'exploits avec tant de vertu ?

Comme il me défendait ! comme il a combattu !
L'aurais-tu vû ? répon.

GUILLOT.

J'ai vû, je n'ai rien vû.
Je ne vois rien encor. Une semblable fête
Trouble terriblement les yeux.

LÉONOR.

Eh, va donc t'informer.

GUILLOT.

Où, Madame ?

CONSTANCE.

En tous lieux.
Va, vole, répon donc : que fait-il ? cours, arrête :
Aurait-il succombé ? Que ne puis-je à mon tour
Défendre ce héros & lui sauver le jour ?

LÉONOR.

Hélas ! plus que jamais, le danger est extrême,
Le nombre était trop grand.

GUILLOT.

Contre un, ils étaient dix.

LÉONOR.

Peut-être qu'on vous cherche, & qu'Alamir est pris.

GUILLOT.

Qui ? lui ! vous vous moquez ; il aurait pris lui-même
Tous les Alcades d'un pays.
Allez, croyez sans vous méprendre,
Qu'il sera mort cent fois avant que de se rendre.

CONSTANCE.

Il serait mort ?

LÉONOR.

Va donc.

Bbb ij

CONSTANCE.

(*il fort.*)   Tâche de t'éclaircir.
Va vîte.... Il ferait mort !

LÉONOR.

Je vous en vois frémir ;
Il le mérite bien, votre ame eſt attendrie ;
Mais, ſur quoi jugez-vous qu'il ait perdu la vie ?

CONSTANCE.

S'il vivait, Léonor, il ſerait près de moi.
De l'honneur qui le guide, il connaît trop la loi.
Sa main pour me ſervir par le ciel réſervée,
M'abandonnerait-elle après m'avoir ſauvée ?
Non, je crois qu'en tout tems il ſerait mon appui.
Puiſqu'il ne paraît pas je dois trembler pour lui.

LÉONOR.

Tremblez auſſi pour vous, car tout vous eſt contraire.
En vain partout vous ſavez plaire,
Par-tout on vous pourſuit, on menace vos jours ;
Chacun craint ici pour ſa tête.
Le maître du château qui vous donne une fête,
N'oſe vous donner du ſecours.
Alamir ſeul vous ſert ; le reſte vous opprime.

CONSTANCE.

Que devient Alamir ? & quel ſera mon ſort ?

LÉONOR.

Songez au votre, hélas ! quel tranſport vous anime !

CONSTANCE.

Léonor, ce n'eſt point un aveugle tranſport,
C'eſt un ſentiment légitime.
Ce qu'il a fait pour moi.

S C E N E VIII.

CONSTANCE, LÉONOR, ALAMIR.

A L A M I R.

J'Ai fait ce que j'ai dû.
J'exécutais votre ordre, & vous avez vaincu.

C O N S T A N C E.

Vous n'êtes point bleffé ?

A L A M I R.

Le ciel, ce ciel propice,
De votre caufe en tout feconda la juftice.
Puiffe un jour cette main, par de plus heureux coups,
De tous vos ennemis vous faire un facrifice !
Mais un de vos regards doit les défarmer tous.

C O N S T A N C E.

Hélas ! du fort encor je reffens le courroux ;
De vous récompenfer il m'ôte la puiffance.
Je ne puis qu'admirer cet excès de vaillance.

A L A M I R.

Non, c'eft moi qui vous dois de la reconnaiffance.
Vos yeux me regardaient, je combattais pour vous,
Quelle plus belle récompenfe !

C O N S T A N C E.

Ce que j'entens, ce que je vois,
Votre fort & le mién, vos difcours, vos exploits,
Tout étonne mon ame ; elle en eft confonduë ;
Quel deftin nous raffemble, & par quel noble effort,
Par quelle grandeur d'ame en ces lieux peu connuë,

Pour ma feule défenfe affrontiez - vous la mort ?

LE DUC DE FOIX.

Eh n'eſt - ce pas aſſez que de vous avoir vûë ?

CONSTANCE.

Quoi, vous ne connaiſſez ni mon nom, ni mon fort,
 Ni mes malheurs, ni ma naiſſance ?

LE DUC DE FOIX.

Tout cela dans mon cœur eût - il été plus fort
 Qu'un moment de votre préſence ?

CONSTANCE.

Alamir, je vous dois ma juſte confiance,
 Après des fervices ſi grands.
Je ſuis fille des Rois & du ſang de Navarre ;
 Mon fort eſt cruel & bizarre :
 Je fuyais ici deux tyrans :
Mais vous de qui le bras protège l'innocence,
 A votre tour daignez vous découvrir.

ALAMIR.

Le fort juſte une fois me fit pour vous fervir,
 Et ce bonheur me tient lieu de naiſſance :
 Quoi puis - je encor vous fecourir ?
Quels font ces deux tyrans de qui la violence
 Vous perfécutait à la fois ?
Don Pedre eſt le premier ? Je brave ſa vengeance.
Mais l'autre quel eſt - il ?

CONSTANCE.

   L'autre eſt le Duc de Foix.

LE DUC DE FOIX.

Ce Duc de Foix qu'on dit & ſi juſte, & ſi tendre !
 Eh que pourrai - je contre lui ?

CONSTANCE.

Alamir, contre tous vous ferez mon appui ;
Il cherche à m'enlever.

LE DUC DE FOIX.

Il cherche à vous défendre ;
On le dit, il le doit, & tout le prouve affez.

CONSTANCE.

Alamir ! Et c'eft vous ! C'eft vous qui l'excufez !

ALAMIR.

Non, je dois le haïr fi vous le haïffez.
Vous étant odieux, il doit l'être à lui-même ;
Mais comment condamner un mortel qui vous aime ?
On dit que la vertu l'a pû feule enflammer ;
S'il eft ainfi, grand Dieu, comme il doit vous aimer !
On dit que devant vous il tremble de paraître,
Que fes jours aux remords font tous facrifiés ;
On dit qu'enfin fi vous le connaiffiez,
Vous lui pardonneriez peut-être.

CONSTANCE,

C'eft vous feul que je veux connaître,
Parlez-moi de vous feul, ne trompez plus mes vœux.

LE DUC DE FOIX.

Ah daignez épargner un foldat malheureux ;
Ce que je fuis dément ce que je peux paraître.

CONSTANCE.

Vous êtes un héros, & vous le paraiffez.

LE DUC DE FOIX.

Mon fang me fait rougir. Il me condamne affez.

CONSTANCE.

Si votre fang eft d'une fource obfcure,
Il eft noble par vos vertus,

Et des deſtins j'effacerai l'injure.

Si vous êtes ſorti d'une ſource plus pure,

Je..... Mais vous êtes Prince, & je n'en doute plus ;

Je n'en veux que l'aveu, le reſte me l'aſſure,

   Parlez.

    L E D U C D E F O I X.

    J'obéis à vos loix ;

Je voudrais être Prince, alors que je vous vois.

Je ſuis un cavalier.

S C E N E IX.

C O N S T A N C E, L E D U C D E F O I X, LÉONOR, SANCHETTE.

S A N C H E T T E.

V Ous ? Vous êtes un traître,

Vous n'échapperez pas, & je prétens connaître

Pour qui la fête était, qui vous trompiez des deux.

    L E D U C D E F O I X.

Je n'ai trompé perſonne, & ſi je fais des vœux,

Ces vœux ſont trop cachés, & tremblent de paraître.

Ne jugez point de moi par ces frivoles jeux.

   Une fête eſt un hommage,

Que la galanterie, ou bien la vanité,

   Sans en prendre aucun avantage,

   Quelquefois donne à la beauté.

Si j'aimais, ſi j'oſais m'abandonner aux flammes

De cette paſſion, vertu des grandes ames,

J'aimerais conſtamment ſans eſpoir de retour ;

            Je

Je mêlerais dans le filence
Les plus profonds refpeċts au plus ardent amour.
J'aimerais un objet d'une illuftre naiſſance.

SANCHETTE *à part.*

Mon père eſt bon Baron.

LE DUC DE FOIX.

Un objet ingénu.

SANCHETTE.

Je la fuis fort.

LE DUC DE FOIX.

Doux, fier, éclairé, retenu,
Qui joindrait fans effort l'efprit & l'innocence.

SANCHETTE *à part.*

Eſt-ce moi ?

LE DUC DE FOIX.

J'aimerais certain air de grandeur,
Qui produit le refpeċt fans infpirer la crainte,
La beauté fans orgueil, la vertu fans contrainte,
L'augufte majefté fur le vifage empreinte,
Sous les voiles de la douceur.

SANCHETTE.

De la majefté ! moi !

LE DUC DE FOIX.

Si j'écoutais mon cœur,
Si j'aimais, j'aimerais avec délicateſſe,
Mais en brûlant avec tranfport :
Et je cacherais ma tendreſſe,
Comme je dois cacher mes malheurs & mon fort.

LÉONOR.

Eh bien, connaiſſez-vous la perfonne qu'il aime ?

Tom. VII. & du Théâtre le cinquiéme. Ccc

CONSTANCE à *Léonor*.

Je ne me connais pas moi - même,
Mon cœur eft trop ému pour ofer vous parler.

SCENE X.

MORILLO & les perfonnages précédens.

MORILLO.

HÉlas tout cela fait trembler :
Ta mère en va mourir , que deviendra ma fille ?
L'enfer eft déchaîné , mon château , ma famille ,
Mon bien , tout eft pillé , tout eft à l'abandon ,
Le Duc de Foix a fait inveftir ma maifon.

CONSTANCE.

Le Duc de Foix ? Qu'entens - je ? O ciel , ta tyrannie
Veut encor par fes mains perfécuter ma vie !

MORILLO.

Bon ce n'eft - là que la moindre partie
De ce qu'il nous faut effuyer.
Un certain Du Guefclin , brigand de fon métier ,
Turc de Religion , & Breton d'origine ,
Avec fes fpadaffins , devers Burgos chemine.
Ce traître Duc de Foix vient de s'affocier
Avec toute cette racaille.
Contre eux , tout près d'ici , le Roi va guerroyer ,
Et nous allons avoir bataille.

CONSTANCE.

Ainfi donc à mon fort je n'ai pû réfifter ;
Son inévitable pourfuite
Dans le piége me précipite ,

Par les mêmes chemins choifis pour l'éviter.
Toûjours le Duc de Foix ! fa funefte tendreffe
Eft pire que la haine , , il me pourfuit fans ceffe.

MORILLO.

C'eft bien moi qu'il pourfuit , fi vous le trouvez bon :
Serait-ce donc pour vous que je fuis au pillage ?
　　　On fera fauter ma maifon.
Eft-ce vous qui caufez tout ce maudit ravage ?
Quelle perfonne étrange êtes-vous , s'il vous plaît ,
　　　Pour que les Rois & les Princes
　　　Prennent à vous tant d'intérêt ,
Et qu'on coure après vous au fond de nos provinces ?

CONSTANCE.

Je fuis infortunée , & c'eft affez pour vous ,
Si vous avez un cœur.

SCENE XI.

Les acteurs précédens , UN OFFICIER du Duc de
Foix , Suite.

L'OFFICIER.

Voyez à vos genoux ,
Madame , un envoyé du Duc de Foix mon maître ;
　　De fa part je mets en vos mains
Cette place , où lui-même il n'oferait paraître :
　　En fon nom je viens reconnaître
　　Vos commandemens fouverains.
Mes foldats fous vos loix vont , avec allégreffe ,
Vous fuivre , ou vous garder , ou fortir de ces lieux ;

Et quand le Duc de Foix combat pour vos beaux yeux ,
Nous répondons ici des jours de votre Alteſſe.

M O R I L L O.

Son Alteſſe ! Eh bon Dieu, quoi Madame eſt Princeſſe ?

L'O F F I C I E R.

Princeſſe de Navarre , & ſuprême maîtreſſe
De vos jours & des miens , & de votre maiſon.

C O N S T A N C E.

Je ſuis hors de moi-même.

M O R I L L O.

    Ah , Madame, pardon.
Je me jette à vos pieds.

L É O N O R.

   Vous voilà reconnuë.

M O R I L L O.

De mes deſſeins coquets la ſingulière iſſuë !

S A N C H E T T E.

Quoi, vous êtes Princeſſe, & faite comme nous !

L'O F F I C I E R.

Nous attendons ici vos ordres à genoux.

C O N S T A N C E.

Je rens grace à vos ſoins , mais ils ſont inutiles ;
  Je ne crains rien dans ces aziles ;
Alamir eſt ici ; contre mes oppreſſeurs
Je n'aurai pas beſoin de nouveaux défenſeurs.

L'O F F I C I E R.

Alamir ! de ce nom je n'ai point connaiſſance ;
Mais je reſpecte en lui l'honneur de votre choix ;
  S'il combat pour votre défenſe ,
Nous ſerons trop heureux de ſervir ſous ſes loix :
Je vous ramène auſſi vos compagnes fidèles ,

Vos premiers officiers , vos dames du palais ,
Echappés aux tyrans , ils nous fuivent de près.

LÉONOR.

Ah ! les agréables nouvelles !

CONSTANCE.

Ciel ! qu'eft-ce que je vois ?

LES TROIS GRACES *& une troupe d'Amours & de Plaifirs
paraiffent fur la fcène.*

LÉONOR.

Les Graces , les Amours !

LE DUC DE FOIX.

Ainfi Gafton de Foix veut vous fervir toûjours.

On danfe.

SANCHETTE *au Duc de Foix.*

(*Interrompant la danfe.*)

Ce font donc là fes domeftiques ?
Que les Grands font heureux , & qu'ils font magnifiques !
Quoi de toute Princeffe eft-ce là la maifon ?
Ah ! que j'en fois , je vous conjure :
Quel cortège ! quel train !

LE DUC DE FOIX.

Ce cortège eft un don
Qui vient des mains de la nature ;
Toute femme y prétend.

SANCHETTE.

Puis-je y prétendre auffi ?

LE DUC DE FOIX.

Oui fans doute , avec vous les Graces font ici :
Les Graces fuivent la jeuneffe ,
Et vous les partagez avec cette Princeffe.

Ccc iij

S A N C H E T T E.

Il le faut avouer, on n'a point de parent
Plus agréable & plus galant.
Venez que je vous parle; expliquez-moi de grace
Ce qu'eſt un Duc de Foix, & tout ce qui ſe paſſe :
Reſtez auprès de moi, contez-moi tout cela,
Et parlez-moi toûjours, pendant qu'on danſera.

(*Elle s'aſſied auprès du Duc de Foix.*)

(*On danſe.*)

LES TROIS GRACES *chantent.*

La nature en vous formant,
Près de vous nous fit naître ;
Loin de vos yeux nous ne pouvions paraître :
Nous vous ſervons fidélement :
Mais le charmant Amour eſt notre premier maître.

(*On danſe.*)

UNE DES GRACES.

Vents furieux, triſtes tempêtes,
Fuyez de nos climats :
Beaux jours, levez-vous ſur nos têtes,
Fleurs, naiſſez ſur nos pas.

(*On danſe.*)

Eco, voix errante,
Légère habitante,
De ce ſéjour,
Eco, fille de l'Amour,
Doux roſſignol, bois épais, onde pure,
Répétez avec moi ce que dit la nature,
Il faut aimer à ſon tour.

(*On danſe.*)

UN PLAISIR.
(*Paroles fur un menuet.*)
(*Premier couplet.*)
Non, le plus grand empire
Ne peut remplir un cœur,
Charmant vainqueur,
Dieu féducteur,
C'eft ton délire,
Qui fait le bonheur.

(*On danfe.*)

UNE BERGÈRE.	UN BERGER.
J'aime, & je crains ma flamme.	Ah le refus, la feinte,
Je crains le repentir.	Ont des charmes puiffans ;
Tendre defir,	Defirs naiffans,
Premier plaifir,	Combats charmans,
Dieu de mon ame,	Tendre contrainte,
Fai-moi moins gémir.	Tout fert les amans.

(*On danfe.*)

UN AMOUR *alternativement avec le Chœur.*
Divinité de cet heureux féjour,
Triomphe & fais grace,
Pardonne à l'audace,
Pardonne à l'amour.

(*On danfe.*)

LE MÊME AMOUR.
Toi feule es caufe
De ce qu'il ofe.
Toi feule allumas fes feux.
Quel crime eft plus pardonnable ?
C'eft celui de tes beaux yeux,

En les voyant tout mortel eft coupable.

LE CHŒUR.

Divinité de cet heureux féjour,
　　Triomphe & fai grace,
　　Pardonne à l'audace ;
　　Pardonne à l'amour.

CONSTANCE.

On pardonne à l'amour, & non pas à l'audace.
Un téméraire amant, ennemi de ma race,
　　Ne pourra m'appaifer jamais.

LE DUC DE FOIX.

Je connais fon malheur, & fans doute il l'accable ;
Mais ferez-vous toûjours inexorable ?

CONSTANCE.

Alamir, je vous le promets.

LE DUC DE FOIX.

On ne fuit point fa deftinée :
Les Devins ont prédit à votre ame étonnée,
Qu'un jour votre ennemi ferait votre vainqueur.

CONSTANCE.

Les Devins fe trompaient, fiez-vous à mon cœur.

LE CHŒUR *chante.*

On diffère vainement ;
　　Le fort nous entraîne,
　　L'amour nous amène
　　Au fatal moment.
(*Trompettes & timbales.*)

CONSTANCE.

Mais d'où partent ces cris, ces fons, ce bruit de guerre ?

HER-

HERNAND *arrivant avec précipitation.*

On marche, & les Français précipitent leurs pas,
Ils n'attendent perfonne.

LE DUC DE FOIX.

Ils ne m'attendront pas ;
Et je vole avec eux.

CONSTANCE.

Les jeux & les combats
Tour à tour aujourd'hui partagent-ils la terre ?
Où fuyez-vous, où portez-vous vos pas ?

LE DUC DE FOIX.

Je fers fous les Français, & mon devoir m'appelle ;
Ils combattent pour vous ; jugez s'il m'eft permis
De refter un moment loin d'un peuple fidelle,
Qui vient vous délivrer de tous vos ennemis.

(*Il fort.*)

CONSTANCE *à Léonor.*

Ah Léonor ! cachons un trouble fi funefte.
La liberté des pleurs eft tout ce qui me refte.

(*Elles fortent.*)

SANCHETTE.

Sans ce brave Alamir que devenir hélas !

MORILLO.

Que d'avantures, quel fracas !
Quels démons en un jour affemblent des Alcades,
Des Alamir, des férénades,
Des Princeffes & des combats !

SANCHETTE.

Vous allez donc auffi fervir cette Princeffe ?
Vous fuivrez Alamir, vous combattrez.

MORILLO.

Qui , moi ?

Quelque fot ! Dieu m'en garde.

SANCHETTE.

Et pourquoi non ?

MORILLO.

Pourquoi ?

C'eſt que j'ai beaucoup de ſageſſe.
Deux Rois s'en vont combattre à cinq cent pas d'ici ,
Ce ſont des affaires fort belles ,
Mais ils pourront ſans moi terminer leurs querelles ,
Et je ne prens point de parti.

Fin du ſecond acte.

ACTE III.

SCENE PREMIERE.

CONSTANCE, LÉONOR, HERNAND.

LÉONOR.

Quel est notre destin ?

HERNAND.

Délivrance & victoire.

CONSTANCE.

Quoi, Don Pedre est défait ?

HERNAND.

Oui, rien ne peut tenir
Contre un peuple né pour la gloire,
Pour vaincre, & pour vous obéir.
On poursuit les fuyards.

CONSTANCE.

Et le brave Alamir ?

HERNAND.

Madame, on doit à sa personne
La moitié du succès que ce grand jour nous donne :
Invincible aux combats, comme avec vous soumis,
Il vole à la mêlée aussi - bien qu'aux aubades ;
Il a traité nos ennemis,
Comme il a traité les Alcades.
Il est en ce moment avec le Duc de Foix,
Dont nos soldats charmés célèbrent les exploits ;

Mais il penfe à vous feule , & pénétré de joye ,
A vos pieds Alamir m'envoye ,
Et je fens , comme lui , les tranfports les plus doux ,
Qu'il ait deux fois vaincu pour vous.

CONSTANCE.

Je veux abfolument favoir de votre bouche....

HERNAND.

Eh quoi , Madame ?

CONSTANCE.

Un fecret qui me touche ;
Je veux favoir quel eft ce généreux guerrier.

HERNAND.

Puis-je parler , Madame , avec quelque affurance ?

CONSTANCE.

Ah , parlez ; eft-ce à lui de cacher fa naiffance ?
Qu'eft-il ? Répondez-moi.

HERNAND.

C'eft un brave officier
Dont l'ame eft affez peu commune ,
Elle eft au-deffus de fon rang ;
Comme tant de Français , il prodigue fon fang ;
Il fe ruïne enfin pour faire fa fortune.

LEONOR.

Il la fera fans doute.

CONSTANCE.

Eh , quel eft fon projet ?

HERNAND.

D'être toûjours votre fujet ;
D'aller à votre cour , d'y fervir avec zèle ,
De combattre pour vous , de vivre & de mourir ,
De vous voir , de vous obéir ,

Toûjours généreux & fidèle ;
Appartenir à vous, est tout ce qu'il prétend.

CONSTANCE.

Ah, le ciel lui devait un sort plus éclatant !
Rien qu'un simple officier ! mais dans cette occurrence,
Quel parti prend le Duc de Foix ?

HERNAND.

Votre parti, le parti de la France,
Le parti du meilleur des Rois.

CONSTANCE.

Que n'osera-t-il point ? que va-t-il entreprendre ?
Où va-t-il ?

HERNAND.

A Burgos il doit bientôt se rendre.
Je cours vers Alamir ; ne lui pourrai-je apprendre
Si mon message est bien reçû ?

CONSTANCE.

Allez ; & dites-lui que le cœur de Constance
S'intéresse à tant de vertu,
Plus encor qu'à ma délivrance.

SCENE II.

CONSTANCE, LÉONOR.

CONSTANCE.

Rien qu'un simple officier ?

LÉONOR.

Tout le monde le dit.

CONSTANCE.

Mon cœur ne peut le croire, & mon front en rougit.

Ddd iij

LÉONOR.

J'ignore de quel sang le destin l'a fait naître,
Mais on est ce qu'on veut avec un si grand cœur.
C'est à lui de choisir le nom dont il veut être,
  Il lui fera beaucoup d'honneur.

CONSTANCE.

  Que de vertu ! que de grandeur !
Combien sa modestie illustre sa valeur !

LÉONOR.

C'est peu d'être modeste, il faut avoir encore
  De quoi pouvoir ne l'être pas.
Mais ce héros a tout, courage, esprit, appas ;
S'il a quelques défauts, pour moi je les ignore,
  Et vos yeux ne les verraient pas.
J'ai vû quelques héros assez insupportables ;
  Et l'homme le plus vertueux,
  Peut être le plus ennuyeux ;
Mais comment résister à des vertus aimables ?

CONSTANCE.

  Alamir fera mon malheur.
Je lui dois trop d'estime & de reconnaissance.

LÉONOR.

Déja dans votre cœur il a sa récompense,
  J'en crois assez votre rougeur ;
C'est de nos sentimens le premier témoignage.

CONSTANCE.

  C'est l'interprète de l'honneur.
Cet honneur attaqué dans le fond de mon cœur,
  S'en indigne sur mon visage.
O ciel ! que devenir, s'il était mon vainqueur !
  Je le crains, je me crains moi-même,

Je tremble de l'aimer , & je ne fais s'il m'aime.

LÉONOR.

Il voit que votre orgueil ferait trop offenfé
Par ce mot dangereux , fi charmant & fi tendre ;
Il ne vous l'a pas prononcé ,
Mais qu'il fait bien le faire entendre !

CONSTANCE.

Ah ! fon refpeƈt encor eft un charme de plus.
Alamir ! Alamir a toutes les vertùs.

LÉONOR.

Que lui manque - t - il donc ?

CONSTANCE.

Le hazard , la naiffance.
Quelle injuftice ! ô ciel ! … mais fa magnificence ,
Ces fêtes , cet éclat , fes étonnans exploits ,
Ce grand air , fes difcours , fon ton même , fa voix….

LÉONOR.

Ajoutez - y l'amour , qui parle en fa défenfe.
Sans doute il eft du fang des Rois.

CONSTANCE.

Tout me le dit , & je le crois.
Son amour délicat voulait que je rendiffe ,
A tant de grandeur d'ame , à ce rare fervice ,
Ce qu'ailleurs on immole à fon ambition.
Ah ! fi pour m'éprouver , il m'a caché fon nom ,
S'il n'a jamais d'autre artifice ,
S'il eft Prince , s'il m'aime ! … O ciel ! que me veut-on ?

S C E N E I I I.

CONSTANCE, LÉONOR, SANCHETTE.

S A N C H E T T E.

MAdame , à vos genoux , fouffrez que je me jette.
　　Madame , protégez Sanchette ;
Je vous ai mal connue , & pourtant malgré moi,
Je fentais du refpeȼt , fans favoir bien pourquoi.
Vous voilà , je crois , Reine ; il faut à tout le monde
　　Faire du bien à tout moment ,
A commencer par moi.
　　　　　C O N S T A N C E.
　　　　　Si le fort me feconde ,
C'eft mon projet , du moins.
　　　　　L É O N O R.
　　　　　　　Eh bien , ma belle enfant,
Madame a des bontés ; quel bien faut-il vous faire ?
　　　　　S A N C H E T T E.
　　On dit le Duc de Foix vainqueur ;
Mais je prens peu de part au deftin de la guerre ;
Tout cela m'épouvante , & ne m'importe guère ;
J'aime , & c'eft tout pour moi.
　　　　　C O N S T A N C E.
　　　　　　　Votre aimable candeur
M'intéreffe pour vous ; parlez , foyez fincère.
　　　　　S A N C H E T T E.
　　Ah , je fuis de très-bonne foi.
J'aime Alamir , Madame , & j'avais fû lui plaire ;
　　Il devait parler à mon père ;

Il eſt de mes parens ; il vint ici pour moi.

    C O N S T A N C E *ſe tournant vers Léonor.*

Son parent , Léonor !

        S A N C H E T T E.

      En écoutant ma plainte ,

D'un profond déplaiſir votre ame ſemble atteinte !

        C O N S T A N C E.

Il l'aimait !

        S A N C H E T T E.

   Votre cœur paraît bien agité !

        C O N S T A N C E.

Je vous ai donc perdue , illuſion flatteuſe !

        S A N C H E T T E.

Peut - on ſe voir Princeſſe , & n'être pas heureuſe ?

        C O N S T A N C E.

   Hélas ! votre ſimplicité

Croit que dans la grandeur eſt la félicité ;

Vous vous trompez beaucoup ; ce jour doit vous apprendre

Que dans tous les états , il eſt des malheureux.

Vous ne connaiſſez pas mes deſtins rigoureux.

Au bonheur , croyez - moi , c'eſt à vous de prétendre.

Mon cœur , de ce grand jour , eſt encor effrayé ;

Le ciel me conduiſit de diſgrace en diſgrace ,

   Mon ſort peut - il être envié ?

        S A N C H E T T E.

   Votre Alteſſe me fait pitié ;

   Mais je voudrais être à ſa place.

Il ne tiendrait qu'à vous de finir mon tourment.

Alamir eſt tout fait pour être mon amant.

Je bénis bien le ciel que vous ſoyez Princeſſe ,

   Il faut un Prince à votre Alteſſe ;

   Tom. VII. & du Théâtre le cinquiéme.   E e e

Un fimple gentilhomme eft peu pour vos appas.
   Seriez - vous affez rigoureufe,
Pour m'ôter mon amant, en ne le prenant pas ?
   Vous qui femblez fi généreufe !

   CONSTANCE *ayant un peu rêvé.*

Allez,... ne craignez rien,... quoi ! le fang vous unit ?

   SANCHETTE.

Oui, Madame.

   CONSTANCE.

  Il vous aime !

   SANCHETTE.

    Oui, d'abord il l'a dit,

Et d'abord je l'ai cru ; souffrez que je le croye :
Madame, tout mon cœur avec vous fe déploye.
Chez meffieurs mes parens je me mourais d'ennui ;
Il faut qu'en l'époufant, pour comble de ma joye,
J'aille dans votre Cour vous fervir avec lui.

   CONSTANCE.

Vous ! avec Alamir ?

   SANCHETTE.

    Vous connaiffez fon zèle,

Madame, qu'avec lui, votre Cour fera belle !
   Quel plaifir de vous y fervir !
Ah ! quel charme de voir, & fa Reine, & fon Prince !
Un chagrin à la Cour donne plus de plaifir
   Que mille fêtes en province.
Mariez - nous, Madame, & faites - nous partir.

   CONSTANCE.

Etouffe tes foupirs, malheureufe Conftance ;
Soyons en tous les tems digne de ma naiffance....
Oui, vous l'épouferez .... comptez fur mon appui.

Au vaillant Alamir , je dois ma délivrance ;
Il a tout fait pour moi.... je vous unis à lui ;
   Et vous ferez fa récompenfe.

    S A N C H E T T E.
Parlez donc à mon père.

    C O N S T A N C E.
    Oui.

    S A N C H E T T E.
      Parlez aujourd'hui ,
Tout-à-l'heure.

    C O N S T A N C E.
   Oui... quel trouble & quel effort extrême !

    S A N C H E T T E.
Quel excès de bonté ! je tombe à vos genoux ,
  Madame , & je ne fais qui j'aime ,
Le plus fincérement d'Alamir ou de vous.

   (*Elle fait quelques pas pour s'en aller.*)

    C O N S T A N C E.
De mon fort ennemi la rigueur eft conftante.

   S A N C H E T T E *revenant.*
C'eft à condition que vous m'emménerez.

    C O N S T A N C E.
C'en eft trop.

    S A N C H E T T E.
  De nous deux vous ferez fi contente.

(*à Léonor.*)
Avertiffez-moi , vous , lorfque vous partirez.

      (*En s'en allant.*)
  Que je fuis une heureufe fille !
Qu'on va me refpeéter ce foir dans ma famille !

       Eee ij

SCENE IV.

CONSTANCE, LÉONOR.

CONSTANCE.

A Quels maux différens tous mes jours font livrés !
Léonor , connais - tu ma peine & mon outrage ?

LÉONOR.

Je fupportais , Madame , avec tranquillité ,
Les perfécutions , le couvent , le voyage ;
  J'effuyais même avec gayeté
  Ces infortunes de paffage.
Vous me faites enfin connaître la douleur ,
Tout le refte n'eft rien près des peines du cœur ;
  Le vrai malheur eft fon ouvrage.

CONSTANCE.

Je fuis accoutumée à dompter le malheur.

LÉONOR.

Ainfi par vos bontés , fa parente l'époufe.
  Il méritait d'autres appas.

CONSTANCE.

  Si j'étais fon égale , hélas !
  Que mon ame ferait jaloufe !
Oublions Alamir , fes vertus , fes attraits ,
  Ce qu'il eft , ce qu'il devrait être.
Tout ce qui de mon cœur s'eft prefque rendu maître.
  Non , je ne l'oublîrai jamais.

LÉONOR.

Vous ne l'oublîrez point ! vous le cédez !

C O N S T A N C E.

Sans doute.

L É O N O R.

Hélas ! que cet effort vous coûte !
Mais ne ferait - il point un effort généreux,
  Non moins grand , beaucoup plus heureux ?
Celui d'être au - deſſus de la grandeur ſuprême ?
Vous pouvez aujourd'hui diſpoſer de vous - même.
Elever un héros , eſt - ce vous avilir ?
  Eſt - ce donc par orgueil qu'on aime ?
  N'a - t - on que des Rois à choiſir ?
Alamir ne l'eſt pas , mais il eſt brave & tendre.

C O N S T A N C E.

Non , le devoir l'emporte , & tel eſt ſon pouvoir.

L É O N O R.

  Hélas , gardez - vous bien de prendre
  La vanité pour le devoir.
Que réſolvez - vous donc ?

C O N S T A N C E.

   Moi ! d'être au deſeſpoir ,
D'obéir en pleurant à ma gloire importune,
D'éloigner le héros dont je me ſens charmer ,
De goûter le bonheur de faire ſa fortune ,
Ne pouvant me livrer au bonheur de l'aimer.

 (*On entend derrière le théâtre un bruit de trompettes.*)

C H Œ U R.

  Triomphe Victoire ,
 L'équité marche devant nous ;
  Le ciel y joint la Gloire ,
 L'ennemi tombe ſous nos coups.
  Triomphe Victoire.

LÉONOR.

Eft-ce le Duc de Foix qui prétend par des fêtes,
Vous mettre encor, Madame, au rang de fes conquêtes ?

CONSTANCE.

Ah ! je détefte le parti,
Dont la Victoire a fecondé fes armes ;
Quel qu'il foit, Léonor, il eft mon ennemi.
Puiffe le Duc de Foix auteur de mes allarmes,
Puiffent Don Pedre & lui l'un par l'autre périr !
Mais, ô ciel ! confervez mon vengeur Alamir,
Dût-il ne point m'aimer, dût-il caufer mes larmes.

SCENE V.

LE DUC DE FOIX, CONSTANCE, LÉONOR.

LE DUC DE FOIX.

Madame, les Français ont délivré ces lieux ;
Don Pedre eft defcendu dans la nuit éternelle.
Gafton de Foix victorieux,
Attend encor une gloire plus belle,
Et demande l'honneur de paraître à vos yeux.

CONSTANCE.

Que dites-vous, & qu'ofez-vous m'apprendre ?
Il paraîtrait en des lieux où je fuis !
Don Pedre eft mort, & mes ennuis
Survivraient encor à fa cendre !

LE DUC DE FOIX.

Gafton de Foix vainqueur en ces lieux va fe rendre.
J'ai combattu fous lui ; j'ai vû dans ce grand jour,
Ce que peut le courage, & ce que peut l'amour.

Pour moi, feul malheureux, (fi pourtant je peux l'être,
Quand des jours plus fereins pour vous femblent renaître)
Pénétré, plein de vous, jufqu'au dernier foupir,
Je n'ai qu'à m'éloigner, ou plutôt qu'à vous fuir.

CONSTANCE.

Vous partez !

LE DUC DE FOIX.

Je le dois.

CONSTANCE.

Arrêtez, Alamir.

LE DUC DE FOIX.

Madame !

CONSTANCE.

Demeurez, je fais trop quelle vuë
Vous conduifit en ce féjour.

LE DUC DE FOIX.

Quoi, mon ame vous eft connuë ?

CONSTANCE.

Oui.

LE DUC DE FOIX.

Vous fauriez ?

CONSTANCE.

Je fais que d'un tendre retour
On peut payer vos vœux. Je fais que l'innocence,
Qui des dehors du monde a peu de connaiffance,
Peut plaire & connaître l'amour.
Je fais qui vous aimiez, & même avant ce jour....
Elle eft votre parente, & doublement heureufe.
Je ne m'étonne point qu'une ame vertueufe,
Ait pû vous chérir à fon tour.
Ne partez point, je vais en parler à fa mère.

La doter richement , eſt le moins que je doi ;
Devenant votre épouſe elle me ſera chère ;
Ce que vous aimerez aura des droits ſur moi.

  Dans vos enfans je chérirai leur père ;
Vos parens , vos amis , me tiendront lieu des miens ;
Je les comblerai tous de dignités , de biens.
C'eſt trop peu pour mon cœur & rien pour vos ſervices.
Je ne ferai jamais d'aſſez grands ſacrifices ;
Après ce que je dois à vos heureux ſecours ,
Cherchant à m'acquitter je vous devrai toûjours.

   L e D u c d e F o i x.

Je ne m'attendais pas à cette récompenſe.
Madame , ah ! croyez - moi , votre reconnaiſſance
Pourrait me tenir lieu de plus grands châtimens.
Non , vous n'ignorez pas mes ſecrets ſentimens ;
Non , vous n'avez point cru qu'une autre ait pû me plaire.
Vous voulez , je le vois , punir un téméraire ;
Mais laiſſez - le à lui - même , il eſt aſſez puni.
Sur votre renommée , à vous ſeule aſſervi ,
Je me crus fortuné pourvû que je vous viſſe ;
Je crus que mon bonheur était dans vos beaux yeux ;
Je vous vis dans Burgos , & ce fut mon ſupplice.

  Oui , c'eſt un châtiment des Dieux ,
D'avoir vû de trop près leur chef - d'œuvre adorable :
Le reſte de la terre en eſt inſupportable :
Le ciel eſt ſans clarté , le monde eſt ſans douceurs :
On vit dans l'amertume , on dévore ſes larmes ;
Et l'on eſt malheureux auprès de tant de charmes ,
  Sans pouvoir être heureux ailleurs.

   C o n s t a n c e.

Quoi , je ferais la cauſe & l'objet de vos peines !

        Quoi ,

Quoi , cette innocente beauté
Ne vous tenait pas dans fes chaînes !
Vous ofez !

LE DUC DE FOIX.

Cet aveu plein de timidité ,
Cet aveu de l'amour le plus involontaire ,
Le plus pur à la fois , & le plus emporté ,
Le plus refpectueux , le plus fûr de déplaire ;
Cet aveu malheureux peut - être a mérité
Plus de pitié que de colère.

CONSTANCE.

Alamir , vous m'aimez !

LE DUC DE FOIX.

Oui , dès longtems ce cœur ,
D'un feu toûjours caché brûlait avec fureur ;
De ce cœur éperdu voyez toute l'yvreffe ;
A peine encor connu par ma faible valeur ,
Né fimple cavalier , amant d'une Princeffe ,
Jaloux d'un Prince & d'un vainqueur ,
Je vois le Duc de Foix amoureux , plein de gloire ,
Qui , du grand Du Guefclin compagnon fortuné ,
Aux yeux de l'Anglais confterné ,
Va vous donner un Roi des mains de la Victoire.
Pour toute récompenfe , il demande à vous voir ;
Oubliant fes exploits , n'ofant s'en prévaloir ,
Il attend fon arrêt , il l'attend en filence.
Moins il efpère , & plus il femble mériter ;
Eft-ce à moi de rien difputer ,
Contre fon nom , fa gloire , & furtout fa conftance ?

CONSTANCE.

A quoi fuis-je réduite ! Alamir , écoutez :

Vos malheurs font moins grands que mes calamités ;
Jugez - en ; concevez mon defefpoir extrême.
Sachez que mon devoir eft de ne voir jamais
   Ni le Duc de Foix , ni vous - même.
Je vous ai déja dit à quel point je le hais ,
Je vous dis encor plus ; fon crime impardonnable
   Excitait mon jufte couroux ;
Ce crime jufqu'ici le fit feul haïffable ,
Et je crains à préfent de le haïr pour vous.
Après un tel difcours , il faut que je vous quitte.

    L E D U C D E F O I X.

Non , Madame , arrêtez ; il faut que je mérite
Cet oracle étonnant qui paffe mon efpoir.
Donner pour vous ma vie , eft mon premier devoir ;
Je puis punir encor ce rival redoutable ,
Même au milieu des fiens je puis percer fon flanc ,
Et noyer tant de maux dans les flots de fon fang ;
J'y cours.

     C O N S T A N C E.

  Ah ! demeurez , quel projet effroyable !
Ah ! refpeétez vos jours à qui je dois les miens ;
Vos jours me font plus chers que je ne hais les fiens.

    L E D U C D E F O I X.

Mais eft - il en effet fi fûr de votre haine ?

     C O N S T A N C E.

Hélas ! plus je vous vois , plus il m'eft odieux.

 L E D U C D E F O I X *fe jettant à genoux , & préfentant fon épée.*
Puniffez donc fon crime en terminant fa peine ,
Et puifqu'il doit mourir , qu'il expire à vos yeux.
Il bénira vos coups ; frappez , que cette épée
Par vos divines mains foit dans fon fang trempée ;

Dans ce fang malheureux , brûlant pour vos attraits.
C O N S T A N C E *l'arrêtant.*

Ciel ! Alamir , que vois - je , & qu'avez - vous pû dire ?
Alamir , mon vengeur , vous par qui je refpire......
Etes - vous celui que je hais ?

L E D U C D E F O I X.

Je fuis celui qui vous adore ;

Je n'ofe prononcer encore

Ce nom haï longtems , & toûjours dangereux ;
Mais parlez , de ce nom faut - il que je jouiffe ?
Faudra - t - il qu'avec moi ma mort l'enfeveliffe ,
Ou que de tous les noms il foit le plus heureux ?
J'attens de mon deftin l'arrêt irrévocable ;
Faut - il vivre , faut - il mourir ?

C O N S T A N C E.

Ne vous connaiffant pas je croyais vous haïr ;
Votre offenfe à mes yeux femblait inexcufable.
Mon cœur à fon couroux s'était abandonné ;
Mais je fens que ce cœur vous aurait pardonné ,
S'il avait connu le coupable.

L E D U C D E F O I X.

Quoi ! ce jour a donc fait ma gloire & mon bonheur !
C O N S T A N C E.

De Don Pedre & de moi vous êtes le vainqueur.

S C E N E V I.

MORILLO, SANCHETTE, HERNAND, & les
acteurs de la fcène précédente , Suite.

M O R I L L O.

ALlons, une Princeffe eft bonne à quelque chofe ;
Fff ij

Puifqu'elle veut te marier,
Et que ton bon cœur s'y difpofe,
Je vais au plus vîte, & pour caufe,
Avec Alamir te lier,
Et conclure à l'inftant la chofe.

(*Appercevant Alamir qui parle bas , & qui embraffe les
genoux de la Princeffe.*)

Oh ! oh ! que fait donc là mon petit officier ?
Avec elle tout bas il caufe,
D'un air tant foit peu familier.

S A N C H E T T E.

A genoux il va la prier
De me donner à lui pour femme :
Elle ne répond point, ils font d'accord.

C O N S T A N C E *au Duc de Foix , à qui elle parlait
bas auparavant.*

Mon ame,
Mes Etats, mon deftin, tout eft au Duc de Foix ;
Je vous le dis encor, vos vertus, vos exploits
Me font moins chers que votre flamme.

S A N C H E T T E.

Le Duc de Foix ? Mon père, avez-vous entendu ?

M O R I L L O.

Lui, Duc de Foix ! te mocques-tu ?
Il eft notre parent.

S A N C H E T T E.

S'il allait ne plus l'être ?

H E R N A N D.

Il vous faut avouer que ce héros mon maître,
Qui fut votre parent pendant une heure ou deux,

Eſt un Prince puiſſant , galant , victorieux ;
Et qu'il s'eſt fait enfin connaître.

LE DUC DE FOIX *en ſe retournant vers Hernand.*
Ah ! dites ſeulement qu'il eſt un Prince heureux ;
Dites que pour jamais , il conſacre ſes vœux
A cet objet charmant notre unique eſpérance ,
La gloire de l'Eſpagne , & l'amour de la France.

SANCHETTE.
Adieu mon mariage ! Hélas trop bonnement ,
Moi j'ai crû qu'on m'aimait.

MORILLO.
Quelle étrange journée !

SANCHETTE.
A qui ferai-je donc ?

CONSTANCE.
A ma cour amenée ,
Je vous promets un établiſſement ;
J'aurai ſoin de votre hyménée.

LÉONOR.
Ce ſera , s'il vous plait , avec un autre amant.

SANCHETTE *à la Princeſſe.*
Si je vis à vos pieds , je ſuis trop fortunée.

MORILLO.
Le Duc de Foix , comme je voi ,
Me faiſait donc l'honneur de ſe moquer de moi.

LE DUC DE FOIX.
Il faudra bien qu'on me pardonne.
La Victoire & l'Amour ont comblé tous nos vœux ;
Qu'au plaiſir déſormais ici tout s'abandonne :
Conſtance daigne aimer , l'univers eſt heureux.

Fin du troiſiéme acte.

Fff iij

DIVERTISSEMENT

QUI TERMINE LE SPECTACLE.

Le théâtre repréfente les Pyrénées, L'AMOUR *defcend fur un char , fon arc à la main.*

L'AMOUR.

D E rochers entaſſés , amas impénétrable ,
Immenſe Pyrénée , en vain vous ſéparez
Deux peuples généreux à mes loix confacrés ,
    Cédez à mon pouvoir aimable ;
Ceſſez de diviſer les climats que j'unis ;
    Superbe montagne obéis ;
Difparaiſſez , tombez , impuiſſante barrière.
    Je veux dans mes peuples chéris ,
    Ne voir qu'une famille entière.
Reconnaiſſez ma voix & l'ordre de Louïs :
Difparaiſſez , tombez , impuiſſante barrière.

CHŒUR D'AMOURS.

Difparaiſſez , tombez , impuiſſante barrière.

(*La montagne s'abîme infenfiblement , les acteurs chantans & danfans fur le théâtre qui n'eſt pas encor orné.*)

L'AMOUR.

Par les mains d'un grand Roi, le fier Dieu de la guerre ,
    A vû les remparts écroulés ,
     Sous les coups redoublés ,
     De fon nouveau tonnerre ;
    Je dois triompher à mon tour :

Pour changer tout fur la terre ,
Un mot fuffit à l'Amour.

C H œ U R *des fuivans de l'Amour.*

Difparaiffez , tombez , impuiffante barrière.

*Il fe forme à la place de la montagne un vafte & magnifique
temple confacré à l'Amour , au fond duquel eft un trône que
l'Amour occupe.*

*Ce temple eft rempli de quatre quadrilles diftinguées par leurs
habits & par leurs couleurs ; chaque quadrille a fes drapeaux.*

Celle de F R A N C E *porte dans fon drapeau pour devife un lis
entouré de rejettons.* Lilia per orbem.

*L'*E S P A G N E *un foleil & un parélie.* Sol è Sole.

La quadrille de N A P L E S. Recepit & fervat.

La quadrille de D O N P H I L I P P E. Spe & animo.

(*On danfe.*)

(*Paroles fur une Chaconne.*)
Amour , Dieu charmant , ta puiffance
A formé ce nouveau féjour ;
Tout reffent ici ta puiffance ,
Et le monde entier eft ta cour.

U N E F R A N Ç A I S E.
Les vrais fujets du tendre Amour
Sont le peuple heureux de la France.

L E C H œ U R.
Amour , Dieu charmant , ta puiffance
A formé ce nouveau féjour , &c.

(*On danfe.*)

Après la danfe U N E V O I X *chante alternativement avec le Chœur.*
Mars , Amour font nos Dieux ,

Nous les fervons tous deux ;

✻·✻

Accourez après tant d'allarmes ,
Volez , plaifirs , enfans des cieux ,
Au cri de Mars , au bruit des armes ,
Mêlez vos fons harmonieux :
A tant d'exploits victorieux ;
Plaifirs , mefurez tous vos charmes.
(*On danfe.*)
C H Œ U R.
La gloire toûjours nous appelle ,
Nous marchons fous fes étendars ,
Brûlant de l'ardeur la plus belle
Pour Louïs , pour l'Amour & Mars.
D u o.
Charmans plaifirs , nobles hazards ,
Quel peuple vous eft plus fidelle ?
C H Œ U R.
Mars , Amour font nos Dieux ,
Nous les fervons tous deux.
(*On continue la danfe.*)
UN F R A N Ç A I S.
Amour , Dieu des héros , fois la fource féconde
De nos exploits victorieux ;
Fai toûjours de nos Rois , les premiers Rois du monde ,
Comme tu l'es des autres Dieux.
(*On danfe.*)
UN ESPAGNOL & UN NAPOLITAIN.
A jamais de la France
Recevons nos Rois ,

Que

Que la même vaillance
Triomphe fous les mêmes loix.
(*On danfe.*)
(*Air de trompettes fuivi d'un air de mufettes. Parodies fur*
l'un & l'autre.)
UN FRANÇAIS.
Hymen, frère de l'Amour,
Defcen dans cet heureux féjour.

Voi ta plus brillante fête
Dans ton empire le plus beau ,
C'eft la gloire qui l'apprête,
Elle allume ton flambeau ,
Ses lauriers ceignent ta tête.

Hymen , frère de l'Amour,
Defcen dans cet heureux féjour.

(L'HYMEN *defcend dans un char accompagné de l'*AMOUR,
*pendant que le Chœur chante ; l'*HYMEN *&* l'AMOUR
forment une danfe caractérifée ; ils fe fuyent , ils fe chaffent
tour à tour ; ils fe réuniffent , ils s'embraffent & changent
de flambeau.)
D U O.
Charmant hymen , Dieu tendre , Dieu fidelle,
Sois la fource éternelle
Du bonheur des humains :
Régnez , race immortelle ,
Féconde en Souverains.

PREMIERE VOIX.   SECONDE VOIX.
Donnez de juftes loix.   Triomphez par les armes.
PREMIERE VOIX.
Epargnez tant de fang , effuyez tant de larmes ;

SECONDE VOIX.

Non, c'eſt à la Victoire à nous donner la paix.

Enſemble.

Dans vos mains gronde le tonnerre,

Effrayez ⎫
Raſſurez ⎬ la terre.

Frappez vos ennemis, répandez vos bienfaits.

(*On reprend.*)

Charmant hymen, Dieu tendre, &c.

(*On danſe.*)

BALLET GENERAL DES QUATRE QUADRILLES.

GRAND CHŒUR.

Régnez, race immortelle,

Féconde en Souverains, &c.

LE TEMPLE

DE

LA GLOIRE.

Fête donnée à Versailles, le 27 Novembre 1745.

PREFACE.

APrès une victoire signalée , après la prise de sept villes à la vûe d'une armée ennemie , & la paix offerte par le vainqueur ; le spectacle le plus convenable qu'on pût donner au Souverain & à la Nation , qui ont fait ces grandes actions , était le *Temple de la Gloire*.

Il était tems d'essayer si le vrai courage , la modération , la clémence qui suit la victoire , la félicité des peuples , étaient des sujets aussi susceptibles d'une musique touchante , que de simples dialogues d'amour , tant de fois répétés sous des noms différens , & qui semblaient réduire à un seul genre la poësie lyrique.

Le célèbre *Metastazio* dans la plûpart des fêtes qu'il composa pour la Cour de l'Empereur *Charles VI*, osa faire chanter des maximes de morale ; & elles plûrent ; on a mis ici en action , ce que ce génie singulier avait eu la hardiesse de présenter , sans le secours de la fiction & sans l'appareil du spectacle.

Ce n'est pas une imagination vaine & romanesque que le trône de la Gloire , élevé auprès du séjour des Muses , & la caverne de l'Envie , placée entre ces deux temples, Que la Gloire doive nommer l'homme le plus digne d'être coũronné par elle , ce n'est là que l'image sensible du jugement des honnêtes gens , dont l'approbation est le prix le plus flatteur que puissent se proposer les Princes ; c'est cette estime des contemporains , qui assure celle de la postérité ; c'est elle qui a mis les *Titus* au-dessus des *Domitiens* , *Louïs XII* au-dessus de *Louïs XI* , & qui a distingué *Henri IV* de tant de Rois.

On introduit ici trois espèces d'hommes qui se présentent à la Gloire , toûjours prête à recevoir ceux qui le méritent, & à exclure ceux qui sont indignes d'elle.

Le second acte désigne , sous le nom de *Bélus* , les con-

Ggg iij

quérans injuftes & fanguinaires dont le cœur eft faux & farouche.

Bélus enyvré de fon pouvoir, méprifant ce qu'il a aimé, facrifiant tout à une ambition cruelle, croit que des actions barbares & heureufes doivent lui ouvrir ce temple ; mais il en eft chaffé par les Mufes qu'il dédaigne, & par les Dieux qu'il brave.

Bacchus conquérant de l'Inde, abandonné à la molleffe & aux plaifirs, parcourant la terre avec fes Bacchantes, eft le fujet du troifiéme acte ; dans l'yvreffe de fes paffions, à peine cherche-t-il la Gloire ; il la voit, il en eft touché un moment ; mais les premiers honneurs de ce temple ne font pas dûs à un homme qui a été injufte dans fes conquêtes & effréné dans fes voluptés.

Cette place eft dûe au héros qui paraît au quatriéme acte ; on a choifi *Trajan* parmi les Empereurs Romains qui ont fait la gloire de Rome & le bonheur du monde. Tous les hiftoriens rendent témoignage que ce Prince avait les vertus militaires & fociables, & qu'il les couronnait par la juftice ; plus connu encor par fes bienfaits que par fes victoires ; il était humain, acceffible ; fon cœur était tendre, & cette tendreffe était dans lui une vertu ; elle répandait un charme inexprimable fur ces grandes qualités qui prennent fouvent un caractère de dureté, dans une ame qui n'eft que jufte.

Il favait éloigner de lui la calomnie : il cherchait le mérite modefte pour l'employer & le récompenfer, parce qu'il était modefte lui-même ; & il le démêlait, parce qu'il était éclairé : il dépofait avec fes amis, le fafte de l'Empire ; fier avec fes feuls ennemis ; & la clémence prenait la place de cette hauteur après la victoire. Jamais on ne fut plus grand & plus fimple. Jamais Prince ne goûta comme lui, au milieu des foins d'une Monarchie immenfe, les douceurs de la vie privée & les charmes de l'amitié. Son nom eft encor cher à toute la terre ; fa mémoire même fait encor des heureux, elle infpire une noble & tendre émulation aux cœurs qui font nés dignes de l'imiter.

Trajan dans ce poëme, ainfi que dans fa vie, ne court pas après la Gloire ; il n'eft occupé que de fon devoir, &

la Gloire vole au‑devant de lui ; elle le couronne , elle le place dans fon temple , il en fait le temple du bonheur pu‑ blic. Il ne rapporte rien à foi , il ne fonge qu'à être le bien‑ faiteur des hommes ; & les éloges de l'Empire entier vien‑ nent le chercher , parce qu'il ne cherchait que le bien de l'Empire.

Voilà le plan de cette fête , il eft au‑deffus de l'exécution, & au‑deffous du fujet ; mais quelque faiblement qu'il foit traité , on fe flatte d'être venu dans un tems où ces feules idées doivent plaire.

ACTEURS ET ACTRICES
CHANTANS DANS TOUS LES CHŒURS.

DU COTÉ DU ROI,	DU COTÉ DE LA REINE,
Huit femmes & feize hommes.	Huit femmes & feize hommes.
Mufettes , haut - bois , baſſons.	

ACTEURS CHANTANS *au premier acte.*

L' E N V I E.

A P O L L O N.

Une Muſe.

Démons de la ſuite de l'Envie.

Muſes & Héros de la ſuite d'Apollon.

ACTEURS DANSANS *au premier acte.*

Huit Démons.

Sept Héros.

Les neuf Muſes.

LE

LE TEMPLE

DE

LA GLOIRE.

ACTE PREMIER.

Le théâtre repréfente la caverne de l'ENVIE. On voit à tra-
vers les ouvertures de la caverne , une partie du TEMPLE
DE LA GLOIRE *qui eſt dans le fond , & les berceaux*
des Muſes qui ſont ſur les aîles.

L'ENVIE & ſes ſuivans , *une torche à la main.*

L'ENVIE.

PRofonds abîmes du Ténare ,
Nuit affreuſe , éternelle nuit ,
Dieux de l'oubli , Dieux du Tartare ,
Eclipſez le jour qui me luit ;
Démons , apportez - moi votre ſecours barbare ,
Contre le Dieu qui me pourſuit.

Les Muſes & la Gloire ont élevé leur temple
Dans ces paiſibles lieux :
Qu'avec horreur je les contemple !

Tom. VII. & du Théâtre le cinquiéme.   Hhh

Que leur éclat blesse mes yeux !
Profonds abîmes du Ténare,
Nuit affreuse, éternelle nuit,
Dieux de l'oubli, Dieux du Tartare,
Eclipsez le jour qui me luit ;
Démons, apportez-moi votre secours barbare,
Contre le Dieu qui me poursuit.

SUITE DE L'ENVIE.

Notre gloire est de détruire,
Notre sort est de nuire ;
Nous allons renverser ces affreux monumens,
Nos coups redoutables
Sont plus inévitables
Que les traits de la mort & le pouvoir du tems.

L'ENVIE.

Hâtez-vous, vengez mon outrage ;
Des Muses que je hais embrasez le bocage,
Ecrasez sous ces fondemens,
Et la Gloire, & son temple, & ses heureux enfans,
Que je hais encor davantage.
Démons ennemis des vivans,
Donnez ce spectacle à ma rage.

Les suivans de l'ENVIE dansent & forment un Ballet figu-
ré ; un Héros vient au milieu de ces Furies, étonnées à son
approche ; il se voit interrompu par les suivans de l'ENVIE,
qui veulent en vain l'effrayer.

APOLLON *entre, suivi des Muses, de demi-Dieux & de*
Héros.

APOLLON.

Arrêtez, monstres furieux.
Fui mes traits, crain mes feux, implacable Furie.

L'ENVIE.

Non, ni les mortels, ni les dieux
-Ne pourront défarmer l'Envie.

APOLLON.

Ofes-tu fuivre encor mes pas ?
Ofes-tu foutenir l'éclat de ma lumière ?

L'ENVIE.

Je troublerai plus de climats,
Que tu n'en vois dans ta carrière.

APOLLON.

Mufes & demi-Dieux, vengez-moi, vengez-vous.

Les HEROS *& les demi-Dieux faififfent l'*ENVIE.

L'ENVIE.

Non, c'eft en vain que l'on m'arrête.

APOLLON.

Etouffez ces ferpens qui fifflent fur fa tête.

L'ENVIE.

Ils renaîtront cent fois pour fervir mon couroux.

APOLLON.

Le ciel ne permet pas que ce monftre périffe,
Il eft immortel comme nous :
Qu'il fouffre un éternel fupplice.
Que du bonheur du monde il foit infortuné ;
Qu'auprès de la Gloire il gémiffe,
Qu'à fon trône il foit enchainé.

L'Antre de L'ENVIE *s'ouvre, & laiffe voir* le temple de la
Gloire. *On l'enchaine aux pieds du trône de cette Déeffe.*

CHŒUR DES MUSES & DEMI-DIEUX.

Ce monftre toûjours terrible
Sera toûjours abattu :

Hhh ij

Les arts , la gloire , la vertu
Nourriront ſa rage inflexible.

A P O L L O N *aux Muſes.*

Vous , entre ſa caverne horrible
Et ce temple où la Gloire appelle les grands cœurs ,
Chantez , filles des Dieux , ſur ce côteau paiſible :
La Gloire & les Muſes ſont ſœurs.

*La caverne de l'*E N V I E *achève de diſparaître. On voit les
deux côteaux du Parnaſſe. Des berceaux ornés de guirlandes de fleurs , ſont à mi - côte ; & le fond du théâtre eſt
compoſé de trois arcades de verdure , à travers leſquelles on
voit le temple de la Gloire dans le lointain.*

A P O L L O N *continue.*

Pénétrez les humains de vos divines flammes ,
Charmez , inſtruiſez l'univers ,
Régnez , répandez dans les ames
La douceur de vos concerts.
Pénétrez les humains de vos divines flammes ,
Charmez , inſtruiſez l'univers.

Danſe des Muſes & des Héros.

C H Œ U R   D E S   M U S E S.

Nous calmons les allarmes ,
Nous chantons , nous donnons la paix ;
Mais tous les cœurs ne ſont pas faits
Pour ſentir le prix de nos charmes.

U N E   M U S E.

Qu'à nos loix à jamais dociles ,
Dans nos champs , nos tendres Paſteurs ,
Toûjours ſimples , toûjours tranquiles ,
Ne cherchent point d'autres honneurs :

Que quelquefois , loin des grandeurs ,
Les Rois viennent dans nos aziles.

C H Œ U R   D E S   M U S E S.

Nous calmons les allarmes ,
Nous chantons , nous donnons la paix ;
Mais tous les cœurs ne font pas faits
Pour fentir le prix de nos charmes.

Fin du premier acte.

ACTEURS CHANTANS au fecond acte.

L I D I E.

A R S I N E, confidente de Lidie.

Bergers & Bergères.

Une Bergère.

Un Berger.

Un autre Berger.

B É L U S.

Rois captifs, & foldats de la fuite de Bélus.

A P O L L O N.

Les neuf Mufes.

ACTEURS DANSANS au fecond acte.

Bergers & Bergères.

ACTE II.

Le théâtre repréfente le bocage des Mufes. Les deux côtés du théâtre font formés des deux collines du Parnaffe. Des berceaux entrelaffés de lauriers & de fleurs , régnent fur le penchant des collines ; au-deffous font des grottes percées à jour, ornées comme les berceaux , dans lefquelles font des Bergers & Bergères ; le fond eft compofé de trois grands berceaux en architecture.

LIDIE, ARSINE, BERGERS ET BERGERES.

LIDIE.

OUi , parmi ces Bergers aux Mufes confacrés ,
Loin d'un tyran fuperbe & d'un amant volage ,
Je trouverai la paix , je calmerai l'orage
Qui trouble mes fens déchirés.

ARSINE.

Dans ces retraites paifibles ,
Les Mufes doivent calmer
Les cœurs purs , les cœurs fenfibles ,
Que la cour peut opprimer.
Cependant vous pleurez , votre œil en vain contemple
Ces bois , ces nymphes , ces pafteurs ;
De leur tranquillité fuivez l'heureux exemple.

LIDIE.

La Gloire a vers ces lieux fait élever fon temple ;
La honte habite dans mon cœur !

La Gloire en ce jour même, au plus grand Roi du monde,
Doit donner de ses mains un laurier immortel ;
Bélus va l'obtenir.

ARSINE.

Votre douleur profonde
Redouble à ce nom si cruel.

LIDIE.

Bélus va triompher de l'Asie enchaînée ;
Mon cœur & mes Etats sont au rang des vaincus.
L'ingrat me promettait un brillant hyménée ;
Il me trompait du moins ; il ne me trompe plus ,
Il me laisse , je meurs , & meurs abandonnée !

ARSINE.

Il a trahi vingt Rois ; il trahit vos appas ,
Il ne connaît qu'une aveugle puissance.

LIDIE.

Mais , vers la Gloire il adresse ses pas ;
Pourra - t - il sans rougir , soutenir ma présence ?

ARSINE.

Les tyrans ne rougissent pas.

LIDIE.

Quoi , tant de barbarie avec tant de vaillance !
O Muses , soyez mon appui ;
Secourez - moi contre moi - même ;
Ne permettez pas que j'aime
Un Roi qui n'aime que lui.

LES BERGERS ET LES BERGERES, *confacrés aux Mufes, fortent des antres du Parnaffe, au fon des inftrumens champêtres.*

LIDIE *aux Bergers.*

Venez, tendres Bergers, vous qui plaignez mes larmes,
Mortels heureux, des Mufes infpirés,
Dans mon cœur agité répandez tous les charmes
De la paix que vous célébrez.

LES BERGERS EN CHŒUR.

Oferons-nous chanter fur nos faibles mufettes,
Lorfque les horribles trompettes
Ont épouvanté les échos!

UNE BERGERE.

Que veulent donc tous ces Héros?
Pourquoi troublent-ils nos retraites?

LIDIE.

Au temple de la Gloire ils cherchent le bonheur.

LES BERGERS.

Il eft aux lieux où vous êtes,
Il eft au fond de notre cœur.

UN BERGER.

Vers ce temple, où la mémoire
Confacre les noms fameux,
Nous ne levons point nos yeux;
Les Bergers font affez heureux
Pour voir au moins que la Gloire
N'eft point faite pour eux.

On entend un bruit de timbales & de trompettes.

CHŒUR DE GUERRIERS *qu'on ne voit pas encore.*

La guerre fanglante,

La mort, l'épouvante,
Signalent nos fureurs.
Livrons-nous un paffage,
A travers le carnage,
Au faîte des grandeurs.

PETIT CHŒUR DE BERGERS.

Quels fons affreux, quel bruit fauvage!
O Mufes, protégez nos fortunés climats.

UN BERGER.

O Gloire, dont le nom femble avoir tant d'appas,
Serait ce-là votre langage?

BÉLUS *paraît fous le berceau du milieu, entouré de fes guerriers; il eft fur un trône porté par huit Rois enchaînés.*

BÉLUS.

ROis qui portez mon trône, efclaves couronnés,
Que j'ai daigné choifir pour orner ma victoire;
Allez, allez m'ouvrir le temple de la Gloire,
Préparez les honneurs qui me font deftinés.

· *Il defcend & continue.*

Je veux que votre orgueil feconde
Les foins de ma grandeur;
La Gloire, en m'élevant au premier rang du monde,
Honore affez votre malheur.

Sa fuite fort.

On entend une mufique douce.

Mais quels accens pleins de molleffe
Offenfent mon oreille & révoltent mon cœur!

LIDIE.

L'humanité, grands Dieux, eft-elle une faibleffe?

Parjure amant, cruel vainqueur,
Mes cris te pourſuivront ſans ceſſe.

BÉLUS.

Vos plaintes & vos cris ne peuvent m'arrêter ;
La Gloire loin de vous m'appelle ;
Si je pouvais vous écouter,
Je deviendrais indigne d'elle.

LIDIE.

Non, la Gloire n'eſt point barbare & ſans pitié ;
Non, tu te fais des Dieux à toi-même ſemblables ;
A leurs autels tu n'as ſacrifié
Que les pleurs & le ſang des mortels miſérables.

BÉLUS.

Ne condamnez point mes exploits ;
Quand on ſe veut rendre le maitre,
On eſt malgré ſoi quelquefois
Plus cruel qu'on ne voudrait être.

LIDIE.

Que je hais tes exploits heureux !
Que le ſort t'a changé ! Que ta grandeur t'égare !
Peut-être es-tu né généreux :
Ton bonheur t'a rendu barbare.

BÉLUS.

Je ſuis né pour dompter, pour changer l'univers :
Le faible oiſeau dans un bocage,
Fait entendre ſes doux concerts ;
L'aigle qui vole au haut des airs,
Porte la foudre & le ravage.
Ceſſez de m'arrêter par vos murmures vains,
Et laiſſez-moi remplir mes auguſtes deſtins.

BÉLUS *ſort pour aller au temple.*

L I D I E.

O Mufes puiffantes Déeffes ,
De cet ambitieux fléchiffez la fierté ;
Sécourez-moi contre fa cruauté ,
Ou du moins contre mes faibleffes.

A P O L L O N *& les Mufes defcendent dans un char qui re-*
pofe par les deux bouts fur les deux collines du Parnaffe.

Elles chantent en chœur.

Nous adouciffons
Par nos arts aimables ,
Les cœurs impitoyables ,
Ou nous les puniffons.

A P O L L O N.

Bergers , qui dans nos bocages ,
Apprîtes nos chants divins ,
Vous calmez les monftres fauvages ,
Fléchiffez les cruels humains.

LES BERGERS *danfent.*

A P O L L O N.

Vole , Amour , Dieu des Dieux , embelli mon empire ,
Défarme la guerre en fureur :
D'un regard , d'un mot , d'un fourire ,
Tu calmes le trouble & l'horreur ;
Tu peux changer un cœur ,
Je ne peux que l'inftruire.

Vole , Amour , Dieu des Dieux , embelli mon empire ,
Défarme la guerre en fureur.

BÉLUS *rentre, suivi de ses guerriers.*

Quoi, ce temple pour moi ne s'ouvre point encore ?
Quoi, cette Gloire que j'adore,
Près de ces lieux prépara mes autels ;
Et je ne vois que de faibles mortels,
Et de faibles Dieux que j'ignore ?

CHŒUR DE BERGERS.

C'est assez vous faire craindre,
Faites-vous enfin chérir ;
Ah qu'un grand cœur est à plaindre,
Quand rien ne peut l'attendrir !

UNE BERGERE.

D'une beauté tendre & soumise,
Si tu trahis les appas,
Cruel vainqueur, n'espère pas
Que la Gloire te favorise.

UN BERGER.

Quoi, vers la Gloire il a porté ses pas,
Et son cœur serait infidelle ?
Ah, parmi nous, une honte éternelle
Est le suplice des ingrats.

BÉLUS.

Qu'entens-je ! Il est au monde un peuple qui m'offense ?
Quelle est la faible voix qui murmure en ces lieux,
Quand la terre tremble en silence ?
Soldats, délivrez-moi de ce peuple odieux.

LE CHŒUR DES MUSES.

Arrêtez, respectez les Dieux
Qui protégent l'innocence.

BÉLUS.

Des Dieux ! Oseraient-ils suspendre ma vengeance ?

A P O L L O N , *& les Muses.*

Ciel , couvrez - vous de feux ; tonnerres , éclatez ,
Tremble , fui les Dieux irrités.

On entend le tonnerre , & des éclairs partent du char où sont
les Muses avec A P O L L O N.

A P O L L O N *seul.*

Loin du temple de la Gloire ,
Cours au temple de la Fureur.
On gardera de toi l'éternelle mémoire ,
Avec une éternelle horreur.

L E C H Œ U R *d'Apollon & des Muses.*

Cœur implacable ,
Apprens à trembler.
La mort te suit , la mort doit immoler
Ce fortuné coupable.
Cœur implacable ,
Apprens à trembler.

B É L U S.

Non , je ne tremble point , je brave le tonnerre ;
Je méprise ce temple , & je hais les humains :
J'embraserai de mes puissantes mains
Les tristes restes de la terre.

C H Œ U R.

Cœur implacable ,
Apprens à trembler ,
La mort te suit , la mort doit immoler
Ce fortuné coupable.
Cœur implacable ,
Apprens à trembler.

APOLLON *& les Mufes* , à LIDIE.

Toi qui gémis d'un amour déplorable ,
Etein fes feux , brife fes traits ,
Goûte par nos bienfaits
Un calme inaltérable.

Les Bergers & les Bergères emmènent Lidie.

Fin du fecond acte.

ACTEURS CHANTANS au troifiéme acte.

Le Grand - Prêtre de la Gloire.

Une Prêtreffe.

Chœur de Prêtres & de Prêtreffes de la Gloire.

Un Guerrier, fuivant de Bacchus.

Une Bacchante.

BACCHUS.

ERIGONE.

Guerriers, Egypans, Bacchantes, & Satires de la fuite de Bacchus.

ACTEURS DANSANS au troifiéme acte.

PREMIER DIVERTISSEMENT.

Cinq Prêtreffes de la Gloire.

Quatre Héros.

SECOND DIVERTISSEMENT.

Neuf Bacchantes.

Six Egypans.

Huit Satires.

ACTE

ACTE III.

Le théâtre repréfente l'avenue & le frontifpice du TEMPLE
DE LA GLOIRE. *Le trône que la Gloire a préparé pour
celui qu'elle doit nommer le plus grand des hommes, eſt vû
dans l'arrière-théâtre; il eſt ſupporté par des Vertus, & l'on
y monte par pluſieurs degrés.*

LE GRAND-PRÊTRE de la Gloire, *couronné de lauriers, une palme à la main, entouré des Prêtres & des
Prêtreſſes de la Gloire.*

UNE PRÊTRESSE.

Gloire enchantereſſe,
Superbe maîtreſſe
Des Rois, des vainqueurs;
L'ardente jeuneſſe,
La froide vieilleſſe
Briguent tes faveurs.

LE CHŒUR.

Gloire enchantereſſe, &c.

LA PRÊTRESSE.

Le prétendu ſage
Croit avoir briſé
Ton noble eſclavage:
Il s'eſt abuſé;
C'eſt un amant mépriſé,
Son dépit eſt un hommage.

LE GRAND-PRÊTRE.

Déeſſe des héros, du vrai ſage & des Rois,
Source noble & féconde
Et des vertus & des exploits :
O Gloire, c'eſt ici que ta puiſſante voix
Doit nommer par un juſte choix,
Le premier des maîtres du monde.
Venez, volez, accourez tous,
Arbitres de la paix, & foudres de la guerre,
Vous qui domptez, vous qui calmez la terre,
Nous allons couronner le plus digne de vous.
Danſe de Héros, avec les Prétreſſes de la Gloire.

Les ſuivans de BACCHUS, *arrivent avec des Bacchantes
& des Menades, couronnés de lierre, le tirſe à la main.*

UN GUERRIER, *ſuivant de Bacchus.*

BAcchus eſt en tous lieux notre guide invincible,
Ce héros fier & bienfaiſant,
Eſt toûjours aimable & terrible :
Préparez le prix qui l'attend.

UNE BACCHANTE & LE CHŒUR.

Le Dieu des plaiſirs va paraître,
Nous annonçons notre maître,
Ses douces fureurs,
Dévorent nos cœurs.

*Pendant ce chœur, les Prêtres de la Gloire rentrent dans le
temple, dont les portes ſe ferment.*

LE GUERRIER.

Les tigres enchaînés conduiſent ſur la terre,

Erigone & Bacchus ;
Les victorieux, les vaincus,
Tous les Dieux des plaisirs, tous les Dieux de la guerre,
Marchent ensemble confondus.

On entend le bruit des trompettes, des haut-bois & des flutes, alternativement.

LA BACCHANTE.

Je vois la tendre volupté
Sur le char sanglant de Bellone,
Je vois l'Amour qui couronne
La valeur & la beauté.

BACCHUS & ERIGONE *paraissent sur un char, traîné par des tigres, entouré de Guerriers, de Bacchantes, d'Egypans & de Satires.*

BACCHUS.

Erigone, objet pleins de charmes,
Objet de ma brûlante ardeur,
Je n'ai point inventé dans les horreurs des armes
Ce nectar des humains, nécessaire au bonheur,
Pour consoler la terre, & pour sécher ses larmes ;
C'était pour enflammer ton cœur.
Bannissons la raison de nos brillantes fêtes.
Non, je ne la connus jamais,
Dans mes plaisirs, dans mes conquêtes ;
Non, je t'adore, & je la hais.
Bannissons la raison de nos brillantes fêtes.

ERIGONE.

Conservez-la plutôt pour augmenter vos feux ;
Bannissez seulement le bruit & le ravage :
Si par vous le monde est heureux,
Je vous aimerai davantage.

Kkk ij

BACCHUS.

Les faibles fentimens offenfent mon amour ;
Je veux qu'une éternelle yvreffe
De gloire , de grandeur , de plaifirs , de tendreffe ,
Régne fur mes fens tour à tour.

ERIGONE.

Vous allarmez mon cœur, il tremble de fe rendre ;
De vos emportemens il eft épouvanté :
Il ferait plus tranfporté ,
Si le votre était plus tendre.

BACCHUS.

Partagez mes tranfports divins ;
Sur mon char de victoire , au fein de la molleffe ,
Rendez le ciel jaloux , enchaînez les humains ;
Un Dieu plus fort que moi nous entraîne & nous preffe.
Que le tirfe régne toûjours
Dans les plaifirs & dans la guerre,
Qu'il tienne lieu du tonnerre ,
Et des fléches des amours.

LE CHŒUR.

Que le tirfe régne toûjours
Dans les plaifirs & dans la guerre,
Qu'il tienne lieu du tonnerre ,
Et des fléches des amours.

ERIGONE.

Quel Dieu de mon ame s'empare !
Quel défordre impétueux !
Il trouble mon cœur , il l'égare.
L'Amour feul rendrait plus heureux.

BACCHUS.

Mais quel eft dans ces lieux ce temple folitaire !

A quels Dieux eſt - il conſacré ?
Je ſuis vainqueur , j'ai ſû vous plaire :
Si Bacchus eſt connu , Bacchus eſt adoré.

UN DES SUIVANS *de Bacchus.*

La Gloire eſt dans ces lieux , le ſeul Dieu qu'on adore ,
Elle doit aujourd'hui placer ſur ſes autels ,
Le plus auguſte des mortels.
Le vainqueur bienfaiſant des peuples de l'Aurore ,
Aura ces honneurs ſolemnels.

ERIGONE.

Un ſi brillant hommage
Ne ſe refuſe pas.
L'Amour ſeul me guidait , ſur cet heureux rivage ;
Mais on peut détourner ſes pas ,
Quand la Gloire eſt ſur le paſſage.

Enſemble.

La Gloire eſt une vaine erreur ,
Mais avec vous c'eſt le bonheur ſuprême :
C'eſt vous que j'aime ,
C'eſt vous qui rempliſſez mon cœur.

BACCHUS.

Le temple s'ouvre ,
La Gloire ſe découvre.
L'objet de mon ardeur y ſera couronné ;
Suivez - moi.

Le temple de la Gloire paraît ouvert.

LE GRAND-PRÊTRE *de la Gloire.*

Téméraire , arrête ;
Ce laurier ſerait profané ,
S'il avait couronné ta tête ;

Kkk iij

Bacchus qu'on célèbre en tous lieux,
N'a point ici la préférence ;
Il eſt une vaſte diſtance
Entre les noms connus & les noms glorieux.

ERIGONE.

Eh quoi ! De ſes préſens, la Gloire eſt-elle avare
Pour ſes plus brillans favoris ?

BACCHUS.

J'ai verſé des bienfaits ſur l'univers ſoumis.
Pour qui font ces lauriers que votre main prépare ?

LE GRAND-PRÊTRE.

Pour des vertus d'un plus haut prix.
Contentez-vous, Bacchus, de régner dans vos fêtes,
D'y noyer tous les maux que vos fureurs ont faits.
Laiſſez-nous couronner de plus belles conquêtes,
Et de plus grands bienfaits.

BACCHUS.

Peuple vain, peuple fier, enfans de la triſteſſe,
Vous ne méritez pas des dons ſi précieux.
Bacchus vous abandonne à la froide ſageſſe,
Il ne ſaurait vous punir mieux.
Volez, ſuivez-moi, troupe aimable,
Venez embellir d'autres lieux.
Par la main des plaiſirs, des amours, & des jeux,
Verſez ce nectar délectable,
Vainqueur des mortels & des Dieux ;
Volez, ſuivez-moi, troupe aimable,
Venez embellir d'autres lieux.

BACCHUS & ERIGONE.

Parcourons la terre
Au gré de nos deſirs,

Du temple de la guerre,
Au temple des plaiſirs.

On danſe.

UNE BACCHANTE *avec le Chœur.*

Bacchus fier & doux vainqueur,
Condui mes pas, régne en mon cœur;
La Gloire promet le bonheur,
Et c'eſt Bacchus qui nous le donne.

Raiſon, tu n'es qu'une erreur,
Et le chagrin t'environne.
Plaiſir, tu n'es point trompeur,
Mon ame à toi s'abandonne.

Bacchus fier & doux vainqueur, &c.

Fin du troiſiéme acte.

ACTEURS CHANTANS au quatriéme acte.

PLAUTINE.

JUNIE,
FANIE, } confidentes de Plautine.

Prêtres de Mars , & Prêtresses de Vénus.

TRAJAN.

Guerriers de la suite de Trajan.

Six Rois vaincus à la suite de Trajan.

Romains & Romaines.

La GLOIRE.

Suivans de la Gloire.

ACTEURS DANSANS au quatriéme acte.

PREMIER DIVERTISSEMENT.

Quatre Prêtres de Mars.

Cinq Prêtresses de Vénus.

SECOND DIVERTISSEMENT.

Suivans de la Gloire , cinq hommes & quatre femmes.

ACTE

A C T E   I V.

Le théâtre repréfente la ville d'Ariaxate à demi ruinée, au mi-
lieu de laquelle eft une place publique ornée d'arcs de triom-
phe, chargés de trophées.

PLAUTINE, JUNIE, FANIE.

PLAUTINE.

REvien, divin Trajan, vainqueur doux & terrible ;
Le monde eft mon rival, tous les cœurs font à toi ;
     Mais, eft-il un cœur plus fenfible,
     Et qui t'adore plus que moi ?

Les Parthes font tombés fous ta main foudroyante ;
     Tu punis, tu venges les Rois.
     Rome eft heureufe & triomphante ;
     Tes bienfaits paffent tes exploits.

Revien, divin Trajan, vainqueur doux & terrible ;
Le monde eft mon rival, tous les cœurs font à toi ;
     Mais, eft-il un cœur plus fenfible,
     Et qui t'adore plus que moi ?

FANIE.

Dans ce climat barbare, au fein de l'Arménie,
Ofez-vous affronter les horreurs des combats ?

PLAUTINE.

Nous étions protégés par fon puiffant génie,
Tom. VII. *& du Théâtre le cinquiéme.*   LII

Et l'Amour conduisait mes pas.

JUNIE.

L'Europe reverra son vengeur & son maître ;
Sous ces arcs triomphaux , on dit qu'il va paraître.

PLAUTINE.

Ils sont élevés par mes mains.
Quel doux plaisir succède à ma douleur profonde !
Nous allons contempler dans le Maître du monde ,
Le plus aimable des humains.

JUNIE.

Nos soldats triomphans , enrichis , pleins de gloire ,
Font voler son nom jusqu'aux cieux.

FANIE.

Il se dérobe à leurs chants de victoire ,
Seul , sans pompe , & sans suite , il vient orner ces lieux.

PLAUTINE.

Il faut à des héros vulgaires
La pompe & l'éclat des honneurs ,
Ces vains appuis sont nécessaires
Pour les vaines grandeurs.
Trajan seul est suivi de sa gloire immortelle ;
On croit voir près de lui l'univers à genoux ;
Et c'est pour moi qu'il vient ! Ce héros m'est fidelle !
Grands Dieux , vous habitez dans cette ame si belle ,
Et je la partage avec vous !

TRAJAN, PLAUTINE, Suite.

PLAUTINE *courant au-devant de* TRAJAN.

ENfin , je vous revois , le charme de ma vie

M'eft rendu pour jamais.

TRAJAN.

Le ciel me vend cher fes bienfaits,
Ma félicité m'eft ravie.
Je reviens un moment pour m'arracher à vous,
Pour m'animer d'une vertu nouvelle,
Pour mériter, quand Mars m'appelle,
D'être Empereur de Rome & d'être votre époux.

PLAUTINE.

Que dites-vous ? Quel mot funefte !
Un moment ! Vous, ô ciel ! Un feul moment me refte,
Quand mes jours dépendaient de vous revoir toûjours.

TRAJAN.

Le ciel en tous les tems m'accorda fon fecours ;
Il me rendra bientôt aux charmes que j'adore.
C'eft pour vous qu'il a fait mon cœur,
Je vous ai vûe, & je ferai vainqueur.

PLAUTINE.

Quoi, ne l'êtes-vous pas ? Quoi, ferait-il encore
Un Roi que votre main n'aurait pas défarmé ?
Tout n'eft-t-il pas foumis, du couchant à l'aurore ?
L'univers n'eft-t-il pas calmé ?

TRAJAN.

On ofe me trahir.

PLAUTINE.

Non, je ne puis vous croire,
On ne peut vous manquer de foi.

TRAJAN.

Des Parthes terraffés l'inexorable Roi
S'irrire de fa chûte, & brave ma victoire ;
Cinq Rois qu'il a féduits font armés contre moi ;

Ils ont joint l'artifice aux excès de la rage ,
Ils font au pié de ces remparts ;
Mais j'ai pour moi les Dieux , les Romains , mon courage ,
Et mon amour & vos regards.

PLAUTINE.

Mes regards vous fuivront ; je veux que fur ma tête
Le ciel épuife fon couroux.
Je ne vous quitte pas , je braverai leurs coups ;
J'écarterai la mort qu'on vous apprête ,
Je mourrai du moins près de vous.

TRAJAN.

Ah , ne m'accablez point , mon cœur eft trop fenfible ;
Ah , laiffez-moi vous mériter.
Vous m'aimez , il fuffit , rien ne m'eft impoffible ,
Rien ne pourra me réfifter.

PLAUTINE.

Cruel , pouvez-vous m'arrêter ?
J'entens déja les cris d'un ennemi perfide.

TRAJAN.

J'entens la voix du devoir qui me guide.
Je vole ; demeurez ; la victoire me fuit.
Je vole ; attendez tout de mon peuple intrépide ,
Et de l'amour qui me conduit.

Enfemble.

Je vais ⎫
Allez ⎬ punir un barbare ,

Terraffer fous ⎧ mes ⎫ coups
                ⎩ vos ⎭
L'ennemi qui nous fépare ,
Qui m'arrache un moment à vous.

PLAUTINE.

Il m'abandonne à ma douleur mortelle ;
Cher amant , arrêtez ; Ah ! détournez les yeux ,
Voyez encor les miens.

TRAJAN , *au fond du théâtre.*

O Dieux ! ô juftes Dieux !
Veillez fur l'Empire & fur elle.

PLAUTINE.

Il eft déja loin de ces lieux.
Devoir , es-tu content ? Je meurs , & je l'admire.
Miniftres du Dieu des combats ,
Prêtreffes de Vénus , qui veillez fur l'Empire ,
Percez le ciel de cris , accompagnez mes pas ,
Secondez l'amour qui m'infpire.

CHŒUR DES PRÊTRES DE MARS.

Fier Dieu des allarmes ,
Protège nos armes ,
Condui nos étendarts.

CHŒUR DES PRÊTRESSES DE VÉNUS.

Déeffe des Graces ,
Vole fur fes traces ,
Enchaîne le Dieu Mars.

On danfe.

CHŒUR DES PRÊTRESSES.

Mère de Rome & des amours paifibles ,
Vien tout ranger fous ta charmante loi ,
Vien couronner nos Romains invincibles ,
Ils font tous nés pour l'amour , & pour toi.

PLAUTINE.

Dieux puiffants , protégez votre vivante image ;
Vous étiez autrefois des mortels comme lui ;

C'eſt pour avoir régné comme il régne aujourd'hui ,
Que le ciel eſt votre partage.

On danſe.

On entend un CHŒUR *de Romains qui avancent lentement
ſur le théâtre.*

Charmant héros , qui pourra croire
Des exploits ſi prompts & ſi grands ?
Tu te fais en peu de tems ,
La plus durable mémoire.

JUNIE.

Entendez-vous ces cris & ces chants de victoire ?

FANIE.

Trajan revient vainqueur.

PLAUTINE.

En pouviez-vous douter ?
Je vois ces Rois captifs , ornemens de ſa gloire ;
Il vient de les combattre , il vient de les dompter.

JUNIE.

Avant de les punir par ſes loix légitimes ,
Avant de frapper ſes victimes ,
A vos genoux , il veut les préſenter.

TRAJAN *paraît , entouré des aigles Romaines & de faiſceaux ;
Les Rois vaincus ſont enchaînés à ſa ſuite.*

TRAJAN.

Rois , qui redoutez ma vengeance ,
Qui craignez les affronts aux vaincus deſtinés ,
Soyez déformais enchaînés
Par la ſeule reconnaiſſance.
Plautine eſt en ces lieux , il faut qu'en ſa préſence ,
Il ne ſoit point d'infortunés.

Les Rois *fe relevant, chantent avec le chœur.*
O grandeur ! O clémence !
Vainqueur égal aux Dieux,
Vous avez leur puiffance,
Vous pardonnez comme eux.

PLAUTINE.

Vos vertus ont paffé mon efpérance même ;
Mon cœur eft plus touché que celui de ces Rois.

TRAJAN.

Ah, s'il eft des vertus dans ce cœur qui vous aime,
Vous favez à qui je les dois.
J'ai voulu des humains mériter le fuffrage,
Dompter les Rois, brifer leurs fers,
Et vous apporter mon hommage,
Avec les vœux de l'univers.
Ciel ! Que vois-je en ces lieux ?

La Gloire *defcend d'un vol précipité, une couronne de laurier à la main.*

LA GLOIRE.

Tu vois ta récompenfe,
Le prix de tes exploits, furtout de ta clémence ;
Mon trône eft à tes pieds, tu régnes avec moi.

Le théâtre change & repréfente LE TEMPLE DE LA GLOIRE.

Elle continue.
PLus d'un héros, plus d'un grand Roi,
Jaloux en vain de fa mémoire,
Vola toûjours après la Gloire,
Et la Gloire vole après toi.

LES SUIVANS de la Gloire , *mêlés aux Romains & aux Romaines , forment des danfes.*

UN ROMAIN.

Régnez en paix après tant d'orages ,
Triomphez dans nos cœurs fatisfaits.
Le fort préfide aux combats , aux ravages ;
La Gloire eft dans les bienfaits.

Tonnerre , écarte - toi de nos heureux rivages ;
Calme heureux , revien pour jamais.

Régnez en paix , &c.

CHŒUR.

Le ciel nous feconde ,
Célébrons fon choix :
Exemple des Rois ,
Délices du monde ,
Vivons fous tes loix.

JUNIE.

Tendre Vénus , à qui Rome eft foumife ,
A nos exploits join tes tendres appas ;
Ordonne à Mars enchanté dans tes bras ,
Que pour Trajan fa faveur s'éternife.

LE CHŒUR.

Le ciel nous feconde ,
Célébrons fon choix :
Exemple des Rois ,
Délices du monde ,
Vivons fous tes loix.

TRAJAN.

Des honneurs fi brillans , font trop pour mon partage ,

Dieux

Dieux dont j'éprouve la faveur ,
Dieux de mon peuple , achevez votre ouvrage ,
Changez ce temple augufte en celui du Bonheur.
Qu'il ferve à jamais aux fêtes
Des fortunés humains :
Qu'il dure autant que les conquêtes ,
Et que la gloire des Romains.

LA GLOIRE.

Les Dieux ne refufent rien
Au héros qui leur reffemble :
Volez , plaifirs , que fa vertu raffemble ;
Le temple du Bonheur fera toûjours le mien.

Fin du quatriéme acte.

ACTEURS CHANTANS au cinquiéme acte.

Une Romaine.

Une Bergère.

Bergers & Bergères.

Un Romain.

Jeunes Romains & Romaines.

Tous les acteurs du quatriéme acte.

ACTEURS DANSANS au cinquiéme acte.

Romains & Romaines de différens états.

PREMIER QUADRILLE.

Trois hommes & deux femmes.

DEUXIÉME QUADRILLE.

Trois hommes & deux femmes.

TROISIÉME QUADRILLE.

Trois femmes & deux hommes.

QUATRIÉME QUADRILLE.

Trois femmes & deux hommes.

ACTE V.

Le théâtre change & repréſente LE TEMPLE DU BONHEUR; *Il eſt formé de pavillons d'une architeĉture légère, de péri-ſtiles, de jardins, de fontaines, &c. Ce lieu délicieux eſt rempli de Romains & de Romaines de tous états.*

CHŒUR.

CHantons en ce jour ſolemnel,
Et que la terre nous réponde:
Un mortel, un ſeul mortel,
A fait le bonheur du monde.

On danſe.

UNE ROMAINE.

Tout rang, tout ſexe, tout âge
Doit aſpirer au bonheur.

LE CHŒUR.

Tout rang, tout ſexe, tout âge
Doit aſpirer au bonheur.

LA ROMAINE.

Le printems volage,
L'été plein d'ardeur,
L'automne plus ſage,
Raiſon, badinage,
Retraite, grandeur,
Tout rang, tout ſexe, tout âge
Doit aſpirer au bonheur.

Mmm ij

LE CHŒUR.

Tout rang , &c.

Des Bergers & des Bergères entrent en danfant.

UNE BERGERE.

Ici les plus brillantes fleurs
N'effacent point les violettes ;
Les étendarts & les houlettes
Sont ornés de mêmes couleurs.
Les chants de nos tendres pafteurs
Se mêlent au bruit des trompettes ;
L'amour anime en ces retraites ,
Tous les regards & tous les cœurs.

Ici les plus brillantes fleurs
N'effacent point les violettes ;
Les étendarts & les houlettes
Sont ornés des mêmes couleurs.

Les Seigneurs & les Dames Romaines fe joignent en danfant
aux Bergers & aux Bergères.

UN ROMAIN.

Dans un jour fi beau ,
Il n'eft point d'allarmes ;
Mars eft fans armes ,
L'amour fans bandeau.

LE CHŒUR.

Dans un jour fi beau , &c.

LE ROMAIN.

La Gloire & les Amours en ces lieux n'ont des aîles
Que pour voler dans nos bras.
La Gloire aux ennemis préfentait nos foldats ,
Et l'Amour les préfente aux belles.

Le Chœur.

Dans un jour ſi beau ,
Il n'eſt point d'allarmes ;
Mars eſt ſans armes ,
L'amour ſans bandeau.

On danſe.

Trajan *paraît avec* Plautine , & *tous les Romains
ſe rangent autour de lui.*

Chœur.

Toi que la victoire
Couronne en ce jour ,
Ta plus belle gloire
Vient du tendre amour.

Trajan.

O peuples de héros qui m'aimez & que j'aime ,
Vous faites mes grandeurs ;
Je veux régner ſur vos cœurs ,
Sur tant d'appas. * & ſur moi-même ;

* *Montrant Plautine.*

Montez au haut du ciel , encens que je reçois ,
Retournez vers les Dieux , hommages que j'attire :
Dieux , protégez toûjours ce formidable Empire ,
Inſpirez toûjours tous ſes Rois.
Montez au haut du ciel , encens que je reçois ,
Retournez vers les Dieux , hommages que j'attire.

*Toutes les différentes troupes recommencent leurs danſes autour
de* Trajan & de Plautine , & *terminent la fête par un
Ballet général.*

Fin du cinquiéme & dernier acte.

SOCRATE,

OUVRAGE DRAMATIQUE.

Traduit de l'Anglais de feu M. THOMPSON.

PREFACE
DE Mr. FATEMA,
TRADUCTEUR.

ON a dit dans un livre, & répété dans un autre, qu'il eſt impoſſible qu'un homme ſimplement vertueux, ſans intrigue, ſans paſſions, puiſſe plaire ſur la ſcène. C'eſt une injure faite au genre humain ; elle doit être repouſſée, & ne peut l'être plus fortement que par la piéce de feu Mr. *Thompſon.* Le célèbre *Adiſſon* avait balancé longtems entre ce ſujet & celui de *Caton. Adiſſon* penſait que *Caton* était l'homme vertueux qu'on cherchait, mais que *Socrate* était encor au-deſſus. Il diſait que la vertu de *Socrate* avait été moins dure, plus humaine, plus réſignée à la volonté de Dieu, que celle de *Caton.* Ce ſage Grec, diſait-il, ne crut pas comme le Romain, qu'il fût permis d'attenter ſur ſoi-même, & d'abandonner le poſte où Dieu nous a placés. Enfin *Adiſſon* regardait *Caton* comme la victime de la liberté, & *Socrate* comme le martyr de la ſageſſe. Mais le Chevalier *Richard Steele* lui perſuada que le ſujet de *Caton* était plus théatral que l'autre, & ſurtout plus convenable à ſa nation dans un tems de trouble.

En effet, la mort de *Socrate* aurait fait peu d'impreſſion, peut-être, dans un pays où l'on ne perſécute perſonne pour ſa Religion, & où la tolérance a ſi prodigieuſement augmenté la population & les richeſſes, ainſi que dans la Hollande ma chère patrie. *Richard Steele* dit expreſſément dans le *Tatler,* qu'*on doit choiſir pour le ſujet des piéces de théâtre le vice le plus dominant chez la nation pour laquelle on travaille.* Le ſuccès de *Caton* ayant enhardi *Adiſſon,* il jetta enfin ſur le papier l'eſquiſſe de la mort de *Socrate,* en trois actes. La place de Sécretaire d'Etat qu'il occupa quelque tems après, lui dé-
roba

roba le tems dont il avait befoin pour finir cet ouvrage. Il donna fon manufcrit à Mr. *Thompfon* fon élève ; celui - ci n'ofa pas d'abord traiter un fujet fi grave & fi dénué de tout ce qui eft en poffeffion de plaire au théâtre.

Il commença par d'autres tragédies ; il donna *Sophonisbe*, *Coriolan*, *Tancrède* &c. & finit fa carrière par la mort de *Socrate*, qu'il écrivit en profe fcène par fcène, & qu'il confia à fes illuftres amis Mr. *Dodington*, & Mr. *Littleton*, comptés parmi les plus beaux génies d'Angleterre. Ces deux hommes toûjours confultés par lui, voulurent qu'il renouvellât la méthode de *Shakefpear*, d'introduire des perfonnages du peuple dans la tragédie, de peindre *Xantippe* femme de *Socrate* telle qu'elle était en effet, une bourgeoife acariâtre, grondant fon mari, & l'aimant ; de mettre fur la fcène tout l'Aréopage, & de faire, en un mot, de cette piéce, une de ces repréfentations naïves de la vie humaine, un de ces tableaux où l'on peint toutes les conditions.

Cette entreprife n'eft pas fans difficulté ; & quoique le fublime continu foit d'un genre infiniment fupérieur, cependant ce mélange du patétique & du familier a fon mérite. On peut comparer ce genre à l'*Odyffée*, & l'autre à l'*Iliade*. Mr. *Littleton* ne voulut pas qu'on jouât cette piéce, parce que le caractère de *Mélitus* reffemblait trop à celui du fergent de loi *Catbrée*, dont il était allié. D'ailleurs ce drame était une efquiffe, plutôt qu'un ouvrage achevé.

Il me donna donc ce drame de Mr. *Thompfon* à fon dernier voyage en Hollande. Je le traduifis d'abord en Hollandais ma langue maternelle. Cependant je ne le fis point jouer fur le théâtre d'Amfterdam, quoique, Dieu merci, nous n'ayons parmi nos pedants aucun pedant auffi odieux, & auffi impertinent que Mr. *Catbrée*. Mais la multiplicité des acteurs que ce drame exige, m'empêcha de le faire exécuter ; je le traduifis enfuite en Français, & je veux bien laiffer courir cette traduction, en attendant que je faffe imprimer l'original.

A Amfterdam 1755.

Depuis ce tems on a repréfenté la mort de *Socrate* à Londres, mais ce n'eft pas le drame de Mr. *Thompfon*.

Tom. VII. *& du Théâtre le cinquième.* N n n

NB. Il y a eu des gens affez bêtes pour réfuter les vérités palpables qui font dans cette préface. Ils prétendent que Mr. *Fatema* n'a pû écrire cette préface en 1755, parce qu'il était mort, difent-ils, en 1754. Quand cela ferait, voilà une plaifante raifon ! mais le fait eft qu'il eft décédé en 1757.

A C T E U R S.

S O C R A T E.

A N I T U S, Grand-Prêtre de Cérès.

M E L I T U S, un des Juges d'Athènes.

X A N T I P P E, femme de Socrate.

A G L A É, jeune Athénienne élevée par Socrate.

S O P H R O N I M E, jeune Athénien élevé par Socrate.

D R I X A, Marchande,

TERPANDRE & ACROS, } attachés à Anitus.

Juges.

Difciples de Socrate.

Pédants protégés par Anitus, au nombre de trois.

SOCRATE,

DRAME.

ACTE PREMIER.

SCENE PREMIERE.

ANITUS, DRIXA, TERPANDRE, ACROS.

ANITUS.

MA chère confidente, & mes chers affidés, vous favez combien d'argent je vous ai fait gagner aux dernières fêtes de Cérès. Je me marie, & j'efpère que vous ferez votre devoir dans cette grande occafion.

DRIXA.

Oui fans doute, Monfeigneur, pourvû que vous nous en faffiez gagner encore davantage.

ANITUS.

Il me faudra, Madame Drixa, deux beaux tapis de Perfe: vous, Terpandre, je ne vous demande que deux grands candelabres d'argent, & à vous, une demi-douzaine de robes.

TERPANDRE.

Cela eft un peu fort ; mais, Monfeigneur, il n'y a rien qu'on ne faffe pour mériter votre fainte protection.

ANITUS.

Vous regagnerez tout cela au centuple. C'eft le meilleur

moyen de mériter les faveurs des Dieux. Donnez beaucoup , & vous recevrez beaucoup : Et furtout ne manquez jamais d'ameuter le peuple contre tous les gens de qualité qui ne font point affez de vœux , & qui ne préfentent pas affez d'of-frandes.

A C R O S.

C'eft à quoi nous ne manquerons jamais ; c'eft un devoir trop facré pour n'y être pas fidelles.

A N I T U S.

Allez , mes chers amis ; les Dieux vous maintiennent dans des fentimens fi pieux & fi juftes ! & comptez que vous profpérerez , vous , vos enfans , & les enfans de vos petits-enfans.

T E R P A N D R E.

C'eft de quoi nous fommes fûrs , car vous l'avez dit.

S C E N E II.

A N I T U S , D R I X A.

A N I T U S.

EH bien , ma chère Madame Drixa , je crois que vous ne trouverez pas mauvais que j'époufe Aglaé ; mais je ne vous en aime pas moins , & nous vivrons enfemble comme à l'ordinaire.

D R I X A.

Oh , Monfeigneur, je ne fuis point jaloufe ; & pourvû que le commerce aille bien , je fuis fort contente. Quand j'ai eu l'honneur d'être une de vos maîtreffes, j'ai joui d'une grande confidération dans Athènes. Si vous aimez Aglaé , j'aime le jeune Sophronime ; & Xantippe la femme de Socrate m'a promis qu'elle me le donnerait en mariage. Vous aurez toû-jours les mêmes droits fur moi. Je fuis feulement fâchée que

ce jeune homme foit élevé par ce vilain Socrate , & qu'A-
glaé foit encor entre fes mains. Il faut les en tirer au plus
vîte. Xantippe fera charmée d'être débarraffée d'eux. Le beau
Sophronime & la belle Aglaé font fort mal entre les mains
de Socrate.

A N I T U S.

Je me flatte bien , ma chère Madame Drixa , que Mélitus
& moi , nous perdrons cet homme dangereux, qui ne prê-
che que la vertu & la Divinité , & qui s'eft ofé moquer de
certaines avantures arrivées aux myftères de Cérès. Mais il
eft le tuteur d'Aglaé. Agaton père d'Aglaé a laiffé , dit-on,
de grands biens ; Aglaé eft adorable ; j'idolâtre Aglaé ; il faut
que j'époufe Aglaé , & que je ménage Socrate.

D R I X A.

Ménagez Socrate , pourvû que j'aie mon jeune homme.
Mais comment Agaton a-t-il pû laiffer fa fille entre les mains
de ce vieux nez épaté de Socrate , de cet infupportable raifonneur , qui corrompt les jeunes gens , & qui les empêche
de fréquenter les courtifanes & les myftères ?

A N I T U S.

Agaton était entiché des mêmes principes. C'était un de
ces fobres & férieux extravagants , qui ont d'autres mœurs
que les nôtres , qui font d'un autre fiécle & d'une autre patrie , un de nos ennemis jurés , qui penfent avoir rempli tous
leurs devoirs quand ils ont adoré la Divinité , fecouru l'humanité , cultivé l'amitié , & étudié la philofophie ; de ces
gens qui prétendent infolemment que les Dieux n'ont pas
écrit l'avenir fur le foye d'un bœuf , de ces raïfonneurs impitoyables qui trouvent à redire que les prêtres facrifient des
filles , ou paffent la nuit avec elles felon le befoin : vous fentez que ce font des monftres qui ne font bons qu'à étouffer.
Je voudrais avoir déja étranglé Socrate. Cependant je vais lui
parler fous ces portiques , & conclure avec lui l'affaire de
mon mariage.

D R I X A.

Le voici ; vous lui faites trop d'honneur ; je vous laiffe, & je vais parler de mon jeune homme à Xantippe.

A N I T U S.

Les Dieux vous conduifent, ma chère Drixa ; fervez-les toûjours, & n'oubliez pas mes deux beaux tapis de Perfe.

S C E N E   III.

A N I T U S , S O C R A T E.

A N I T U S.

EH bon jour, mon cher Socrate, le favori des Dieux & le plus fage des mortels. Je me fens élevé au-deffus de moi-même toutes les fois que je vous vois ; & je refpecte dans vous la nature humaine.

S O C R A T E.

Je fuis un homme fimple, dépourvû de fcience & plein de faibleffes comme les autres. C'eft beaucoup fi vous me fupportez.

A N I T U S.

Vous fupporter ! je vous admire : je voudrais vous reffem-bler, s'il était poffible : Et c'eft pour être plus fouvent témoin de vos vertus, pour entendre plus fouvent vos leçons, que je veux époufer votre belle pupille Aglaé, dont la deftinée dépend de vous.

S O C R A T E.

Il eft vrai que fon père Agaton qui était mon ami, c'eft-à-dire, beaucoup plus qu'un parent, me confia par fon tef-tament cette aimable & vertueufe orpheline.

A N I T U S.

Avec des richeffes confidérables ? car on dit que c'eft le meilleur parti d'Athènes.

S O C R A T E.

C'eſt ſur quoi je ne peux vous donner aucun éclairciſſe-
ment ; ſon père , ce tendre ami dont les volontés me ſont
ſacrées , m'a défendu par ce même teſtament de divulguer
l'état de la fortune de ſa fille.

A N I T U S.

Ce reſpeét pour les dernières volontés d'un ami , & cette
diſcrétion ſont dignes de votre belle ame. Mais on ſait aſſez
qu'Agaton était un homme riche.

S O C R A T E.

Il méritait de l'être , ſi les richeſſes ſont une faveur de l'E-
tre ſuprême.

A N I T U S.

On dit qu'un petit écervelé , nommé Sophronime , lui fait
la cour à cauſe de ſa fortune. Mais je ſuis perſuadé que vous
éconduirez un pareil perſonnage , & qu'un homme comme
moi n'aura point de rival.

S O C R A T E.

Je fais ce que je dois penſer d'un homme comme vous :
mais ce n'eſt pas à moi de gêner les ſentimens d'Aglaé. Je
lui ſers de père , je ne ſuis point ſon maître : elle doit diſpoſer de ſon cœur. Je regarde la contrainte comme un attentat. Parlez-lui ; ſi elle écoute vos propoſitions , je ſouſcris
à ſes volontés.

A N I T U S.

J'ai déja le conſentement de Xantippe votre femme ; ſans
doute elle eſt inſtruite des ſentimens d'Aglaé ; ainſi je regarde
la choſe comme faite.

S O C R A T E.

Je ne puis regarder les choſes comme faites que quand
elles le ſont.

S C E N E $IV.$

S O C R A T E , A N I T U S , A G L A É.

S O C R A T E.

VEnez , belle Aglaé , venez décider de votre fort. Voilà
un homme des plus confidérables qui s'offre pour être
votre époux. Je vous laiffe toute la liberté de vous expliquer
avec lui. Cette liberté ferait gênée par ma préfence. Quelque choix que vous faffiez , je l'approuve. Xantippe préparera tout pour vos noces.

(Il fort.)

A G L A É.

Ah ! généreux Socrate , c'eft avec bien du regret que je
vous vois partir.

A N I T U S.

Il paraît , aimable Aglaé , que vous avez une grande confiance dans le bon Socrate.

A G L A É.

Je le dois : il me fert de père , & il forme mon ame.

A N I T U S.

Eh bien , s'il dirige vos fentimens , pourriez-vous me dire
ce que vous penfez de Cérès , de Cibèle , de Vénus ?

A G L A É.

Hélas ! j'en penferai tout ce que vous voudrez.

A N I T U S.

C'eft bien dit , vous ferez auffi tout ce que je voudrai ?

A G L A É.

Non , l'un eft fort différent de l'autre.

A N I T U S.

Vous voyez que le fage Socrate confent à notre union ;
Xantippe fa femme preffe ce mariage. Vous favez quels fentimens

timens vous m'avez infpirés. Vous connaiffez mon rang &
mon crédit ; vous voyez que mon bonheur , & peut-être le
votre , ne dépendent que d'un mot de votre bouche.

A G L A É.

Je vais vous répondre avec la vérité que ce grand-homme
qui fort d'ici m'a inftruite à ne diffimuler jamais , & avec la
liberté qu'il me laiffe. Je refpecte votre dignité , je connais
peu votre perfonne , & je ne peux me donner à vous.

A N I T U S.

Vous ne pouvez ! vous qui êtes libre ! Ah cruelle Aglaé ,
vous ne le voulez donc pas ?

A G L A É.

Il eft vrai , je ne le veux pas.

A N I T U S.

Songez-vous bien à l'affront que vous me faites ? Je vois
trop que Socrate me trahit ; c'eft lui qui dicte votre réponfe ;
c'eft lui qui donne la préférence à ce jeune Sophronime , à
mon indigne rival , à cet impie....

A G L A É.

Sophronime n'eft point impie, il lui eft attaché dès l'enfance ; Socrate lui fert de père comme à moi. Sophronime
eft plein de graces & de vertus. Je l'aime , j'en fuis aimée ;
il ne tient qu'à moi d'être fa femme , mais je ne ferai pas plus
à lui qu'à vous.

A N I T U S.

Tout ce que vous me dites m'étonne. Quoi ! vous ofez
m'avouer que vous aimez Sophronime ?

A G L A É.

Oui , j'ofe vous l'avouer , parce que rien n'eft plus vrai.

A N I T U S.

Et quand il ne tient qu'à vous d'être heureufe avec lui ,
vous refufez fa main ?

A G L A É.

Rien n'eft plus vrai encore.

A N I T U S.

C'eſt ſans doute la crainte de me déplaire qui ſuſpend votre engagement avec lui ?

A G L A É.

Non aſſurément ; car n'ayant jamais cherché à vous plaire , je ne crains point de vous déplaire.

A N I T U S.

Vous craignez donc d'offenſer les Dieux en préférant un
profâne comme Sophronime à un miniſtre des autels ?

A G L A É.

Point du tout ; je ſuis perſuadée que l'Etre ſuprême ſe ſoucie fort peu que je vous épouſe ou non.

A N I T U S.

L'Etre ſuprême ! ma chère fille , ce n'eſt pas ainſi qu'il faut
parler , vous devez dire les Dieux & les Déeſſes. Prenez
garde , j'entrevois en vous des ſentimens dangereux , & je
ſais trop qui vous les a inſpirés. Sachez que Cérès , dont je
ſuis le grand prêtre , peut vous punir d'avoir mépriſé ſon culte
& ſon miniſtre.

A G L A É.

Je ne mépriſe ni l'un ni l'autre. On m'a dit que Cérès préſide aux bleds , je le veux croire ; mais elle ne ſe mêlera pas
de mon mariage.

A N I T U S.

Elle ſe mêle de tout. Vous en ſavez trop ; mais enfin j'eſ-
père vous convertir. Etes-vous bien réſolue à ne point épouſer Sophronime ?

A G L A É.

Oui , j'y ſuis très réſolue ; & j'en ſuis très fâchée.

A N I T U S.

Je ne comprends rien à toutes ces contradictions. Ecoutez ; je vous aime ; j'ai voulu faire votre bonheur & vous
placer dans un haut rang. Croyez-moi , ne m'offenſez pas , ne
rejettez point votre fortune ; ſongez qu'il faut ſacrifier tout à

un établiffement avantageux ; que la jeuneffe paffe , & que la fortune refte ; que les richeffes & les honneurs doivent être votre unique but ; que je vous parle de la part des Dieux & des Déeffes. Je vous conjure d'y faire réflexion. Adieu , ma chère fille ; je vais prier Cérès qu'elle vous infpi- re , & j'efpère encor qu'elle touchera votre cœur. Adieu en- cor une fois ; fouvenez - vous que vous m'avez promis de ne point époufer Sophronime.

A G L A É.

C'eft à moi que je me le fuis promis , non à vous.

(*Anitus fort.*)

(*Aglaé feule.*)

Que cet homme redouble mon chagrin ! je ne fais pour- quoi je ne vois jamais ce prêtre fans frémir. Mais voici So- phronime ; hélas ! tandis que fon rival me remplit de terreur , celui-ci redouble mes regrets & mon attendriffement.

S C E N E V.

A G L A É , S O P H R O N I M E.

S O P H R O N I M E.

CHère Aglaé , je vois Anitus , ce prêtre de Cérès , ce méchant homme , cet ennemi juré de Socrate , fortir d'auprès de vous , & vos yeux femblent mouillés de quel- ques larmes.

A G L A É.

Lui ! il eft l'ennemi de notre bienfaiteur Socrate ? Je ne m'étonne plus de l'averfion qu'il m'infpirait avant même qu'il m'eût parlé.

S O P H R O N I M E.

Hélas ! ferait-ce à lui que je dois imputer les pleurs qui obfcurciffent vos yeux ?

A G L A É.

Il ne peut m'infpirer que des dégoûts. Non , Sophronime , il n'y a que vous qui puiffiez faire couler mes larmes.

S O P H R O N I M E.

Moi , grands Dieux ! moi qui voudrais les payer de mon fang , moi qui vous adore , qui me flatte d'être aimé de vous , qui ne vis que pour vous , qui voudrais mourir pour vous ! moi j'aurais à me reprocher d'avoir jetté un moment d'amertume fur votre vie ! Vous pleurez , & j'en fuis la caufe ! qu'ai-je donc fait ? quel crime ai-je commis ?

A G L A É.

Vous n'en pouvez point commettre. Je pleure parce que vous méritez toute ma tendreffe , parce que vous l'avez , & qu'il me faut renoncer à vous.

S O P H R O N I M E.

Quels mots funeftes avez-vous prononcés ! Non , je ne le puis croire ; vous m'aimez , vous ne pouvez changer. Vous m'avez promis d'être à moi , vous ne voulez point ma mort.

A G L A É.

Je veux que vous viviez heureux , Sophronime , & je ne puis vous rendre heureux. J'efpérais ; mais ma fortune m'a trompée ; je jure que ne pouvant être à vous , je ne ferai à perfonne. Je l'ai déclaré à cet Anitus qui me recherche & que je méprife ; je vous le déclare le cœur pénétré de la plus vive douleur , & de l'amour le plus tendre.

S O P H R O N I M E.

Puifque vous m'aimez , je dois vivre ; mais fi vous me refufez votre main , je dois mourir. Chère Aglaé , au nom de tant d'amour , au nom de vos charmes & de vos vertus , expliquez-moi ce myftère funefte.

S C E N E VI.

SOCRATE, SOPHRONIME, AGLAÉ.

SOPHRONIME.

O Socrate mon maître , mon père ! je me vois ici le plus infortuné des hommes entre les deux êtres par qui je respire ; c'est vous qui m'avez appris la fageffe ; c'est Aglaé qui m'a appris à fentir l'amour. Vous avez donné votre confentement à notre hymen : la belle Aglaé qui femblait le defirer , me refufe ; & en me difant qu'elle m'aime elle me plonge le poignard dans le cœur. Elle rompt notre hymen , fans m'apprendre la caufe d'un fi cruel caprice ; ou empêchez mon malheur , ou apprenez moi , s'il eft poffible , à le foutenir.

SOCRATE.

Aglaé eft maîtreffe de fes volontés ; fon père m'a fait fon tuteur , & non pas fon tyran ; je faifais mon bonheur de vous unir enfemble. Si elle a changé d'avis , j'en fuis furpris , j'en fuis affligé. Mais il faut écouter fes raifons : fi elles font juftes , il faut s'y conformer.

SOPHRONIME.

Elles ne peuvent être juftes.

AGLAÉ.

Elles le font du moins à mes yeux : daignez m'écouter l'un & l'autre. Quand vous eutes accepté le teftament fecret de mon père , fage & généreux Socrate , vous me dites qu'il me laiffait un bien honnête avec lequel je pourrais m'établir. Je formai dès-lors le deffein de donner cette fortune à votre cher difciple Sophronime , qui n'a que vous d'appui , & qui ne poffède pour toute richeffe que fa vertu : vous avez approuvé ma réfolution. Vous concevez quel était mon bonheur de faire celui d'un Athénien , que je regarde comme votre fils. Pleine de ma félicité , tranfportée d'une douce joie que mon cœur ne pouvait contenir , j'ai confié cet état délicieux de mon ame à Xantippe votre femme, & auſſi-tôt cet état a diſparu. Elle m'a traitée de viſionnaire. Elle m'a montré le teſtament de mon père qui eſt mort dans la pauvreté, qui ne me laiſſe rien, & qui me recommande à l'amitié dont vous fûtes unis.

En ce moment, éveillée après mon ſonge, je n'ai ſenti que la douleur de ne pouvoir faire la fortune de Sophronime : je ne veux point l'accabler du poids de ma miſère.

S O P H R O N I M E.

Je vous l'avais bien dit, Socrate, que ſes raiſons ne vaudraient rien ; ſi elle m'aime, ne ſuis-je pas aſſez riche ? Je n'ai ſubſiſté, il eſt vrai, que par vos bienfaits ; mais il n'eſt point d'emploi pénible que je n'embraſſe pour faire ſubſiſter ma chère Aglaé. Je devrais, il eſt vrai, lui faire le ſacrifice de mon amour, lui chercher moi-même un parti avantageux ; mais j'avoüe que je n'en ai pas la force ; & par-là je ſuis indigne d'elle. Mais ſi elle pouvait ſe contenter de mon état, ſi elle pouvait s'abaiſſer juſqu'à moi ! non, je n'oſe le demander, je n'oſe le ſouhaiter ; & je ſuccombe à un malheur qu'elle ſupporte.

S O C R A T E.

Mes enfans, Xantippe eſt bien indiſcrette de vous avoir montré ce teſtament. Mais croyez, belle Aglaé, qu'elle vous a trompée.

A G L A É.

Elle ne m'a point trompée. J'ai vû de mes yeux ma miſère. L'écriture de mon père m'eſt aſſez connuë. Soyez ſûr, Socrate, que je ſaurai ſoutenir la pauvreté. Je fais travailler de mes mains ; c'eſt aſſez pour vivre, c'eſt tout ce qu'il me faut ; mais ce n'eſt pas aſſez pour Sophronime.

S O P H R O N I M E.

C'en eſt trop mille fois pour moi, ame tendre, ame ſublime, digne d'avoir été élevée par Socrate ; une pauvreté noble & laborieuſe eſt l'état naturel de l'homme. J'aurais voulu vous offrir un trône : mais ſi vous daignez vivre avec moi, notre pauvreté reſpectable eſt au-deſſus du trône de Créſus.

S O C R A T E.

Vos fentimens me plaifent autant qu'ils m'attendriffent ; je vois avec tranfport germer dans vos cœurs cette vertu que j'y ai femée. Jamais mes foins n'ont été mieux récompenfés ; jamais mon efpérance n'a été plus remplie. Mais encor une fois , Aglaé , croyez-moi , ma femme vous a mal inftruite. Vous êtes plus riche que vous ne penfez. Ce n'eft pas à elle, c'eft à moi que votre père vous a confiée. Ne peut-il pas avoir laiffé un bien que Xantippe ignore ?

A G L A É.

Non , Socrate , il dit expreffément dans fon teftament qu'il me laiffe pauvre.

S O C R A T E.

Et moi je vous dis que vous vous trompez , qu'il vous a laiffé de quoi vivre heureufe avec le vertueux Sophronime , & qu'il faut que vous veniez tous deux figner le contraɛ̃t tout-à-l'heure.

S C E N E   V I I.

SOCRATE , XANTIPPE , AGLAÉ , SOPHRONIME.

X A N T I P P E.

ALlons , allons , ma fille , ne vous amufez point aux vifions de mon mari ; la philofophie eft fort bonne , quand on eft à fon aife ; mais vous n'avez rien ; il faut vivre : vous philofopherez aprés. J'ai conclu votre mariage avec Anitus, digne prêtre , homme puiffant , homme de crédit ; venez , fuivez-moi ; il ne faut ni lenteur ni contradiɛ̃tion ; j'aime qu'on m'obéiffe , & vîte ; c'eft pour votre bien , ne raifonnez pas , & fuivez-moi.

S O P H R O N I M E.

Ah ciel ! Ah chère Aglaé !

SOCRATE.

Laiffez la dire , & fiez - vous à moi de votre bonheur.

XANTIPPE.

Comment, qu'on me laiffe dire ? vraiment, je le prétens bien , & furtout , qu'on me laiffe faire. C'eft bien à vous avec votre fageffe & votre démon familier , & votre ironie, & toutes vos fadaifes qui ne font bonnes à rien , à vous mê-ler de marier des filles ! Vous êtes un bon homme , mais vous n'entendez rien aux affaires de ce monde ; & vous êtes trop heureux que je vous gouverne. Allons , Aglaé , venez, que je vous établiffe. Et vous qui reftez là tout étonné, j'ai auffi votre affaire ; Drixa eft votre fait ; vous me remercierez tous deux ; tout fera conclu dans la minute ; je fuis expédi-tive , ne perdons point de tems. Tout cela devrait déja être terminé.

SOCRATE.

Ne la cabrez pas , mes enfans ; marquez - lui toute forte de déférence ; il faut lui complaire puifqu'on ne peut la cor-riger. C'eft le triomphe de la raifon de bien vivre avec les gens qui n'en ont pas.

Fin du premier acte.

ACTE

A C T E II.

S C E N E P R E M I E R E.

SOCRATE, SOPHRONIME.

S O P H R O N I M E.

DIvin Socrate, je ne peux croire mon bonheur ; comment se peut-il qu'Aglaé, dont le père eft mort dans une pauvreté extrême, ait cependant une dot fi confidérable ?

S O C R A T E.

Je vous l'ai déja dit ; elle avait plus qu'elle ne croyait. Je connaiffais mieux qu'elle les reffources de fon père. Qu'il vous fuffife de jouïr tous deux d'une fortune que vous méritez. Pour moi je dois le fecret aux morts comme aux vivans.

S O P H R O N I M E.

Je n'ai plus qu'une crainte, c'eft que ce prêtre de Cérès, à qui vous m'avez préféré, ne venge fur vous les refus d'Aglaé. C'eft un homme bien à craindre.

S O C R A T E.

Eh que peut craindre celui qui fait fon devoir ? je connais la rage de mes ennemis ; je fais toutes leurs calomnies ; mais quand on ne cherche qu'à faire du bien aux hommes, & qu'on n'offenfe point le Ciel, on ne redoute rien, ni pendant la vie, ni à la mort.

S O P H R O N I M E.

Rien n'eft plus vrai ; mais je mourrais de douleur, fi la félicité que je vous dois portait vos ennemis à vous forcer de mettre en ufage votre héroïque conftance.

SCENE II.

SOCRATE, SOPHRONIME, AGLAÉ.

AGLAÉ.

MOn bienfaiteur, mon père, homme au-deſſus des hommes, j'embraſſe vos genoux. Secondez-moi, Sophronime ; c'eſt lui, c'eſt Socrate qui nous marie aux dépens de ſa fortune, qui paye ma dot, qui ſe prive pour nous de la plus grande partie de ſon bien. Non, nous ne le ſouffrirons pas ; nous ne ſerons pas riches à ce prix. Plus notre cœur eſt reconnaiſſant, plus nous devons imiter la nobleſſe du ſien.

SOPHRONIME.

Je me jette à vos pieds comme elle, je ſuis ſaiſi comme elle ; nous ſentons également vos bienfaits. Nous vous aimons trop, Socrate, pour en abuſer. Regardez-nous comme vos enfans, mais que vos enfans ne vous ſoient point à charge. Votre amitié eſt le plus grand des biens, c'eſt le ſeul que nous voulons. Quoi ! vous n'êtes pas riche, & vous faites ce que les puiſſans de la terre ne feraient pas ! Si nous acceptions vos bienfaits, nous en ſerions indignes.

SOCRATE.

Levez-vous, mes enfans, vous m'attendriſſez trop. Ecoutez-moi ; ne faut-il pas reſpecter les volontés des morts ? Votre père, Aglaé, que je regardais comme la moitié de moi-même, ne m'a-t-il pas ordonné de vous traiter comme ma fille ? je lui obéïs ; je trahirais l'amitié & la confiance, ſi je faiſais moins. J'ai accepté ſon teſtament, je l'exécute ; le peu que je vous donne eſt inutile à ma vieilleſſe, qui eſt ſans beſoins. Enfin, ſi j'ai dû obéir à mon ami, vous devez obéir à votre père. C'eſt moi qui le ſuis aujourd'hui ; c'eſt moi qui par ce nom ſacré vous ordonne de ne me pas accabler de douleur en me refuſant. Mais retirez-vous, j'apperçois Xantippe. J'ai mes raiſons pour vous conjurer de l'éviter dans ces momens.

A G L A É.

Ah que vous nous ordonnez des chofes cruelles !

S C E N E I I I.

S O C R A T E , X A N T I P P E.

X A N T I P P E.

VRaiment vous venez de faire là un beau chef- d'œuvre ;
par ma foi, mon cher mari, il faudrait vous interdire.
Voyez, s'il vous plait, que de fottifes ! Je promets Aglaé
au prêtre Anitus, qui a du crédit parmi les grands ; je promets Sophronime à cette groffe marchande Drixa, qui a du
crédit chez le peuple ; & vous mariez vos deux étourdis enfemble pour me faire manquer à ma parole ; ce n'eft pas affez, vous les dotez de la plus grande partie de votre bien.
Vingt mille drachmes ! juftes dieux , vingt mille drachmes !
n'êtes- vous pas honteux ? De quoi vivrez-vous à l'âge de
foixante & dix ans ? qui payera vos médecins quand vous ferez
malade ? vos avocats quand vous aurez des procès ? Enfin ,
que ferai-je , quand ce fripon , ce col tors d'Anitus & fon
parti, que vous auriez eu pour vous, s'attacheront à vous perfécuter comme ils ont fait tant de fois ? Le Ciel confonde
les philofophes & la philofophie, & ma fotte amitié pour vous !
Vous vous mêlez de conduire les autres, & il vous faudrait
des lifières : vous raifonnez fans ceffe, & vous n'avez pas le
fens commun. Si vous n'étiez pas le meilleur homme du monde, vous feriez le plus ridicule & le plus infupportable. Ecoutez, il n'y a qu'un mot qui ferve ; rompez dans l'inftant cet
impertinent marché, & faites tout ce que veut votre femme.

S O C R A T E.

C'eft très bien parler, ma chère Xantippe, & avec modération ; mais écoutez-moi à votre tour. Je n'ai point pro-
pofé ce mariage. Sophronime & Aglaé s'aiment, & font dignes l'un de l'autre. Je vous ai déja donné tout le bien que

je pouvais vous céder par les loix ; je donne prefque tout ce qui me refte à la fille de mon ami ; le peu que je garde me fuffit. Je n'ai ni médecin à payer, parce que je fuis fobre ; ni avocat, parce que je n'ai ni prétentions ni dettes. A l'égard de la philofophie que vous me reprochez, elle m'enfeigne à fouffrir l'indignation d'Anitus, & vos injures ; à vous aimer malgré votre humeur.

(*Il fort.*)

S C E N E I V.

X A N T I P P E *feule.*

LE vieux fou ! il faut que je l'eftime malgré moi ; car, après tout, il y a je ne fais quoi de grand dans fa folie. Le fang froid de fes extravagances me fait enrager. J'ai beau le gronder, je perds mes peines. Il y a trente ans que je crie après lui, & quand j'ai bien crié, il m'en impofe, & je fuis toute confondue ; eft-ce qu'il y aurait dans cette ame-là quelque chofe de fupérieur à la mienne ?

S C E N E V.

X A N T I P P E, D R I X A.

D R I X A.

EH bien, Madame Xantippe, voilà comme vous êtes maîtreffe chez vous ! Fi ! que cela eft lâche de fe laiffer gouverner par fon mari ! Ce maudit Socrate m'enlève donc ce beau garçon dont je voulais faire la fortune ? il me le payera le traître.

X A N T I P P E.

Ma pauvre Madame Drixa, ne vous fâchez pas contre mon mari ; je me fuis affez fâchée contre lui ; c'eft un imbécille,

je le fais bien ; mais dans le fond c'eſt bien le meilleur cœur
du monde. Cela n'a point de malice ; il fait toutes les ſotti-
ſes poſſibles ſans y entendre fineſſe , & avec tant de probité
que cela déſarme. D'ailleurs , il eſt têtu comme une mule.
J'ai paſſé ma vie à le tourmenter , je l'ai même battu quelquefois ; non-ſeulement je n'ai pû le corriger , je n'ai même
jamais pû le mettre en colère. Que voulez-vous que j'y faſſe ?

D R I X A.

Je me vengerai , vous dis-je : j'apperçois ſous ces portiques ſon bon ami Anitus , & quelques-uns des notres ;
laiſſez-moi faire.

X A N T I P P E.

Mon Dieu , je crains que toutes ces gens-là ne joüent
quelque tour à mon mari. Allons vîte l'avertir ; car après tout,
on ne peut s'empêcher de l'aimer.

S C E N E V I.

ANITUS, DRIXA, TERPANDRE, ACROS.

D R I X A.

NOs injures ſont communes , reſpeƈtable Anitus ; vous
êtes trahi comme moi. Ce malhonnête homme de Socrate donne preſque tout ſon bien à Aglaé , uniquement pour
vous deſeſpérer. Il faut que vous en tiriez une vengeance
éclatante.

A N I T U S.

C'eſt bien mon intention, le Ciel y eſt intéreſſé ; cet homme
mépriſe ſans doute les Dieux , puiſqu'il me dédaigne. On a
déja intenté contre lui quelques accuſations ; il faut que vous
m'aidiez tous à les renouveller ; nous le mettrons en danger
de ſa vie ; alors je lui offrirai ma proteƈtion , à condition
qu'il me cède Aglaé , & qu'il vous rende votre beau Sophronime ; par-là nous remplirons tous nos devoirs ; il ſera puni

par la crainte que nous lui aurons donnée : j'obtiendrai ma
maîtresse , & vous aurez votre amant.

D R I X A.

Vous parlez comme la fageffe elle - même. Il faut que
quelque Divinité vous infpire. Inftruifez - nous , que faut - il
faire ?

A N I T U S.

Voici bientôt l'heure où les juges pafferont pour aller au
tribunal : Mélitus eft à leur tête.

D R I X A.

Mais ce Mélitus eft un petit pédant , un méchant homme,
qui eft votre ennemi.

A N I T U S.

Oui , mais il eft encor plus l'ennemi de Socrate. C'eft un
fcélerat hypocrite , qui foutient les droits de l'Aréopage contre moi ; mais nous nous réuniffons toûjours quand il s'agit
de perdre ces faux fages capables d'éclairer le peuple fur
notre conduite. Ecoutez , ma chère Drixa , vous êtes dévote?

D R I X A.

Oui affurément , Monfeigneur ; j'aime l'argent & le plaifir
de tout mon cœur : mais en fait de dévotion je ne cède à
perfonne.

A N I T U S.

Allez prendre quelque dévot du peuple avec vous , &
quand les juges pafferont , criez à l'impiété.

T E R P A N D R E.

Y a - t - il quelque chofe à gagner ? nous fommes prêts.

A C R O S.

Oui , mais quelle efpèce d'impiété ?

A N I T U S.

De toutes les efpèces. Vous n'avez qu'à l'accufer hardiment
de ne point croire aux Dieux , c'eft le plus court.

D R I X A.

Oh laiffez - moi faire.

A N I T U S.

Vous ferez parfaitement fecondés. Allez fous ces portiques
ameuter vos amis. Je vais cependant inftruire quelques ga-
zettiers de controverfe qui viennent fouvent dîner chez moi.
Ce font des gens bien méprifables , je l'avouë ; mais ils peuvent nuire dans l'occafion quand ils font bien dirigés. Il faut
fe fervir de tout pour faire triompher la bonne caufe. Allez,
mes chers amis , recommandez-vous à Cérès ; vous viendrez
crier au fignal que je donnerai. C'eft le fûr moyen de gagner
le ciel , & furtout de vivre heureux fur la terre.

S C E N E   V I I.

ANITUS, GRAFIOS, CHOMOS, BERTILLOS.

A N I T U S.

INfatigable Grafios , profond Chomos , délicat Bertillos ,
avez-vous fait contre ce méchant Socrate les petits ouvrages que je vous ai commandés ?

G R A F I O S.

J'ai travaillé , Monfeigneur ; il ne s'en relévera pas.

C H O M O S.

J'ai démontré la vérité contre lui ; il eft confondu.

B E R T I L L O S.

Je n'ai dit qu'un mot dans mon journal ; il eft perdu.

A N I T U S.

Prenez garde , Grafios. Je vous ai défendu la prolixité.
Vous êtes ennuieux de votre naturel. Vous pourriez laffer la
patience de la cour.

G R A F I O S.

Monfeigneur , je n'ai fait qu'une feuille ; j'y prouve que
l'ame eft une quinteffence infufe , que les queuës ont été
données aux animaux pour chaffer les mouches , que Cérès

fait des miracles , & que par conféquent Socrate eft un ennemi de l'Etat qu'il faut exterminer.

A N I T U S.

On ne peut mieux conclure. Allez porter votre délation
au fecond juge , qui eft un excellent philofophe. Je vous répons que vous ferez bientôt défait de votre ennemi Socrate.

G R A F I O S.

Monfeigneur , je ne fuis point fon ennemi. Je fuis fâché
feulement qu'il ait tant de réputation ; & tout ce que j'en
fais eft pour la gloire de Cérès , & pour le bien de la patrie.

A N I T U S.

Allez , dis-je , dépêchez-vous. Eh bien , favant Chomos ,
qu'avez-vous fait ?

C H O M O S.

Monfeigneur , n'ayant rien trouvé à reprendre dans les
écrits de Socrate , je l'accufe adroitement de penfer tout le
contraire de ce qu'il a dit ; & je montre le venin répandu
dans tout ce qu'il dira.

A N I T U S.

A merveille. Portez cette piéce au quatriéme juge : c'eft
un homme qui n'a pas le fens commun , & qui vous en-
tendra parfaitement. Et vous , Bertillos ?

B E R T I L L O S.

Monfeigneur , voici mon dernier journal fur le cahos. Je
fais voir adroitement , en paffant du cahos aux jeux olym-
piques , que Socrate pervertit la jeuneffe.

A N I T U S.

Admirable ! Allez de ma part chez le feptiéme juge , &
dites-lui que je lui recommande Socrate. Bon , voici déja
Mélitus le chef des onze qui s'avance. Il n'y a point de détour à prendre avec lui , nous nous connaiffons trop l'un &
l'autre.

S C E N E

S C E N E VIII.

A N I T U S , M E L I T U S.

A N I T U S.

MOnfieur le juge , un mot. Il faut perdre Socrate.

M E L I T U S.

Monfieur le prêtre , il y a longtems que j'y penfe ; uniffons-nous fur ce point, nous n'en ferons pas moins brouillés fur le refte.

A N I T U S.

Je fais bien que nous nous haïffons tous deux ; mais en fe déteftant , il faut fe réunir pour gouverner la République.

M E L I T U S.

D'accord. Perfonne ne nous entend ici ; je fais que vous êtes un fripon ; vous ne me regardez pas comme un honnête homme ; je ne peux vous nuire , parce que vous êtes grand-prêtre ; vous ne pouvez me perdre , parce que je fuis grand juge ; mais Socrate peut nous faire tort à l'un & à l'autre en nous démafquant ; nous devons donc commencer vous & moi par le faire mourir , & puis nous verrons comment nous pourrons nous exterminer l'un l'autre à la première occafion.

A N I T U S (*à part.*)

On ne peut mieux parler. Hom ! que je voudrais tenir ce coquin d'Aréopagite fur un autel , les bras pendans d'un côté & les jambes de l'autre , lui ouvrir le ventre avec mon couteau d'or , & confulter fon foye tout à mon aife !

M E L I T U S (*à part.*)

Ne pourrai-je jamais tenir ce pendart de facrificateur dans la geole , & lui faire avaler une pinte de ciguë à mon plaifir ?

A N I T U S.

Or ça , mon cher ami , voilà vos camarades qui avancent ; j'ai préparé les efprits du peuple.

Tom. VII. *& du Théâtre le cinquiéme.* Qqq

MELITUS.

Fort bien , mon cher ami , comptez fur moi comme fur vous - même dans ce moment , mais rancune tenant toûjours.

S'C E N E   IX.

ANITUS , MELITUS , quelques Juges d'Athènes qui paſſent fous les portiques. (*Anitus parle à l'oreille de Mélitus.*)

DRIXA , TERPANDRE & ACROS *enſemble.*
JUſtice , juſtice , ſcandale , impiété , juſtice , juſtice , irréligion , impiété , juſtice.

ANITUS.

Qu'eſt - ce donc , mes amis ? de quoi vous plaignez - vous ?

DRIXA , TERPANDRE & ACROS.

Juſtice au nom du peuple.

MELITUS.

Contre qui ?

DRIXA , TERPANDRE & ACROS.

Contre Socrate.

MELITUS.

Ah ah ! contre Socrate ? ce n'eſt pas d'aujourd'hui qu'on ſe plaint de lui. Qu'a - t - il fait ?

ACROS.

Je n'en ſais rien.

TERPANDRE.

On dit qu'il donne de l'argent aux filles pour ſe marier.

ACROS.

Oui , il corrompt la jeuneſſe.

DRIXA.

C'eſt un impie ; il n'a point offert de gâteaux à Cérès. Il

dit qu'il y a trop d'or & trop d'argent inutiles dans le temple.

A C R O S.

Oui, il dit que les prêtres de Cérès s'enyvrent quelquefois, cela eſt vrai, c'eſt un impie.

D R I X A.

C'eſt un hérétique, il nie la pluralité des Dieux ; il eſt déiſte ; il ne croit qu'un ſeul Dieu ; c'eſt un athée.

Tous trois enſemble.

Oui, il eſt hérétique, déiſte, athée.

M E L I T U S.

Voilà des accuſations très graves, & très vraiſemblables : on m'avait déja averti de tout ce que vous nous dites.

A N I T U S.

L'Etat eſt en danger, ſi on laiſſe de telles horreurs impunies. Minerve nous ôtera ſon ſecours.

D R I X A.

Oui, Minerve, ſans doute ; je l'ai entendu faire des plaiſanteries ſur le hibou de Minerve.

M E L I T U S.

Sur le hibou de Minerve ! O Ciel ! n'êtes-vous pas d'avis, Meſſieurs, qu'on le mette en priſon tout-à-l'heure ?

L E S J U G E S *enſemble.*

Oui, en priſon, vîte en priſon.

M E L I T U S.

Huiſſiers, amenez à l'inſtant Socrate en priſon.

D R I X A.

Et qu'enſuite il ſoit brulé ſans avoir été entendu.

U N D E S J U G E S.

Ah ! il faut du moins l'entendre ; nous ne pouvons enfreindre la loi.

A N I T U S.

C'eſt ce que cette bonne dévote voulait dire : il faut l'entendre, mais ne ſe pas laiſſer ſurprendre à ce qu'il dira ; car

Q q q ij

vous favez que ces philofophes font d'une fubtilité diabolique.; ce font eux qui ont troublé tous les Etats où nous apportions la concorde.

M E L I T U S.

En prifon , en prifon.

S C E N E X.

Tous les acteurs précédens. XANTIPPE , SOPHRONIME , AGLAÉ , SOCRATE *enchaîné* , Valets de ville.

X A N T I P P E.

EH miféricorde ! on traîne mon mari en prifon ; n'avez-vous pas honte , Meſſieurs les juges , de traiter ainfi un homme de fon âge ? quel mal a-t-il pû faire ? il en eft incapable ; hélas , il eft plus bête que méchant. *a*) Meſſieurs, ayez pitié de lui. Je vous l'avais bien dit , mon mari , que vous vous attireriez quelque méchante affaire. Voilà ce que c'eft que de doter des filles. Que je fuis malheureufe !

S O P H R O N I M E.

Ah ! Meſſieurs , refpectez fa vieilleſſe & fa vertu ; chargez moi de fers. Je fuis prêt à donner ma liberté , ma vie pour la fienne.

A G L A É.

Oui, nous irons en prifon au lieu de lui , nous mourrons pour lui , s'il le faut. N'attentez rien fur le plus jufte & le plus grand des hommes. Prenez-nous pour vos victimes.

M E L I T U S.

Vous voyez comme il corrompt la jeuneſſe.

---

a) On prétend que la fervante de *la Fontaine* en difait autant de fon maître : ce n'eft pas la faute de Mr. *Thompfon* fi *Xantippe* l'a dit avant cette fervante. Mr. *Thompfon* a peint *Xantippe* telle qu'elle était; il ne devait pas en faire une *Cornélie*.

SOCRATE.

Ceffez , ma femme , ceffez , mes enfans , de vous oppofer
à la volonté du ciel : elle fe manifefte par l'organe des loix.
Quiconque réfifte à la loi , eft indigne d'être citoyen. Dieu
veut que je fois chargé de fers , je me foumets à fes décrets
fans murmure. Dans ma maifon , dans Athènes , dans les ca-
chots , je fuis également libre : & puifque je vois en vous
tant de reconnaiffance , & tant d'amitié , je fuis toûjours heureux. Qu'importe que Socrate dorme dans fa chambre ou
dans la prifon d'Athènes ? Tout eft dans l'ordre éternel , &
ma volonté doit y être.

MELITUS.

Qu'on entraîne ce raifonneur.

ANITUS.

Meffieurs , ce qu'il vient de dire m'a touché. Cet homme
montre de bonnes difpofitions. Je pourrais me flatter de le
convertir. Laiffez - moi lui parler un moment en particulier,
& ordonnez que fa femme & ces jeunes gens fe retirent.

UN JUGE.

Nous le voulons bien , vénérable Anitus ; vous pouvez lui
parler avant qu'il comparaiffe devant notre tribunal.

SCENE XI.

ANITUS, SOCRATE.

ANITUS.

VErtueux Socrate , le cœur me faigne de vous voir en
cet état.

SOCRATE.

Vous avez donc un cœur ?

ANITUS.

Oui , & je fuis prêt à tout faire pour vous.

S O C R A T E.

Vraiment ; je fuis perfuadé que vous avez déja beaucoup fait.

A N I T U S.

Ecoutez ; votre fituation eft plus dangereufe que vous ne penfez : il y va de votre vie.

S O C R A T E.

Il s'agit donc de peu de chofe.

A N I T U S.

C'eft peu pour votre ame intrépide & fublime , c'eft tout aux yeux de ceux qui chériffent comme moi votre vertu. Croyez - moi ; de quelque philofophie que votre ame foit ar- mée , il eft dur de périr par le dernier fuplice. Ce n'eft pas tout ; votre réputation , qui doit vous être chère , fera flétrie dans tous les fiécles. Non - feulement tous les dévots & tou- tes les dévotes riront de votre mort , vous infulteront , allu- meront le bucher fi on vous brûle , ferreront la corde fi on vous étrangle , broyeront la ciguë fi on vous empoifonne ; mais ils rendront votre mémoire exécrable à tout l'avenir. Vous pouvez aifément détourner de vous une fin fi funefte ; je vous réponds de vous fauver la vie , & même de vous faire déclarer par les juges le plus fage des hommes , ainfi que vous l'avez été par l'oracle d'Apollon ; il ne s'agit que de me céder votre jeune pupille Aglaé , avec la dot que vous lui donnez , s'entend ; nous ferons aifément caffer fon mariage avec Sophronime. Vous jouïrez d'une vieilleffe paifible & ho- norée , & les Dieux & les Déeffes vous béniront.

S O C R A T E.

Huiffiers , conduifez - moi en prifon fans tarder davantage.

(*On l'emmène.*)

A N I T U S.

Cet homme eft incorrigible ; ce n'eft pas ma faute ; j'ai fait mon devoir , je n'ai rien à me reprocher ; il faut l'abandon- ner à fon fens reprouvé , & le laiffer mourir impénitent.

Fin du fecond acte.

ACTE III.

SCENE PREMIERE.

LES JUGES *affis fur leur tribunal ,* SOCRATE *debout.*

Un Juge (*à Anitus.*)

VOus ne devriez pas fiéger ici. Vous êtes prêtre de Cérès.

ANITUS.

Je n'y fuis que pour l'édification.

MELITUS.

Silence. Ecoutez , Socrate ; vous êtes accufé d'être mauvais citoyen , de corrompre la jeuneffe , de nier la pluralité des Dieux , d'être hérétique , déifte & athée : répondez.

SOCRATE.

Juges Athéniens, je vous exhorte à être toûjours bons citoyens comme j'ai toûjours tâché de l'être , à répandre votre fang pour la patrie comme j'ai fait dans plus d'une bataille. A l'égard de la jeuneffe dont vous parlez, ne ceffez de la guider par vos confeils, & furtout par vos exemples ; apprenez lui à aimer la véritable vertu , & à fuir la miférable philofophie de l'école. L'article de la pluralité des Dieux eft d'une difcuffion un peu plus difficile. Mais vous m'entendrez aifément.

Juges Athéniens , il n'y a qu'un Dieu.

MELITUS ET UN AUTRE JUGE.

Ah le fcélerat !

SOCRATE.

Il n'y a qu'un Dieu, vous dis-je. Sa nature eft d'être in-

fini ; nul être ne peut partager l'infini avec lui. Levez vos
yeux vers les globes céleftes , tournez-les vers la terre &
les mers , tout fe correfpond , tout eft fait l'un pour l'autre ;
chaque être eft intimément lié avec les autres êtres ; tout eft
d'un même deffein ; il n'y a donc qu'un feul architecte , un
feul maître , un feul confervateur. Peut-être a-t-il daigné
former des génies , des démons , plus puiffans & plus éclairés que les hommes ; & s'ils exiftent, ce font des créatures
comme vous ; ce font fes premiers fujets , & non pas des
Dieux ; mais rien dans la nature ne nous avertit qu'ils exiftent, tandis que la nature entière nous annonce un Dieu & un
Père. Ce Dieu n'a pas befoin de Mercure & d'Iris pour nous
fignifier fes ordres. Il n'a qu'à vouloir , & c'eft affez. Si par
Minerve vous n'entendiez que la fageffe de Dieu , fi par Neptune vous n'entendiez que fes loix immuables qui élèvent &
qui abaiffent les mers , je vous dirais , Il vous eft permis de
révérer Neptune & Minerve , pourvû que dans ces emblêmes
vous n'adoriez jamais que l'Etre éternel , & que vous ne donniez pas occafion aux peuples de s'y méprendre.

    Gardez-vous de tourner jamais la Religion en métaphy-
fique : la morale eft fon effence. Adorez & ne difputez plus.
Si nos ancêtres ont dit que le Dieu fuprême defcendit dans
les bras d'Alcmène , de Danaé , de Semelé , & qu'il en eut
des enfans , nos ancêtres ont imaginé des fables dangereufes.
C'eft infulter la Divinité de prétendre qu'elle ait commis avec
une femme , de quelque manière que ce puiffe être , ce que
nous appellons chez les hommes un adultère. C'eft découra-
ger le refte des hommes , d'ofer dire que pour être un grand
homme , il faut être né de l'accouplement myftérieux de Jupiter & d'une de vos femmes ou filles. Miltiades , Cimon ,
Thémiftocle , Ariftide , que vous avez perfécutés , valaient
bien , peut-être , Perfée , Hercule , & Bacchus ; il n'y a d'autre manière d'être les enfans de Dieu , que de chercher à lui
plaire , & d'être jufte. Méritez ce titre en ne rendant jamais
de jugemens iniques.

M E L I T U S.

Que de blafphêmes & d'infolences !

U N

U N A U T R E J U G E.

Que d'abfurdités ! on ne fait ce qu'il veut dire.

M E L I T U S.

Socrate, vous vous mêlez toûjours de faire des raifonne-
mens ; ce n'eft pas là ce qu'il nous faut ; répondez net & avec
précifion. Vous êtes-vous moqué du hibou de Minerve ?

S O C R A T E.

Juges Athéniens, prenez garde à vos hibous. Quand vous
propofez des chofes ridicules à croire, trop de gens alors fe
déterminent à ne rien croire du tout. Ils ont affez d'efprit
pour voir que votre doctrine eft impertinente ; mais ils n'en
ont pas affez pour s'élever jufqu'à la loi véritable ; ils favent
rire de vos petits Dieux, & ils ne favent pas adorer le Dieu
de tous les êtres, unique, incompréhenfible, incommunica-
ble, éternel & tout jufte, comme tout puiffant.

M E L I T U S.

Ah le blafphémateur ! ah le monftre ! il n'en a dit que
trop. Je conclus à la mort.

P L U S I E U R S J U G E S.

Et nous auffi.

U N J U G E.

Nous fommes plufieurs qui ne fommes pas de cet avis ;
nous trouvons que Socrate a très-bien parlé. Nous croyons
que les hommes feraient plus juftes & plus fages, s'ils pen-
faient comme lui ; & pour moi, loin de le condamner, je
fuis d'avis qu'on le récompenfe.

P L U S I E U R S J U G E S.

Nous penfons de même.

M E L I T U S.

Les opinions femblent fe partager.

A N I T U S.

Meffieurs de l'Aréopage, laiffez-moi interroger Socrate.
Croyez-vous que le foleil tourne, & que l'Aréopage foit
de droit divin ?

SOCRATE.

Vous n'êtes pas en droit de me faire des queſtions ; mais je ſuis en droit de vous enſeigner ce que vous ignorez. Il importe peu pour la ſociété que ce ſoit la terre qui tourne : mais il importe que les hommes qui tournent avec elle ſoient juſtes. La vertu ſeule eſt de droit divin. Et vous & l'Aréopage n'avez d'autres droits que ceux que la nation vous a donnés.

ANITUS.

Illuſtres & équitables juges , faites ſortir Socrate.

Mélitus *fait un ſigne. On emmène* Socrate. Anitus *continue.*

Vous l'avez entendu , auguſte Aréopage inſtitué par le ciel ; cet homme dangereux nie que le ſoleil tourne , & que vos charges ſoient de droit divin. Si ces horribles opinions ſe répandent , plus de magiſtrats , & plus de ſoleil. Vous n'êtes plus ces juges établis par Minerve , vous devenez comptables de vos arrêts , vous ne devez plus juger que ſuivant les loix ; & ſi vous dépendez des loix , vous êtes perdus ; puniſſez la rébellion , vengez le ciel & la terre. Je ſors. Redoutez la colère des Dieux , ſi Socrate reſte en vie.

Anitus *ſort , & les Juges opinent.*

UN JUGE.

Je ne veux point me brouiller avec Anitus , c'eſt un homme trop à craindre. S'il ne s'agiſſait que des Dieux , encor paſſe.

UN JUGE *à celui qui vient de parler.*

Entre nous Socrate a raiſon ; mais il a tort d'avoir raiſon ſi publiquement. Je ne fais pas plus de cas de Cérès & de Neptune que lui ; mais il ne devait pas dire devant tout l'Aréopage ce qu'il ne faut dire qu'à l'oreille. Où eſt le mal après tout d'empoiſonner un philoſophe , ſurtout quand il eſt laid & vieux ?

UN AUTRE JUGE.

S'il y a de l'injuſtice à condamner Socrate , c'eſt l'affaire d'Anitus , ce n'eſt pas la mienne ; je mets tout ſur ſa conſcience ; d'ailleurs , il est tard , on perd son tems. A la mort , à la mort , & qu'on n'en parle plus.

U N A U T R E.

On dit qu'il est hérétique & athée ; à la mort , à la mort.

M E L I T U S.

Qu'on appelle Socrate. (*On l'amène.*) Les Dieux soient bénis , la pluralité est pour la mort. Socrate , les Dieux vous condamnent par notre bouche à boire de la ciguë , tant que mort s'ensuive.

S O C R A T E.

Nous sommes tous mortels ; la nature vous condamne à mourir tous dans peu de tems , & probablement vous aurez tous une fin plus triste que la mienne. Les maladies qui amènent le trépas sont plus douloureuses qu'un gobelet de ciguë. Au reste , je dois des éloges aux juges qui ont opiné en faveur de l'innocence ; je ne dois aux autres que ma pitié.

U N J U G E *sortant.*

Certainement cet homme-là méritait une pension de l'Etat au lieu d'un gobelet de ciguë.

U N A U T R E J U G E.

Cela est vrai ; mais aussi de quoi s'avisait-il de se brouiller avec un prêtre de Cérès ?

U N A U T R E J U G E.

Je suis bien aise après tout de faire mourir un philosophe ; ces gens-là ont une certaine fierté dans l'esprit , qu'il est bon de matter un peu.

U N J U G E.

Messieurs , un petit mot : ne ferions-nous pas bien , tandis que nous avons la main à la pâte , de faire mourir tous les géomètres , qui prétendent que les trois angles d'un triangle sont égaux à deux droits ? Ils scandalisent étrangement la populace occupée à lire leurs livres.

UN AUTRE JUGE.

Oui, oui, nous les pendrons à la première feffion. Allons dîner. *b*)

b) Au feiziéme fiécle il fe paffa une fcène à peu près femblable, &. | un des juges dit ces propres paroles : *A la mort, & allons dîner.*

SCENE II.

SOCRATE *feul.*

DEpuis longtems j'étais préparé à la mort. Tout ce que je crains à préfent, c'eft que ma femme Xantippe ne vienne troubler mes derniers momens & interrompre la douceur du recueillement de mon ame ; je ne dois m'occuper que de l'Etre fuprême, devant qui je dois bientôt paraître. Mais la voilà, il faut fe réfigner à tout.

SCENE III.

SOCRATE, XANTIPPE, & les Difciples de Socrate.

XANTIPPE.

EH bien, pauvre homme, qu'eft-ce que ces gens de loi ont conclu ? êtes-vous condamné à l'amende ? êtes-vous banni ? êtes-vous abfous ? Mon Dieu ! que vous m'avez donné d'inquiétude ! Tâchez, je vous prie, que cela n'arrive pas une feconde fois.

SOCRATE.

Non, ma femme, cela n'arrivera pas deux fois, je vous en réponds ; ne foyez en peine de rien. Soyez les bien-venus, mes chers difciples, mes amis.

CRITON *à la tête des disciples de Socrate.*

Vous nous voyez aussi allarmés de votre sort que votre femme Xantippe ; nous avons obtenu des juges la permission de vous voir. Juste ciel ! faut-il voir Socrate chargé de chaînes ? Souffrez que nous baisions ces fers que vous honorez, & qui font la honte d'Athènes. Est-il possible qu'Anitus & les siens ayent pû vous mettre en cet état ?

SOCRATE.

Ne pensons point à ces bagatelles, mes chers amis ; & continuons l'examen que nous faisions hier de l'immortalité de l'ame. Nous disions, ce me semble, que rien n'est plus probable & plus consolant que cette idée. En effet la matière change & ne périt point. Pourquoi l'ame périrait-elle ? Se pourrait-il faire que nous étant élevés jusqu'à la connaissance d'un Dieu, à travers le voile du corps mortel, nous cessassions de le connaître quand ce voile sera tombé ? Non, puisque nous pensons, nous penserons toûjours : la pensée est l'être de l'homme ; cet être paraîtra devant un Dieu juste, qui récompense la vertu, qui punit le crime, & qui pardonne les faiblesses.

XANTIPPE.

C'est bien dit ; mais que nous veut ce vilain homme avec son gobelet ?

LE GEOLIER, *ou* Valet des Onze, *apportant la tasse de ciguë.*

Tenez, Socrate, voilà ce que le Sénat vous envoye.

XANTIPPE.

Quoi ! maudit empoisonneur de la République, tu viens ici tuer mon mari en ma présence ! je te dévisagerai, monstre !

SOCRATE.

Mon cher ami, je vous demande pardon pour ma femme, elle a toûjours grondé son mari, elle vous traite de même ; je vous prie d'excuser cette petite vivacité. Donnez.

(*Il prend le gobelet.*)

Un des Disciples.

Que ne nous eft - il permis de prendre ce poifon, divin
Socrate ! par quelle horrible injuftice nous êtes - vous ravi ?
Quoi ! les criminels ont condamné le jufte ! les fanatiques
ont profcrit le fage ! Vous allez mourir !

Socrate.

Non, je vais vivre. Voici le breuvage de l'immortalité.
Ce n'eft pas ce corps périffable qui vous a aimés, qui vous
a enfeignés, c'eft mon ame feule qui a vécu avec vous ; &
elle vous aimera à jamais.

(*Il veut boire.*)

Le Valet des Onze.

Il faut auparavant que je détache vos chaînes, c'eft la
règle.

Socrate.

Si c'eft la règle, détachez.

(*Il fe gratte un peu la jambe.*)

Un des Disciples.

Quoi ! vous fouriez ?

Socrate.

Je fouris en réfléchiffant que le plaifir vient de la douleur.
C'eft ainfi que la félicité éternelle naîtra des mifères de cette
vie. *c*)

(*Il boit.*)

Criton.

Hélas ! qu'avez - vous fait ?

Xantippe.

Hélas ! c'eft pour je ne fais combien de difcours ridicules

---

c) J'ai pris la liberté de retrancher ici deux pages entières d'un
beau fermon de *Socrate*. Ces mora-
lités qui font devenues lieux communs font bien ennuieufes. Les
bonnes gens qui ont cru qu'il falait faire parler *Socrate* longtems,
ne connaiffent ni le cœur humain,
ni le théâtre. *Semper ad eventum
feftinat* : voilà la grande règle que
Mr. *Thompfon* a obfervée.

de cette espèce, qu'on fait mourir ce pauvre homme. En
vérité, mon mari, vous me fendez le cœur, & j'étranglerais
tous les juges de mes mains. Je vous grondais, mais je vous
aimais ; & ce sont des gens polis qui vous empoisonnent.
Ah, ah ! mon cher mari, ah !

SOCRATE.

Calmez - vous, ma bonne Xantippe : ne pleurez point,
mes amis ; il ne sied pas aux disciples de Socrate de répandre des larmes.

CRITON.

Et peut - on n'en pas verser après cette sentence affreuse,
après cet empoisonnement juridique ?

SOCRATE.

C'est ainsi qu'on traitera souvent les adorateurs d'un seul
Dieu, & les ennemis de la superstition.

CRITON.

Hélas ! faut - il que vous soyez une de ces victimes ?

SOCRATE.

Il est beau d'être la victime de la Divinité. Je meurs sa-
tisfait. Il est vrai que j'aurais voulu joindre à la consolation
de vous voir, celle d'embrasser aussi Sophronime & Aglaé :
je suis étonné de ne les pas voir ici ; ils auraient rendu mes
derniers momens encor plus doux qu'ils ne sont.

CRITON.

Hélas ! ils ignorent que vous avez consommé l'iniquité de
vos juges ; ils parlent au peuple ; ils encouragent les ma-
gistrats qui ont pris votre parti. Aglaé revèle le crime d'Anitus ; sa honte va être publique : Aglaé & Sophronime vous
sauveraient peut - être la vie. Ah, cher Socrate ! pourquoi
avez - vous précipité vos derniers momens ?

S C E N E D E R N I E R E.

Les acteurs précédens. AGLAÉ, SOPHRONIME.

A G L A É.

Divin Socrate , ne craignez rien ; Xantippe , confolez-vous ; dignes difciples de Socrate , ne pleurez plus.

S O P H R O N I M E.

Vos ennemis font confondus. Tout le peuple prend votre défenfe.

A G L A É.

Nous avons parlé , nous avons revélé la jaloufie & l'intrigue de l'impie Anitus. C'était à moi de demander juftice de fon crime , puifque j'en étais la caufe.

S O P H R O N I M E.

Anitus fe dérobe par la fuite à la fureur du peuple ; on le pourfuit lui & fes complices ; on rend des graces folemnelles aux juges qui ont opiné en votre faveur. Le peuple eft à la porte de la prifon , & attend que vous paraiffiez pour vous conduire chez vous en triomphe.

X A N T I P P E.

Hélas que de peines perduës !

U N D E S D I S C I P L E S.

O ciel ! ô Socrate ! pourquoi obéïffiez - vous ?

A G L A É.

Vivez , cher Socrate , bienfaiteur de votre patrie , modèle des hommes , vivez pour le bonheur du monde.

C R I T O N.

Couple vertueux , dignes amis , il n'eft plus tems.

XAN-

X A N T I P P E.

Vous avez trop tardé.

A G L A É.

Comment ? il n'eft plus tems ! jufte ciel !

S O P H R O N I M E.

Quoi ! Socrate aurait déja bû la coupe empoifonnée ?

S O C R A T E.

Aimable Aglaé, tendre Sophronime, la loi ordonnait que
je priffe le poifon ; j'ai obéï à la loi, toute injufte qu'elle
eft, parce qu'elle n'opprime que moi. Si cette injuftice eût
été commife envers un autre, j'aurais combattu. Je vais mourir : mais l'exemple d'amitié & de grandeur d'ame que vous
donnez au monde ne périra jamais. Votre vertu l'emporte
fur le crime de ceux qui m'ont accufé. Je bénis ce qu'on
appelle mon malheur ; il a mis au jour toute la force de
votre belle ame. Ma chère Xantippe, foyez heureufe, &
fongez que pour l'être il faut dompter fon humeur. Mes
difciples bien - aimés, écoutez toûjours la voix de la philofophie, qui méprife les perfécuteurs, & qui prend pitié des
faibleffes humaines ; & vous, ma fille Aglaé, mon fils Sophronime, foyez toûjours femblables à vous - mêmes.

A G L A É.

Que nous fommes à plaindre de n'avoir pû mourir pour
vous !

S O C R A T E.

Votre vie eft précieufe, la mienne eft inutile : recevez
mes tendres & derniers adieux. Les portes de l'éternité s'ou-
vrent pour moi.

X A N T I P P E.

C'était un grand - homme, quand j'y fonge ! Ah ! je vais
foulever la nation.

S O P H R O N I M E.

Puiffions - nous élever des temples à Socrate, fi un homme
en mérite !

CRITON.

Puiffe au moins fá fageffe apprendre aux hommes que c'eft à Dieu feul que nous devons des temples !

Fin du troifiéme & dernier acte.

CHARLOT,

OU

LA COMTESSE DE GIVRY,

PIÉCE DRAMATIQUE.

1767.

PERSONNAGES.

LA COMTESSE DE GIVRY, veuve attachée au parti de Henri IV.

LE DUC DE BELLEGARDE.

LE MARQUIS, élevé dans le château.

JULIE, parente de la maifon, élevée avec le Marquis.

LA NOURICE.

CHARLOT, fils de la Nourice.

L'INTENDANT de la maifon.

BABET, élevée pour être à la chambre auprès de la Comtesse.

GUILLOT, fils d'un fermier de la terre.

Domeftiques, Couriers, Gardes.

La fcène eft dans le château de la Comtesse de Givry en Champagne.

CHARLOT,

PIECE DRAMATIQUE.

ACTE PREMIER.

SCENE PREMIERE.

(Le théâtre repréfente une grande falle où des domeftiques por-
tent & ôtent des meubles. L'Intendant de la maifon eft à
une table , un courier en bottes à côté. Mad. Aubonne nou-
rice coud , & Babet file à un rouët , une fervante prend des
mefures avec une auné , une autre balaye.)

L'INTENDANT (*écrivant.*)

Quatorze mille écus !... ce compte perce l'ame.....
Ma foi je ne fais plus comment fera Madame
Pour recevoir le Roi qui vient dans ce château.

LE COURIER.

Faut-il attendre ?

L'INTENDANT.

Eh oui.

BABET.

Que ce jour fera beau !
Madame Aubonne ! ici nous le verrons paraître,
Ici , dans ce château , ce grand Roi , ce bon maître !

Mad. A U B O N N E (*coufant.*)

Il eft vrai.

B A B E T.

Mais cela devrait vous dérider.
.Je ne vous vis jamais que pleurer ou bouder.
Quand tout le monde rit , court , faute , danfe , chante ,
Notre bonne eft toûjours dans fa mine dolente.

Mad. A U B O N N E.

Quand on porte lunette , on rit peu , mes enfans.
Ri tant que tu pourras ; chaque chofe a fon tems.

L E C O U R I E R (*à l'Intendant.*)

Expédiez - moi donc.

L'I N T E N D A N T.

La fête fera chère. . . .
Mais pour ce Prince augufte on ne faurait trop faire.

L E C O U R I E R.

Faites donc vite.

Mad. A U B O N N E.

Hélas ! j'efpère d'aujourd'hui
Que Charlot mon enfant pourra fervir fous lui.

L'I N T E N D A N T.

Le bon Prince !

L E C O U R I E R.

Allons donc.

L'I N T E N D A N T.

La dernière campagne. . .
Il affiégeait , vous dis - je . . . une ville . . . en Champagne. . .

L E C O U R I E R.

Dépêchez.

L'I N T E N D A N T. '

Il était , comme chacun le dit ,
Le premier à cheval , & le dernier au lit.

LE COURIER.

Quel bavard !

L'INTENDANT.

On avait , fous peine de la vie ,
Défendu qu'on portât à la ville inveftie
Provifion de bouche.

LE COURIER.

Aura-t-il bientôt fait ?

L'INTENDANT.

Trois jeunes payfans par un chemin fecret
En ayant apporté s'étaient laiffés furprendre :
Leur procès était fait , & l'on allait les pendre.

(Mad. Aubonne & Babet s'approchent pour entendre ce conte ,
deux domeftiques qui portaient des meubles les mettent par
terre , & tendent le cou ; une fervante qui balayait , s'appro-
che , & écoute en s'appuyant le menton fur le manche du balai.)

Mad. AUBONNE (*fe levant.*)

Les pauvres gens !

BABET.

Eh bien ?

LE COURIER.

Achevez donc.

L'INTENDANT (*écrivant.*)

Le Roi.....

Quatorze mille écus en fix mois...

LE COURIER.

Sur ma foi ,

Je n'y puis plus tenir.

L'INTENDANT (*écrivant.*)

Je m'y perds quand j'y penfe !....

Le Roi les rencontra....fon augufte clémence....

BABET.

Leur fit grace fans doute.

(*Ici tout le monde fait un cercle autour de l'Intendant.*)

L'INTENDANT.

Hélas ! il fit bien plus.,

Il leur diftribua ce qu'il avait d'écus.

Le Béarnois , dit-il , eft mal en équipage ,

Et s'il en avait plus , vous auriez davantage.

Tous enfemble.

Le bon Roi ! Le grand Roi !

L'INTENDANT.

Ce n'eft pas tout : le pain

Manquait dans cette ville , on y mourait de faim ;

Il la nourrit lui-même en l'affiégeant encore.

(*Il tire fon mouchoir & s'effuye les yeux.*)

LE COURIER.

Vous me faites pleurer.

Mad. AUBONNE.

Je l'aime.

BABET.

Je l'adore !

L'INTENDANT.

Je me fouviens auffi qu'en un jour folemnel

Un grave ambaffadeur , je ne fais plus lequel ,

Vit fa jeune nobleffe admife à l'audience

L'entourer , le preffer fans trop de bienféance.

Pardonnez , dit le Roi , ne vous étonnez pas ;

Ils me preffent de même au milieu des combats.

LE COURIER.

Ça donne du défir d'entrer à fon fervice.

BABET.

BABET.

Oui , ça m'en donne auſſi.

L'INTENDANT.

Qu'en dites - vous , nourice ?

Mad. AUBONNE (*ſe remettant à l'ouvrage.*)

Ah ! j'ai bien d'autres ſoins.

L'INTENDANT.

Je prétens aujourd'hui

Vous faire en l'attendant trente contes de lui.

Un ſoir près d'un couvent. . . .

LE COURIER.

Mais donnez donc la lettre.

L'INTENDANT.

C'eſt bien dit . . . . la voila . . . . tu pourras la remettre

Au premier des fouriers que tu rencontreras :

Tu partiras en hâte , en hâte reviendras.

Madame De Givry veut ſavoir à quelle heure

Il doit de ſa préſence honorer ſa demeure. . . .

Quatorze mille écus ! . . . & cela clair & net ! . . .

On en doit la moitié . . . . Va vite.

LE COURIER.

Adieu , Babet. (*il ſort.*)

BABET, *reprenant ſon rouët.*

La nourice toûjours dans ſon chagrin perſiſte !

Faites - lui quelque conte.

L'INTENDANT.

On voit ce qui l'attriſte.

Notre jeune Marquis que la bonne a nourri ,

Eſt un grand garnement , & j'en ſuis bien marri.

Mad. AUBONNE.

Je le ſuis plus que vous.

Tom. VII. *& du Théâtre le cinquiéme.* Ttt

L'I N T E N D A N T.

Votre fils au contraire.
Refpectueux , poli , cherche toûjours à plaire.

B A B E T.

Charlot eft , je l'avouë , un fort joli garçon.

Mad. A U B O N N E.

Notre Marquis pourra fe corriger.

L'I N T E N D A N T.

Oh non ;

Il n'a point d'amitié ; le mal eft fans remède.

Mad. A U B O N N E (*coufant.*)

A l'éducation tout tempérament cède.

L'I N T E N D A N T (*écrivant.*)

Les vices de l'efprit peuvent fe corriger ;
Quand le cœur eft mauvais , rien ne peut le changer.

S C E N E I I.

Les femmes , G U I L L O T (*accourant.*)

G U I L L O T.

AH ! le méchant Marquis ! comme il eft mal - honnête !

Mad. A U B O N N E.

Eh bien , de quoi viens-tu nous étourdir la tête ?

G U I L L O T.

De deux larges foufflets dont il m'a fait préfent.
C'eft le feul qu'il m'ait fait , du moins jufqu'à préfent.
Paffe encor pour un feul ; mais deux !

B A B E T.

Bon , c'eft de joye

Qu'il t'aura fouffleté , tout le monde eft en proye.

A des tranſports ſi grands en attendant le Roi,
Qu'on ne ſait où l'on frappe.

Mad. A U B O N N E.

Allons, conſole-toi.

L'I N T E N D A N T (*écrivant.*)

La choſe eſt mal pourtant.... Madame la Comteſſe
N'entend pas que l'on faſſe une telle careſſe
A ſes gens ; & Guillot eſt le fils d'un fermier
Homme de bien.

G U I L L O T.

Sans doute.

L'I N T E N D A N T.

Et fort lent à payer.

G U I L L O T.

Ça peut être.

L'I N T E N D A N T.

Guillot eſt d'un bon caractère.

G U I L L O T.

Oui.

L'I N T E N D A N T.

C'eſt un innocent.

G U I L L O T.

Pas tant.

B A B E T.

Qu'as-tu pû faire
Pour acquérir ainſi deux ſoufflets du Marquis ?

G U I L L O T.

Il eſt jaloux, il t'aime.

B A B E T.

Eſt-il bien vrai ?.... tu dis
Que je plais à Monſieur ?

Ttt ij

GUILLOT.

Oh tu ne lui plais guère ;
Mais il t'aime en paffant quand il n'a rien à faire.
Je dois, comme tu fais, époufer tes attraits ;
Et pour préfent de noce il donne des foufflets.

BABET.

Monfieur m'aimerait donc !

Mad. AUBONNE.

Quelle fotte folie !
Le Marquis eft promis à la belle Julie,
Coufine de Madame, & qui dans la maifon
Eft un modèle heureux de beauté, de raifon,
Que j'élevai longtems, que je formai moi-même :
C'eft pour lui qu'on la garde, & c'eft elle qu'il aime.

GUILLOT.

Oh bien, il en veut donc avoir deux à la fois.
Ces jeunes grands Seigneurs ont de terribles droits ;
Tout doit être pour eux, femmes de cour, de ville,
Et de village encor. Ils en ont une file ;
Ils vous écrément tout, & jamais n'aiment rien.
Qu'ils me laiffent Babet ; parbleu chacun le fien.

BABET.

Tu m'aimes donc vraiment !

GUILLOT.

Oui de tout mon courage ;
Je t'aime tant, vois-tu, que quand fur mon paffage
Je vois paffer Charlot, ce garçon fi bien fait,
Quand je vois ce Charlot regardé par Babet,
Je rendrais, fi j'ofais, à fon joli vifage
Les deux pefans foufflets que j'ai reçus en gage.

Mad. A U B O N N E.

Des foufflets à mon fils !

G U I L L O T.

Eh . . . j'entens fi j'ofais. . . .
Mais Charlot m'en impofe , & je n'ofe jamais.

L'I N T E N D A N T. (*fe levant.*)

Jamais je ne pourrai fuffire à la dépenfe.
Ah ! tous les grands Seigneurs fe ruïnent en France ;
Il faut couper des bois , emprunter chérement ,
Et l'on s'en prend toûjours à Monfieur l'Intendant. . . .
Ça , je vous difais donc qu'auprès d'une Abbaïe
Une vieille Baronne , & fa fille jolie ,
Appercevant le Roi qui venait tout courant. . .
Le Duc de Bellegarde était fon confident :
C'eft un brave Seigneur , & que partout on vante ;
Madame la Comteffe eft fa proche parente :
De notre belle fête il fera l'ornement.

S C E N E   I I I.

Les acteurs précédens , LE MARQUIS. (*Tous fe lèvent.*)

LE M A R Q U I S.

MOn vieux faifeur de conte , il me faut de l'argent.
Bon jour , belle Babet , bon jour , ma vieille bonne. . . .
(*à Guillot.*)
Ah ! te voila , maraut ; fi jamais ta perfonne
S'approche de Babet , & furtout moi préfent ,
Pour te mieux corriger je t'affomme à l'inftant.

G U I L L O T.

Quel diable de Marquis !

Ttt iij

LE MARQUIS.

Va , détale.

BABET.

Eh de grace ,
Un peu moins de colère , un peu moins de menace.
Que vous a fait Guillot ?

Mad. AUBONNE.

Tant de brutalité
Sied horriblement mal aux gens de qualité.
Je vous l'ai dit cent fois ; mais vous n'en tenez compte.
Vous me faites mourir de douleur & de honte.

LE MARQUIS.

Allez , vous radotez .... Monfieur Rente à l'inftant ,
Qu'on me faffe donner fix cent écus comptant.

L'INTENDANT.

Je n'en ai point , Monfieur.

LE MARQUIS.

Ayez-en , je vous prie.
Il m'en faut pour mes chiens & pour mon écurie ,
Pour mes chevaux de chaffe , & pour d'autres plaifirs.
J'ai très peu d'écus d'or , & beaucoup de défirs.
Monfieur mon tréforier , débourfez , le tems preffe.

L'INTENDANT.

A peine émancipé vous épuifez ma caiffe.
Quel tems prenez-vous là ! quoi dans le même jour
Où le Roi vient chez vous avec toute fa cour !
Songez-vous bien aux fraix où tout nous précipite ?

LE MARQUIS.

Je me pafferais fort d'une telle vifite.
Mon petit précepteur que l'on vient d'éloigner ,
M'avait dit que ma mère allait me ruïner :

Je vois qu'il a raifon.

Mad. A U B O N N E.

Fi ! quel difcours infame !
Soyez plus généreux ; refpeétez plus Madame.
Je ne m'attendais pas , quand je vous allaitai ,
Que vous auriez un cœur fi plein de dureté.

L E M A R Q U I S.

Vous m'ennuyez.

Mad. A U B O N N E (*pleurant.*)

L'ingrat !

G U I L L O T (*dans un coin.*)

Il a l'ame bien dure ,
Les mains auffi.

B A B E T.

Toûjours il nous fait quelque injure.
Vous n'aimez pas le Roi ! vous méchant !

L E M A R Q U I S.

Eh fi fait.

B A B E T.

Non , vous ne l'aimez pas.

L E M A R Q U I S.

Si , te dis - je , Babet.
Je l'aime .... comme il aime .... affez peu , c'eft l'ufage.
Mais je t'aime bien plus.

L'I N T E N D A N T (*écrivant.*)

Et l'argent davantage.

L E M A R Q U I S (*à Guillot qui eft dans un coin.*)

Donnez m'en donc bien vite .... Ah , ah , je t'apperçoi ,
Atten - moi , malheureux !

S C E N E IV.

Les acteurs précédens , LA COMTESSE.

LA COMTESSE.

EH ! qu'est-ce que je voi !
Je le cherche partout : que ses mœurs sont rustiques !
Je le trouve toûjours parmi des domestiques.
Il se plait avec eux , il m'abandonne.

Mad. AUBONNE.

Hélas !
Nous l'envoyons à vous ; mais il n'écoute pas.
Il me traite bien mal.

LA COMTESSE.

Consolez-vous , nourice ,
Mon cœur en tous les tems vous a rendu justice ,
Et mon fils vous la doit : on pourra l'attendrir.

Mad. AUBONNE.

Ah ! vous ne savez pas ce qu'il me fait souffrir.

LA COMTESSE.

Je sais qu'en son berceau, dans une maladie,
Etant cru mort longtems , vous sauvates sa vie.
Il en doit à jamais garder le souvenir.
S'il ne vous aimait pas , qui pourrait-il chérir ?
Laissez-moi lui **parler**.

Mad. AUBONNE.

Dieu veuille que Madame ,
Par ses soins maternels amollisse son ame !

LE

LE MARQUIS.

Que de contrainte !

LA COMTESSE (*à l'Intendant.*)

   Et vous , tout est - il préparé ?
Vous savez de vos soins combien je vous fais gré.

L'INTENDANT.

Madame tout est prêt , mais la dépense est forte ;
Cela pourra monter tout au moins . . . à . . .

LA COMTESSE.

     Qu'importe ?
Le cœur ne compte point , & rien ne doit coûter ,
Lorsque le grand Henri daigne nous visiter.

 (*à ses gens.*)

Laissez - moi je vous prie.

     (*ils sortent.*)

SCENE V.

LA COMTESSE , LE MARQUIS.

LA COMTESSE.

   IL est tems qu'une mère ,
Que vous écoutez peu , mais qui ne doit rien taire ,
Dans l'âge où vous entrez , sans plainte & sans rigueur ,
Parle à votre raison & sonde votre cœur.
Je veux bien oublier que depuis votre enfance
Vous avez repoussé ma tendre complaisance ;
Que vos maîtres divers & votre précepteur ,
Par leurs soins vigilans révoltant votre humeur ,
Vous présentant à tout , n'ont pû rien vous apprendre :

Tom. VII. *& du Théâtre le cinquiéme.*   Vvv

Tandis qu'à leurs leçons empreffé de fe rendre,
Le fils de la nourice à qui vous infultiez,
Apprenait aifément ce que vous négligiez ;
Et que Charlot toûjours prompt à me fatisfaire,
Faifait affidûment ce que vous deviez faire.

LE MARQUIS.

Vous l'oubliez, Madame, & m'en parlez fouvent.
Charlot eft, je l'avouë, un héros fort favant.
Je confens pleinement que Charlot étudie,
Que Guillot aille auffi dans quelque académie ;
La doctrine eft pour eux, & non pour ma maifon.
Je hais fort le Latin ; il déroge à mon nom ;
Et l'on a vu fouvent, quoi qu'on en puiffe dire,
De très bons officiers qui ne favaient pas lire.

LA COMTESSE.

S'ils l'avaient fû, mon fils, ils en feraient meilleurs.
J'en ai connu beaucoup, qui poliffant leurs mœurs,
Des beaux arts avec fruit ont fait un noble ufage.
Un efprit cultivé ne nuit point au courage.
Je fuis loin d'exiger qu'aux loix de fon devoir
Un officier ajoute un trifte & vain favoir.
Mais fachez que ce Roi, qu'on admire & qu'on aime,
A l'efprit très orné.

LE MARQUIS.
Je ne fuis pas de même.

LA COMTESSE.
Songez à le fervir à la guerre, à la cour.

LE MARQUIS.
Oui, j'y fonge.

LA COMTESSE.
Il faudra que dans cet heureux jour

De fa royale main fa bonté ratifie
Le contraĉt qui vous doit engager à Julie.
Elle eft votre parente , & doit plaire à vos yeux ,
Aimable , jeune , riche.

LE MARQUIS.

Elle eft riche ? tant mieux ;
Marions - nous bientôt.

LA COMTESSE.

Se peut - il à vôtre âge
Que du feul intérêt vous parliez le langage !

LE MARQUIS.

Oh j'aime auffi Julie ; elle a bien des appas ;
Elle me plait beaucoup : mais je ne lui plais pas.

LA COMTESSE.

Ah mon fils , apprenez du moins à vous connaître.
Vos difcours , votre ton la révoltent peut - être.
On ne réuffit point fans un peu d'art flatteur ;
Et la groffiéreté ne gagne point un cœur.

LE MARQUIS.

Je fuis fort naturel.

LA COMTESSE.

Oui ; mais foyez aimable.
Cette pure nature eft fort infupportable.
Vos pareils font polis , pourquoi ? c'eft qu'ils ont eu
Cette éducation qui tient lieu de vertu :
Leur ame en eft empreinte ; & fi cet avantage
N'eft pas la vertu même , il eft fa noble image.
Il faut plaire à fa femme ; il faut plaire à fon Roi ,
S'oublier prudemment , n'être point tout à foi ,
Dompter cette humeur brufque où le penchant vous livre.
Pour vivre heureux , mon fils , que faut - il ? favoir vivre.

LE MARQUIS.

Pour le Roi, nous verrons comme je m'y prendrai :
Julie eft autre chofe, elle eft fort à mon gré.
Mais je ne puis fouffrir, s'il faut que je le dife,
Que le favant Charlot la fuive & la courtife ;
Il lui fait des chanfons.

LA COMTESSE.

Vous vous moquez de nous,
Votre frère de lait vous rendrait-il jaloux ?

LE MARQUIS.

Oui ; je ne cache point que je fuis en colère
Contre tous ces gens là qui cherchent tant à plaire.
Je n'aime point Charlot ; on l'aime trop ici.

LA COMTESSE.

Auriez-vous bien le cœur à ce point endurci ?
Cela ne fe peut pas. Ce jeune homme eftimable
Peut-il par fon mérite être envers vous coupable ?
Je dois tout à fa mère, oui, je lui dois mon fils :
Aimez un peu le fien. Du même lait nourris,
L'un doit protéger l'autre ; ayez de l'indulgence,
Ayez de l'amitié, de la reconnaiffance ;
Si vous étiez ingrat, que pourrais-je efpérer ?
Pour ne vous point haïr il faudrait expirer.

LE MARQUIS.

Ah ! vous m'attendriffez, Madame, je vous jure
De refpecter toûjours mon devoir, la nature,
Vos fentimens.

LA COMTESSE.

Mon fils, j'aurais voulu de vous,
Avec tant de refpect, un mot encor plus doux.

LE MARQUIS.

Oui, le refpect s'unit à l'amour qui me touche.

LA COMTESSE.

Dites le donc du cœur ainfi que de la bouche.

SCENE VI.

LA COMTESSE, LE MARQUIS, CHARLOT.

LA COMTESSE.

Venez, mon bon Charlot. Le Marquis m'a promis
Qu'il ferait déformais de vos meilleurs amis.

LE MARQUIS (*fe détournant.*)

Je n'ai point promis ça.

LA COMTESSE.

Ce grand jour d'allégreffe
Ne pourra plus laiffer de place à la trifteffe.
Où donc eft votre mère ?

CHARLOT.

Elle pleure toûjours ;
Et j'implore pour moi votre puiffant fecours,
Votre protection, vos bontés toûjours chères,
Et ce cœur digne en tout de fes auguftes pères.
Madame, vous favez qu'à Monfieur votre fils,
Sans me plaindre un moment, je fus toûjours foumis.
Vivre à vos pieds, Madame, eft ma plus forte envie.
Le héros des Français, l'appui de fa patrie,
Le Roi des cœurs bien nés, le Roi qui des ligueurs
A par tant de vertus confondu les fureurs ;
Il vient chez vous, il vient dans vos belles retraites ;
Et ce n'eft que pour lui que des lieux où vous êtes.

Mon ame en gémiſſant ſe pourrait arracher.
La fortune n'eſt pas ce que je veux chercher.
Pardonnez mon audace, excuſez mon jeune âge.
On m'a ſi fort vanté ſa bonté, ſon courage,
Que mon cœur tout de feu porte envie aujourd'hui
A ces heureux Français qui combattent ſous lui.
Je ne veux point agir en ſoldat mercénaire;
Je veux auprès du Roi ſervir en volontaire,
Hazarder tout mon ſang; ſûr que je trouverai
Auprès de vous, Madame, un aſyle aſſuré.
Daignez-vous approuver le parti que j'embraſſe?

LA COMTESSE.

Va, j'en ferais autant ſi j'étais à ta place.
Mon fils ſans doute aura pour ſervir ſous ſa loi
Autant d'empreſſement & de zèle que toi.

LE MARQUIS.

Eh mon Dieu! oui. Faut-il toûjours qu'on me compare
A notre ami Charlot? l'accolade eſt bizare.

LA COMTESSE.

Aimez-le, mon cher fils; que tout ſoit oublié.
Ça donnez lui la main pour marque d'amitié.

LE MARQUIS.

Eh bien la voilà .... mais .....

LA COMTESSE.
Point de mais.

CHARLOT *prend la main du Marquis, & la baiſe.*

Je révère,

J'oſe chérir en vous Madame votre mère.
Jamais de mon devoir je n'ai trahi la voix;
Je vous rendrai toûjours tout ce que je vous dois.

LE MARQUIS.

Va . . . . je suis très content.

LA COMTESSE.

Son bon cœur se déclare :
Le mien s'épanouït. . . . Quel bruit , quel tintamare.

SCENE VII.

Les acteurs précédens. Plusieurs domestiques en livrée , & d'autres gens entrent en foule. Guillot , Babet , sont des premiers. Julie , la nourice dans le fond , elles arrivent plus lentement. La Comtesse de Givry est sur le devant du théâtre avec le Marquis & Charlot.

GUILLOT (*accourant.*)

LE Roi vient.

PLUSIEURS DOMESTIQUES.

C'est le Roi.

GUILLOT.

C'est le Roi , c'est le Roi.

BABET.

C'est le Roi ; je l'ai vû tout comme je vous voi.
Il était encor loin , mais qu'il a bonne mine !

GUILLOT.

Donne-t-il des soufflets ?

LA COMTESSE.

A peine j'imagine
Qu'il arrive si-tôt ; c'est ce soir qu'on l'attend ;
Mais sa bonté prévient ce bienheureux instant.
Allons tous.

J U L I E.

Je vous fuis . . . . je rougis ; ma toilette
M'a trop longtems tenuë , & n'eſt pas encor faite.
Eſt-ce bien déja lui ?

G U I L L O T.

Ne le voyez-vous pas
Qui vers la baſſe-cour avance avec fracas ?

B A B E T.

Il eſt très beau . . . . C'eſt lui. Les filles du village
Trottent toutes en foule , & font fur fon paſſage.
J'y vais auſſi , j'y vole.

L A C O M T E S S E.

Oh je n'entens plus rien.

J U L I E.

Ce n'eſt pas lui.

B A B E T (*allant & venant.*)

C'eſt lui.

G U I L L O T.

Je m'y connais fort bien.
Tout le monde m'a dit , *c'eſt lui ,* la choſe eſt claire.

L'I N T E N D A N T (*arrivant à pas comptés.*)

Ils ſe font tous trompés ſelon leur ordinaire.
Madame , un poſtillon que j'avais fait partir
Pour s'informer au juſte , & pour vous avertir,
Vous ramenait en hâte une troupe altérée ,
Moitié déguenillée , & moitié ſurdorée ,
D'excellens pâtiſſiers , d'acteurs Italiens ,
Et des danſeurs de corde , & des muſiciens ,
Des flûtes , des hautbois , des côrs , & des trompettes,
Des faiſeurs d'acroſtiche & des marionettes.
Tout le monde a crié *le Roi* ſur les chemins ;

On

On le crie au village & chez tous les voisins ;
Dans votre basse-cour on s'obstine à le croire.
Et voila justement comme on écrit l'histoire.

GUILLOT.

Nous voila tous bien sots !

LA COMTESSE.

Mais quand vient-il ?

L'INTENDANT.

Ce soir.

LA COMTESSE.

Nous aurons tout le tems de le bien recevoir.
Mon fils, donnez la main à la belle Julie.
Bon soir, Charlot.

LE MARQUIS.

Mon Dieu ! que ce Charlot m'ennuye !
(*Ils sortent, la Comtesse reste avec la nourice.*)

LA COMTESSE.

Vien, ma chère nourice, & ne soupire plus.
A bien placer ton fils mes vœux sont résolus.
Il servira le Roi, je ferai sa fortune.
Je veux que cette joye à nous deux soit commune.
Je voudrais contenter tout ce qui m'appartient,
Vous rendre tous heureux ; c'est là ce qui soutient
C'est là ce qui console & qui charme la vie.

Mad. AUBONNE.

Vous me rendez confuse, & mon ame attendrie
Devrait mériter mieux vos extrêmes bontés.

LA COMTESSE.

Qui donc en est plus digne ?

Mad. AUBONNE (*tristement.*)

Ah !

LA COMTESSE.

Nos félicités
S'altèrent du chagrin que tu montres fans cefle.

Mad. AUBONNE.

Ce beau jour, il eft vrai, doit bannir la trifteffe.

LA COMTESSE.

Va, fai danfer nos gens avec les violons.
Ton fils nous aidera.

Mad. AUBONNE.

Mon fils!.... Madame... allons.

Fin du premier acte.

ACTE II.

SCENE PREMIERE.

JULIE, Mad. AUBONNE, CHARLOT.

JULIE.

ENfin , je le verrai ce charmant Henri quatre ,
Ce Roi brave & clément qui fait plaire & combattre ,
Qui conquit à la fois fon Royaume & nos cœurs ,
Pour qui Mars & l'Amour n'ont point eu de rigueurs ,
Et qui fait triompher , fi j'en crois les nouvelles ,
Des ligueurs , des Romains , des héros & des belles.

CHARLOT (*dans un coin.*)

Elle aime ce grand homme , elle eft tout comme moi.

JULIE.

Lifette à me parer a réuffi , je croi.
Comment me trouvez-vous ?

Mad. AUBONNE.

Très belle , & très bien mife.
Vous feriez peu fâchée , excufez ma franchife ,
D'effayer tant d'appas , & d'arrêter les yeux
D'un héros couronné , partout victorieux.

JULIE.

Oui , fes yeux feulement . . . . il a le cœur fort tendre :
On me l'a dit du moins . . . . je n'y veux point prétendre ;
Je ne veux avoir l'air ni prude ni coquet. . . . .
Eh mon Dieu ! j'apperçois qu'il me manque un bouquet.

Xxx ij

CHARLOT. (*il sort.*)

Un bouquet ! allons vite.

Mad. AUBONNE.

Eh bien , belle Julie ,
Ce grand Prince ici même aujourd'hui vous marie ;
Il signera du moins le contract projetté ,
Qui sera par Madame avec vous présenté.
Vous semblez n'y penser qu'avec indifférence ,
Et je crois entrevoir un peu de répugnance.

JULIE.

Hélas ! comment veut-on que mon cœur soit touché ?
Qu'il se donne à celui qui ne l'a point cherché ?
Par la digne Comtesse en ces murs élevée ,
Conduite par vos soins , à son fils réservée ,
Je n'ai jamais dans lui trouvé jusqu'à ce jour ,
Le moindre sentiment qui ressemble à l'amour.
Il n'a jamais montré ces douces complaisances ,
Qui d'un peu de tendresse auraient les apparences.
Il est sombre , il est dur , il me doit allarmer ;
Il sait être jaloux , & ne sait point aimer.
J'aime avec passion sa vertueuse mère.
Le fils me fait trembler ; quel triste caractère !
Ses airs , & son ton brusque , & sa grossiéreté ,
Affligent vivement ma sensibilité.
D'un noir pressentiment je ne puis me défendre.
La nature me fit une ame honnête & tendre.
J'aurais voulu chérir mon mari.

Mad. AUBONNE.

Parlez net :
Développez un cœur qui se cache à regret.
Le Marquis est haï ?

J U L I E.

Tout autant qu'haïſſable ;
C'eſt une averſion qui n'eſt pas ſurmontable.
A ſa mère après tout je ne puis l'avouër.
De quinze ans de bontés je dois trop me louër ;
Je percerais ſon cœur d'une atteinte cruelle ;
Je ne puis la tromper, ni m'ouvrir avec elle.
Voilà mes ſentimens, mes chagrins & mes vœux.

Mad. A U B O N N E.

Ce mariage là fera des malheureux.
Ah ! comment nous tirer du fond du précipice ?

J U L I E.

Et moi que devenir ? comment faire, nourice ?
Tu ne me réponds point, tu rêves triſtement,
Ma chère Aubonne !

Mad. A U B O N N E.

Eh bien ?

J U L I E.

Pourrais-tu prudemment
Engager la Comteſſe à différer la choſe ?
Tu fais la gouverner, ton avis en impoſe ;
Par tes diſcours flatteurs tu pourrais l'amener
A me laiſſer le tems de me déterminer.....
Mais répon donc.

Mad. A U B O N N E.

Hélas !....oui, ma belle Julie....
Votre demande eſt juſte....elle ſera remplie.

S C E N E I I.

JULIE , Mad. AUBONNE , CHARLOT.

CHARLOT.

MAdame , j'ai trouvé chez vous votre bouquet.

JULIE.

Ce n'eſt point là le mien ; le votre eſt bien mieux fait ,
Mieux choiſi , plus brillant . . . . Que votre fils , ma bonne ,
Eſt galant & poli ! . . . . Tous les jours il m'étonne.
Eſt - il vrai qu'il nous quitte ?

Mad. AUBONNE.

Il veut ſervir le Roi.

JULIE.

Nous le regretterons.

CHARLOT.

Je fais ce que je doi.
Il m'eût été bien doux de conſacrer ma vie
A ſervir dignement la divine Julie.
Heureux qui recherchant la gloire & le danger ,
Entre un héros & vous pourrait ſe partager !
Heureux à qui l'éclat d'une illuſtre naiſſance
A permis de nourrir cette noble eſpérance !
Pour moi qu'aux derniers rangs le ſort veut captiver ,
Vers la gloire de loin ſi je peux m'élever ,
Si quelque occaſion , quelque heureux avantage ,
Peut jamais pour mon Prince exercer mon courage ,
De vous , de vos bontés je voudrais obtenir
Pour prix de tout mon ſang un léger ſouvenir.

J U L I E.

Ah ! je me fouviendrai de vous toute ma vie.
Elevée avec vous , moi que je vous oublie !
Mais vous ne quittez point la maifon pour jamais.
Madame la Comteffe & fes dignes bienfaits ,
Une très bonne mère , & s'il le faut , moi - même,
Tout vous doit rappeller , tout le château vous aime.
Ma bonne , ordonnez - lui de revenir fouvent.

Mad. A U B O N N E (*en foupirant.*)

Je ne fouffrirai pas un long éloignement.

C H A R L O T.

Ah ! ma mère , à mon cœur il manque l'éloquence.
Peignez - lui les tranfports de ma reconnaiffance :
Faites - moi mieux parler que je ne puis.

J U L I E.

Charlot....

Non....Monfieur....mon ami....ma mère....que ce mot....
De Charlot.... convient mal ... à toute fa perfonne !

Mad. A U B O N N E.

Oh les mots n'y font rien .... mais vous êtes trop bonne.

J U L I E.

Charlot ... ma bonne ! ....

Mad. A U B O N N E.

Eh quoi ?

J U L I E.

D'où vient que votre fils
Eft différent en tout de Monfieur le Marquis ?
L'art n'a rien pû fur l'un. Dans l'autre la nature
Semble avoir répandu tous fes dons fans mefure.

Mad. A U B O N N E.

Vous le flattez beaucoup.

J U L I E.

Le Roi vient aujourd'hui ;
Je dois avoir l'honneur de danfer avec lui. . . .
Je voudrais repéter. . . . Vous danfez comme un ange.

C H A R L O T.

Je ne mérite pas. . .

J U L I E.

Cela n'eft point étrange ;
Vous avez réuffi dans les jeux , dans les arts
Qui de nos courtifans attirent les regards ;
Les armes , le deffein , la danfe , la mufique ,
Enfin dans toute étude où votre efprit s'applique ;
Et c'eft pour votre mère un plaifir bien parfait. . . .
Je cherche à m'affermir dans le pas du menuet. .
Et je danferai mieux vous ayant pour modèle.

C H A R L O T.

Ah ! vous feule en fervez . . . mais le refpect , le zèle
Me forcent d'obéïr. Il faut un violon ,
Je cours en chercher un , s'il vous plait.

J U L I E.

Mon Dieu non. . . .
Vous chantez à merveille : & votre voix , je penfe ,
Bien mieux qu'un violon marquera la cadence ;
Affeyez - vous , ma mère , & voyez votre fils.

Mad. A U B O N N E.

De tout ce que je vois mon cœur n'eft point furpris.

(*Elle s'affied ; ils danfent, & Charlot chante.*)

Elle donne des loix
Aux Bergers , aux Rois ,
A fon choix.
Elle donne des loix

Aux

> Aux Bergers , aux Rois.
> Qui pourrait l'approcher ,
>   Sans chercher
>   Le danger ?
> On meurt à fes yeux fans efpoir.
> On meurt de ne les plus voir.
> Elle donne des loix
> Aux Bergers , aux Rois.

JULIE *(après avoir danfé un feul couplet.)*
Vous êtes donc l'auteur de la chanfon !

CHARLOT.

          Madame ,
C'eft un faible portrait d'une timide flamme.
Les vers étaient à l'air affez mal ajuftés.
Par vôtre goût fans doute ils feront rejettés.

JULIE.
Ils n'offenfent perfonne . . . . ils ne peuvent déplaire ;
Ils ne peuvent furtout exciter ma colère.
Ils ne font pas pour moi.

CHARLOT.

      Pour vous ! . . . . je n'oferais
Perdre ainfi le refpeft , profaner vos attraits.

JULIE.
Une feconde fois je puis donc les entendre. . . .
Achevons la leçon que de vous je veux prendre.

Mad. AUBONNE.
Ils me font tous les deux un extrême plaifir.
Je voudrais que Madame en pût auffi jouir.

JULIE *recommence à danfer avec Charlot qui répète l'air.*
>   Elle donne des loix
>   Aux Bergers , aux Rois. &c.

Tom. VII. *& du Théâtre le quatriéme.*   Yyy

Majeur.

Vous feule ornez ces lieux.
Des Rois & des Dieux
Le maître eft dans vos yeux.
Ah ! fi de votre cœur
Il était vainqueur ,
  Quel bonheur !
Tout parle en ce beau jour
   D'amour.
Un Roi brave & galant,
   Charmant ,
Partage avec vous
L'heureux pouvoir de régner fur nous.
Elle donne des loix *&c.*
On meurt à fes yeux fans efpoir ,
On meurt de ne les plus voir.

S C E N E I I I.

LE MARQUIS *entre , & les voit danfer , pendant que*
Mad. AUBONNE *eft affife , & s'occupe à coudre.*

LE MARQUIS.

MEurt de ne les plus voir !.... Notre belle héritière ,
Avec Monfieur Charlot vous êtes familière.
Vous danfez aux chanfons dans un coin du logis.

CHARLOT.

Pourquoi non ?

JULIE.

Mais je crois qu'il m'eft affez permis
De prendre quand je veux , devant Madame Aubonne ,

Pour danfer un menuet la leçon qu'il me donne.

LE MARQUIS.

Il donne des leçons ! vraiment il en a l'air.
Profitez - vous beaucoup ? & les payez - vous cher ?

JULIE.

J'en dois avoir , Monfieur , de la reconnaiffance.
Si vous êtes fâché de cette préférence ,
Si mon petit menuet vous donne quelque ennui ,
Que n'avez - vous appris .... à danfer comme lui ?

LE MARQUIS.

Ouais !

CHARLOT.

Modérez , Monfieur , votre injufte colère.
Vous aviez affuré votre adorable mère ,
Que d'un peu d'amitié vous vouliez m'honorer :
Mon cœur la méritait : il l'ofait efpérer.

(*en montrant Julie.*)

Ce noble & digne objet , refpeftable à vous - même ,
M'a chargé dans ces lieux de fon ordre fuprême.
Ses ordres font facrés : chacun doit les remplir.
En la fervant , Monfieur , j'ai cru vous obéir.

Mad. AUBONNE.

C'eft très bien ripofté , Charlot doit le confondre.

LE MARQUIS.

Quand ce drôle a parlé , je ne fais que répondre.
Ecoute , mon garçon ; je te défens ... à toi
(*Charlot le regarde fixement.*)
De montrer quand j'y fuis de l'efprit plus que moi.

Mad. AUBONNE.

Quelle idée !

JULIE.

Eh comment faudra-t-il donc qu'il faſſe ?

LE MARQUIS.

Il m'offuſque toûjours. Tant d'inſolence laſſe.
Je ne le puis ſouffrir près de vous... en un mot,
Je n'aime point du tout qu'on danſe avec Charlot.

JULIE.

Ma bonne, à quel mari je me verrais livrée !
Allez, votre colère eſt trop prématurée.
Je n'ai point de reproche à recevoir de vous,
Et je n'aurai jamais un tyran pour époux.

Mad. AUBONNE.

Eh bien, vous méritez une telle algarade.
Vous vous faites haïr,.... Monſieur, prenez-y garde;
Vous n'êtes ni poli, ni bon, ni circonſpect :
Vous deviez à Julie un peu plus de reſpect,
Plus d'égards à Charlot, à moi plus de tendreſſe ;
Mais....

LE MARQUIS.

Quoi ! toûjours Charlot ! que tout cela me bleſſe !
Sortez, & devant moi ne paraiſſez jamais.

JULIE.

Mais, Monſieur.

LE MARQUIS *(menaçant Charlot.)*
Si.

CHARLOT.
Quoi ! ſi.

Mad. AUBONNE *(ſe mettant entre deux.)*
Mes enfans, paix, paix, paix ;
Eh mon Dieu ! je crains tout.

LE MARQUIS.
Sors d'ici tout-à-l'heure,
Je te l'ordonne.

JULIE.
Et moi j'ordonne qu'il demeure.

CHARLOT.
A tous les deux, Monsieur, je fais ce que je doi;
(*en regardant Julie.*)
Mais enfin j'ai fait vœu de suivre en tout sa loi.

LE MARQUIS.
Ah ! c'en est trop, faquin.

CHARLOT.
C'en est trop, je l'avouë :
Et sur votre alphabet je doute qu'on vous louë.
Il paraît que le lait dont vous futes nourri,
Dans votre noble sang s'est un peu trop aigri.
De vos expressions j'ai l'ame assez frappée.
A mon côté, Monsieur, si j'avais une épée,
Je crois que vous seriez assez sage, assez grand,
Pour m'épargner peut-être un si doux compliment.

LE MARQUIS.
Quoi ! misérable....

JULIE.
Encor !

Mad. AUBONNE.
Allez, mon fils, de grace,
Ne l'effarouchez point, & quittez-lui la place ;
Tout ira bien, cédez, quoique très offensé.

CHARLOT.
Ma mère.... j'obéis.... mais j'ai le cœur percé.
(*Il sort.*)
Yyy iij

Mad. AUBONNE.

Ah! c'en eſt fait, mon ſang ſe glace dans mes veines.

JULIE.

Mon ſang, ma chère amie, eſt bouillant dans les miennes.

LE MARQUIS.

Dans ce nouveau combat du froid avec le chaud,
Me retirer en hâte eſt, je crois, ce qu'il faut.
Je n'aurais pas beau jeu. C'eſt une étrange affaire,
De combattre à la fois deux femmes en colère.

SCENE IV.

JULIE, Mad. AUBONNE.

Mad. AUBONNE.

NOn, vous n'aurez jamais ce brutal de Marquis;
Ces nœuds infortunés ſont trop mal aſſortis.

JULIE.

Quoi! tu me ſerviras?

Mad. AUBONNE.

Je réponds que ſa mère
Briſera ce lien qui doit trop vous déplaire....
M'y voila réſoluë.

JULIE.

Ah! que je te devrai!

Mad. AUBONNE.

O fortune! ô deſtin! que tout change à ton gré!
Du public cependant reſpectons l'allégreſſe.
Trop de monde à préſent entoure la Comteſſe.
Comment parler, comment, par un trouble cruel,
Contriſter les plaiſirs d'un jour ſi ſolemnel?

JULIE.

Je le fais , & je crains que mon refus la bleſſe.
Pour ce fils que je hais je connais ſa tendreſſe.

Mad. AUBONNE.

D'un coup trop imprévu n'allons point l'accabler....
Je n'ai jamais rien fait que pour la conſoler.

JULIE.

La nature , il eſt vrai , parle beaucoup en elle.

Mad. AUBONNE.

Elle peut s'aveugler.

JULIE.

Je compte ſur ton zèle ,
Sur tes conſeils prudens , ſur ta tendre amitié.
De ce joug odieux tire-moi par pitié.

Mad. AUBONNE.

Hélas ! tout dès longtems trompa mes eſpérances.

JULIE.

Tu gémis.

Mad. AUBONNE.

Oui , je fuis dans de terribles tranſes....
N'importe.... je le veux.... je ferai mon devoir.
Je ſerai juſte.

JULIE.

Hélas ! tu fais tout mon eſpoir.

SCENE V.

JULIE , Mad. AUBONNE , BABET.

BABET (*accourant avec empreſſement.*)
ALlez , votre Marquis eſt un vrai trouble-fête.

Mad. A U B O N N E.

Je ne le fais que trop.

B A B E T.

Vous favez qu'on apprête
Cette longue feuillée, où Charlot de fes mains
De guirlandes de fleurs décorait les chemins.
Il a dans cent endroits difpofé cent lumières,
Où du nom de Henri les brillans caractères,
Sont lus, à ce qu'on dit, par tous les gens favans.
Ce fpectacle admirable attirait les paffans,
Les filles l'entouraient ; toute notre fequelle
Voyait le beau Charlot monté fur une échelle,
Dans un lefte pourpoint faifant tous ces apprêts ;
Mais Monfieur le Marquis a trouvé tout mauvais,
A voulu tout changer ; & Charlot au contraire,
A dit que tout eft bien. Le Marquis en colère
A menacé Charlot, & Charlot n'a rien dit.
Ce filence au Marquis a caufé du dépit ;
Il a tiré l'échelle, il a fû fi bien faire,
Qu'en defcendant vers nous Charlot eft chû par terre.

J U L I E.

Ah ! Charlot eft bleffé.

B A B E T.

Non, il s'eft leftement
Relevé d'un feul faut.... Il s'eft fâché vraiment.
Il a dit de gros mots.

Mad. A U B O N N E.

De cette bagatelle
Il peut naître aifément une grande querelle.
Je crains beaucoup.

J U L I E.

Je tremble.

S C E N E

S C E N E V I.

JULIE, Mad. AUBONNE, BABET, GUILLOT.

G U I L L O T (*en criant.*)

AH mon Dieu quel malheur !

J U L I E.

Quoi !

Mad. A U B O N N E.

Qu'eſt-il arrivé ?

G U I L L O T.

Notre jeune Seigneur....

J U L I E.

A-t-il fait à Charlot quelque nouvelle injure ?

G U I L L O T.

Il ne donnera plus des ſoufflets, je vous jure,
A moins qu'il n'en revienne.

Mad. A U B O N N E.

Ah mon Dieu ! que dis-tu ?

G U I L L O T.

Babet l'aura pû voir.

B A B E T.

J'ai dit ce que j'ai vu,
Pas grand choſe.

Mad. A U B O N N E.

Eh butor ! di donc vîte de grace
Ce qui s'eſt pû paſſer, & tout ce qui ſe paſſe.

G U I L L O T.

Hélas ! tout eſt paſſé. Le Marquis là dehors,

Tom. VII. & du Théâtre le cinquiéme. Zzz

Eft troué d'un grand coup tout au travers du corps.

Mad. AUBONNE.

Ah, malheureufe !

JULIE.

Hélas vous répandez des larmes !
Mais ce n'eft pas Charlot : Charlot n'avait point d'armes.

GUILLOT.

On en trouve bientôt. Ce Marquis turbulent
Pourfuivait notre ami ma foi très-vertement.
L'autre qui fagement fe battait en retraite,
Déja d'un écuyer avait faifi la brette.
Je lui criais de loin, Charlot, garde-toi bien
D'attendre Monfeigneur, il ne ménage rien.
J'ai trop à mes dépens appris à le connaître,
Va-t-en, il ne faut pas s'attaquer à fon maître.
Mais Charlot lui difait, Monfieur n'approchez pas ;
Il s'eft trop approché, voilà le mal.

Mad. AUBONNE.

Hélas !

Allons le fecourir, s'il en eft tems encore.

SCENE VII.

Les Acteurs précédens, L'INTENDANT.

L'INTENDANT.

Non, il n'en eft plus tems.

Mad. AUBONNE.

Jufte ciel que j'implore !

L'INTENDANT.

Il n'a pas à ce coup furvécu d'un moment.

Cachons bien à fa mère un fi trifte accident.

Mad. AUBONNE (*en pleurant.*)

Les pierres parleront, fi nous ofons nous taire.

L'INTENDANT.

C'eft fort loin du château que cette horrible affaire
Sous mes yeux s'eft paffée, & prefque au même inftant,
Pour préparer Madame à cet événement,
J'empêche fi je puis qu'on n'entre & qu'on ne forte :
Je fais lever les ponts, je fais fermer la porte.
Madame heureufement fe retire en fecret,
Dans ce moment fatal, au fond d'un cabinet,
Où tout ce bruit affreux ne peut fe faire entendre.
Ne bleffons point un cœur fi fenfible & fi tendre,
Epargnons une mère.

JULIE.

Hélas ! à quel état
Sera - t - elle réduite après cet attentat ?
Je plains fon fils . . . . le tems l'aurait changé peut - être.

L'INTENDANT.

Il était bien méchant ; mais il était mon maître.

Mad. AUBONNE.

Quelle mort ! & par qui !

L'INTENDANT.

Dans quel tems, jufte ciel !
Dans le plus beau des jours, dans le plus folemnel,
Quand le Roi vient chez nous !

JULIE.

Hélas ! ma pauvre Aubonne,
Que deviendra Charlot ?

L'INTENDANT.

Peut - être fa perfonne

Zzz ij

Aux mains de la juſtice eſt livrée à préſent.

JULIE.

Ce garçon n'a rien fait qu'à ſon corps défendant.
La juſtice eſt injuſte.

L'INTENDANT.

Ah ! les loix ſont bien dures.

BABET (*à Guillot.*)

Charlot ſerait pendu !

GUILLOT.

Ce ſont des avantures
Qui font bien de la peine , & qu'on ne peut prévoir.
On eſt gai le matin , on eſt pendu le ſoir.

BABET.

Mais le Marquis eſt - il tout - à - fait mort ?

L'INTENDANT.

Sans doute ,
Le Médecin l'a dit.

JULIE.

Plus de reſſource ?

GUILLOT (*à Babet.*)

Ecoute ,
Il en diſait de moi l'an paſſé tout autant ;
Il croyait m'enterrer ; & me voila pourtant.

L'INTENDANT.

Non , vous dis - je ; il eſt mort , il n'eſt plus d'eſpérance.
Mes enfans , au logis gardez bien le ſilence.

GUILLOT.

Je gage que ſa mère a déja tout appris.

Mad. AUBONNE.

J'en mourrai…. mais allons , le deſſein en eſt pris.

(*elle ſort.*)

B A B E T.

Ah ! j'entens bien du bruit & des cris chez Madame !

G U I L L O T.

On n'a jamais gardé le filence.

J U L I E.

Mon ame
D'une fi bonne mère éprouve les douleurs.
Courons , allons mêler mes larmes à fes pleurs.

Fin du fecond acte.

ACTE III.

SCENE PREMIERE.

L'INTENDANT, BABET, GUILLOT, troupes de gardes,
CHARLOT *au milieu d'eux.*

CHARLOT.

J'Aurais pû fuir fans doute, & ne l'ai pas voulu.
Je défire la mort , & j'y fuis réfolu.

L'INTENDANT.

La juftice eft ici. Madame la Comteffe
Sait la mort de fon fils ; la douleur qui la preffe
Ne lui permettra pas de recevoir le Roi.
Quel malheur !

GUILLOT.

        Il devait en ufer comme moi ,
Ne fe point revancher , imiter ma fageffe ;
Je l'avais averti.

CHARLOT.

    J'ai tort , je le confeffe.

BABET.

Quel crime a - t - il donc fait ? Ne vaut-il pas bien mieux
Tuer quatre Marquis qu'être tué par eux ?

GUILLOT.

Elle a toujours raifon, c'eft très bien dit.

CHARLOT.

            J'efpère

Qu'on fouffrira du moins que je parle à ma mère.
Voudrait-on me priver de fes derniers adieux ?

L'INTEN'DANT.

Elle s'eft évadée, elle eft loin de ces lieux.

GUILLOT.

Quoi ! ta mère eft complice ?

BABET.

Il me met en colère.
Quand tu voudras parler, ne di mot pour bien faire.

CHARLOT.

Elle ne veut plus voir un fils infortuné,
Indigne de fa mère, & bientôt condamné.
Mais que je plains, hélas ! mon augufte maîtreffe !
Et que je plains Julie ! elle avait la tendreffe
De Monfieur le Marquis ; & mes funeftes coups
Privent l'une d'un fils, & l'autre d'un époux.
Non, je ne veux plus voir ce château refpeétable,
Où l'on daigna m'aimer, où je fus fi coupable.

(*à l'Intendant.*)

Vous, Monfieur, fi jamais dans leur trifte maifon,
Après cet attentat vous prononcez mon nom ;
J'ofe vous conjurer de bien dire à Madame
Qu'elle a toûjours régné jufqu'au fond de mon ame,
Que j'aurais prodigué mon fang pour la fervir,
Que j'ai, pour la venger, demandé de mourir.
Daignez en dire autant à la noble Julie.
Hélas ! dans la maifon mon enfance nourie
Me laiffait peu prévoir tant d'horribles malheurs.
Vous tous qui m'écoutez, pardonnez-moi mes pleurs,
Ils ne font pas pour moi.... la fource en eft plus belle....
Adieu.... conduifez-moi.

L'I N T E N D A N T.

Que cette fin cruelle ,
Que ce jour malheureux doit bien fe déplorer !

G U I L L O T.

Tout pleure , je ne fais s'il faut auffi pleurer.
Qu'on aime ce Charlot ! Charlot plaît , quoi qu'il faffe.
On n'en ferait pas tant pour moi.

B A B E T (*à ceux qui emmènent Charlot.*)

Meffieurs , de grace ,
Ne l'enlevez donc pas.... fuivons-le au moins des yeux.

G U I L L O T.

Allons , fuivons auffi , car on eft curieux.

S C E N E I I.

J U L I E , L'I N T E N D A N T.

J U L I E.

AH ! je refpire enfin.... Madame évanouïe
Reprend un peu fes fens & fa force affaiblie ;
Ses femmes à l'envi , les miennes tour à tour
Rendent fes yeux éteints à la clarté du jour.
Faut-il qu'en cet état la nourice fidelle ,
Devant la fecourir , ne foit pas auprès d'elle !
Vainement je la cherche , on ne la trouve pas.

L'I N T E N D A N T.

Elle éprouve elle-même un funefte embarras :
Par une fauffe porte elle s'eft éclipfée.
Je prens part aux chagrins dont elle eft oppreffée.
Elle eft pour fon malheur mère du meurtrier.

JULIE.

JULIE.

Pourquoi nous fuir ? pourquoi de nous fe défier ?
Le Roi viendra bientôt : fon feul afpeƈt fait grace,
Son grand cœur doit la faire.

L'INTENDANT.

On peut punir l'audace
D'un bourgeois Champenois qui tuë un grand Seigneur.
L'exemple eft dangereux après ces tems d'horreur,
Où l'Etat déchiré par nos guerres civiles,
Vit tous les droits fans force, & les loix inutiles.
A peine nous fortons de ces tems orageux.
Henri qui fait fur nous briller des jours heureux,
Veut que la loi gouverne, & non pas qu'on la brave.

JULIE.

Non, le brave Henri ne peut punir un brave.
Je fuis la caufe hélas ! de cet affreux malheur ;
Ne me reprochant rien dans ma fimple candeur,
J'ai cru qu'on n'avait point de reproche à me faire.
Ce malheureux Marquis dans fa fotte colère
Se croyant tout permis, a forcé cet enfant
A tuer fon Seigneur, & fort innocemment.
Je faurai recourir à la clémence augufte,
Aux bontés de ce Roi galant autant que jufte.
Je n'avais répété ce menuet que pour lui ;
Il y fera fenfible, il fera nôtre appui.

L'INTENDANT.

Dieu le veuille !

S C E N E   I I I.

JULIE, L'INTENDANT, BABET.

B A B E T.

AU fecours ! ah mon Dieu la mifère !
Protégez - nous , Madame , en cette horrible affaire.
Les filles ont recours. à vous dans la maifon.

J U L I E.

Quoi , Babet !

B A B E T.

C'eft Charlot que l'on fourre en prifon :

J U L I E.

O ciel !

B A B E T.

Des gens tout noirs des pieds jufqu'à la tête
L'ont fait conduire , hélas ! d'un air bien mal - honnête.
Pour comble de malheur le Roi dans le logis
Ne viendra point , dit - on , comme il l'avait promis.
On ne danfera point , plus de fête .... Ah Madame !
Que de maux à la fois ! .... Tout cela perce l'ame.

J U L I E.

Charlot eft en prifon !

L'I N T E N D A N T.

Cela doit aller loin.

B A B E T.

Hélas ! de le fauver prenez fur vous le foin.
Chacun vous aidera , tout le château vous prie.
Les morts ont toûjours tort , & Charlot eft en vie.

L'INTENDANT.

Hélas ! je doute fort qu'il y foit bien longtems.

JULIE.

Madame fort déja de fes appartemens.
Dans quel accablement elle eft enfevelie !

SCENE IV.

Les acteurs précédens, LA COMTESSE (*foutenuë par deux fuivantes.*)

LA COMTESSE.

MEs filles, laiffez-moi ; que je parle à Julie.
Dans ma chambre avec moi je ne faurais refter.

L'INTENDANT (*à Babet.*)

Elle veut être feule, il faut nous écarter.

(*ils fortent.*)

LA COMTESSE (*fe jettant dans un fauteuil.*)

O ma chère Julie ! en ma douleur profonde
Ne m'abandonnez pas .... je n'ai que vous au monde.

JULIE.

Vous m'avez tenu lieu d'une mère, & mon cœur
Répond toûjours au votre & fent votre malheur.

LA COMTESSE.

Ma fille, voilà donc quel eft votre hymenée !
Ah ! j'avais efpéré vous rendre fortunée.

JULIE.

Je pleure votre fort .... & je fais m'oublier.

LA COMTESSE.

Le Roi même en ces lieux devait vous marier.
Au lieu de cette fête & fi fainte & fi chère

J'ordonne de mon fils la pompe funeraire !
Ah Julie !

J U L I E.

En ce tems , en ce féjour de pleurs ,
Comment de la maifon faire au Roi les honneurs ?

L A C O M T E S S E.

J'envoye auprès de lui , je l'inftruis de ma perte ;
Il plaindra les horreurs où mon ame eft ouverte ;
Il aura des égards ; il ne mêlera pas
L'appareil des feftins à celui du trépas.
Le Roi ne viendra point.... tout a changé de face.

J U L I E.

Ainfi.. le meurtrier... n'aura donc point fa grace ?

L A C O M T E S S E.

Il eft bien criminel.

J U L I E.

Il s'eft vu bien preffé.
A ce coup malheureux le Marquis l'a forcé.

L A C O M T E S S E (*en pleurant.*)

Il devait fuir plutôt.

J U L I E.

Votre fils en colère.....

L A C O M T E S S E (*fe levant.*)

Il devait dans mon fils refpecter une mère.
Le fils de fa nourice , ô ciel ! tuër mon fils !
Cette femme après tout dont les foins infinis
Ont conduit leur enfance , & qui tous deux les aime,
En ne paraiffant point le condamne elle-même.

J U L I E.

Vous aviez protégé ce jeune malheureux.

LA COMTESSE.

Je l'aimais tendrement ; mon fort eſt plus affreux ,
Son attentat plus grand.

JULIE.

Faudra-t-il qu'il périſſe ?

LA COMTESSE.

Quoi ? deux morts au lieu d'une !

JULIE.

Hélas ! notre nourice
Ferait donc la troiſiéme.

LA COMTESSE.

Ah ! je n'en puis douter.
Elle eſt mère . . . . & je ſais ce qu'il en doit coûter.
Hélas ! ne parlons point de vengeance & de peine.
Ma douleur me ſuffit.

(*On entend du bruit.*)

JULIE.

Quelle rumeur ſoudaine ?
(*Le peuple derrière le théâtre.*)

Vive 'le Roi ! le Roi ! le Roi ! le Roi ! le Roi !

LA COMTESSE.

Dans l'état où je ſuis , ô ciel ! il vient chez moi !

SCENE V.

Le COURIER en *bottes* (*qui était parti au premier*
acte) *arrive.*

JULIE.

CHarlot ſeŗa ſauvé.

LE COURIER.

Le Duc de Bellegarde ,

Aaaa iij

Dans la cour à l'inftant vient avec une garde.
Pour la feconde fois le peuple s'eft mépris.

JULIE.

Le Roi ne viendra point ?

LE COURIER.

Je n'en ai rien appris.
Il eft à la diftance à peu près d'une lieuë,
Dans un petit village avec fa garde bleuë.

JULIE.

Il viendra , j'en fuis fûre.

SCENE VI.

Le DUC DE BELLEGARDE *arrive fuivi de plufieurs
domeftiques de la maifon. On arrange trois fauteuils.*

LA COMTESSE (*allant au devant de lui.*)

AH ! Monfieur , vous venez
Confoler , s'il fe peut , mes jours infortunés.

LE DUC.

Je l'efpère , Madame. Ici le Roi m'envoye ;
Je viens à vos douleurs mêler un peu de joye.

(*à Julie qui veut fortir.*)

Mademoifelle , il faut que je vous parle auffi ;
Votre aimable préfence eft nécéffaire ici.
Sur le deftin d'un fils , Madame , & fur le votre
Daignez avec bonté m'écouter l'une & l'autre.

(*il s'affied entre elles.*)

Une Madame Aubonne , accourant vers le Roi ,

S'eft jettée à fes pieds, a parlé devant moi ;
Le Roi, vous le favez, ne rebute perfonne.

LA COMTESSE.

Ce Prince daigne être homme.

JULIE.

Ah ! l'ame grande & bonne !

LE DUC.

Cette femme à mon maître a dit de point en point
Ce que je vais conter.... Ne vous affligez point
Madame, & jufqu'au bout fouffrez que je m'explique:
Vous aviez dans fes mains mis votre fils unique.
Ou le crut mort longtems. Vous n'aviez jamais vu
Ce fils infortuné, de fa mère inconnu.

LA COMTESSE.

Il eft trop vrai.

LE DUC.

C'était au tems même où la guerre,
Ainfi que tout l'Etat, défolait votre terre.
Cette femme craignit vos reproches, vos pleurs,
Elle crut vous fervir en trompant vos douleurs ;
Et fans doute, en fecret, elle fut trop flattée
De la fatale erreur où vous futes jettée.
Vous demandiez ce fils, elle donna le fien.

LA COMTESSE,

Ah ! tout mon cœur s'échappe, ah grand Dieu !

JULIE.

Tout le mien

Eft faifi, tranfporté.

LA COMTESSE.

Quel bonheur !

JULIE.

Quelle joye !

LA COMTESSE.

Qu'on amène mon fils , courons , que je le voye
Mais .... ferait - il bien vrai ?

LE DUC.

Rien n'eft plus avéré.

LA COMTESSE.

Ah ! fi j'avais rempli ce devoir fi facré
De ne pas confier au lait d'une étrangère
Le pur fang de mon fang , & d'être vraiment mère ,
On n'aurait jamais fait cet affreux changement.

LE DUC.

Il eft bien plus commun qu'on ne croit.

LA COMTESSE.

Cependant
Quelle preuve avez - vous ? quel témoin ? quel indice ?

LE DUC.

Le ciel , avec le Roi , vous a rendu juftice.
Votre fils réchappa , mais l'échange était fait.
Cet enfant fuppofé dans vos bras s'élevait.
Vos foins vous attachaient à cette créature ;
Et l'habitude en vous paffait pour la nature.
La nourice voulut diffiper votre erreur ;
Elle n'ofa jamais allarmer votre cœur ;
Craignant , en difant vrai , de paffer pour menteufe ;
Et la vérité même était trop dangereufe.
Dans un billet fecret , avec foin cacheté ,
Son mari vieux foldat mit cette vérité.
Le billet dépofé dans les mains d'un notaire ,
Produit aux yeux du Roi , découvre le myftère.

Le

Le foldat même à part , interrogé longtems ,
Menacé de la mort , menacé des tourmens ,
D'un air fimple & naïf a conté l'avanture.
Son grand âge n'eft pas le tems de l'impofture.
Il touche au jour fatal où l'homme ne ment plus :
Il a tout confirmé. Des témoins entendus
Sur le lieu , fur le tems , fur chaque circonftance ,
Ont fous les yeux du Roi mis l'entière évidence.
On ne le trompe point ; il fait fonder les cœurs ;
Art difficile & grand qu'il doit à fes malheurs.
Ajouterai - je encor que j'ai vû ce jeune homme ,
Que pour aimable & brave ici chacun renomme.
De votre père , hélas ! c'eft le portrait vivant ;
Votre père mourut quand vous étiez enfant ,
Maffacré près de moi dans l'horrible journée
Qui fera de l'Europe à jamais condamnée.
C'eft lui-même , vous dis-je , oui , c'eft lui , je l'ai vu ;
Frappé de fon afpeÉt , j'en fuis encor ému ,
J'en pleure en vous parlant.

L A C O M T E S S E.
Vous raviffez mon ame.

J U L I E.
Que je fens vos bienfaits !

L E D U C.
Agréez donc , Madame,
Que la trifte nourice appuyant mes récits ,
Puiffe ici retrouver fon véritable fils.
Il était expirant , mais on efpère encore
Qu'il pourra réchapper. Sa mère vous implore ,
Elle vient , la voici qui tombe à vos genoux.

S C E N E   D E R N I E R E.

Les acteurs précédens, Mad. AUBONNE , CHARLOT.

Mad. AUBONNE (*se jettant aux pieds de la Comtesse.*)
J'Ai mérité la mort.

LA COMTESSE.
C'est assez , levez - vous.
Je dois vous pardonner , puisque je suis heureuse.
Tu m'as rendu mon sang.
(*La porte s'ouvre , Charlot parait avec tous les domestiques.*)

CHARLOT (*dans l'enfoncement avançant quelques pas.*)
O destinée affreuse !
Où me conduisez - vous ?

LA COMTESSE (*courant à lui.*)
Dans mes bras , mon cher fils.

CHARLOT.
Vous ! ma mère !

LE DUC.
Oui , sans doute.

JULIE.
O ciel ! je te bénis.

LA COMTESSE (*en le tenant embrassé.*)
Oui , reconnai ta mère , oui , c'est toi que j'embrasse.
Tu sauras tout.

JULIE.
Il est bien digne de sa race.

LE PEUPLE (*derrière le théâtre.*)
Vive le Roi ! le Roi ! le Roi ! vive le Roi !

LE DUC.

Pour le coup c'eſt lui-même. Allons tous ; c'eſt à moi
De préſenter le fils , & la mère & Julie.

LA COMTESSE.

Je ſuccombe au bonheur dont ma peine eſt ſuivie.

CHARLOT, *Marquis.*

Je ne ſais où je ſuis !

LA COMTESSE.

Rendons grace à jamais
Au Duc de Bellegarde , au grand Roi des Français...
Mon fils !

CHARLOT , *Marquis.*

J'en ferai digne.

JULIE.

Il nous fait tous renaître.

LA COMTESSE.

Allons tous nous jetter aux pieds d'un ſi bon maître.

CHARLOT , *Marquis.*

Henri n'eſt pas le ſeul dont j'adore la loi.

(*Tout le monde crie.*)

Vive le Roi ! le Roi ! le Roi ! vive le Roi !

Fin du troiſiéme & dernier acte.

TABLE

des Piéces contenues dans ce feptiéme volume.

www.ingramcontent.com/pod-product-compliance
Lightning Source LLC
Chambersburg PA
CBHW070346030726
47504CB00001B/81